人文叢書 文學類

比整個世界還要大
——散文選讀

李明慈 主編

王怡心
李明慈
吳明津
張輝誠
易怡玲
黃　琪
莊溎芬
陶文本
白繼敏
廖翠華
編著

三民書局

國家圖書館出版品預行編目資料

比整個世界還要大：散文選讀／李明慈主編.——
初版五刷.——臺北市：三民，2016
面；　公分.——(人文叢書.文學類7)

ISBN 978-957-14-4790-2　(平裝)

855　　96014747

© 比整個世界還要大
——散文選讀

主　　編　李明慈
編 著 者　王怡心　李明慈　吳明津　張輝誠
易怡玲　黃　琪　莊溎芬　陶文本
白繼敏　廖翠華

發 行 人　劉振強
發 行 所　三民書局股份有限公司
地址　臺北市復興北路386號
電話　(02)25006600
郵撥帳號　0009998-5
門 市 部　(復北店)臺北市復興北路386號
(重南店)臺北市重慶南路一段61號

出版日期　初版一刷　2007年9月
初版五刷　2016年7月修正
編　　號　S 811410
行政院新聞局登記證局版臺業字第〇二〇〇號

ISBN　978-957-14-4790-2　(平裝)

http://www.sanmin.com.tw　三民網路書店

編輯前言

倘若求知若渴的學生們，對教科書上所選白話散文已然無法滿足，對窄淺的閱讀習性開始感到厭煩，甚至對一成不變的國文教學現場感到不耐；那麼，身為老師的我們，何不勇敢推開現有教材，自行編寫一本內容更廣更深的散文教本呢？讓年輕的心靈在其中遊走，或而振奮激昂、躍動跳脫，或而含存溫柔敦厚、含情脈脈的情愫。攤開一本書，雖身處斗室，仍能「揚眉瞬目，謂有奇景」，感到文學「比整個世界還要大」的無際美感。

這就是我們編寫此書的原始動機。

本書所選，起自一九二〇年代魯迅《野草》題辭，終於二十一世紀初張輝誠的〈蝸角〉，無不希冀能藉由一篇篇精心採擇的秀章佳文，展現白話散文的多樣類型寫作風貌，以利年輕學子的閱讀及習作。

書中羅列三十九篇名家名作，類別有八，一為「心靈獨語」，以自剖或獨白的方式揭露作家內在幽密的心靈世界；二為「有情人生」，乃以人物刻畫的方式描繪親情、友情與愛情；三為「物外之趣」，表現託物言志的胸懷或以物象徵的趣味；四為「浮生閒話」，出入飲食、行旅、住遊等人生故事中；五為「故鄉土地」，訴說鄉土與懷鄉的種種；六為「自然體悟」，寫生態觀察與自然啟迪；七為「創作哲思」，含括閱讀感懷、創作理念和生命思考；八為「文化藝術」，敘述音樂、美學、藝術、歷史及文化現場。

本書編者均任教於臺北市立中山女高國文科，教材經三年教學實驗，結合閱讀與寫作兩大主題。根據閱讀與寫作的教學研究顯示，讀寫能力的發展並非先後關係，而是同時並進的。故本書在選文、註釋、作者生平、深入賞析、問題思考及延伸閱讀等單元之外，每篇均精心安排「寫作設計」。我們秉持的理念是：高中語文學習可由閱讀觸發寫作，並由寫作觸發深層理解、試驗閱讀所學技巧；期許閱讀與寫作整合的教學模式，能讓學生兼具讀者與寫作者的角色外，亦可提供多樣的寫作素材，豐厚思緒。

因本書資料繁多，疏漏在所難免，敬請各方賢達不吝指教，惠予斧正。

李明慈謹誌於中山女高　二〇〇七年八月

比整個世界還要大——散文選讀

目次

【有情人生】

【物外之趣】

【浮生閒話】

【故鄉土地】

【自然體悟】

【創作哲思】

【文化藝術】

心靈獨語

北戴河海濱的幻想

徐志摩

他們都到海邊去了。我為左眼發炎不曾去。我獨坐在前廊，偎坐在一張安適的大椅內，袒著胸懷，赤著腳，一頭的散髮，不時有風來撩拂。清晨的晴爽，不曾消醒我初起時睡態；但夢思卻半被曉風吹斷。我闔緊眼簾內視，只見一斑斑消殘的顏色，一似晚霞的餘赭，留戀地膠附在天邊。廊前的馬櫻、紫荊、藤蘿、青翠的葉與鮮紅的花，都將他們的妙影映印在水汀上，幻出幽媚的情態無數；我的臂上與胸前，亦滿綴了綠蔭的斜紋。從樹蔭的間隙平望，正見海灣：海波亦似被晨曦喚醒，黃藍相間的波光，在欣然的舞蹈。灘邊不時見白濤湧起，迸射著雪樣的水花。浴線內點點的小舟與浴客，水禽似的浮著；幼童的歡叫，與水波拍岸聲，與潛濤嗚咽聲，相間的起伏，競報一灘的生趣與樂意。但我獨坐的廊前，卻只是靜靜的。靜靜的無甚聲響。嫵媚的馬櫻，只是幽幽的微顫著，蠅蟲也斂翅不飛。只有遠近樹裡的秋蟬在紡紗似的縺引牠們不盡的長吟。

在這不盡的長吟中，我獨坐在冥想。難得是寂寞的環境，難得是靜定的意境；寂寞中有不可言傳的和諧，靜默中有無限的創造。我的心靈，比如海濱，生平初度的怒潮，已經漸次的消翳，只剩有疏鬆的海砂中偶爾的迴響，更有殘缺的貝殼，反映星月的輝芒。此時摸索潮餘的斑痕，追想當時洶湧的情景，是夢或是真，再亦不須辨問，只此眉梢的輕皺，唇邊的微哂，已足解釋無窮奧緒，深深的蘊伏在靈魂的微纖之中。

青年永遠趨向反叛，愛好冒險；永遠如初度航海者，幻想黃金機緣於浩淼的煙波之外；想割斷繫岸的纜繩，扯起風帆，欣欣的投入無垠的懷抱。他厭惡的是平安，自喜的是放縱與豪邁。無顏色的生涯，是他目中的荊棘；絕海與凶巇，是他愛取由的途徑。他愛折玫瑰：為她的色香，亦為她冷酷的刺毒。他愛搏狂瀾：為他的莊嚴與偉大，亦為他吞噬一切的天才，最是激發他探險與好奇的動機。他崇拜衝動：不可測，不可節，不可預逆，起，動，消歇皆在無形中，狂飆似的倏忽與猛烈與神祕。他崇拜鬥爭：從鬥爭中求劇烈的生命之意義，從鬥爭中求絕對的實在，在血染的戰陣中，呼噉勝利之狂歡或歌敗喪的哀曲。

幻象消滅是人生裡命定的悲劇；青年的幻滅，更是悲劇中的悲劇，夜一般的沉黑，死一般的凶惡。純粹的，猖狂的熱情之火，不同阿拉亭的神燈，只能放射一時的異彩，不能永久的朗照；轉瞬間，或許，便已斂熄了最後的焰舌，只留存有限的餘燼與殘灰，在未滅的餘溫裡自傷與自慰。

流水之光，星之光，露珠之光，電之光，在青年的妙目中閃耀，我們不能不驚訝造化者藝術之神奇；然可怖的黑影，倦與衰與飽饜的黑影，同時亦緊緊的跟著時日進行，彷彿是煩惱，痛苦，失敗，或庸俗的尾曳，亦在轉瞬間，彗星似的掃滅了我們最自傲的神輝——流水涸，明星沒，露珠散滅，電閃不再！

在這豔麗的日輝中，只見愉悅與歡舞與生趣，希望，閃爍的希望，在蕩漾，在無窮的碧空中，在綠葉的光澤裡，在蟲鳥的歌吟中，在青草的搖曳中——夏之榮華，春之成功。春光與希望，是長駐的；自然與人生，是調諧的。

在遠處有福的山谷內，蓮馨花在坡前微笑，稚羊在亂石間跳躍，牧童們，有的吹著蘆笛，有的平臥在草地上，仰看變幻的浮游的白雲，放射下的青影在初黃的稻田中縹緲地移過。在遠處安樂的村中，有妙齡的村姑，在流澗邊照映她自製的春裙；口啣煙斗的農夫三四，在預度秋收的豐盈，老婦人們坐在家門外陽光中取暖，她們的周圍有不少的兒童，手擎著黃白的錢花在環舞與歡呼。

在遠——遠處的人間，有無限的平安與快樂，無限的春光……

在此暫時可以忘卻無數的落蕊與殘紅；亦可以忘卻花蔭中掉下的枯葉，私語地預告三秋的情意；亦可以忘卻苦惱的殭癟的人間，陽光與雨露的殷勤，不能再恢復他們腮頰上生命的微笑；亦可以忘卻紛爭的互殺的人間，陽光與雨露的仁慈，不能感化他們凶惡的獸性；亦可以忘卻庸俗的卑瑣的人間，行雲與朝露的豐姿，不能引逗他們剎那間的凝視；亦可以忘卻自覺的失望的人間，絢爛的春時與媚草，只能反激他們悲傷的意緒。

我亦可以暫時忘卻我自身的種種；忘卻我童年期清風白水似的天真；忘卻我少年期種種虛榮的希冀；忘卻我漸次的生命的覺悟；忘卻我熱烈的理想的尋求；忘卻我心靈中樂觀與悲觀的鬥爭；忘卻我攀登文藝高峰的艱辛；忘卻剎那的啟示與澈悟之神奇；忘卻我生命潮流之驟轉；忘卻我陷落在危險的漩渦中之幸與不幸；忘卻我追憶不

完全的夢境；忘卻我大海底裡埋著的祕密；忘卻曾經刳割我靈魂的利刃，炮烙我靈魂的烈焰，摧毀我靈魂的狂飆與暴雨；忘卻我的深刻的怨與艾；忘卻我的冀與願；忘卻我的恩澤與惠感；忘卻我的過去與現在……

過去的實在，漸漸的膨脹，漸漸的模糊，漸漸的不可辨認；現在的實在，漸漸的收縮，逼成了意識的一線，細極狹極的一線，又裂成了無數不相連續的黑點……黑點亦漸次的隱翳？幻術似的滅了，滅了，一個可怕的黑暗的空虛……

選自《現代中國散文選I》，洪範書店

作家瞭望台

徐志摩（一八九七至一九三一），原名章垿，浙江海寧人。

徐志摩一九一五年杭州一中畢業後，考入上海滬江大學，之後又至北京大學就讀。一九一八年赴美留學，兩年後獲哥倫比亞大學碩士學位，旋赴英倫，在劍橋大學研究政治經濟。一九二二年回國之後，先後在北京大學、清華大學等校任教，講授西洋文學。一九三一年秋，他由南京搭機飛往北平，在山東濟南附近墜機身亡，得年僅三十六歲。

在文學活動方面，徐氏參與發起文學社團「新月社」，社名即他依據印度詩哲泰戈爾的詩集《新月集》所命，他並邀請泰戈爾訪華演講，帶動了新詩寫作的風潮。此外，他又主編《晨報》副刊，並與胡適、梁實秋等人創辦新月書店，主編《新月》月刊，自此遂有「新月派」之名，對新詩藝術影響甚大。

在文學創作方面，徐氏為新文學史上非常重要的詩人及散文家。他的詩文充滿熱情與理想，獨樹一幟，真誠無畏地呈現其內在心靈世界對真、善、美的執著追求，影響深遠。著有《徐志摩全集》。

密門之鑰

北戴河是河北著名的海濱避暑旅遊勝地。徐志摩酷愛旅遊，他曾說：「我是個好動的人，……每回我身體行動的時候，我的思想也彷彿就跟著跳盪。」如今，這個好動的人因病不能去北戴河海濱旅遊，他的思緒依然是飛躍的，獨自來了一趟心靈的旅遊。

「難得是寂寞的環境，難得是靜定的意境；寂寞中有不可言傳的和諧，靜默中有無限的創造。」寂寞靜定能讓人思緒沉澱，創造力起飛。作者偎坐在一張安適的大椅內，袒著胸懷，赤著腳，一頭的散髮，不時有風來撩拂，他的思緒也漸次飛向了遠方。

當他展開想像的翅膀，飛越到海濱的波濤上時，不禁想到自己生命中的波濤洶湧。他說：「幻象消滅是人生裡命定的悲劇；青年的幻滅，更是悲劇中的悲劇，夜一般的沉黑，死一般的凶惡。」寫作此文時作者剛由英倫回國不久，學業雖暫告一段落，但事業正在起步階段，而在感情上，與原配張幼儀離婚後，與林徽音的戀情亦無進展，心情自是十分苦悶。正如其另一篇作品〈自剖〉所述：「原先我在人前自覺竟是一注的流泉，在在有飛沫，在在有閃光。現在這泉眼，如其還在，彷彿是叫一塊石板不留餘隙的給鎮住了。」

然而，智者終究是會為自己靈魂的苦悶找出路的。那麼，作者對抗幻滅與失落的心靈良藥何在？他說：「在遠處有福的山谷內，蓮馨花在坡前微笑，稚羊在亂石間跳躍……在遠處安樂的村中，有妙齡的村姑，在流澗邊照映她自製的春裙；口啣煙斗的農夫三四，在預度秋收的豐盈，老婦人們坐在家門外陽光中取暖，她們的周圍有不少的兒童，手擎著黃白的錢花在環舞與歡呼。」這種桃花源般自然和諧的世態，深深植基在徐志摩熱愛大自然的心靈世界中，是現世的避難所，是靈魂的故鄉，是最最溫暖的慰藉。正是因為有了這樣的想望，他才能忘卻人間紛爭，忘卻自身周遭的恩恩怨怨，抖落身上沉重的失落感。

徐志摩的作品一向以浪漫美和抒情美著稱，充滿理想與熱忱，澄明地呈現其追求真善美的內在思想情懷。本文以坦率的筆調勾勒出自己的追尋與失落，懷疑與徬徨，嚮往與期待，文句酣暢淋漓，情感真誠無畏。梁實秋認為，徐志摩散文的妙處，一是「永遠的保持著一個親熱的態度」，二是「他寫起文章來任性」，三是「他的文章永遠是用心寫的」。看過這篇文章，你是否也有同感呢？

提神答問

一、作者並未到北戴河海濱一遊，但海濱激起了他哪些與「海」相關的聯想與感慨？

答：諸如「我的心靈，比如海濱……」、「青年永遠趨向反叛，愛好冒險；永遠如初度航海者……」、「忘卻我大海底裡埋著的祕密」等皆是。

二、你是否讀過徐志摩的詩歌作品？相較於他在散文創作上的詩化美文，他的詩歌是否也有浪漫美與抒情美的呈現？

答：徐志摩很推崇浪漫派的英國詩人雪萊、拜倫、濟慈等，他的詩歌也充滿浪漫抒情的美感，如〈再別康橋〉、〈偶然〉、〈沙揚娜拉〉等。

三、陶淵明的〈桃花源記〉之中曾勾勒出一個理想的世界，「土地平曠，屋舍儼然，有良田、美池、桑、竹之屬，阡陌交通，雞犬相聞，其中往來種作，男女衣著，悉如外人；黃髮垂髫，並怡然自樂。」與徐志摩在此文中的描述相比，你覺得他們的理想世界有何共通之處？而你呢？你心目中的理想世界又是如何？

答：他們心目中的理想國都是一個寧靜詳和的美麗世界，無論青壯年人或是老人、小孩，都能怡然自樂地生活在此。

寫作擂台

有一首藝術歌曲〈遺忘〉說：「若我不能遺忘，這纖小軀體，又怎載得了如許沉重憂傷？」（鍾梅音填詞，黃友棣作曲）你是否也有一些想要忘卻的人事物？在〈北戴河海濱的幻想〉中，徐志摩連寫了二十三個排比句來描述他想要忘記的事物：「忘卻我童年期清風白水似的天真；忘卻我少年期種種虛榮的希冀；忘卻我漸次的生命的覺悟；忘卻我熱烈的理想的尋求；忘卻我心靈中樂觀與悲觀的鬥爭；忘卻我攀登文藝高峰的艱辛……」他以排比的方式極力渲染了自己急切的情緒，彷彿一刻也不能再等待了。

請你以「忘」為題寫一篇文章，敘述你想忘卻的事物。字數不限，但其中須包含十個以上以「忘卻」開頭的排比句。

（易怡玲老師設計撰寫）

探索新境

徐志摩的〈海灘上種花〉、〈想飛〉，收於《徐志摩全集》，商務印書館發行。

天才夢

張愛玲

我是一個古怪的女孩，從小被目為天才，除了發展我的天才外別無生存的目標。然而，當童年的狂想逐漸褪色的時候，我發現我除了天才的夢之外一無所有——所有的只是天才的乖僻缺點。世人原諒瓦格涅❶的疏狂，可是他們不會原諒我。

加上一點美國式的宣傳，也許我會被譽為神童。我三歲時能背誦唐詩。我還記得搖搖擺擺地立在一個滿清遺老的籐椅前朗吟「商女不知亡國恨，隔江猶唱後庭花」，眼看著他的淚珠滾下來。七歲時我寫了第一部小說，一個家庭悲劇。遇到筆畫複雜的字，我常常跑去問廚子怎樣寫。第二部小說是關於一個失戀自殺的女郎。我母親批評說：如果她要自殺，她絕不會從上海乘火車到西湖去自溺。可是我因為西湖詩意的背景，終於固執地保存了這一點。

我僅有的課外讀物是《西遊記》與少量的童話，但我的思想並不為它們所束縛。八歲那年，我嘗試過一篇類似烏托邦的小說，題名快樂村。快樂村人是一好戰的高原民族，因克服苗人有功，蒙中國皇帝特許，免徵賦稅，並予自治權。所以快樂村是一個與外界隔絕的大家庭，自耕自織，保存著部落時代的活潑文化。

我特地將半打練習簿縫在一起，預期一本洋洋大作，然而不久我就對這偉大的題材失去了興趣。現在我仍舊保存著我所繪的插畫多幀，介紹這種理想社會的服務，建築，室內裝修，包括圖書館，演武廳，巧克力店，屋頂花園。公共餐室是荷花池裡一座涼亭。我不記得那裡有沒有電影院與社會主義——雖然缺少這兩樣文明產物，他們似乎也過得很好。

九歲時，我躊躇著不知道應當選擇音樂或美術作我終身的事業。看了一張描寫窮困的畫家的影片後，我哭了一場，決定做一個鋼琴家，在富麗堂皇的音樂廳裡演奏。

❶瓦格涅：今譯「華格納」，十九世紀德國重要的音樂家，創作了許多著名的歌劇。

對於色彩，音符，字眼，我極為敏感。當我彈奏鋼琴時，我想像那八個音符有不同的個性，穿戴了鮮豔的衣帽攜手舞蹈。我學寫文章，愛用色彩濃厚，音韻鏗鏘的字眼，如「珠灰」，「黃昏」，「婉妙」，"splendour"，"melancholy"，因此常犯了堆砌的毛病。直到現在，我仍然愛看《聊齋誌異》與俗氣的巴黎時裝報告，便是為了這種有吸引力的字眼。

在學校裡我得到自由發展。我的自信心日益堅強，直到我十六歲時，我母親從法國回來，將她睽隔多年的女兒研究了一下。

「我懊悔從前小心看護你的傷寒症，」她告訴我，「我寧願看你死，不願看你活著使你自己處處受痛苦。」

我發現我不會削蘋果，經過艱苦的努力我才學會補襪子。我怕上理髮店，怕見客，怕給裁縫試衣裳。許多人嘗試教我織絨線，可是沒有一個成功。在一間房裡住了兩年，問我電鈴在哪兒我還茫然。我天天乘黃包車上醫院去打針，接連三個月，仍然不認識那條路。總而言之，在現實的社會裡，我等於一個廢物。

我母親給我兩年的時間學習適應環境。她教我煮飯；用肥皂粉洗衣；練習行路的姿勢；看人的眼色；點燈後記得拉上窗簾；照鏡子研究面部神態；如果沒有幽默天才，千萬別說笑話。

在待人接物的常識方面，我顯露驚人的愚笨。我的兩年計畫是一個失敗的試驗。除了使我的思想失去均衡外，我母親的沉痛警告沒有給我任何的影響。

生活的藝術，有一部分我不是不能領略。我懂得怎麼看《七月巧雲》，聽蘇格蘭兵吹 bagpipe❷，享受微風中的籐椅，吃鹽水花生，欣賞雨夜的霓虹燈，從雙層公共汽車上伸出手摘樹顛的綠葉。在沒有人與人交接的場合，我充滿了生命的歡悅。可是我一天不能克服這種咬嚙性的小煩惱，生命是一襲華美的袍，爬滿了蚤子。

選自《張看》，皇冠出版社

❷ bagpipe：風笛。

作家瞭望台

張愛玲（一九二〇至一九九五），原籍河北豐潤，生於上海。她出身名門，是清末名臣李鴻章的曾外孫女。童年在北京、天津度過，後來遷居回上海。中學畢業後本欲赴英就讀倫敦大學，後因戰爭爆發改入香港大學。不久，太平洋戰事爆發，香港淪陷，因此她大學未畢業即回到上海。

一九三九年張愛玲參加上海《西風》雜誌的徵文比賽，以散文〈我的天才夢〉得到名譽獎。從香港回到上海後，她潛心創作，一九四三年小說處女作〈沉香屑〉（第一、二爐香）發表在《紫羅蘭》雜誌上，開啟了她的專業作家生涯，此後數年是她創作的豐收期，一篇篇膾炙人口的作品接連不斷的發表於《天地》、《萬象》等雜誌，第一本小說集《傳奇》出版後第四天便銷售一空，迅速再版，轟動上海文壇。

大陸政權移易，張愛玲於一九五二年移居香港，並在美國新聞處工作。一九五五年旅居美國，在加州大學中文研究中心從事翻譯工作和小說考證。晚年過著近似隱居的生活，鮮少與外界往來。一九九五年孤獨地病逝於美國洛杉磯的一間出租公寓中。

張愛玲精通中英文，她的作品除了傳統中國文學的扎實根基，並吸收了西方文學的寫作技巧，再加上她個人敏慧卓越的文學天賦，形成渾然天成的個人風格。除了用字獨特、意象豐繁外，她對人物心理的掌握尤其精準。包括短篇小說〈傾城之戀〉、〈紅玫瑰與白玫瑰〉，長篇小說《怨女》、《半生緣》、《海上花》等均被搬上舞臺或改編成影視劇作。其作品全集現由臺灣皇冠出版社出版。

密門之鑰

本文原名「我的天才夢」，是張愛玲初試啼聲的處女作，一九三九年曾獲上海《西風》雜誌徵文第十三名名譽獎，七〇年代收入張愛玲自編文集《張看》，改名為「天才夢」。

因為徵文有字數上的限制，所以本文極力壓縮。一起筆就以「我是一個古怪的女孩」單刀直入地評價自己，然後點出擁有「天才」與擁有「天才的夢」之不同，緊扣題目展開敘述。

作者娓娓道來，歷舉自己三歲，七歲，八歲，九歲時的一些事情，幾筆便勾勒出一位充滿想像力與創造力的敏銳小女孩，如何伸出她敏銳的觸角，在「色彩、音符、字眼」的世界裡恣意探索，適意悠遊，自信心也日益堅強。她的「快樂村」是個自給自足的烏托邦，不需要外界的聯繫。

然而，人畢竟不是一個孤島，不能不活在他人的眼光與評價中。十六歲是一個分界點，母親成為度量她的另一把尺。因為父母離異，自小跟隨父親生活的張愛玲，因與後母的衝突，在被父親軟禁半年後，永遠逃離了那個令她深惡痛絕的家，搬去與母親同住。母親把在陰暗的深宅大院中長大的張愛玲拉到陽光下一審視，發現這位天才少女「在現實的社會裡，等於一個廢物」，在待人接物、做人處事、察言觀色、甚至走路儀態及認路能力等等瑣事上，顯露驚人的愚笨，而且百學不會。對人事應對的扞格不入，成了這位天才少女在人生考卷上無法破解的難題。

這段時間中，張愛玲的心中充滿惶惑，在後來的一篇散文〈私語〉中她也曾敘述到此時的心情：「在父親家裡孤獨慣了，驟然想學做人，而且是在窘境中作『淑女』，非常感到困難。……常常我一個人在公寓的屋頂陽臺上轉來轉去，西班牙式的白牆在藍天上割出斷然的條與塊。仰臉向著當頭的烈日，我覺得我是赤裸裸的站在天底下了，被裁判著像一切的惶惑的未成年的人，困於過度的自誇與自鄙。」

在經歷了從高空跌落地面、從夢境來到現實的切膚之痛後，敏慧的作者在自傲與自卑中找到了一個平衡點，本文也來到了另一個轉折之處。她仍然肯定自己悠遊於個人心靈世界及品味生活的卓絕能力，但也坦承生命充滿磨難與考驗，那句膾炙人口的名言「生命是一襲華美的袍，爬滿了蚤子。」成了本文最精彩的結尾。

對於人生的態度，張愛玲一向是偏於蒼涼的。她說：「長的是磨難，短的是人生。」（〈公寓生活記趣〉）「總之，生命是殘酷的。看到我們縮小又縮小的，怯怯的願望，我總覺得有無限的慘傷。」（〈我看蘇青〉）

而早在〈天才夢〉一文中，她已經顯示了超乎年齡的透視力，在無可奈何之中看清了人生歡樂與煩愁並存的真相。夏志清以「超人才華，絕世淒涼」來形容她的一生。在文學的道路上，她幾乎沒有經過攀山越嶺的過程即已站上文學的頂峰，誠然是不折不扣的天才；然而，早年父母離異的陰影，現實生活中的挫折，兩段婚姻的磨難，經濟的困窘，漂流海外的孤絕，在在驅使她晚年遠離人群，全然地封閉自己。然而，封閉並不一定等同於不快樂，看看「天才夢」裡那個「從雙層公共汽車上伸出手摘樹顛的綠葉」的女孩，你能說她不是「得其所哉」嗎？

提神答問

一、張愛玲說，她不能克服生活中一些「咬嚙性的小煩惱」，她的煩惱是指什麼？在你的生活中，是否也有些如小蟲叮咬般的煩惱日日困擾著你？

答：張愛玲拙於處理生活瑣事，不知如何與人相處。而其他部分，同學可自行發揮。

二、張愛玲從自信到自卑到超越的過程是如何？

答：童年的她被目為天才，也確實對文學、音樂、美術等領域有過人的能力，因此充滿自信。但十六歲開始，漸漸發現自己生活能力低落，拙於處理生活瑣事，「在現實的社會裡，我等於一個廢物。」然而，她並不受困於自憐的情緒中，體會到「在沒有人與人交接的場合，我充滿了生命的歡悅。」仍能肯定自己品味生活的能力。

三、許多天才都有些世人眼中的怪癖，就你所知的天才人物中，有哪些人雖然在他們所擅長的領域之中有傑出成就，但亦有一些與世人格格不入的奇言異行？這些個性對他們的成就有影響嗎？

答：唐宋八大家之一的王安石就十分不修邊幅，蘇洵〈辨姦論〉一文曾批評他：「衣臣虜之衣，食犬彘之食，囚首喪面而談詩書。」此外，西方科學家愛因斯坦也有些怪癖，他的祕書赫倫說：「教授從來不穿襪子。即使是羅斯福總統請他去白宮，他也不穿襪子。」或許因為他們的心思都專注於某些方面，所以成就也特別高吧！

寫作擂台

題目：「我的……」

說明：（以下說明內容，取材自張愛玲當年所參加的《西風》雜誌徵文題目及說明）

舉凡關於個人值得一記的事，都可發表出來。題目自訂。如：我的生活，我的痛苦，我的悲哀，我的戀愛，我的夢，我的志願，我的人生觀，我的理想，我的世界，我的學校，我的家庭，我的姊妹，我的朋友，我的老師，我的衣食住行，甚至我的頭髮，我的鞋子，我的……，只要值得記述，都可選作題目。

探索新境

一、〈私語〉，本篇是張愛玲早年家庭生活的自述。

二、〈自己的文章〉，本篇是張愛玲創作觀的發抒。

二文皆收於《張看》，皇冠出版社發行。

（易怡玲老師設計撰寫）

汝身

周芬伶

她經歷了水晶日、水仙日、火蓮日、苦楝日終於完成了女身。

水晶日

從小她對身體與觸覺特別靈敏。生長在亞熱帶的孩子，終年承受高溫蒸燻和火辣陽光烤射，使她的身體像海蚌一樣柔軟敏感，受到沙粒雜質刺激便緊張蠕動，只為形成珍珠般的鑑照；而熱帶植物和狂風暴雨所引發的瘋狂猙獰想像，使她的觸覺超越了視覺和聽覺，觸摸於她如呼吸，是連結世界的美好方法。

孩子們愛與水有關的一切事物：貝殼、帆船、捕魚網、釣竿和水手帽。他們脫光上身在河流中泳動自己發明的姿勢，水中沉浮著如甘蔗皮般的黑皮膚和如甘蔗肉般的白皮膚。有時他們涉水游過浮有布袋蓮的溪流，一面拔扯花朵與莖葉，一面探測河水的深度；有時他們在海濱戲水，與捲遠捲近的海潮瘋狂地追逐。孩子的肉身令人想起有著清涼的風，競放的幸運草和有風箏飛翔的草原。肉身即是玩具或是遊戲的主體，他們需要不時推拉塞擠，時而匍伏在樹叢裡，時而攀爬到樹上，在這冒險的過程裡，流血和流淚是經常發生的細節，但要不了五分鐘，他們的身體又像初生的小獸，急著要奔跑追逐。

當然他們也知道自己身體的脆弱，只要掉一顆牙就能使他們恐懼得不敢起床，而真正的病痛來到時，又不時嚷著：「我要出去，我要出去。」當他們聽到同齡的小孩病死或溺死時，臉色蒼白，噩夢不斷，彷彿替那個同伴死一回，尖銳地感受到肉身的痛苦和死亡的恐懼，可是藏在衣服底下有呼吸有血流的肉身，渴望著被保護，但又渴望著冒險。

她永遠記得小學時穿著的那件緊束腰腹與大腿的黑色燈籠短褲，平時被隱匿在短裙下，上體育課時就得暴露在眾目睽睽之下，大多數的女孩習以為常，但她卻感到如赤身露體般的恥辱，她總是蜷縮在偏僻的一角，打躲避球時常常在操場上大哭起來。

大多數的時刻，她覺得身體是愉悅自由的，整個夏天她穿著圓領無袖的白色棉布衣裙，是內衣也是外出服，因為不斷搓洗，變成牙白色而特別柔軟，像被一團雲彩溫柔地包圍。她喜歡騎腳踏車，小小的短裙飛揚著露出黑色的燈籠褲，鬆緊帶在她的腰間與大腿勒出殷紅色的勒痕，騎車時感到些微疼痛，可是那並不妨礙她的愉悅與自由。

當車飄飄前行時，她覺得世界很實在又很縹緲，風中有種纏綿的溫度，她全身的肌膚就像白色的草原，沒有邊際，沒有阻隔，只有茸草的清香和明淨的天空，而世界就像水晶一般透明而澄澈。

水仙日

她是經由湘湘才明瞭女人身體的種種細節和美妙。對她而言，湘湘是一切美的標準和極致，所有人與她相比，都會太高太矮太胖太瘦太醜太缺乏說服力，她身高一六二，體重四十六公斤，有什麼比這更好的比例，她的鵝蛋臉在別人身上是平庸，在她身上即是俊俏。她的杏眼桃腮和飽滿稍闊的嘴唇都是獨一無二，但是這些也只能形容她百分之一千分之一的美，她有一種精神的美模糊不定的神祕感，只有她能感覺。

喜歡畫畫的她，怎麼畫也是跟湘湘一模一樣的臉孔，但畫筆也只能表達一二，那未能表達的部分恆然使她迷惑心醉。她甚至看不到湘湘的缺點，其實她的皮膚有點粗黑，小腿有個圓疤，但那都不妨礙她整體的美感。

她深為自己熱情的注視所迷惑，為什麼視線總是隨著她的身體移轉，到底是什麼神奇的吸引力發生在她們之間，應該說是發生在她身上，一個人孤獨地啜飲著美的迷狂與痛苦。

她同時感覺到自己身體的變化，渾圓的手臂和大腿，身上凹凹凸凸的曲線，胸前並浮著一股濃濃的乳香，她故意漠視這些，彷彿那是陌生人的身體。寧願被盲目的激情引導到神祕的國度，那裡繁花似錦，芳菲如醉，濃密的樹林裡充滿鳥叫蟲鳴，她就像那隻迷亂的蝴蝶，不知來自何方，不斷往花叢撲去，或者蝴蝶只是想成為花朵的一部分，因此才有如花瓣般的身姿和色彩；或者，蝴蝶是花朵的影子，更陰暗更震動，牠是天使與邪魔的混合物，是花朵沉默的靈魂。

她常渴望自己有雙翅膀，凡人的身體多麼平庸醜陋，除了湘湘，她看到少女的蒼白與自卑，中年人發著油臭的雙手和肚子，老年人的腐朽之氣，這些都令她無法忍受，想逃遁到無人的世界。

她的世界是如此狹小容不下任何醜陋的事物，只有湘湘，令她覺得值得存活。可惜湘湘無法了解她的熱情，也無法回應她的渴求。或許這樣的渴求本無人可以了解，連她自己也不了解，因而陷入深深的痛苦中。

多年以後，她才了解她是在湘湘的身上尋找自己的影子，或者說是女人的影子，湘湘就是女人與神的化身。而那段青春的歲月，為了逃避自己已然女人的肉身，藉湘湘遺忘自己，藉湘湘形塑女人的影像，當湘湘逐漸遠去時，她覺得替湘湘活著，並知道肉體沒有界限，縱使生離死別也不能造成界限，肉體的交換融合跟細胞繁殖分裂一樣複雜，一個人身包融了許多人的肉體，那使靈魂感到擁擠與沉重的感覺，只是因為另一個人身隱形地加入。

火蓮日

而當一個真正的人身加入另一個人身，那又不是擁擠與沉重所能說明的。

起初像得惡疾，不斷嘔吐又暈眩無力，食慾不振，唾液酸苦，沒有一個地方對勁，有時覺得大概是快死了，說不出的難過與憂傷。

佛教的觀念認為肉體的死亡，會經歷身體的分解和意識的分解，這個過程如火焚身。孕育生命的過程，母體也會經歷一次大分解大焚身，這分解以胎兒脫離母體時最痛苦，生的痛苦與死的痛苦是類似的，但死亡的痛苦已漸漸被了解，生育的痛苦仍是不解之密，因為女人不敢說，不能忍受這種痛苦的女人將被視為恥辱。

她是在生產時，才在床上聽到上一代的女人訴說生產的痛苦，每個人的痛苦差異很大，那些神經纖細、內向敏感的人往往是難產的不幸者，而那些神經強旺，勞動足夠的婦女，有的只覺得「一陣痠麻，不知不覺就生出來了」。

不論什麼樣的痛苦都被隱匿，以至於未婚的女孩對這種痛楚一無所知，她到生產時，才知道「女人是被矇騙長大的」，那不知來自何方的被支解被撐脹的痛楚，亦無止盡地延續，就像千軍萬馬在她身上踐踏而過，而產房只能以地獄來形容，到處是鬼哭神嚎，等待床位的孕婦被棄置在走廊上，高高擎起的雙腿和巨腹，令人想到刀俎上的雞鴨，床位與床位之間，只有一條布簾相隔，這裡的哭嚎連接那裡的哭嚎，近處的痛苦連接遠處的痛苦，陪伴的親人有人撫著佛珠，有人陪著哭嚎。

「不要碰我！」一個孕婦痛苦地呢喃。

肉體分解的痛苦，任何的觸摸只有更加強產婦的痛苦，嘈雜與哭泣讓意識更加混亂，一如臨終之人。她在經歷一天一夜的掙扎後被宣布難產，事實上她早已進入半昏死的狀態，全身的皮膚血管破裂，意識進入黑暗地帶。在剖腹生產手術中，她彷彿聽到基督嚴厲的宣判：「妳因教唆亞當偷嚐禁果，此後逐出樂園，世世代代女人將因懷孕而遭受無人能解之痛。」

在強力的麻醉下，她進入時空的另一個次元，那裡的顏色非人間所有，像陷進一大塊愛玉凍中，另有無數把刀將愛玉切割成不同形狀的塊狀物，世界是由塊與塊銜接而成，數不清的裂痕與吐納，冰冷的時間與空間凍結成一塊分不開的巨大冰岩，無止盡地切割又切割，她想那是意識的圖形與分解的過程，比肉體的分解更細緻更光怪陸離。以至於當產婦看到初生嬰兒不覺嚶嚶哭泣，那其中有大半是為自己為生命而哭。

我們的身體會帶來這麼大的痛苦，令人無法想像。人身與人身的融合和分解，生產是具體的展現，而其中的神祕仍無法訴說。少女含納優美的靈魂與人身，孕婦分裂新美的嬰兒，相對之下，愛情與性愛的經驗多麼抽象而微弱，女人因此感到深深的孤獨。

苦楝日

女人身體的老去意味著性魅力的消失。那草原的清香、牛乳的芳香和母體的幽香離她漸漸遠去。只有在某個怔忡的時刻，那從她身體含納而入的人身和分裂而出的人身，仍不斷在呼喚她的名字。而她已記不清他們的名字，不記得也不重要，她已決心一一釋放他們，讓自己得到徹底的自由。

老去的女人不再需要逃避男人的注視，不再需要層層包裹自己的身體。她記得小時候，許多老去的女人就在家門口水溝邊，赤裸著上身清洗她們的身體，皮膚就像被車輪輾過的糟泥巴，顯現強而有力的刻紋和斑點，下垂如袋的乳房，每個老去的女人都是一個樣子，回到某種平等、自由和愛。

不用再忍受生育與月經的痛苦，不用嫉妒其他的女人，也不用再與世界爭鬥，因為歲月讓一切下垂與下降，而你只有用自己的智慧上升。老女人的智慧是頑童般的俏皮與狡黠，她擅長迴避直接的質詢與鬥爭，以困惑無辜的表情抵擋所有的是非，她的眼光與舌頭變得更為尖利，因為要隨時面對年輕人的輕侮。只有在很少的時刻她露出慈祥的表情，許多人以為那是老年人的寬容，事實上，那是被釋放之後與生命和解的態度。

她從此可以放心地在曠野中行走，在男人堆裡橫眉冷視。沒有人會再搶奪她的美色與肉體，因為她早已一一將它們釋放。

她的祖母就是這樣，七十幾歲了，無論到哪裡去都要動用自己的雙腿，熱衷各種旅遊計畫，她對吃更講究，採集各種養生的藥草，研製健康食品。她更喜歡園藝和養動物，女人天生與植物花草接近，年輕時愛花草只為愛美，年老時愛花草，只為享受栽種與植物生長的喜樂，草木的死死生生那樣的自然容易，令老去的女人內心感到安慰，原來死去也可以這麼自然美麗。

她的祖母的死去就像一棵樹木的倒塌，有一天她摔倒在地上，就再也沒有爬起來過。她注視祖母業已平靜的肉體，臉上露出嬰兒般的笑靨，她彷彿看到祖母走進深密的叢林中，在草原的那一端隱沒，那裡有一顆星星亮了又暗了，她回到生命的初始而非歸入生命的終結。

近來她漸漸感到身體有了秋意，肌膚呈現樹木的紋理，並散發苦楝樹的果實氣味，生命多麼甜蜜又多麼憂傷，她迎風而立，臉上展露神祕的笑容。

選自《世界是薔薇的》，麥田出版社

作家瞭望台

周芬伶，一九五五年生，屏東潮州人。政大中文系、東海大學中文研究所碩士，現任東海大學中文系教授，開設散文及小說賞析課程，並以張愛玲研究、性別書寫論述聞名。

周芬伶為女性散文書寫的重要作者，自言豐碩的寫作成果，是一種「自我的對話過程」。早年筆名沈靜，散文風格溫柔婉約，甜美沉靜，《絕美》、《花房之歌》、《閣樓上的女子》為此期代表。其後因人世滄桑，轉變劇烈，文中的「自覺」與其生命學習相關；並展開實驗性的書寫，以跳躍、失序、文體越界的方式，為女性散文重作變貌。代表作為《熱夜》、《世界是薔薇的》、《汝色》。而《母系銀河》則思亡友、念獨子，呈現另一種希望與光明的指向。

曾獲《聯合報》徵文散文獎、中山文藝散文獎等。作品有散文集《絕美》、《花房之歌》、《熱夜》、《世界是薔薇的》、《汝色》、《戀物人語》、《母系銀河》、《散文課》、《創作課》、《美學課》，報刊專欄集《紫蓮之歌》。並著有小說《影子情人》、《浪子駭女》、《粉紅樓窗》、《紅咖哩黃咖哩》，及文學論著《豔異——張愛玲與中國文學》、性別書寫論述《芳香的祕教》。並曾成立「十三月戲劇場」，擔任舞臺總監，編有《春天的我們》等劇本。

密門之鑰

在一場名為「散文越界與性別越界」的演講中，周芬伶自言「散文」對她而言是個意外，原先只想寫小說。

而這篇〈汝身〉，隱然結合兩種文體，體裁正介於小說與散文之間。

她回顧以往作品，選入國中國文教材的〈傘季〉，是以傳統作文寫法完成的作品，選自早期散文集《絕美》；高中國文教材中的〈小王子〉，談親弟弟的遭遇，是理智上不要寫，但情感上一定要寫之作。而她相信散文可展現生命圖像，涵括人生所有，當代散文也可試著在文字與結構上作一轉變；〈汝身〉則是她在長久摸索後想要的聲音與文體。嘗試「性別」與「文體」的跨越，衝擊既有規範與男性語言的思想結構，呈現女性的成長。

周芬伶說過：「女子之肉身是多次元的生命體，你中有我，我中有你，不能被單一描述。」在〈汝身〉中，她化身為說故事的女人，故事或許來自虛構，或許來自想像，或許來自現實，「都以自身去觀看這些女人故事，讓彼此的生命經驗匯流」❶。

〈汝身〉的「汝」本義是「你」，但篇首的引言說：「她經歷了水晶日、水仙日、火蓮日、苦楝日終於完成了女身。」原來，汝身是你身，是我身，更是所有女性之身，象徵了女子共同的生命型態。

而文中的發聲者與主角全為女性，沒有「女為悅己者容」的兩性互動，也不從男性的角度觀賞、評價與訴說；女子的身體，全由女人自己感受、觀察、體會，頗具女性自覺與女性書寫的企圖。同時，作者更善用觀察、比喻，顯現一般散文少見的身體感覺描寫，將抽象的人生四季、女性經驗，化做細膩而具體的描繪。

四節之中，女性的身世與生命階段層遞而出，女性擁有她身體的自主權。「水晶日」透過女童的眼耳鼻舌身意書寫童年，描述天真女孩對身體的諸般觀察與體會，「世界就像水晶一般透明而澄澈」。「水仙日」則寫青春期少女對同性友人湘湘的嚮往，但「多年以後，她才了解她是在湘湘的身上尋找自己的影子」，正如希臘神話中的水仙花，本是迷戀上自己水中倒影的 Narcissus 所變，水仙日象徵了一種青春與美的自戀投射。而「火蓮日」則寫浴火重生的懷孕分娩，人身的重疊與分裂，絕對是女性獨有的身體經驗。「苦楝日」中的苦楝，常被栽種為行道樹，隱喻看盡了人世滄桑的老年階段。而生命史雖到了末章，「卻道天涼好個秋」後，女性已不用在意他人眼光，呈現「被釋放之後與生命和解的態度」。

❶ 見《周芬伶精選集》推薦序〈寫作的女人最美麗：周芬伶散文綜論〉，九歌出版社出版。

李癸雲說：「〈汝身〉刻劃女人身上的多重性，以及歷經歲月流程的多變、複雜，融合眾多女人的身體細節和細膩感受為一體，既是汝身，也是吾身。」❷此作超越了談論自我，敘述家族的「私散文」類型，在思想內涵上，已提昇到「生命書寫」的層次，頗值得細讀體會。

提神答問

一、水晶日、水仙日、火蓮日、苦楝日四節文字如此命名，你有何種「聯想」？而你最喜歡哪一段，為什麼？

答：1.「水晶日」描述天真女孩對身體的觀察與體會，「世界就像水晶一般透明而澄澈」。「水仙日」則寫青春期少女對同性友人湘湘的嚮往，但「多年以後，她才了解她是在湘湘的身上尋找自己的影子」，水仙日象徵了一種青春與美的自戀投射。而「火蓮日」則寫浴火重生的懷孕分娩，人身的重疊與分裂，絕對是女性獨有的身體經驗。「苦楝日」中的苦楝，常被栽種為行道樹，隱喻看盡了人世滄桑的老年階段。而生命史雖到了末章，「卻道天涼好個秋」後，女性已不用在意他人眼光，呈現「被釋放之後與生命和解的態度」。

2.此題可自由發揮，只要言之成理，持之有故即可。

二、「水晶日」一節，主要是以哪種感官摹寫發展全文？請舉例詳言之。

答：文章一開始就說：「從小她對身體與觸覺特別靈敏。」點出了觸覺摹寫的主軸；而最明顯的例子在末二段：「整個夏天她穿著圓領無袖的白色棉布衣裙，是內衣也是外出服，因為不斷搓洗，變成牙白色而特別柔軟，像被一團雲彩溫柔地包圍。她喜歡騎腳踏車，小小的短裙飛揚著露出黑色的燈籠褲，鬆緊帶在她的腰間與大腿勒出殷紅色的勒痕，騎車時感到些微疼痛，可是那並不妨礙她的愉悅與自由。」、「當車飄飄前行時，她覺得世界很實在又很縹緲，風中有種纏綿的溫度，她全身的肌膚就像白色的草原，沒有邊際，沒有阻隔，只有芽草的清香和明淨的天空，而世界就像水晶一般透明而澄澈。」全然以小女孩身體觸覺的角度發展全文。

❷見註釋❶，頁二〇。

三、「水仙」在西方文學中的神話有何淵源及指涉？並思考作者運用在本篇的含義。

答：1. 古希臘有位名叫納西薩斯的美少年，許多少女都對他十分迷戀，但性格孤傲的納西薩斯根本不曾動心。其中有位少女，因未得他的青睞，由愛生恨而向天神禱告，女神妮蜜西絲作了回應：讓無法愛上別人的他愛上自己吧！有一天，納西薩斯來到清澄的湖邊彎身飲水時，看到水中俊美的倒影，便立刻愛上了自己無法自拔。從此，他日日來到湖畔顧影自憐，終於憔悴而死。他的靈魂化成了一株花開在湖畔，少女們為了紀念他，就將這朵美麗的花兒命名為納西薩斯（Narcissus），亦即「水仙」英文名字的由來。

2. 希臘神話中的水仙花，本是迷戀上自己水中倒影的美男子 Narcissus 所變，文中的「水仙日」象徵了一種「青春與美的自戀投射」。

寫作擂台

周芬伶在〈汝身〉中，描繪了童年及少女時期的身體觀察及感受，而走過童年，進入青春期的你，對自身的變化與世界的接觸有何體會？請以「身體書寫」的角度，嘗試觀察並描繪你的身體感覺。

說明：

1. 可以身體為主題，例如痣、疤、青春痘，自行命題。也可以仿照本文以物為名，由自身感覺、生理現象出發，寫屬於自己的身體觀察及感受。
2. 請多用感官描寫及譬喻，文長五百字以上。

探索新境

一、《汝色》，麥田出版社發行。

周芬伶本人表示若只推薦一本個人作品，她建議閱讀二〇〇二年出版的《汝色》，尤其是第一部分〈Eve〉。

二、《母系銀河》，印刻文學發行。

涵括「憶友」、「家族」、「兒子」三主軸，二〇〇五年的作品書寫了骨肉分離的悲傷、車禍意外的肉身之痛、哀悼亡友的離世。其中〈For Year〉寫分隔兩地親子間的種種，是之前從未發表過的作品。

（李明慈老師設計撰寫）

最慢板

呂政達

病房的門打開一道隙縫，透進一絲亮光。有人走進來了嗎？

許多混雜的顏色，在浮動的空氣裡絮絮細語。門開搧起的風，穿越皮膚表層，駐紮在我漸漸遺失感應的毛細孔內部。有什麼東西在發出聲音，那是一陣嘆息，一段沉重的腳步聲，或者只是體內那座小馬戲團，正在進行表演節目？

轉頭，用僅餘的視覺凝視那個出聲的部位，大女兒為我繫上的祈福鈴就在那裡，反射在視網膜的布幕，只像一團發光的不明飛行物。我假裝做出專心傾聽的姿勢，還能聽得見鈴響細碎的聲音。這只是偽裝，我不能否認，這是我僅剩的感覺。

這只是偽裝。嘆息深沉地落進內心的荒井，傳來的回聲無從捉摸。偽裝一切仍然正常，還看得見牆壁上的夏卡爾❶，現代主義的線與點，白日與黑夜。記憶裡的鄉人都浮在空氣裡，轉頭用額上的第三隻眼冷冷瞪視。護士仍按時前來，扯開窗簾，往我的肩膀扎下針筒，我假裝喊痛，殘留的意識卻布滿著納悶，痛到底躲到哪裡去了呢？

我正在遺失所有的感覺，我無法偽裝，眼耳鼻舌身意組成的，這個稱為人的感官世界，緩慢的背離身軀。那倒像是一首諷喻的輪旋曲，身體的叛變發生在感官最飽滿，音量最豐沛的「第九」❷。那個溼度極高的午後，我

❶夏卡爾：(Marc Chagall，一八八七至一九八五)生於俄國，一九一〇年到巴黎，成為法國畫家，初期受立體派影響，後轉向超現實畫風。

❷第九：貝多芬第九號交響曲，完成於一八二四年，貝多芬首次大膽地將合唱曲的部分寫進交響曲中，並以席勒(Schiller)的詩〈快樂頌〉為歌詞，安排進第四樂章。當年在維也納首演時造成極大轟動，當時貝多芬已經完全失聰，仍堅持親自上臺指揮，幸好另有一位指揮在暗中協助，演出結果相當成功，觀眾報以如雷掌聲，向這位偉大的音樂家表達最深的敬意，然而他卻渾然不覺，眾人只得以白手帕向他揮手致意。這首已傳唱百年的作品，不但歌詠了心靈的愉悅，更宣揚了人性的美好與昇華，首演以來就被視為人道精神的最高表徵。

照例放下四十五轉的膠質唱片，任貝多芬的吶喊迴轉，伴隨唱片紋路裡的雜音，向著眼耳鼻舌身意的世界蠱惑而來。音量徐徐，從第一樂章從容的快板起步，走吧，弦樂齊鳴，渴望愛，幸福與希望。我的內心預告著每一道節奏，心臟謦謦擂動，小提琴鑽進血液的伏流。但霹靂一聲響過以後，我的神經傳過一陣輕微的電流，奇怪原來應如雷鳴的定音鼓，突然害羞的泛紅著臉，躲藏在耳膜的暗處，像是時間前來施了魔法。

先不計較時間的魔法了，跳過第三樂章，我想總可以在眾嗓齊唱的〈歡樂頌〉裡，討回我的感覺吧。終於，樂團緩緩奏出信號曲，男中音的宣敘調登場發聲，那副人類的嗓子連著一條五色繩索，直通雲端的天國之門，繼而，從雲堆裡引爆雷鳴地撼的歡樂頌，彷佛世界這六十億人擠在一頁巨大的五線譜上，在同一個時間裡齊聲吶喊，而我則排在最後一列，踮起腳尖，焦慮的用手窩住耳肉，我發現那巨大音量帶來的感動，已經離開我的身體。交響曲結束，我聽見唱片空轉的雜音，想要起身關機器，順便，破除這個魔法的詛咒吧，（我第一個錯覺竟是，還好，這只是錯覺）但一股無可名狀的情緒，對緊接而至的命運完全陌生的錯愕感，就在這個瞬間滑過皮膚上的纖毛，有如游牧民族遷徙後，空空蕩蕩的草原。這種遺失感覺的感覺，究竟，應該如何精確的述說。

第二天，我坐在陌生而潔淨的診療室，對著一名年輕醫師，開始描述我的症狀。我異常緩慢的說著聆聽〈歡樂頌〉的經過，像一名生怕忘譜的提琴手。醫師用懷疑的眼神看我，塑膠膜的鏡片反射光線，「來，先檢查一下耳朵。」

好吧，醫生接著敲敲我的膝蓋關節，張開嘴，伸出舌頭。閉住嘴，起身轉兩圈。診察的小電筒照過來，眼珠向上看。我馴服的遵照指令，發現那道小光源卻將我帶離醫院，有如置身極地荒原的遠處星芒。

後來是更多的檢驗。X光，（我還算喜歡化學粒子穿透胸膛，甜甜的膩味。）心電圖，腦波（撥開髮叢深處，遍尋不著走進靈魂的門戶）。轉診到神經外科，那裡的儀器儘像纏繞的神經線路，我赤裸的躺在病床上，感受屬於自己生命的緩慢節奏。童年時教大提琴的老師拍著手，要求我們俯下身拉響琴弦時，都呼應著體內的節奏。我還記得有次向老師抱怨，怎麼辦，我的身體裡沒有任何節奏感應。如今，心電儀嗶嗶伴奏在側，連接身體的每道管線都試圖窺探我的祕密，但我對生命節奏仍一無所悉。

檢驗報告出來那天，醫師皺著眉，與女兒在病房外小聲說話。女兒推門進來，在窗口為我掛上陶質的祈福鈴：「爸，別擔心，醫生說是神經元❸的毛病，還沒有確定。」說著，一滴眼淚流下女兒的臉龐；我握住她的手，想講個笑話，從她小時起，我就喜歡看女兒的笑。女兒的手掌溫暖潮溼，像她的母親，但我已逐漸遺落感應她的心情的能力，那種感覺就像，我緊握著的其實是一張車票，對這場遺失感覺的旅程充滿好奇。如果，穿越暗黑的隧道後，生命仍然存在，還有沒有一些微風撲面，有沒有一點人世的掛念或者記憶的片段，像蝴蝶翅膀灑落燐粉。

我突然有個想錄音的念頭，好希望當感覺繼續消散時，還有一點線索能將我抓回來。我請女兒按下錄音鍵，遲疑許久，到頭來，這紛亂龐雜的一生，應該從何訴說呢？記憶真是魅惑心神的東西，總是先從遺忘起頭，我緩緩訴說著自己的遺忘，聲音遙遠而空洞，餵進轉動的錄音機裡。

但我總會記得一些什麼吧，崩解的意識像是秋日的鞦韆，一會兒盪到我的眼前，還看得不夠真切，再一會又擺回心底的黑暗處。我記得童年老家穀倉的捉迷藏，轉身，卻發現穀倉裡空無一人。我尋遍所有的角落，直到夜幕低垂，放聲哭了一場。我一遍一遍溫習當年被遺棄的感覺。

總會記得第一次參加演奏比賽，抱著大提琴，等待在布幔後面。叫到我的名字，走上空蕩的舞臺，記得要先敬禮，然後屏息拉響琴弦，那一次的指定曲正是貝多芬的〈歡樂頌〉。無數次練習裡早已熟悉的旋律，悠悠如古代的幽靈，難道，旋律再度復活，跟隨著我的生命節奏嗎？我努力回想，動用所有的感官模擬童年的場景。

再走進去，敲開記憶的暗室，我無法記起那場蜜月旅行的細節，新婚的妻從廟前小攤上揚起陶質的祈福鈴，後來交到大女兒的手裡，是妻還是女兒，曾經在四十歲，還是五十歲的生日宴會送的花領帶，「挺好看的，配這套

---

❸神經元：運動神經元疾病，是一種神經退化性疾病，侵犯患者神經元系統。一般而言，身體的神經元有兩大類：一為上運動神經元，一為下運動神經元。上運動神經元發生問題，會產生肌肉僵直，反射增強，臨床上表現出來的症狀使得患者走路時，一跳一跳的，無法協調。因為反射神經增強，有時患者的膝蓋會一直抖個不停，這些都是上運動神經元的症狀，至於下運動神經元，則以肌肉萎縮的症狀為主，通常出現在手掌、指尖的肌肉萎縮、虎口萎縮，慢慢地，惡化到達肩膀、頸部、舌頭、吞嚥的肌肉萎縮，造成吞嚥困難及呼吸衰竭。本文主角所患屬於下運動神經之疾病。

衣服。」現在這句話，輪到在僅餘的視覺裡，臉龐模糊為一道光團的護士來說。我閉上眼睛，護士拉開窗簾，射進來的光線，又將我拉回冰冷的病房，護士小聲的試探：「嘿，還感覺得到我嗎？」「還在啦。」我們重複著這樣的對話。

斷續幽微的意識轉角，橫擋著一面牆，懸掛著童年卡夫卡的肖像，我記得那是《蛻變》裡的插圖。漫長的夏日午間，我曾經反覆閱讀這本書，驚懼著有一天醒來，我也會蛻變成一隻硬殼多腳的大蟲，只為想在床上翻個身，使盡所有的氣力。拍照那年，卡夫卡才滿五歲，他的眼睛直視鏡頭，穿戴著似乎將出發前往馬戲團的花色衣服，背後的羊頭狗身雕像，從一陣藍煙裡升起。漫長的成長歲月，照片裡的雕像一直讓我感覺害怕，像是有人將冰水注進血管，從靈魂裡一路冷過來。然而，混亂的回憶與幻想領路在前，我如何能界定這場發生在我身上的疾病，一如疾病如何能征服占領我的身體，將我的意志釘樁畫線，宣布為死神的殖民地？

年輕時讀過的卡夫卡，這樣描寫蛻變為大蟲的青年：「不久，他發現自己已經完全不能動了，他一點沒有覺得奇怪，倒反而覺得以前怎麼能用這麼細小的腳來搬動身體。」感官逐漸熹微的意識裡，這段文字，突然像黑霧裡的電光一閃。我發現自己用盡一整天的意識、思緒和氣力，只想搬動一根遙遠遙遠的食指，做出一個要人靠近的手勢。「卡夫卡是對的，」我的心底出現這樣的微弱聲音，「而我就要變成一座雕像了。」我繼續文風不動的躺在床上，像一本硬皮的書，卻無法管制感官的鬚腳像書裡承載的思想，驚嚇的逃竄在往事與現實間。但所有的顏色都已斑駁模糊，所有的聲音都像來自前世的耳語，連恐懼也減弱了侵略的力道，我做出專心傾聽的神情，才發現熟悉的世界突然一片瘖啞，這種感覺很新奇，接近死亡的邊境，其實讓我想要坐起來，出聲發笑。

病床邊守候的女兒湊過來，想要看清楚我的神情吧，然而，我應該如何訴說萬擔沉重加諸身軀的感覺呢？奇怪，人總會在快要失去感覺的時候，才發覺感覺原來可以做這麼多的事。例如，可以拉動臉部神經，堆出一個笑容，說出我一直欠她們的，妻和女兒，一句感謝的話：「謝謝，這輩子的陪伴。」我的意識在空氣蒸發，氣流就從胃袋竄起，經過聲帶，張嘴，發出一個混濁的聲音，「謝謝。」我對著眼前這團模糊的女兒影像說著，女兒靠過來蓋上棉被：「爸，就別再出聲音了，醫生說要多休息的。」

休息得還不夠嗎？我的念頭這樣答覆著她，眼珠跟隨著女兒的手按下錄音機。傳出貝多芬細碎的〈歡樂頌〉，好遙遠的，另一個星球傳來的雜音，依依徘徊在我的耳膜邊緣。就是這樣了，耳朵聾掉的貝多芬還在苦苦哀求，「萬靈皆而為兄弟，快樂美麗神采輝煌，天庭齊唱歡樂曲。」實在，這是諷喻的輪旋曲，每當合唱啟動，我總相信貝多芬其實祈求著，如果恩賜他一天的聽覺，如果，只有一小時；如果，只有一分鐘也好吧。一分鐘，已足夠吸盡世界所有的音樂之聲了。萬靈皆而為兄弟，我極其幽微的意識，多想在南方迎風的窗口，親手栽種一株鳳凰木，澆水，等著看樹枝長高，讓生命從土裡再來一遍。我多想順從童年老師的節奏，俯下身拉響大提琴的琴弦，將我還能記誦的樂曲，從頭演奏一遍。讓音符從這個身體最後的思緒裡釋放出來，重新站回五線譜，那裡才是不朽的居所。

音樂結束，錄音機裡插進一段陌生的聲音，講述著一個人的故事。那道聲音提到的人還抱著大提琴，被遺棄在一座舞臺上，燈光轉暗，他反覆提起臺下父親的眼神，一整段拉錯的小節，最慢板依依有如幽靈的告別。我聽到那個聲音繼續述說，這麼多年後，似乎從沒有離開過那座舞臺，氣窗外憂鬱的雨絲，長長的一生只是個謝幕的動作。我心裡暗自嘖嘆：「唉，多麼尋常無奇的一生啊。」然則，一切都將要結束了嗎？我心底小小的馬戲團也要謝幕了嗎？

我感受到一顆眼淚滴在臉龐，睜開眼睛，女兒的聲音從幽微深處傳來：「爸，你還感覺得到我嗎？爸，您還感覺得到我嗎？」在，我默默回答，遊目四顧，記起牆壁上夏卡爾的畫，窗口的祈福鈴，殘存的知覺仍能讓我心安。奇怪，感覺就將停止運轉的片刻，憂傷和焦慮也如無風的風車，無水的河道，悄悄離開了身軀。我感受著大腦細胞的運作，淡出，這是我長長的一生，從未曾有過的平靜，有如沉沉的海底吸收一切光線，一切感官意識後，透明卻看不透的喜悅。

萬靈皆而為兄弟，天庭齊唱歡樂曲。我好想出聲發笑，好想在這個長長的午後坐起來，告訴女兒：我還在的。

我還在。

還在。

在。

。

原載二〇〇〇年十月十九日《中國時報》
選自《八十九年散文選》，九歌出版社

作家瞭望台

呂政達，一九六二年生，臺南市人，曾任職《自立晚報》、《張老師月刊》，現為自由作家。作品曾獲兩居《時報》文學獎散文首獎、評審獎，《聯合報》文學獎散文大獎，兩居梁實秋文學獎散文首獎、評審獎，第一居宗教文學獎等，多次入選全國年度散文選。

呂政達的文字簡潔流暢，嫻熟準確，飽含詩的屬性與張力，散文結合心理學，在虛實之間遊蕩，使讀者隨著他的敘說進入故事之中，觸及內心深處，忘了真偽，在閱讀中得到各自的生命對照。著有《偷時間的人》、《亞當與夏娃法則》、《生活筆記本》、《怪鞋先生來喝茶》、《散步去吃西米露》等書。

密門之鑰

此文描寫漸凍人從發病到病變後的過程。

作者在敘述過程中加入大量感官的描寫，特別是聽覺，極細膩的描繪過往聆聽音樂的敏銳經驗，藉此與病變後感覺消退無知無覺形成強烈對比。病變後所殘留些微的視覺和觸覺，非但不能對感官有所助益，反倒將主人公拉回陳年的記憶當中，也就在翻尋記憶之間，他又溫習了小時侯孤獨經驗的驚恐和過往閱讀《蛻變》的變身感覺。

而讓主人公更加驚惶失措的，是當他一點一點流失生命的感知覺受時，一方面步步迫近死亡境域之內，另一方面他也一步步遠離妻、女的溫暖親情，漸行漸遠了。而人生之所不堪者，就是這樣如此親近卻不得溝通彷彿咫尺天涯的遺憾了。

值得注意的是，文章雖以第一人稱口吻敘述，但作者本身並非漸凍症患者，而是代擬立言，這是用小說想像的筆法來寫，用散文的形式表現，兩種文體結合的好處是讓散文的題材可以突破一身見聞之侷限，缺點是會讓讀者產生懷疑及不信任感。不過作者卻極擅長使用兩種文體結合的手法來寫作，成功避免了讀者的疑慮。主要就在於作者想像貼切，行文時細膩憂傷，點到為止，絕不誇大、添油加醋，準確而深入地寫出主人公的心境、感受和牽掛。

在大量的獨白中，作者極力刻劃主人公病前、病後的心境，行文當中沒有呼天搶地的懊悔、沒有關不住止不盡的淚水、沒有焦躁暴烈的畫面，有的只是靜靜的遺憾、靜靜的不捨和靜靜的告別，一切都在緩慢寂靜當中變化著、流逝著，與作者選用的篇名同出一轍，果真是最慢板。

作者採用音樂素材搭配漸凍病情來寫，除了音樂是主要聽覺感知對象之外，另一主因乃同時配合貝多芬失聰的故事運用，及〈歡樂頌〉本身所具有的歡樂、希望氣息的反襯，讓選用素材和主題搭配得天衣無縫，文章更顯得一氣呵成，沒有斧鑿痕跡。

全文語言樸素、乾淨，敘述細膩而哀傷，令人動容。曾獲第二十三屆《時報》文學獎散文類首獎，並收入《八十九年散文選》中。

提神答問

一、文中的時間敘述是有所變化的，可否指出時間是如何變化？這樣的時間變化在敘述上有何好處？

答：一到四段寫發病後，五到六段寫回憶如何發病，七八九段寫發病後的檢查過程，十到十四段寫回憶過往各種經驗，十五段到最後寫現在發病後的狀況。時間交錯而寫，除可讓文章不呆板之外，又能展現懸疑的效果，一直到第七段讀者才恍然大悟作者所得之病。

二、文章在敘述中為何重心集中在女兒身上？這樣的安排可以達到什麼效果？

答：讓讀者置身於父女對話之外，取得一個旁觀者的位置，更能深刻地見證情感的割裂與不捨。

三、最後一段有一種特殊的形式，這樣可以達到什麼效果？

答：「我還在。／還在。／在。／。」代表著發病的主人公正一點一滴地消失。

寫作擂台

呂政達的寫作題材來源，是閱讀報紙引發他關注的新聞事件，然後試著設身處地去想像：「如果自己是當事者會怎樣怎樣？」於是就有了代擬立言的文學創作作品。

請試著回憶你印象深刻、深受感動的新聞事件，然後以第一人稱、代擬立言寫出一篇文章，文長六百字，題目自訂。

探索新境

一、〈皆造〉，收於《九十年散文選》，九歌出版社發行。

是呂政達另一篇代擬立言的作品，描述家人遭受兇殺身亡，案情卻始終懸而未破的受害家屬多年來的心情。本文獲第二十四屆《時報》文學獎散文類首獎，原載二〇〇一年十月二日《中國時報》人間副刊。

二、《潛水鐘與蝴蝶》，尚・多明尼克・鮑比著，邱瑞鑾譯，大塊文化發行。

作者鮑比是法國著名女性雜誌 *ELLE* 的總編輯，他才情俊逸、開朗健談、熱愛生命、事業如日中天，生活愜意自在。然而卻在一九九五年底，突然腦幹中風，全身癱瘓，不能言語，只剩左眼還有作用。他在語言治療師的指導，及出版社助理的協助下，靠著眨動左眼，一個字母一個字母地寫下這本回憶錄。

（張輝誠老師設計撰寫）

垂釣睡眠

鍾怡雯

一定是誰下的咒語，拐跑了我從未出走的睡眠。鬧鐘的聲音被靜夜顯微數十倍，清清脆脆的鞭撻著我的聽覺。凌晨三點十分了，六點半得起床，我開始著急，精神反而更亢奮，五彩繽紛的意念不停的在腦海走馬燈。我不耐煩的把枕頭又掐又捏。陪伴我快五年的枕頭，以往都很盡責的把我送抵夢鄉，今晚它似乎不太對勁，柔軟度不夠？凹陷的弧度異常？它把那個叫睡眠的傢伙藏起來還是趕走了？

我耍起性子狠狠的擠壓它。枕頭依舊柔軟而豐滿，任搓任拋，雍容大度地容忍我的魯莽和欺凌。此時無數野遊的睡眠都該已帶著疲憊的身子各就其位，獨有我的不知落腳何處。它大概迷路了，或者誤入別人的夢土，在那裡生根發芽而不知歸途。靜夜的狗嗥在巷子裡遠遠近近的此起彼落，那聲音隱藏著焦躁不安，夾雜幾許興奮，像遇見貓兒蓬毛挑釁，我突發奇想，牠們遇見我那蹺家的壞小孩了吧！

我便這樣迷迷糊糊的半睡半醒，間中偶爾閃現淺薄的夢境，像一湖漣漪被一陣輕風吹開，慢慢的擴散開來。然而風過水無痕，睡意只讓我淺嚐即止，就像舔了一下糖果，還沒嚐出滋味就無端消失。然後，天亮了。鬧鐘催命似地鬼嚎。

我從此開始與失眠打起交道，一如以往與睡眠為伍。莫名所以的就突然失去了它，好像突然丟掉了重要零件的機器。事先沒有任何預兆，它又不是病，不痛不癢，嚴重了可以吃藥打針；既不是傷口，抹點軟膏耐心等一等，總有新皮長出完好如初的時候。它不知為何而來，從何處降。壓力、病變、環境太亮太吵、雜念太多，在醫學資料上，這些列舉為失眠的諸多可能性都被我否定了。然而不知緣起，就不知如何滅緣。可惜不清楚睡眠愛吃甚麼，否則就像釣魚那樣用餌誘它上鉤，再把它哄回意識的牢籠關起來。失眠讓我錯覺身體的重心改變，頭部加重，而腳下踩的卻是海綿。感覺也變得遲鈍，常常以血肉之軀去頂撞家具玻璃，以及一切有形之物。不過兩三天的時間，我的身體變成了小麥町——大大小小的瘀傷深情而脆弱，一碰就呼痛，一如我極度敏感的神經。那些傷痛是出走的睡眠留給我的紀念，同時提醒我它的重要性。它用這種磨人脾性損人體膚的方式給我「顏色」好看，多像情人樂此不疲的傷害。然而情人分手有因，而我則莫名的被遺棄了。

每當夜色翻轉進入最黑最濃的核心，燈光逐窗滅去，聲音也愈來愈單純、只剩嬰啼和狗吠的時候，我總能感受到萎縮的精神在夜色中發酵，情緒也逐漸高昂，於是感官便更敏銳起來。遠處細微的貓叫，在聽覺裡放大成高分貝的廝殺；機車的引擎特別容易發動不安的情緒；甚至遷怒風動的窗簾，它驚嚇了剛要蒞臨的膽小睡意。一隻該死的蚊子，發出絲毫沒有美感和品味的鼓翅聲，引爆我積累的敵意，於是乾脆起床追殺牠。蚊子被我的掌心夾成了肉餅，榨出無辜的鮮血。我對著那美麗的血色發呆，習慣性的又去瞄一瞄鬧鐘。失眠的人對時間總是特別在意，哎！三點半了！時間行走的聲音讓我反應過度，對分分秒秒無情的流失尤其小心眼。我想閱讀，然而書本也充滿睡意，每一粒文字都是蠕動的睡蟲，開啟我哈欠和淚腺的閘門。難怪我掀開被子，腳跟著地的剎那，恍惚聽見一個似曾相識的聲音在冷笑：「認輸了吧！」原來失眠並不意味著擁有多餘的時間，它要人安靜而專心的陪伴它，一如陪伴專橫的情人。

我趿上拖鞋，故意拖出叭噠叭噠的響聲，不是打地板的耳光，而是拍打暗夜的心臟。心有不甘的旋亮桌燈，溫暖的燈光下兩隻貓兒在桌底下的籃子裡相擁酣眠。多幸福啊！能夠這樣擁抱對方也擁抱睡眠。我不由十分羨慕此刻正安眠的眾生、腳下的貓兒、以及那個一碰枕頭就能接通夢境的「以前的我」。眼皮掛了十斤五花肉般快提不起來了，四天以來它們闔眼的時間不超過十二個小時，工作量確實太重了。黃色的桌燈令春夜分外安靜而溫暖。這樣的夜晚適宜窩在床上，和眾生同在睡海裡載浮載沉。

或許粗心的我弄丟了開啟睡門的鑰匙吧！又或者我突然失去了泅泳於深邃睡海的能力；還是我的夢囈干犯眾怒，被逐出夢鄉。總而言之，睡眠成了生活的主題，無時無刻都糾纏著我，因為失去它，日子像塌陷的蛋糕疲弱無力。此刻我是獵犬，而睡眠是兔子，牠不知去向，我則四處搜尋牠的氣味和蹤跡，於是不免草木皆兵，聲色俱疑。眾人皆睡我獨醒本就是痛苦，更何況睡意都已悉數凝聚在前額，它沉重得讓我的脖子無法負荷。當然那睡意極可能是假象，儘管如此，我仍乖乖的躺回床上。模糊中感到鈍重的意識不斷壓在身上，甜美的春夜吻遍我每一寸肌膚，然而我不肯定那是不是「睡覺」，因為心裡明白身心處在昏迷狀態，但同時又聽到隱隱的穿巷風聲遊走，不知是心動還是風動，或是二者皆非，只是被睡眠製造的假象矇騙了。那濃稠的睡意蒸發成絲絲縷縷從身上的孔竅游離，融入眾多沉睡者煮成的無邊濃湯裡。

就這樣意志模糊的過了六天，每天像拖個重殼的蝸牛在爬行。那天對鏡梳頭時，赫然發現一具近似吸血殭屍的慘白面容，立時恍然大悟，原來別人說我是熊貓只是善意的謊言。此時剛洗過的頭髮糾結成條，額上垂下的瀏海懸一排晶亮的水珠，面目只有「猙獰」二字可形容。頭髮嫌長了，短些是否較易入眠？太長太密或許睡意不易滲透，也不易把過多的睡意排放出去，所以這才失眠的吧！

到第七天，我暗忖這命定的數字或會賜我好眠，連上帝都只工作六天，第七天可憐的腦袋也該休息了。我聽到每一個細胞都在喊睏，便決定用誘餌把兔子引回來。那是四顆粉紅色、每顆直徑不超過零點五公分的夢幻之丸，散發著甜美的睡香，只要吃下一粒，即能享有美妙的好夢。

然而我有些猶豫，原是自然本能的睡眠竟然可以廉價購得。小小的一顆化學藥物變成高明的鎖匠，既然睡眠之鑰可以打造，以後是否連夢境也能夠一併複製，譬如想要回味初戀酸酸甜甜的滋味，就可以買一瓶青蘋果口味的夢幻之水；那瓶紅豔如火的液體可以讓夢飛到非洲大草原看日落；淡黃色的是月光下的約會；藍色的呢！是重回少年那段歲月，嚐嚐早已遺忘的憂鬱少年那種浪漫情懷吧！

我對那幾顆小小的東西注視良久。連自己的睡眠都要仰仗外力，那我還殘存多少自主，這樣活著憑的是甚麼？然而我極想念那隻柔順可愛的兔子，多想再度感受夢的花朵開放在黑夜的沃土。睡眠是個舒服的繭，躲進去可以暫時離開黏身的現實，在夢工場修復被現實利刃劃開的傷口。我疲弱的神經再也無法承受時間行走在暗夜的聲音。醒在暗夜如死刑犯坐困牢房，尤其月光令人發狂地恐慌。陽光升起時除了一絲涼淡淡的希望，伴隨而來是身心俱累的悲觀，彷彿刑期更近了，而我要努力撐起鈍重的腦袋，去和永無止盡的日子打仗。

我掀開窗簾，從沒看過那麼刺眼的陽光，狠狠刺痛我充血的眼睛，便刷的一聲又把簾子拉上。習慣了蒼白的月光和溫潤微涼的夜露，陽光顯得太直接明亮。黑夜來臨，我站在陽臺眺望燈火滅盡的巷子，彷彿一粒洩氣的氣球，精神卻不正常的亢奮起來，如服食過興奮劑，甚至可以感覺到充血的眼球發光，像嗜血的獸。

我想起大二時那位仙風道骨的書法老師。上課第一節照例是講理論，第二節習作。正當同學把濃黑的注意力化作墨汁流淌到紙上，筆尖和宣紙作無聲的討論時，突然聽到老師低沉的聲音說：「唉！我足足失眠兩個星期了。」我訝然抬頭，還撇壞了一筆。老師厚重鏡片後的眼神閃現異光，那是一頭極度渴睡的獸。我正好和他四目相接，立刻深深為那燃燒著強烈睡慾的眼神所懾，那是被睡意醃漬浸透、形神都淪陷的空洞，或許是吸收了太多太多的夜氣，以致充滿陰冷的寒意。然而他上起課來仍是有條有理，風格流變講得井然有序，而我現在終於明白他不時用力敲打自己的腦部、揉太陽穴，一副巴不得戳出個洞來的狠勁，其實是一種極度無奈的沮喪。他是在叩一扇生理本能的門，那道門的鑰匙因為芸芸眾生各持一把，丟掉了借來別人的也無濟於事，便那麼自責的又敲又戳起來。

然則如今我終於能體會他的無奈了。可怕的是我從自己日趨空洞的眼神，看到當年那瞬間的一瞥復又出現。晝伏夜出的朋友對夜色這妖魅迷戀不已，而願此生永為夜的奴僕。他們該試一試永續不眠的夜色，一如被綁在高加索山上，日日夜夜被鷲鷹啄食內臟的普羅米修斯，承受不斷被撕裂且永無結局的痛苦。然而那是偷火種的代價和懲罰，若是為不知名的命運所詛咒，這永無止境的折難就成了不甘的怨懟而非救贖，如此，普羅米修斯的怨魂將會永生永世盤桓。

失眠就是不知緣由的懲罰。那四顆夢幻之丸足以終止它嗎？我聽上癮的人說它是嗎啡，讓人既愛又恨，明知傷身，卻又拒絕不了，因為無它不成眠。這樣聽來委實令人心寒，就像自家的鑰匙落入賊子手裡，每晚還要他來給自己開門。於是我便一直猶豫，害怕自己軟弱的意志一旦首肯，便墜入深淵永劫不復了。

睡眠的慾望化成氣味充斥整個房間，和經過一冬未曬的床墊、棉被濃稠地混合，在久閉的室內滯留不去，形成房間特有的氣息。我以為是自己因失眠而嗅覺失靈的緣故。一日朋友來訪，我關上房門後問：「你有沒有聞到睡眠的味道？」他露出不可思議、似被驚嚇的眼神，我才意識到自己言重了。

就像我沒有想到會失眠一樣，睡眠突然倦鳥知返，事先也沒有任何預示，我迴避鏡子許久了，一如忘了究竟有多少日子是與夜為伴，以免嚇著自己，也害怕一直叨念這一點也不稀罕的文明病，終將為人所唾棄。何況失眠不能稱為「病」吧！如此身旁的人會厭惡我一如睡眠突然離去。而朋友一旦離開就像逝去的時間永不回頭，他們不是身體的一部分，亦非血濃於水的親密關係，更不會像丟失的狗兒會認路回家。

那天清晨，自深沉香醇的夢海泅回現實，急忙把那四顆粉紅色的夢幻之丸埋入曇花的泥土裡。也許，它們會變成香噴噴的釣餌，有朝一日再度誘回迷路的睡眠；也可能長出嫩芽，抽葉綻放黑色的夜之花，像曇花一樣，以它短暫的美麗溫暖暗夜的心臟。

原載一九九七年十月七至八日《中國時報》

選自《垂釣睡眠》，九歌出版社

作家瞭望台

鍾怡雯，一九六九年生於馬來西亞，臺灣師範大學國文研究所博士，現任教於元智大學中語系。曾獲《中國時報》散文首獎及評審獎、《聯合報》散文首獎、年度散文獎、吳魯芹散文獎、梁實秋文學獎、《中央日報》文學獎、華航旅行文學獎。

作家焦桐曾以〈想像之狐，擬貓之筆〉為題，為《垂釣睡眠》作序，說鍾怡雯「常超越現實邏輯，表現詭奇的設境，和一種驚悚之美，敘述來往於想像與現實之間，變化多端，如狐如鬼。」余光中先生在《聽說》一書的序文中說：「她的藝術像回力球一樣，不斷在虛實之間來回反彈，倒真能入於詭異，引起驚悚。值得注意的是，她的獨創往往在於刷新觀點。例如在〈垂釣睡眠〉一文裡，她把失眠倒過來，說成是睡眠拋她而去，追捕不得，卻又不甘將黑甜的天機交託給召夢之丸，只有等它倦遊而知返」、「她確是一位非常耽於感性的作家，而在感官經驗之中又特別敏於嗅覺、味覺」、「鍾怡雯的語言之美兼具流暢與細緻，大體上生動而天然，並不怎麼刻意求工。說她是一流的散文家，該無異議。」這些均可說明其寫作特色及成就。著有散文集《河宴》、《垂釣睡眠》、《聽說》、

《我和我豢養的宇宙》、《野半島》、《麻雀樹》，評論集《莫言小說：「歷史」的重構》、《亞洲華文散文的中國圖象》，主編有《馬華當代散文選》、《馬華文學讀本：赤道形聲》、《天下散文選》。

密門之鑰

奇人異事、名山大水遠比平凡無奇的小事小物來得容易書寫，原因就在於常人對新鮮、雄奇、怪異的事物容易感到驚奇，對平凡無奇的小事小物反倒因耳濡目染、久經熟習，覺得不過爾爾，寫來也就不易出人意表或較常人親歷感受來得更不為深刻。本文之成功處就在將平凡無奇的事件（失眠）寫得淋漓盡致，讓人感同身受，似乎寫出自身難言的情狀。

作者極擅於將細瑣事物放大書寫，失眠一事原似無可多說，作者卻極力鋪寫失眠情狀（睡不著、敏感、煩躁）、探索可能的原因（壓力、病變、環境太亮太吵、雜念太多）、及長期失眠後的精神狀態（頭部加重，腳下踩的卻是海綿，感覺變遲鈍，精神卻多疑）。並精心勾勒在黑夜中失眠過程中的聲音描繪，如被靜夜顯微數十倍的鬧鐘聲、嬰啼、狗吠、遠處細微的貓叫、機車的引擎、蚊子的鼓翅聲，以及失眠心情，如「失眠的人對時間總是特別在意」、「失眠並不意味著擁有多餘的時間，它要人安靜而專心的陪伴它，一如陪伴專橫的情人」，呈顯出失眠的無奈與痛苦。

作者更精於運用擬人和譬喻等修辭手法，讓文章不致因是書寫小事而變得無聊呆板。前者如「可惜不清楚睡眠愛吃甚麼，否則就像釣魚那樣用餌誘它上鉤，再把它哄回意識的牢籠關起來」、「我是獵犬，而睡眠是兔子，牠不知去向，我則四處搜尋牠的氣味和蹤跡，於是不免草木皆兵，聲色俱疑。」睡眠成了一隻可愛的獸，讓人又愛又恨。後者則可見作者發揮高明想像力，造出許多令人印象深刻又貼切的句子，如「睡眠是個舒服的繭，躲進去可以暫時離開黏身的現實，在夢工場修復被現實利刃劃開的傷口。」、「它用這種磨人脾性損人體膚的方式給我『顏色』好看，多像情人樂此不疲的傷害。然而情人分手有因，而我則莫名的被遺棄了。」、「醒在暗夜如死刑犯坐困牢房，尤其月光令人發狂地恐慌。」

作者與失眠拉鋸抗戰，甚至快要屈服於藥物之下才能重拾睡意，睡眠卻突然倦鳥知返，回復正常，至此似已結束，但作者卻輕轉筆鋒，指出並非所有事物都能像睡眠一般失而復得，有些則是失去便永不復得的了，即戛然而止，有意無意地藉此擴大文章的廣度和深度。

一段許多人都可能經歷的失眠小波瀾，卻在作者充滿文學的想像與刻劃之下，變得如此可感、有趣，又耐人尋味，出手確實不凡，本文曾獲第二十屆《中國時報》文學獎散文首獎，九歌八十六年年度散文獎。

提 神答問

一、請說明作者為何命名為〈垂釣睡眠〉，這樣命名有何好處？

答：作者自云：「可惜不清楚睡眠愛吃甚麼，否則就像釣魚那樣用餌誘它上鉤，再把它哄回意識的牢籠關起來。」如此命名可將抽象的睡眠具象化，符合全篇擬人擬物的修辭風格。

二、請指出作者用了哪些令你印象深刻的譬喻，這些譬喻你覺得是怎樣形成的？

答：請同學自行尋找，運用想像、聯想和類推而得，有些則用譬喻和轉化，見密門之鑰。

三、作者最後仍未服安眠藥，如果因病情需要而非單純失眠，你覺得需要服藥嗎？為什麼？

答：若失眠已影響身心健康，依照醫師囑咐服藥仍是必須。

寫 作擂台

將細微事物放大描寫是寫作的重要練習之一，例如將聲音、物品、氣味、事件放大描寫，如郵票、冷氣聲、玫瑰花香、牛肉麵上的一隻蒼蠅，可極力描寫這些事物的特點、過程和感受，並運用擬人和譬喻手法展現出事物的特色，試自選一項細微事物作練習，題目自訂，文長限六百字內。

探索新境

一、《垂釣睡眠》，九歌出版社發行。

二、《我和我豢養的宇宙》，聯合文學出版社發行。

（張輝誠老師設計撰寫）

有情人生

野茫茫

鍾理和

立兒：今天是你頭七的忌日，爸爸、媽媽、妹妹、還有成霖伯，來看你了。鐵民哥哥是上學校去了的，沒能一塊來。我們給你帶來了芎蕉、餅乾，和幾塊切得細細在你病中時曬乾了的年糕。這些，都是你平常頂愛吃的東西。在過去，你的貪嘴，是我們所操心的事項之一。你能一氣吃完幾乎一整瓣的芎蕉，或者一大塊的年糕，因為這個，你常常要惹起爸爸和媽媽的叱罵。我們總不讓你吃個足夠；我們怕你吃壞了肚子。而今天，爸爸媽媽卻買來了一整瓣的芎蕉，餅乾也是一大包的，倒願意看你貪嘴了。

另外，我們還給你帶來了一束鮮花。這些花，還是在農曆年前你幫了爸爸澆開了的。那時石竹剛含苞未放，現在，我也剪了幾朵來。石竹是你喜歡的，當時你還特別澆了很多水；說是過年準開的。果然，過年後，它們便開了，而且開了很多、很美。然而你沒等它們開出來，便把它們拋棄了，只好由我剪來給你看。可是，你在那裡？立兒，你在那裡？你為什麼不像平常日子那樣狼吞虎嚥的吃給我們看呢！還有那束鮮花，你看見了麼？那裡面有你喜歡的石竹呀！

立兒，現在家裡的那些花，已無人理管了，無人澆水了，花下的土，都已曬得龜裂起來。爸爸麼？誰再來幫爸爸澆水呢？而且澆來做什麼？那不是使爸爸更傷心麼，更難過麼？就只好讓它去生青草和乾裂了。

成霖伯，是我們的好鄰居，應了爸爸的要求，和我們一塊來了；又應了媽媽的要求，給你唸了一道經卷。還有你的妹妹，聽說是要給哥哥拈香，雖然不懂得什麼，卻也很高興的拈了香，拜了幾拜。妹妹今天是媽媽揹著來的。從前，媽媽每天下田做活，哥哥上學讀書，妹妹總是由你揹了到這裡那裡去玩的。由六七個月，剛剛能夠坐地的時候起，妹妹幾乎由你一個人照顧到了今年——已經四年了。就是在你發燒的最初二天，還是領了她玩的。因此，在這事情上，媽媽幾乎就沒煩過心。那裡想到該輪著媽媽揹她的時候，便是來給你上墳的日子呢！這教媽媽如何不悲傷？不慟哭？立兒，你能聽見媽媽的哭聲嗎？你看見妹妹給你拈香嗎？

我們的山寮，離群獨處。離開最近的成霖伯家，也就有四百公尺遠。你這樣把妹妹拋下，教妹妹跟誰玩去呢？你把妹妹拋棄得多麼的孤單，多麼冷清？你也不以為她可憐嗎？妹妹還小，你是還應該領著她玩的！

過了農曆年，寒凍嚴封了大地。大年初六，那是最寒的一天，我穿了許多衣服還覺得寒氣砭人；然而你卻只穿了一件衣服。我叫你多穿，你不聽。我發火，還打了你一巴掌。可是你到底不肯穿，領了妹妹，悄悄地由後門走到下邊的人家去了。這是我後來才知道的；那天，你們幾個孩子便在風地裡玩了來的。那是多麼冷的一天呀，而你卻只有一件單衣！果然，我所料不差，傍晚你回來時，便說腦袋不好過，只洗了一個澡，晚飯也沒吃得，便上牀睡覺了。待我們也上牀就寢時，摸摸你的額角，有點燙手。立兒，你便這樣得病了！

起初，我沒好氣，以為是你自己招來的病；而一半，也因把感冒看成不足輕重的小病，因此，對於你的治療，就也未加小心。過去，你們兄妹幾次受涼，不也由我弄些便藥給你們吃好了的麼？可是這次你的感冒便有點古怪。白天，燒退了，你照樣起來玩吃，雖然吃得並不多。到了夜裡——那是下半夜，又復燒起。而且隨著口也乾了，始終要茶水喝。就是後來我給你注射時，情形也是這樣，到了十一日看你這樣子非常睏憊，就是飯也懶得起來吃了，我們才想到請醫生。可是我們深處山中，請醫生，必須跑十多公里路程，到鎮裡去請才有。你媽媽去到村裡，沒借著車子，在這時，不幸又聽信人言，於是就只抓了一劑中藥回來。我不能放心，還差了剛剛放學回家的哥哥，再到村裡去買盤尼西林來給你注射。又過了一夜，翌日，就是正月十二日，那可紀念的日子，你的病勢更顯嚴重，終日跌在沉沉的暈睡中，待你媽請得醫生來時，醫生已面有難色了。不管我們如何用盡手段，下午五時，你終於悄悄的離開了人寰。

立兒，我們對不住你，這是我們害了你，把你耽誤了，並不是你想拋棄我們。相反地，就是到了最後一刻，你還是掙扎著和死神苦鬥。當媽媽去請醫生，我守在牀頭，你一疊聲的要藥吃，要我給你打針。過去，你是頂怕打針的。又在臨終前，你已經是不省人事了，還應了媽媽的大聲激勵，困難地把嘴張開，強把最後一粒雞角丸咬碎了嚥下去。你原是一個又淘氣、又倔強的孩子，在這時候，你便又一次表現了你的倔強和淘氣來。最後，你已明白自己必須和爸爸媽媽永別了，在嚥氣的剎那，兩顆晶瑩的淚珠，由你的眼睛滴落下來。你是那樣的依戀著，不肯扔了爸爸媽媽，爸爸媽媽卻把你耽誤了！你原諒我們？還是恨我們？

然而立兒，爸爸媽媽心裡有多大苦楚，你又那裡知道？

九年前，我在離這裡有半日路程的×地教書。那時，我們的環境，不像現在這樣的教人發愁。六月某日，天剛剛破曉，你，作為我們的第二個兒子出生了。當時，爸爸媽媽是喜是悲，我們不談，而對於你，這出生是並不怎樣幸福的，也許竟可說是不幸的。這在後來的日子，尤其是現在，便證明了確是如此！

立兒，也許你不知道的，我們的關係，原是可悲的一種。作為你們的生身父母的我們的結合，只為了名字上頭一個字相同，在由最初的剎那起，便被咒咀著了。彷彿我們在道德上犯了多麼可怕的瀰天大罪，人們都用那使人寒心的罪名加於我們。他們說我們是——牛、畜牲、逆子；如此等等。由於這種關聯，作為我們的孩子的你們，由呱呱落地的時候起，不，在你們出生前，便已分有了同樣可悲的命運了。牛子，是他們加給你們的名詞。你們還小，不能理解這句話含有什麼樣的意義。

當然，關於這點，我們是對的，而你們卻是無辜的。不對在他們，可是他們並不這樣想。他們張開了兩隻眼睛，在注視我們一舉一動。更張開了口，準備隨時給我們更多的侮蠛和嘲笑。無時無刻，我們和他們之間，都會感觸到那激烈的，無休止的惡鬥。

我們不甘服氣，預備支持到底。我們想用我們本身的關係，來給他們證明：我們的結合是對的，道德的、健全的！為此，我們不但有需要維持我們的完整性，並且，還須能夠健康地活下去。

但是事情是這樣地壞，立兒，在這方面，我們並未能做到像我們所想做的程度。在你彌月那天，正是應該熱鬧和高興一下的時候，我卻倒了下來。我病了！人們有了抨擊叛逆者的機會。他們私議起來了；天不允許！然而這並未能搖撼我的信心。我鞭策著自己，讓自己掙扎起來。我想；還有你們呢！可是接著第二道打擊又來了。在前四年，你哥哥，一說是因那次在學校跌倒，又說是蛀骨癆，如今已成殘廢——一個駝背。人們是更振振有詞了，還是那句話；天不允許！

至此，爸爸的意志雖堅強，也不能不為不幸的挫折而徬徨，而嘆息起來了。雖然，真實使爸爸痛心的，並不在此。爸爸所顧慮的，是更為複雜，更為深刻的呵。

自從爸爸病倒辭職，全家遷回現在的老家以後，我們的日子即在節節慘落下來。一家數口的生活，已有須賴你媽媽一個人做工和耕幾分地來維持了。以一個女人而言，你媽媽是無比地堅強。八九年來，她獨立支持著已在傾頹的家庭。你們應該以有這樣的一個媽媽而覺得驕傲。雖然如此，我們的環境條件，不問是內在的、外來的，都對她極端地不利。在一個有壓倒之勢的不幸命運的連續打擊之下，就是一個最勇毅的男子，要他尚能平靜地支持自己的信心，那是很難的，幾乎是不可能的。而且，倘使一個人不分日夜的獻身勞苦，而猶得不到最低限度的報酬，不但如此，甚至還須眼看自己心愛的家庭在自己面前沉落下去——這樣子，而還要他對這個世界繼續抱持善良的德性，那也同樣是很難的。媽媽的眼睛裡，已在漸漸浮起對生活的咒咀和絕望來了。啊呀，立兒，一個還有點自尊的男子，落到須要自己的女人來養活自己，已是不能忍耐了，何況又還要她給自己擔負更多和更重的擔子？當爸爸看著媽媽那種用自暴和怨恨在毀滅自己的時候，或者就在中夜，時間已遠超過人們應該休息的時刻，你媽媽還在隔間剁豬菜的時候，那時，你媽媽的刀子所剁的已不是豬菜，而是爸爸的心。就由這時候起，周圍每件事物，包括自己在內，都只使我感到煩惱和仇恨。爸爸已漸漸的變成了暴躁易怒的人，對於你們，自己的孩子，有時候我是殘酷得不近人情。這些你是知道的。然而，也便是這些，現在無時無刻不在激烈地噬著我的心。立兒，爸爸在懺悔、在悔恨，你同情並饒恕爸爸吧！

時間無聲無息地流著。很可喜的，在不知不覺中，在無限灰沉沉的環境中，你已長大起來了。全家中，就是你一個人強壯而活潑。你像一匹餵養的最好的小獅子，在爸爸媽媽面前，快活地來回跳躍而且嬉戲。你用了那蓬勃的成長，和對生的無邊歡欣，再度給我們展示了對人生的鼓舞。

立兒，這你是不知道的。在丈夫久病不起，長子又成殘廢的你的媽媽的心目中，你是成了什麼樣的一種存在，這你是不知道的。而我，為了上面所說的理由，在你身上寄著多麼大的希望，這你更是不知道的。尚在幼小之身的你，便是肩負了這許多的寄託和期待的。

這事說來也奇。雖然後來你在學業上也表現了和哥哥一樣的好。可是在外表上，你便總顯得有點呆板。然而說來也怪，在五六歲的時候，你便早意識著那無法逃避的義務了。有一日的傍晚，我們都在庭裡。庭邊那條山路，正好走過一隊一隊掮木頭的人。便在這時候，我們偶然談到你的呆板，拿這呆板和扶養父母之間那種不協調的關係來取笑你。你被笑得急了，你天真而機警地說，你大了可以掮木頭。

當時，我們雖然笑你的天真，然而一邊，卻也不無那種有了依託的人切實和慰藉之感。你那一味攝取生的活力，而茫然無知的，憨痴的姿態；同時在媽媽的眉頰間浮起了暖意；在我的心上，減輕了多少年來如負芒刺的疚歉的感覺。

但是誰知道這些只是一場為時短暫的夢？立兒，隨著你的生，你給我們帶來的歡欣，隨著你的死，仍然由你帶回去了！完了！而今，所有一切，全都完了！

當你斷氣，媽媽撫你而哭，說她願意用自己的身子來代你，好讓你掮木頭來養活爸爸和哥哥，那已非昔日的說了來玩的，而是被奪去一切的絕望者錐心的悲訴了。

啊呀，立兒，你死後，我們也許還須再活下去。然而我們已不再有什麼可向人呈示的了，不再有什麼可向人證明我們的關係的合理性了。我們的完整在哪裡？健全在哪裡？強壯在哪裡？沒有！什麼都沒有！此後！我們只是一邊感著生的空虛而渺茫，一邊卻無目的地讓自己活下去，如此而已。人們將更相信他們相信的對了。我們更須耐心聽著人們的議論了。立兒，立兒，你給爸爸說吧，果真天不允許麼？我不相信的，我不相信的！然而不相信又如何？你是這樣的死了！

而今，天已下起霏霏的細雨了，陰霾和冷漠，已漸漸的領有了廣漠的荒野。立兒，我們就要回去了，你一個人冷清清在這裡，是不是寂寞？是不是淒涼？從前爸爸不相信有魂靈，現在倒願信其真有了。又今天我們要來時，人們曾再三勸阻我們不要來，說是恐怕你的陰魂會跟了我們回來。果真有魂靈麼？果真會回來麼？那你就回來呀！立兒！爸媽願意你回來！

立兒，你聽見媽媽的哭聲麼？雨更大了。我們要回去了，立兒，你看見媽媽又在把妹妹揹起來了麼？你回來呀，立兒，跟著爸爸媽媽回來呀……

選自《鍾理和集》，前衛出版社

作家瞭望台

鍾理和（一九一五至一九六〇），祖籍廣東梅縣。幼年曾接受私塾漢文教育，後受同父異母兄鍾皓東（字和鳴）鼓勵，接觸新文學作品，遂決定以文學創作為職志。他的學歷僅是日據時代的公學校高等科畢業，再加一年半的村塾（讀漢詩）。八歲時隨父自屏東遷居高雄美濃，在父親經營的農場當助手，結識了鍾台妹，隨即墜入愛河，但同姓婚姻不為客家社會與家庭制度所容，遂攜台妹私奔轉赴北平、瀋陽等地，直至一九四六年才攜眷返臺，任初中教員。不久，因肺疾惡化，一度入院療養，後雖死裡逃生（耗盡家產及鑿掉七根肋骨才挽回性命），但謀生能力已無，家計全賴臺妹維持。

鍾理和一生備極艱辛，一女一子夭折，長子鐵民又因長期營養不良摔傷成駝背，罹病、散盡家財、殘廢的長子，一件件無情的打擊他，然而在貧病交逼下，他仍寫作不輟，呈現了堅忍不拔、追求理想的精神。這些感情的經驗及往後生活的艱苦煎熬，使他寫成無數感人的不朽作品留傳後世。作品有濃厚的自傳色彩，題材大致以描寫中國大陸、臺灣農民的生活經驗及對臺灣人命運之感思為主，文字簡鍊樸實，有悲天憫人之心，因此生活雖困蹟艱辛，卻能以莊嚴而坦然的心情面對。字裡行間洋溢著生活的價值與生命的智慧。病逝後，文友以「倒在血泊裡的筆耕者」稱之，是對其不朽形象最傳神的寫照。生前多不為人所知，直到以他的人生遭遇為底本而改編的電影《原鄉人》上映，一般民眾才認識了他。後人結集其作品有《鍾理和集》。

密門之鑰

鍾理和的作品和同時代的作家明顯不同，當其他作家風起雲湧投入批判社會、指導民心、反映臺灣悲苦的作品風潮時，鍾理和卻一改早期還有一些憂國憂民的主張，轉入全力書寫鄉間生活、自身經驗的鄉村題材，之所以如此，固然與其性格有關，但二二八事件時，其兄鍾皓東任基隆高中校長遭受政治迫害而亡恐怕亦有不少關係，讓他不自覺地避開了政治、社會等敏感題材，轉向鄉土書寫。

鄉土書寫著重寫實，鍾理和身居鄉村，透過親身觀察、體悟，用樸實淡雅的筆調寫出鄉村生活的人情世故、季節景物變化等等，有一種旁觀自得的悠然心態。但〈野茫茫〉卻大不相同，寫出作者內心強烈澎湃的情感，原因就在於此篇抒發的正是人生之至痛。

一九四〇年，二十六歲的鍾理和帶著情人鍾臺妹離開故鄉高雄美濃客家莊私奔到東北瀋陽，以逃離客家傳統「同姓不婚」的禁忌阻力，後又在北平度過六年，一九四六年才又回到故鄉。這一年，次子鍾立民出生，作者感染肺病，至臺北醫治了三年，病情略為好轉後才又回到美濃，但健康已大壞，謀生能力幾已喪失，只能依靠寫作賺取微薄稿費貼補家用。一九五四年，年僅九歲的鍾立民夭折了，鍾理和痛心之餘，寫下這篇文章。

此文採對話體，實則為作者對著次子墳墓的喃喃自語，娓娓道來父親對於過往親子間日常生活瑣事的追憶，追憶過往細節卻烘托出親子生死永隔的巨大悲傷，特別是追憶次子生病原因、過程，以及延誤醫治時機，都充滿濃厚的咎責情懷，也因此種咎責又讓作者回想起別人對「同姓結婚」的詛咒，甚至動搖了作者原先義無反顧堅定的自由愛情信念，因為連最後一個健康的小孩都夭折了。

全文語言簡樸，如話家常，卻真摯動人，感人深刻。

提神答問

一、文中「真實使爸爸痛心的，並不在此。爸爸所顧慮的，是更為複雜，更為深刻的呵」，作者痛心、顧慮的究竟為何？

答：鄉人對同姓結婚的排斥與詛咒，然而僅剩一個健康的小孩都夭折了，動搖了作者原先義無反顧堅定的自由愛情信念。

二、悼念文章主要藉回憶過往點滴而抒發哀情，請指出作者具體回憶了哪些父子間相處的過往事件，以表達出深厚的哀情。

答：一口氣吃完幾乎一整辮的芎蕉或一大塊年糕、幫忙澆花、照顧妹妹、生病時的照顧等。

三、一般人常以「白髮人送黑髮人」為世間一大悲痛，試說明此種悲痛的原因及該如何避免有此傷痛的辦法。

答：請同學自行思考、回答。

寫作擂台

寫作方法中有一種「擬人代答」，就是想像自己為他人，用他人的身分、口吻來發聲行文。請同學試從「立兒」身分、口吻，在看完父親的〈野茫茫〉文章後，代回一封信給父親。內容可不依照書信格式，題目不限，字數六百字以內。

探索新境

一、〈做田〉，本篇可見作者描寫農村生活的樣貌。

二、〈我的書齋〉，本篇可讀到作者知足常樂的天性。

二文皆收於《鍾理和集》，前衛出版社發行。

（張輝誠老師設計撰寫）

萬物之母

許地山

在這經過離亂底❶村裡，荒屋破籬之間，每日只有幾縷零零落落的炊煙冒上來；那人口底稀少可想而知。你一進到無論那個村裡，最喜歡遇見底，是不是村童在阡陌間或園圃中跳來跳去；或走在你前頭，或隨著你步後模仿你底行動？村裡若沒有孩子們，就不成村落了。在這經過離亂底村裡，不但沒有孩子，而且有人向你要求孩子！

這裡住著一個不滿三十歲底寡婦，一見人來，便要求，說：「善心善行的人，求你對那位總爺❷說，把我底兒子給回。我那穿虎紋衣服，戴虎兒帽底便是我底兒子。」

她底兒子被亂兵殺死已經多年了。她從不會忘記：總爺把無情的劍拔出來底時候，那穿虎紋衣服底可憐兒還用雙手招著，要她摟抱。她要跑去接底時候，她底精神已和黃昏底霞光一同麻痺而熟睡了。唉，最慘的事豈不是人把寡婦懷裡底獨生子奪過去，且在她面前害死嗎？要她在醒後把這事完全藏在她記憶底多寶箱裡，可以說，比剖芥子來藏須彌❸還難。

她底屋裡排列了許多零碎的東西；當時她兒子玩過底小囝也在其中。在黃昏時候，她每把各樣東西抱在懷裡說：「我底兒，母親豈有不救你，不保護你底？你現在在我懷裡咧。不要作聲，看一會人來又把你奪去。」可是一過了黃昏，她就立刻醒悟過來，知道那所抱底不是她底兒子。

那天，她又出來找她底「命」。月底光明矇著她，使她在不知不覺間進入村後底山裡。那座山，就是白天也少

---

❶ 底：相當於現今「的」字。五四時期的作家習慣以「底」字用作所有格助詞，如「你底……」、「我底……」，許地山在本文中除這種用法外，也作介詞用。

❷ 總爺：一般老百姓對士兵的稱呼。

❸ 剖芥子來藏須彌：化用佛家語「芥子納須彌」而來，佛家認為萬物諸相皆非真，故小者亦可以藏大物。芥子，芥菜的種子，借指微小之物。須彌，古印度的高山。

有人敢進去，何況在盛夏底夜間，雜草把樵人底小徑封得那麼嚴！她一點也不害怕，攀著小樹，緣著蔦蘿，慢慢地上去。

她坐在一塊大石上歇息，無意中給她聽見了一兩聲底兒啼。她不及判別，便說：「我底兒，你藏在這裡麼？我來了，不要哭啦。」

她從大石下來，隨著聲音底來處，爬入石下一個洞裡。但是裡面一點東西也沒有。她很疲乏，不能再爬出來，就在洞裡睡了一夜。

第二天早晨，她醒時，心神還是非常恍惚。她坐在石上，耳邊還留著昨晚上底兒啼聲。這當然更要動她底心，所以那方從靄雲被裡攢出來底朝陽無力把她臉上和鼻端底珠露曬乾了。她在瞻顧中，才看出對面山岩上坐著一個穿虎紋衣服底孩子。可是她看錯了！那邊坐著底，是一隻虎子；他底聲音從那邊送來很像兒啼。她立即離開所坐底地方，不管當中所隔底谷有多麼深，儘管攀緣著，向那邊去。不幸早露未乾，所依附底都很溼滑，一失手，就把她溜到谷底。

她昏了許久才醒回來。小傷總免不了，卻還能夠走動。她爬著，看見身邊暴露了一付小髑髏。

「我底兒，你方才不是還在山上哭著麼？怎麼你母親來得遲一點，你就變成這樣？」她把髑髏抱住，說：「呀，我底苦命兒，我怎能把你醫治呢？」悲苦儘管悲苦，然而，自她丟了孩子以後，不能不算這是她第一次底安慰。從早晨直到黃昏，她就坐在那裡，不但不覺得餓，連水也沒喝過。零星幾點，已懸在天空，那天就在她底安慰中過去了。

她忽想起幼年時代，人家告訴她底神話，就立起來說：「我底兒，我抱你上山頂，先為你摘兩顆星星下來，嵌入你底眼眶，教你看得見；然後給你找香象底皮肉來補你底身體。可是你不要再哭，恐怕給人聽見，又把你奪過去。」

「敬姑，敬姑。」找她底人們在滿山中這樣叫了好幾聲，也沒有一點影響。

「也許她被那隻老虎吃了。」

「不，不對。前晚那隻老虎是跑下來捕雲哥圈裡底牛犢被打死底。如果那東西把敬姑吃了，決不再下山來赴死。我們再進深一點找罷。」

唉，他們底工夫白費了！縱然找著她，若是她還沒有把星星抓在手裡，她心裡怎能平安，怎肯隨著他們回來？

選自《現代中國散文選Ⅰ》，洪範書店

作家瞭望台

許地山（一八九三至一九四一），筆名落華生。出生於臺南，成長於閩粵，北京燕京大學畢業，留學美國哥倫比亞大學與英國牛津大學，歷任燕京、北京、清華等大學教授，專攻宗教史、宗教比較學、人類學、民俗學等，並積極提倡新文學，以小說及散文創作享譽文壇。一九三五年起受聘為香港大學中文系教授，抗日戰爭爆發後，在教學研究之餘，為宣傳抗日熱心奔走，終因積勞而卒。

許地山在甲午戰爭前一年出生，父親許南英為臺南籌防局都統，在清廷割讓臺灣時與人民奮起抗日，後因不甘臣服日本，舉家遷往福建。庭訓對許地山影響很大，其名篇〈落花生〉中寫到父親的期許：「所以你們要像花生，因為他是有用的，不是偉大、好看的東西。」綜觀許氏一生，在動蕩的時代中，除了致力於學術與文藝創作外，更走出書齋積極投入救國事業，充分實踐「要做有用的人，不要做偉大、體面的人。」身為一個知識分子，許地山可以說將其所應盡的社會責任發揮到了極致。

許氏早年曾入基督教，後又鑽研佛、道、印度教等教義，加上國家時局的影響，因此在他的小說及散文中，常可見到人生多苦的主題，及宗教家的悲憫之心。其作品特色除關懷悲憫之外，情節幽深曲折，語言淡雅清新，寓言性質特強。楊牧將近代散文歸納為七類，其中寓言類便以許地山為典範。作品包括散文集《空山靈雨》，短篇小說集《綴網勞蛛》、《解放者》、《危巢墜簡》。現常見之版本為洪範書店彙編之《許地山散文選》、《許地山小說選》。

密門之鑰

〈萬物之母〉寫於一九二二年，正當新文學初創開展的時期，各種體裁都在探索之中，許地山的散文便表現出多樣形式。這篇〈萬物之母〉很像一篇小說，有人物的描寫，有簡單的故事情節；但它不著意鋪寫情節，目的則在寄託作者對社會人生的感受和思考。文中寫一個因軍閥殘暴而失去獨子的寡婦，以癲狂的行為尋找愛子，表面上寫的是母愛，但從題目上可看出，作者的目的不只在敘述「敬姑」這位主角的個人遭遇，而在宣揚人間母愛的偉大外，更有擴及關懷天地萬物的意圖。

文章一開始先描述敬姑所處的是一個經過戰火摧殘的山村，放眼望去，只有零落的幾縷炊煙和破籬荒屋。村子裡因為人口減少而變得冷清，尤其是缺了一群活潑笑鬧的孩子們，更讓整個村子缺乏人氣而顯得死寂。這等淒涼之狀，在「戰亂」的背景下是可以想見的。但就在這時，「在這經過離亂底村裡，不但沒有孩子，而且有人向你要求孩子！」不由得令人緊張了起來：是誰向人要孩子？於是一個喪子寡婦的瘋癲形象便一點一滴呈現出來。

作者特別為這位敬姑形塑了人世間最悲慘的形象：不滿三十歲、寡婦、親眼目睹獨子被殺。兒子死的那一幕永遠在她的腦海裡：「總爺把無情的劍拔出來底時候，那穿虎紋衣服底可憐兒還用雙手招著，要她摟抱。」這慘絕人寰的一幕發生在某一天黃昏的霞光之中。自此之後，這位深受打擊的母親每到黃昏時，就抱著屋裡兒子的遺物說話；但一過黃昏，她就醒悟到兒子不在身邊而上山尋兒。即使白天也無人敢進的山區，阻礙不了一個思子心切的母親。不論是月光下聽到的啼聲，或是朝陽中看到的身穿虎紋衣服的孩子，甚至是山谷中發現的骸骨，她都當成是自己的兒子。對一個失去愛子的母親來說，抱著骨骸，竟也成了莫大的安慰！但這個母親不甘於僅是抱著兒子的屍骨，她企圖使兒子復活，於是她要摘下星星當做兒子的眼睛，找香象皮為兒子補身體。她沉浸在自我的瘋癲想像之中，完全不顧村人的找尋。

故事的最後，透過村人簡單的對話，我們可以想像：敬姑是常常上山找兒子的，村人可能也例行公事地每天尋找敬姑。只是這一天比較特別，因為昨夜有老虎出現。大家猜測敬姑沒被老虎吃掉，否則那隻老虎就不會下山偷捕小牛而被打死。雖然敬姑沒有遇到這隻老虎，但她晚上聽到的兒啼，其實就是小虎的啼聲；白天看到穿虎紋衣服的也並不是小孩，而是一隻小虎。小虎為何夜啼？為何站在山頭？應該是在等候牠的母親捕食而歸吧！母虎因捕食而亡，敬姑的獨子因戰爭而死，殘酷的現實造成了寡婦喪子、幼虎失恃！於是到最後，我們看到一個永不放棄的母親，為了不可能復活的兒子而努力，也隱約看見那永遠等不到媽媽的小虎兒天天站在山頭，夜夜啼哭。

作者在文中並未交代真實的戰爭背景，或是鋪寫殘暴的虐殺場景，而是集中描寫失去愛子的發瘋母親一連串的行為和心理狀態。這樣的寫法雖未直接控訴戰爭，卻更能反映殘酷現實是如何造成天下的人倫悲劇。在主題意識上，有意藉這個故事揭露戰爭對人民造成的傷害；情節的安排上，則儘量避免枝蔓，以敬姑上山尋兒的主線進行，最後輔以村人簡單的對話，讓讀者恍然明白文中敬姑所聽、所見，只不過是思子心切所產生的錯覺。全文情節單純，描述平實，卻因一位寡婦喪子後的種種瘋狂行徑，而形成一種神祕詭異的氣氛，產生一股強烈深沉的藝術力量，讀來令人動容、悵然。

提神答問

一、這篇文章中哪一段文字的描述最令你感動？請提出來與同學分享。

答：請依個人的閱讀感受或體會，選擇最令自己動容的一段文字與同學分享，並說明感動你的原因。

二、本文中的「時間」（黃昏、夜晚、早晨）隱然是情節推動的重要因素，能否舉出一二例，加以分析說明。

答：文中敬姑的獨子是死於黃昏時刻，因此每到黃昏，便是她瘋狂尋兒的開始。於是整篇文章就從「黃昏」開始，

接著的情節就依時間的順序進行：

黃昏：上山尋兒→夜晚：在山上聽到兒啼；因疲累而睡在洞裡→早晨：陽光中看到對面山頭的幼虎，因而滑落山谷，發現骨骸→從早到晚抱著枯骨，到了夜晚便決定要摘星兒、找香象皮使兒子復活。對敬姑而言，這

一連串的尋子過程似乎有了具體結果，但通過文章末段村人的對話，方才還原敬姑之所以看到虎子的原因，以及她每天黃昏之後便入山尋子的大致過程。

三、你在閱讀本文時，感到最困難的地方是什麼？情節、思想、語言、表現手法或其他層面，請將疑惑提出來和同學互相討論。

答：本文的創作年代與背景和同學們所處的時代背景大不相同，作者所使用的語言也留有民初的風格。同學們可針對自己在閱讀過程中無法充分理解的部分，提出來互相討論，以求進一步了解本篇的創作精神。

寫作擂台

許地山的〈萬物之母〉以近似小說的筆法描寫喪子寡婦上山尋兒的經過，有簡單的故事情節，也藉由動作、自我對話的呈現，對敬姑這位可憐母親做了細膩的人物刻劃。請你仿照同樣的方式，另行構思情節內容，以表現母愛為主題，寫作一篇文章。

說明：

1. 題目自訂。請由文中的具體物件構思，例如：「白髮與臍帶」；儘量避免空泛的文題（如：母親、母愛等）。

2. 須有簡單的情節，親身經驗或虛構皆可，要具體描寫動作、神態，或藉對話呈現主題，避免純粹敘述事件經過。文長四百字以上。

探索新境

《許地山散文選》，洪範書店發行。

有興趣的同學可以進一步閱讀此書，體會其寓言式的寫作、宗教哲思性的筆調，與悲憫的人文關懷。

（黃琪老師設計撰寫）

紅紗燈

琦君

小時候，我每年過新年都有一盞紅燈籠，那是外公親手給我糊的。一盞圓圓直直的大紅鼓子燈，兩頭邊沿鑲上兩道閃閃發光的金紙。提著它，我就渾身暖和起來，另一隻手捏在外公暖烘烘的手掌心裡，由他牽著我，去看廟戲或趕熱鬧的提燈會。

八歲那年，他卻特別高興地做了兩盞漂亮精緻的紅紗燈：一盞給我，一盞給比我大六歲的五叔。這兩盞燈，一直照亮著我們。現在，燈光好像還亮在我眼前，亮在我心中。

每年臘月送灶神的前一天，外公一定會準時來的。從那一天起，我的家庭教師也開始給我放寒假了。寒假一直放到正月初七迎神提燈會以後，足足半個月，我又蹦跳又唱歌又吃。媽媽說我胖得像一隻長足了的蛤蟆，鼓著肚子，渾身的肉都緊繃繃的。幾十里的山路，外公要從大清早走起，走到下午才到。我吃了午飯，就搬張小竹椅子坐在後門口等，下雨天就撐把大傘。外公是從山腳邊那條彎彎曲曲的田埂路上，一腳高一腳低地走來的。一看見他，我就跑上前去，抱住他的青布大圍裙喊：「外公，你來啦，給我帶的什麼？」

「紅棗糖糕，再加一只金元寶，外公自己做的。」

外公總說什麼都是他自己做的，其實紅棗糖糕是舅媽做的，外公拿它來捏成各色各樣的玩意兒，麻雀、兔子、豬頭、金元寶。每年加一樣新花樣。

「今年給我糊什麼燈？」

「蓮花燈、關刀燈、兔子燈、輪船燈，你要那一樣？」

外公說了那麼多花樣，實際上他總給我糊一盞圓筒筒似的鼓子燈。外公說他年輕時樣樣都會，現在老了，手不大靈活，還是糊鼓子燈方便些。我也只要鼓子燈，不小心燒掉了馬上再糊上一層紅紙，不要我等得發急。

外公的雪白鬍鬚好長好長，有一次給我糊燈的時候，鬍鬚尖掉進漿糊碗裡，我說：「外公，小心晚上睡覺的時候，老鼠來咬你的鬍鬚啊！」

「把我下巴啃掉了都不要緊，天一亮就會長出一個新的來。」

「你又不是土地爺爺。」我咯咯地笑起來。

「小春，你知道土地爺爺是什麼人變的嗎？」

「不知道。」

「是地方上頂好的人變的。」

「怎麼樣的人才是頂好的好人呢？」

外公瞇起眼睛，用滿是漿糊的手摸著長鬍子說：「小時候不偷懶，不貪吃，不撒謊，用功讀書，勤快做事。長大了人家有困難就不顧一切的去幫助他。」

「你想當土地爺爺嗎？外公？」

「想是想不到的，不過不管怎麼樣，一個人總應當時時刻刻存心做好人。」

好人與壞人，對八歲的我來說，是極力想把他們分個清楚的。不過我還沒見過什麼壞人，只有五叔，有時趁我媽媽不在廚房的時候，偷偷在碗櫥裡倒一大碗酒喝，拿個鴨肫乾啃啃，或是悄悄地去爸爸書房裡偷幾根加利克香煙，躲在穀倉後邊去抽；我問過外公，外公說：「他不是壞人，只是習慣學壞了，讓我來慢慢兒勸他，他會學好的。」

外公對五叔總是笑咪咪的，不像爸爸老沉著一張臉，連正眼都不看他一下。所以外公來了，五叔也非常高興。有時幫他劈燈籠用的竹子。那一天，我們三個人在後院暖洋洋的太陽裡，外公拿剪子剪燈上用的紙花，五叔用細麻繩紮篾籤子，我把甜甜的花生炒米糖，輪流地塞在外公和五叔的嘴裡。外公嚼起來喀啦喀啦的響，五叔說：

「外公，您老人家的牙真好。」

「吃蕃薯的人，樣樣都好。」外公得意地說。

「看您要活一百歲呢。」五叔說。

「管他活多大呢。我從來不記自己的年紀的。」

「我知道，媽媽說外公今年六十八歲。」

「算算看，外公比你大幾歲？」五叔問我。

「大六歲。」我很快地說。

「糊塗蟲，怎麼只大六歲呢？」五叔大笑。

「大十歲。」我又說。其實我是故意逗外公樂的，我怎麼算不出來，外公比我整整大六十歲。

「大八歲也好，十歲也好，反正外公跟你提燈的時候就是一樣年紀。」外公俯身拾起一粒木炭，在洋灰地上畫了一隻長長的大象鼻子，問我：「這是『阿伯伯』六字嗎？」

「不是『阿伯伯』，是『阿刺伯』六字，你畫得一點也不像。」我搶過木炭，在右邊再加個八字。說：「這是外公的年紀。」

五叔把木炭拿去，再在左邊加了一直說：「你老就活這麼大，一百六十八歲，好嗎？」

「那不成老人精了？」外公哈哈大笑起來，放下剪刀，又篤篤地吸起旱煙管來了。五叔連忙在身邊摸出一包洋火，給他點上。外公笑嘻嘻地問：「老五，你怎麼身邊總帶著洋火呢？」

「給小春點燈籠用的。」五叔很流利地說。

「才不是呢！你在媽媽經堂偷來，給自己抽香煙用的。不信你口袋裡一定還有香煙。」我不由分說，伸手在他口袋裡一摸，果真掏出兩根彎彎扁扁的加利克香煙，還有兩個煙蒂頭，小叔的臉馬上飛紅了。

「這是大哥不要了的。」五叔結結巴巴地說。

外公半晌沒說話，噴了幾口煙，他忽然說：「小春，把香煙剝開來塞在旱煙斗裡，給外公抽。」又回頭對五叔說：「你手很巧，我教你紮個關刀燈給小春，後天是初七，我們一起提燈去。」

「我不去，我媽罵我沒出息，書不念，只會趕熱鬧，村裡的人也都瞧不起我。」

「那麼，你究竟念了書沒有？」

「念不進去，倒是喜歡寫毛筆字。」

「那好，你就替我拿毛筆抄本書。」

「抄什麼書？」

「《三國演義》。」

「那麼長的書，您要抄？」

「該，字太小，我老花眼看不清楚。你肯幫我抄嗎？抄一張字一毛錢，你不想多掙幾塊錢嗎？」

「好，我替您抄。」

五叔與外公這筆生意就這樣成交了。外公摸出一塊亮晃晃的銀元，給五叔去買紙筆。他還買回好多種顏色的玻璃紙給我糊燈。外公教他紮關刀燈，自己一口氣又糊了五盞鼓子燈：紅的、綠的、黃的、藍的，一盞盞都掛在廊前。五叔拿著糊好的關刀燈在我面前擺一個姿勢，眼睛閉上，把眉心一皺，做出關公的神氣。在五彩瑰麗的燈光裡，我看見五叔揚揚得意的笑。

提燈會那天下午，天就飄起大雪來。大朵的雪花在空中飛舞，本來是我最喜歡的，可是燈將會被雪花打熄，卻使我非常懊喪。外公說：「不要緊，我撐把大傘，你躲在我傘下面只管提，老五就拿火把，火把不怕雪打的。」

外公套上大釘鞋，五叔給我在蚌殼棉鞋外面綁上草鞋，三個人悄悄地從後門出去，到街上追上了提燈隊伍。媽媽並不知道，她知道了是決不許外公與我在這麼冷的大雪夜晚在外面跑的。

雪愈下愈大，風就像刀刺似的。我倚偎在外公身邊，一隻手插在他的羊皮袴口袋裡，提鼓子燈的手雖然套著手套，仍快凍僵了。五叔在我前面握著火把，眼前一長列的燈籠、火把，照得明晃晃的雪夜都成了粉紅色。大家的草鞋在雪地上踩得格支格支的響。外公的釘鞋插進雪裡又提起來，卻發出清脆的沙沙聲。我吸著冷氣，抬頭看外公，他的臉和眼睛都發著亮光。

「外公，你冷不冷？」我問他。

「越走越暖和，怎麼會冷，你呢？」

「外公不冷，我就不冷。」

「說得對，外公六十八歲都不冷，你還冷？」他把我提燈的手牽過去，我凍僵的手背頓時感到一陣溫暖。我快樂地說：「外公，我真喜歡你。」

「我也真喜歡你，可是你長大了要出門讀書，別忘了過新年的時候回來陪外公提燈啊。」

「一定的。等我大學畢業掙了大錢，就請四個人抬著你提燈。」

「那我不真成了土地公公啦？」他呵呵地笑了。

提燈隊伍穿過熱鬧的街心，兩旁的商店都劈劈拍拍放起鞭炮來。隊伍的最前面敲著鑼鼓，也有吹簫與拉胡琴的聲音；鬧轟轟地穿出街道，又向河邊走去，火把與紅紅綠綠的燈光，照在靜止的深藍河水中，岸上與河裡兩排燈火，彎彎曲曲，搖搖晃晃的向前蠕動著。天空仍飄著朵朵雪花，夜是一片銀白色，我幻想著彷彿走進海龍王的水晶宮裡去了。忽然前面一陣騷動，有人大聲喊：「不得了，有人掉進河裡去了。」

我吃了一驚，一時眼花撩亂。仔細一看，一直走在前面的五叔不知什麼時候已經不見了，我拉著外公著急地說：「怎麼辦呢？一定是五叔掉進河裡去了。」

外公卻鎮靜地說：「不會的，他這麼大的人怎麼會掉進河裡去呢？」

長龍縮短了，火把和燈籠都聚集在一起。在亂糟糟的喊聲中，卻聽見撲通一聲，有人跳進河裡去。我不由得趕上前面，擠進人叢，看見一個人拖著一個孩子溼淋淋地爬上岸來，仔細一看，原來是五叔。他抱著一個比他小不了多少的男孩子，把他交給眾人；我搶上一步，捏著五叔冰冷徹骨的雙手說：「五叔，你真了不起，你跳得好快啊。」

五叔咧著嘴笑，提燈隊的人個個都向他道謝。說他勇敢，肯跳下快結冰的水裡去救人。外公拈著鬍鬚連連點頭說：「好，你真好，快回去換衣服吧。」

五叔先回去了。外公仍牽我跟著隊伍，一直到把菩薩送進了廟裡才散。那時將近午夜，雪已經停止了，空氣卻越來越冷。外公把傘背上沉甸甸的雪抖落了，合上傘，在我的鼓子燈裡換上一枝長蠟燭。燈光又明亮了起來，照著雪地上我們倆一高一矮的影子，前前後後地搖晃著。提燈的人散去以後，我忽然感到一陣冷清，心裡想著最熱鬧的年快過完了，隨便怎樣開心的事兒，總歸都要過去的。我沒精打采地說：「外公，我們快回家吧，媽要惦記了。」

回到家裡，看見五叔坐在廚房裡的長凳上，叔婆在給他烤溼漉漉的棉襖，媽正端了一碗熱氣騰騰的酒給他喝，說是給他去寒氣的，這回他可以大模大樣地喝酒了。

我連忙問他：「五叔，你怎麼有膽子一下就跳進這麼冷的水裡呢，你本來會泅水嗎？」

「只會一點兒。那時我聽見喊有人掉下水去了。我呆了半天，忽然覺得前面的火把燒得這麼旺，燈籠點得這麼亮，這樣熱鬧快樂的時候，怎麼可以有人淹死在水裡呢？我來不及多想，就撲通一下跳進水去。在水裡起初我也很心慌，衣服溼了人就往下沉。可是我想到那個不會泅水的人快淹死了，他一定比我更心慌，我仰起頭，看見岸上有那麼多燈火，地上又是雪白的一片，我就極力往上看，往亮的地方看，那許多火把和燈光，好像給了我不少力氣，我還是把那個人找到，拖上來了。」

「你知道村子裡個個人都在誇獎你嗎？」外公問他。

「我知道，從他們的臉上，我看得出來。」

「那麼，把這碗酒慢慢的喝掉，喝得渾身暖暖的，以後別再喝酒了。」外公又端一碗酒給他說。

「我以後不再偷喝酒了，我要做個好人。」

「你本來就是好人嘛，外公說的，肯幫助人的就是好人。」我得意地說。

我的大紅鼓子燈還提在手裡，媽媽把它接去插在柱子上，又點起一枝大紅蠟燭，放在桌子正中，照得整個廚房都亮亮的。五叔望著跳躍的燭光，一對細長眼睛睜得大大地，他轉臉對外公說：「外公，我捧著火把跟大家跑的時候，忽然覺得燈真好，亮光真好，它照著人向前跑。照得我心裡發出一股暖氣，大家都在笑，都那麼快樂，所以我也跑，跟著大家一起吶喊。我才知道以前不該躲躲藏藏的做旁人不高興的事。外公，我以後再也不這樣了。」

外公笑起來滿臉的皺紋，外公好高興，他的瞇縫眼裡發出了光輝。他摸著鬍鬚說：「好，你說得真好，我要好好給你紮一盞燈，趕著十五提燈去。」

「我也要。」我喊。

「還少得了你的！」

外公叫媽媽找來兩塊大紅薄紡綢，又叫五叔幫他劈竹子，整整忙了兩天，他真的紮出兩盞玲瓏的六角形紅紗燈。每個角都有綠絲線穗子垂下來，飄啊飄的，下面還有四隻腳，可以提，又可以擺在桌上。原來外公的手藝這麼高，他的手一點沒有不靈活，以前只是為了趕工，懶得紮就是了。

兩盞紅紗燈並排兒掛在屋簷下面，照著天井裡東一堆西一堆的積雪，和臺階下一枝開得非常茂盛的臘梅花。在靜悄悄中散佈出清香。

五叔注視著那燈光說：「明天起，我給你抄《三國演義》。」

「別給我抄《三國演義》了，請老師教你讀書吧，讀一篇，你就抄一篇，你大哥書房裡那麼多的書。」

「老師教我讀什麼書呢？」

「《論語》，那裡面道理多極了。」

「《論語》，老師都教我背過了，只是覺得沒什麼意思。」

「我一句句打比喻解說給你聽，你就有興趣了。」

五叔點點頭。

正月初七已過，我的假期滿了，必須回到書房裡。外公叫五叔也陪我一同讀書。我們各人一張小書桌，晚上把兩盞紅紗燈擺在正中長桌上。我雖眼睛望著書本，心裡卻一直惦記十五的提燈會。五叔經外公一誇獎，書念得比我快，字寫得比我好。外公告訴我爸爸，爸爸還不相信呢。

十五提燈會，不用說又是最快樂的一晚。那個被五叔救起的男孩子特地跑來約他一同去。我呢，仍舊牽著外公的手，把美麗的紅紗燈提得高高的，向眾人炫耀。

提燈會以後，快樂的新年過完了，可是我覺得這一年比往年更快樂，什麼原因我卻說不出來。是因為外公給我與五叔每人做了一盞漂亮的紅紗燈嗎？還是因為看五叔在燈下用心抄書，不再抽煙喝酒，不再偷叔婆的錢了呢？

選自《紅紗燈》，三民書局

作家瞭望台

琦君（一九一七至二〇〇六），原名潘希珍（稀世之珍），浙江永嘉人。童年與母親在故鄉度過，父親喜愛讀書、藏書，特聘家庭教師教導她古典文學，為琦君的國學奠定了良好的基礎。十四歲就讀教會中學，畢業於杭州之江大學中文系。一九四九年赴臺灣，在司法部門工作了二十六年，並曾先後任教於臺灣中國文化大學、中央大學和中興大學，講授新舊文學。一九七七年隨丈夫旅居美國，專事寫作，二〇〇四年回臺定居，二〇〇六年病逝台北。

琦君的散文量多質美，享譽文壇，廣受讀者喜愛。余光中曾說：三十年來臺灣散文作家的第二代之中「筆力最健者，當推琦君」（張曉風《你還沒有愛過》序）。琦君的文字乾淨，出自至誠，不假雕琢，尤以散文淡雅平實，憑著驚人的記憶力、厚實的國學根柢、多情的生花妙筆，追憶故鄉風物人情，寫景清雅，寫情溫婉；她的詩詞賞析，細膩雋永；她的評論穩重敦厚，語帶幽默，崇尚心靈（生命）的美學，深入淺出，情味醇厚。

琦君出版散文集、小說集及兒童文學作品三十餘種，有《煙愁》、《紅紗燈》（獲中山文藝創作獎）、《三更有夢書當枕》、《桂花雨》、《細雨燈花落》、《讀書與生活》、《千里懷人月在峰》、《留予他年說夢痕》、《琴心》、《菁姐》以及《琦君自選集》等。其作品被譯為英、日等文在國外發行或刊登者更不計其數，享譽海內外。她的中篇小說《橘子紅了》被公共電視改編為連續劇，頗受好評。

密門之鑰

本文錄自《紅紗燈》，是一篇典型的懷舊文章。作者在本書前言這麼寫道：「在我的記憶中，一直懸掛著一盞古樸的紅紗燈，那是外祖父親手為我糊製的。……這一段情景歷歷如在目前。數十年的生活經歷，也似被凝縮在溫馨的燈暈裡。無論當時是哀傷或歡樂，如今都化作一份力量，使我感奮。我並不是一味沉浸在回憶中，不能忘情舊事，而是拂不去的舊事，給予我更多的信心與毅力。」藉著過年應景的提燈活動，我們看到了外公這位長者的智慧，和五叔由不成材到受人尊敬、由輕浮到穩重的氣質轉變，更有小孫女純真的赤子心。

琦君的作品中常常使用雨、髮、燈等意象，這些圖像在她的生命中曾產生重大的衝擊及影響，因此成為她生命中某些情境的象徵。本文以「紅紗燈」為意象，輕而易舉地將物與人事作緊密的串聯，在製燈、放燈的過程，穿插靈活鮮明的對話，側寫三代不同性格與情態：精於世道的慈祥老人睿智寬厚，不落痕跡地指導著失去方向的晚輩；嬌憨可愛的幼稚孫女不解世事，老是不留情面地拆穿五叔的謊言；聰明的五叔反應靈敏，只是不求長進，卻在緊要關頭做對了該做的事。

春節是小孩最期盼的假期，小孫女有外公不遠千里來相伴，糊燈籠、提燈會、吃喝玩耍，快樂得心都要炸開了……正月初七的燈節終於進入尾聲，眼看著就要曲終人散，而落水的意外事件讓故事翻轉出另一高潮：在凍僵的寒夜，憑著直覺下水救人的叔叔一夕間成了全城的英雄，外公滿擠著皺紋的瞇縫眼中迸射出異樣的光輝，重新打造六角形紅紗燈，點亮精緻的光明之燈，帶著孩子度過快樂又難忘的十五提燈節！五叔福至心靈的自白餘溫猶存：「我捧著火把跟大家跑的時候，忽然覺得燈真好，亮光真好，它照著人向前跑。照得我心裡發出一股暖氣……」慧黠的琦君不改其溫柔敦厚之一貫本色，依舊堅持遠離黑暗，反映人生的光明面，難怪讀她的文章總是一種舒服愉悅的享受。

琦君從小父母雙亡，被託孤於伯父母（即後來文中之父母），雖成長於大戶人家，集眾愛於一身，這位官家大小姐接受的仍是勤勞節儉的家訓，沒有富貴人家的驕縱之氣，倒有憐弱惜貧的悲憫胸懷。她早經世事，飽經憂患。在抗戰中，流離轉徙，嚐盡了生離死別之痛；在生活中掙扎，也領受了人情的溫涼寒薄。難得的是，她不但沒有被擊倒，還能擺脫繁華落盡的悲苦，用美善表現苦難、讚頌人生。

白先勇：「看琦君的文章就好像翻閱一本舊相簿，一張張泛了黃的相片都承載著如許沉厚的記憶與懷念，時間是這個世紀的前半段，地點是作者魂牽夢縈的江南。琦君在為逝去的一個時代造像，那一幅幅幽幽的影像，都在訴說著基調相同的古老故事：溫馨中透著幽幽的愴痛。」（〈棄婦吟——讀琦君《橘子紅了》有感〉）在琦君溫柔敦厚的筆下，再怎麼傷痛的往事，也被無條件地理解、寬容。如美國女作家奧爾柯德所說：「眼因流多淚水而愈益清明，心因飽經憂患而愈益溫厚。」閱讀琦君，就好像籠罩在一片溫煦的智慧光芒中，所有的災難恩怨似乎就此淡雲清風。

由於對家鄉年節習俗、風土文物如數家珍，琦君的懷鄉散文近似於一部民俗史，也可說是五〇年代的戰亂史；記錄大戶人家的興衰，也反映小人物的悲苦（如〈一對金手鐲〉）；有喜慶的歡樂，也有生離死別的憂傷……琦君深入時代，取材生活周遭人事物，探討當代的感受與希望，看琦君的文章就如同閱讀陳年的歷史，親切中流露絲絲的哀傷，這種貼近民間社會大眾的書寫方式，保留了更詳實的史料，經由琦君式的懷舊書寫，透過想像，我們當能還原現場，豐富情節，使認知擁有新的生命。

王溢嘉在《蟲洞書簡》自序提到：回憶多半感傷於自己生命的流逝，說給讀者聽，除了分享、叮嚀和祝福外，「事實上卻也是在跟過去的自己交談。」琦君安詳靜謐的散文，無不是從對家鄉親人的回憶擷取生存的養料，「每回寫到我的父母、家人與師友，我都禁不住熱淚盈眶。我忘不了他們對我的關愛，我也珍惜自己對他們這的一份情。」（《琦君自選集．寫作回顧》）喜愛琦君的讀者，是否也可以從她的作品中找回生活的溫暖和新的希望？

一、「紅紗燈」在本文中象徵了什麼？
答：光明、希望。（註：「象徵著一份紮紮實實的希望，引我邁步向前。」，參見琦君《紅紗燈》前言）
二、本文站在什麼視角敘述？試說明其寫作特色。
答：站在小孫女的角度，以第一人稱敘述周遭的人事生活。一方面以一派天真的口吻呈現真實的生活面貌，親切有味；另方面善用對話的方式，凸顯了人物的個性。
三、〈紅紗燈〉是一篇家人年節相處、反映人性光明面的溫馨作品，請描述外公對待小孫女及五叔的不同方式。
答：外公是個溫厚的長者，言語詼諧，充滿智慧。他疼愛小孫女，給予親切溫暖的呵護；對五叔則處處體諒寬容，適時地引導他走向善途。
四、五叔轉變的關鍵點何在？在人生的旅途中，你是否也曾經歷某些轉捩點？是什麼樣的人事帶給你什麼樣的改變？請與大家分享。
答：五叔轉變的關鍵點在於寒天中拯救溺水之人，獲得眾人的肯定讚揚。而個人的經驗分享則請自由發揮。
五、「家有一老，如有一寶。」你最敬重的長輩是哪一位？說說他（她）對你的指導與影響。
答：此題請自由發揮。

寫作擂台

〈甲〉

齊邦媛在〈自然處見才情——琦君談詞〉中說：「也許每一個中國人的童年都曾有過祖父糊的紅紗燈，在春節的鑼鼓聲中，小小的手提著走過家鄉的河岸。成年後在記憶中提著穿過外面世界的風雪。」你是不是也有不少印象深刻、永生難忘的童年往事？是誰的啟發影響伴你度過所有的風風雨雨？試模擬〈紅紗燈〉的筆法，撰寫一篇五百字左右的懷舊散文。

提示：

1.請以具體物件為題材，如書包、手機、E-mail……，以此命名為文。

2.從人物的性格、特質著手，善用對話、動作刻劃形象。務求敘述簡潔、對話精要。

〈乙〉

琦君的〈金盒子〉寫滿她對哥哥的思念，也是童年生活的保險箱。我們每個人也都有個金盒子，存放意義非凡的紀念品、長年的嗜好收藏、還有那一段時光的完整記憶……你的收藏品是什麼？蘊藏著什麼樣的記憶？會勾起你什麼樣的情懷？請你打開生命中的某一個盒子或拿出某一個紀念物，效法琦君藉物抒情的方式，與我們分享你童年生活的點點滴滴。

探索新境

一、〈紅花燈〉、〈金盒子〉，收於《煙愁》。

二、《桂花雨》、《細雨燈花落》。

上述皆為琦君的作品，洪範書店發行。

三、《城南舊事》，林海音著，洪範書店發行。

四、《呼蘭河傳》，蕭紅著，聯合文學出版社發行。

兩部均是自傳體的童年往事，《城南舊事》是從小女孩英子的眼光來看世界，而蕭紅《呼蘭河傳》則以成人的角度回憶過往。

（廖翠華老師設計撰寫）

我的四個假想敵

余光中

二女幼珊在港參加僑生聯考，以第一志願分發臺大外文系。聽到這消息，我鬆了一口氣，從此不必擔心四個女兒通通嫁給廣東男孩了。

我對廣東男孩當然並無偏見，在港六年，我班上也有好些可愛的廣東少年，頗討老師的歡心，但是要我把四個女兒全都讓那些「靚仔」、「叻仔」❶擄掠了去，卻捨不得。不過，女兒要嫁誰，說得灑脫些，是她們的自由意志，說得玄妙些呢，是因緣，做父親的又何必患得患失呢？何況在這件事上，做母親的往往位居要衝，自然而然成了女兒的親密顧問，甚至親密戰友，作戰的對象不是男友，卻是父親。等到做父親的驚醒過來，早已腹背受敵，難挽大勢了。

在父親的眼裡，女兒最可愛的時候是在十歲以前，因為那時她完全屬於自己。在男友的眼裡，她最可愛的時候卻在十七歲以後，因為這時她正像畢業班的學生，已經一心向外了。父親和男友，先天上就有矛盾。對父親來說，世界上沒有東西比稚齡的女兒更完美的了，唯一的缺點就是會長大，除非你用急凍術把她久藏，不過這恐怕是違法的，而且她的男友遲早會騎了駿馬或摩托車來，把她吻醒。

我未用太空艙的凍眠術，一任時光催迫，日月輪轉，再揉眼時，怎麼四個女兒都已依次長大，昔日的童話之門砰地一關，再也回不去了。四個女兒，依次是珊珊、幼珊、佩珊、季珊。簡直可以排成一條珊瑚礁。珊珊十二歲的那年，有一次，未滿九歲的佩珊忽然對來訪的客人說：「喂，告訴你，我姐姐是一個少女了！」在座的大人全笑了起來。

曾幾何時，惹笑的佩珊自己，甚至最幼稚的季珊，也都在時光的魔杖下，點化成「少女」了。冥冥之中，有四個「少男」正偷偷襲來，雖然躡手躡足，屏聲止息，我卻感到背後有四雙眼睛，像所有的壞男孩那樣，目光灼

❶ 靚仔叻仔：靚仔，指漂亮的男孩。叻仔，指能幹的男孩。靚，音ㄐㄧㄥˋ。叻，音ㄌㄜˋ。二者皆為廣東話。

灼，心存不軌，只等時機一到，便會站到亮處，裝出偽善的笑容，叫我岳父。我當然不會應他。哪有這麼容易的事！我像一棵果樹，天長地久在這裡立了多年，風霜雨露，樣樣有份，換來果實纍纍，不勝負荷。而你，偶爾過路的小子，竟然一伸手就來摘果子，活該蟠地的樹根絆你一跤！

而最可惱的，卻是樹上的果子，竟有自動落入行人手中的樣子。樹怪行人不該擅自來摘果子，行人卻說是果子剛好掉下來，給他接著罷了。這種事，總是裡應外合才成功的。當初我自己結婚，不也是有一位少女開門揖盜嗎？「堡壘最容易從內部攻破」，說得真是不錯。不過彼一時也，此一時也。同一個人，過街時討厭汽車，開車時卻討厭行人。現在是輪到我來開車。

好多年來，我已經習於和五個女人為伍，浴室裡瀰漫著香皂和香水氣味，沙發上散置皮包和髮捲，餐桌上沒有人和我爭酒，都是天經地義的事。戲稱吾廬為「女生宿舍」，也已經很久了。做了「女生宿舍」的舍監，自然不歡迎陌生的男客，尤其是別有用心的一類。但是自己轄下的女生，尤其是前面的三位，已有「不穩」的現象，卻令我想起葉慈的一句詩：

一切已崩潰，失去重心。

我的四個假想敵，不論是高是矮，是胖是瘦，是學醫還是學文，遲早會從我疑懼的迷霧裡顯出原形，一一走上前來，或迂迴曲折，囁嚅其詞，或開門見山，大言不慚，總之要把他的情人，也就是我的女兒，對不起，從此領去。無形的敵人最可怕，何況我在亮處，他在暗裡，又有我家的「內奸」接應，真是防不勝防。只怪當初沒有把四個女兒及時冷藏，使時間不能拐騙，社會也無由汙染。現在她們都已大了，回不了頭；我那四個假想敵，那四個鬼鬼祟祟的地下工作者，也都已羽毛豐滿，什麼力量都阻止不了他們了。先下手為強，這件事，該乘那四個假想敵還在襁褓的時候，就予以解決的。至少美國詩人納許 (Ogden Nash, 1902–71) 勸我們如此。他在一首妙詩〈由女嬰之父來唱的歌〉(Song to Be Sung by the Father of Infant Female Children) 之中，說他生了女兒吉兒之後，惴惴不安，感到不知什麼地方正有個男嬰也在長大，現在雖然還渾渾噩噩，口吐白沫，卻註定將來會搶走他的吉兒。於是做父親的每次在公園裡看見嬰兒車中的男嬰，都不由神色一變，暗暗想道：「會不會是這傢伙？」想著想著，他「殺機陡萌」(My dreams, I fear, are infanticiddle)，便要解開那男嬰身上的別針，朝他的爽身粉裡撒胡椒粉，把鹽撒進他的奶瓶，把沙撒進他的菠菜汁，再扔頭優游的鱷魚到他的嬰兒車裡陪他遊戲，逼他在水深火熱之中掙扎而去，去娶別人的女兒。足見詩人以未來的女婿為假想敵，早已有了前例。

不過一切都太遲了。當初沒有當機立斷，採取非常措施，像納許詩中所說的那樣，真是一大失策。如今的局面，套一句史書上常見的話，已經是「寇入深矣！」女兒的牆上和書桌的玻璃墊下，以前的海報和剪報之類，還是披頭，拜絲，大衛．凱西弟的形象，現在紛紛都換上男友了。至少，灘頭陣地已經被入侵的軍隊佔領了去，這一仗是必敗的了。記得我們小時，這一類的照片仍被列為機密要件，不是藏在枕頭套裡，貼著夢境，便是夾在書堆深處，偶爾翻出來神往一番，哪有這麼二十四小時眼前供奉的？

這一批形跡可疑的假想敵，究竟是哪年哪月開始入侵廈門街余宅的，已經不可考了。只記得六年前遷港之後，攻城的軍事便換了一批口操粵語的少年來接手。至於交戰的細節，就得問名義上是守城的那幾個女將，我這位「昏君」是再也搞不清的了。只知道敵方的炮火，起先是瞄準我家的信箱，那些歪歪斜斜的筆跡，久了也能猜個七分；繼而是集中在我家的電話，「落彈點」就在我書桌的背後，我的文苑就是他們的沙場，一夜之間，總有十幾次腦震盪。那些粵音平上去入，有九聲之多，也令我難以研判敵情。現在我帶幼珊回了廈門街，那頭的廣東部隊輪到我太太去抵擋，我在這頭，只要留意臺灣健兒，任務就輕鬆多了。

信箱被襲，只如戰爭的默片，還不打緊。其實我寧可多情的少年勤寫情書，那樣至少可以練習作文，不致在視聽教育的時代荒廢了中文。可怕的還是電話中彈，那一串串警告的鈴聲，把戰場從門外的信箱擴至書房的腹地，默片變成了身歷聲，假想敵在實彈射擊了。更可怕的，卻是假想敵真的闖進了城來，成了有血有肉的真敵人，不再是假想了好玩的了，就像軍事演習到中途，忽然真的打起來了一樣。真敵人是看得出來的。在某一女兒的接應之下，他佔領了沙發的一角，從此兩人呢喃細語。囁嚅密談，即使脈脈相對的時候，那氣氛也濃得化不開，窒得全家人都透不過氣來。這時幾個姐妹早已迴避得遠遠的了，任誰都看得出情況有異。萬一敵人留下來吃飯，那空氣就更為緊張，好像擺好姿勢，面對照相機一般。平時鴨塘一般的餐桌，四姐妹這時像在演啞劇，連筷子和調羹都似乎得到了消息，忽然小心翼翼起來。明知這僭越的小子未必就是真命女婿，（誰曉得寶貝女兒現在是十八變中的第幾變呢？）心裡卻不由自主升起一股淡淡的敵意。也明知女兒正如將熟之瓜，終有一天會蒂落而去，卻希望不是隨眼前這自負的小子。

當然，四個女兒也自有不乖的時候，在惱怒的心情下，我就恨不得四個假想敵趕快出現，把她們統統帶走。但是那一天真要來到時，我一定又會懊悔不已。我能夠想像，人生的兩大寂寞，一是退休之日，一是最小的孩子終於也結婚之後。宋淇有一天對我說：「真羨慕你的女兒全在身邊！」真的嗎？至少目前我並不覺得，自己有什麼可羨之處。也許真要等到最小的季珊也跟著假想敵度蜜月去了，才會和我存並坐在空空的長沙發上，翻閱她們小時的相簿，追憶從前，六人一車長途壯遊的盛況，或是晚餐桌上，熱氣蒸騰，大家共享的燦爛燈光。人生有許多事情，正如船後的波紋，總要過後才覺得美的。這麼一想，又希望那四個假想敵，那四個生手笨腳的小伙子，還是多吃幾口閉門羹，慢一點出現吧。

袁枚寫詩，把生女兒說成「情疑中副車」❷，這書袋掉得很有意思，卻也流露了重男輕女的封建意識。照袁枚的說法，我是連中了四次副車，命中率夠高的了。余宅的四個小女孩現在變成了四個小婦人，在假想敵環伺之下，若問我擇婿有何條件，一時倒恐怕答不上來。沉吟半晌，我也許會說：「這件事情，上有月下老人的婚姻譜，誰也不能竄改，包括韋固❸，下有兩個海誓山盟的情人，『二人同心，其利斷金』，我憑什麼要逆天拂人，梗在中間？何況終身大事，神祕莫測，事先無法推理，事後不能悔棋，就算交給廿一世紀的電腦，恐怕也算不出什麼或然率來。倒不如故示慷慨，偽作輕鬆，博一個開明父親的美名，到時候帶顆私章，去做主婚人就是了。」

問的人笑了起來，指著我說：「什麼叫做『偽作輕鬆』？可見你心裡並不輕鬆。」

我當然不很輕鬆，否則就不是她們的父親了。例如人種的問題，就很令人煩惱。萬一女兒發癡，愛上一個聳

---

❷ 情疑中副車：「中副車」語出《留侯世家》，指刺殺秦皇，卻誤中天子從車。袁枚遂以此作為生女兒的「代稱」。

❸ 韋固：「月下老人」傳說故事中的男主角。唐人韋固年少未娶，某日夜宿宋城，在旅店遇一老人，為其締結姻緣，韋固不信，派人誅殺未來新娘，多年後所締結的婚姻竟是當年遇刺逃過劫難的女子。此故事旨在說明姻緣天注定，人力難違逆。

肩攤手口香糖嚼個不停的小怪人，該怎麼辦呢？在理性上，我願意「有婿無類」，做一個大大方方的世界公民。但是在感情上，還沒有大方到讓一個臂毛如猿的小伙子把我的女兒抱過門檻。現在當然不再是「嚴夷夏之防」❹的時代，但是一任單純的家庭擴充成一個小型的聯合國，也大可不必。問的人又笑了，問我可曾聽說混血兒的聰明超乎常人。我說：「聽過，但是我不希罕抱一個天才的『混血孫』。我不要一個天才兒童叫我Grandpa，我要他叫我外公。」問的人不肯罷休：「那麼省籍呢？」

「省籍無所謂，」我說。「我就是蘇閩聯姻的結果，還不壞吧？當初我母親從福建寫信回武進，說當地有人向她求婚。娘家大驚小怪，說『那麼遠！怎麼就嫁給南蠻！』後來娘家發現，除了言語不通之外，這位閩南姑爺並無可疑之處。這幾年，廣東男孩鍥而不舍，對我家的壓力很大，有一天閩粵結成了秦晉，我也不會感到意外。如果有個臺灣少年特別巴結我，其志又不在跟我談文論詩，我也不會怎麼為難他的。至於其他各省，從黑龍江直到雲南，口操各種方言的少年，只要我女兒不嫌他，我自然也歡迎。」

「那麼學識呢？」

「學什麼都可以。也不一定要是學者，學者往往不是好女婿，更不是好丈夫。只有一點：中文必須清通。中文不通，將禍延吾孫！」

客又笑了。「相貌重不重要？」他再問。

「你真是迂闊之至！」這次輪到我發笑了。「這種事，我女兒自己會注意，怎麼會要我來操心？」

笨客還想問下去，忽然門鈴響起。我起身去開大門，發現長髮亂處，又一個假想敵來掠余宅。

選自《記憶像鐵軌一樣長》，洪範書店

---

❹ 嚴夷夏之防：指嚴格禁止異族通婚。夷，對中原以外各族的蔑稱。夏，泛指中國。

作家瞭望台

余光中，一九二八年生於南京，祖籍福建永春，母親是江蘇武進人，小時多隨母親返居武進，故自稱「江南人」。臺大外文系畢業後赴美深造，一九五九年獲美國愛荷華大學藝術碩士。先後任教東吳大學、師範大學、臺灣大學、政治大學，其間兩度赴美任客座教授。一九七四年至一九八五年任香港中文大學中文系主任，一九八五年任教中山大學，後有六年時間兼任文學院院長及外文研究所所長，退休後仍受聘為中山大學講座教授。近年來，穿梭海內外文學活動，足跡遍及五大洲，身影老而彌堅，神采依然健鑠！

在新詩界，余光中被尊為「詩壇祭酒」。曾在一九五四年與覃子豪創辦「藍星詩社」並主編《藍星詩刊》、《現代文學》等重要刊物。藍星詩社所秉持「縱的繼承」的新詩創作理念與當時現代詩社所倡籲的「橫的移植」主張，相互激撞，蔚為五、六〇年代詩壇兩大流派。他的詩風兼融陽剛與浪漫，可以壯闊鏗鏘，也可以細膩柔綿，一如詩人白靈所言：「余氏詩風多變，格局開闊，不拘於一隅，每遊走、奔突於家國、土地及世界之邊緣，都能大開大闔，作必要之審視、穿透及轉折。」所以能夠引領詩壇風騷，影響遍及海內外。他的《余光中詩選》被列入北京學界所評選的「百年百種優秀中國文學圖書」；《與永恆拔河》則被選入三十部「臺灣文學經典」系列。

余光中曾戲稱自己：「左手寫散文，右手寫新詩。」他用左手寫出來的散文，絲毫不遜於右手揮就的詩篇，其姿采多般，或巨幅或小品，時而豪健奔放時而柔媚曲折，可俚可雅，亦莊亦諧，姿態萬端。他的淋漓大筆被推崇為「五四以來的散文所未曾有」，更被譽為現代散文中的「韓潮蘇海」，他的散文及評論曾經三度獲得《聯合報》「讀書人」年度最佳書籍獎；並於二〇〇三年獲對岸《新京報》與《南方都市報》頒贈「年度散文家獎」榮銜。

馳騁文壇逾半個世紀，余光中的文學生涯悠遠遼闊，精通多般文藝，被稱為「藝術上的多妻主義者」。他手握五采筆，揮灑於詩、散文、翻譯、評論、編輯五個領域，俱皆光彩璀璨。由於文學及學術的傑出表現，他曾經當選十大傑出青年，並且獲頒詩歌藝術獎、兩岸交流貢獻獎、國家文藝獎、霍英東成就獎等多項文學大獎。

現有詩集《舟子的悲歌》、《白玉苦瓜》、《鐘乳石》、《天狼星》等，散文集《左手的繆思》、《聽聽那冷雨》、《日不落家》、《記憶像鐵軌一樣長》等，評論集《從徐霞客到梵谷》等，翻譯《梵谷傳》、《老人和大海》等共四十餘種。

密門之鑰

長女珊珊對余光中曾有如下描述：「父親那種外斂而內溢的個性，似乎一座冰封的火山，只有在筆端引爆才安全。」寥寥數語，寫活了余光中外冷內熱的性格。這位父親在家時總是謹嚴莊肅、道貌岸然，長久以來被女兒們敬畏且奉之如神明。全心浸淫文學世界的爸爸從來罕於涉入女兒們的成長過程及生活細節，雲淡風輕的親子關係，化為文字竟可以如此娓娓絮絮、妙趣横生，妙趣中又蘊藏綿密而深沉的父愛，正如那久凍乍融的火山，一爆而熱力源源不絕。

身為父親的余光中，看著女兒們在時光魔杖下，跳越了童話之門，被點化為娉婷少女，做爸爸的驚悵不已；對於日漸長大且即將投入別的男性懷抱中的女兒，就像天下多數的爸爸一樣，余光中深懷甜酸苦辣、百味交雜的心情。但這分惶急情愫並不直接對愛女發洩，而是虛設了四位將要把女兒奪走的「假想敵」，急急開展想像，振筆與之作戰。作為一家之主，在現實中，他是父親；在未來的敵人眼中，他是岳父，高高在上的他，理應擁有「強大」力量，可以勝券在握的。但是自然規律不可抗拒，情竇初開的女兒們一一「開門揖盜」，慈愛的母親又在一旁「推波助瀾」，做父親的陷於「腹背受敵」之中，「難挽大勢」，他只能用那澎湃揮灑的筆觸，叨叨絮絮、呢呢喃喃數落起那所有可能在未來成為女婿的嫌疑犯。

全文詼諧戲謔，巧譬妙喻連綿不絕，雋語佳言纚纚如貫珠，中外古今文學掌故，信手拈來俱皆趣味盎然。作者在文中刻意釀造幽默的情境，顯然想以「故作輕鬆」來沖淡心中的失落惆悵，卻反而讓那分深婉的父女之愛更呼之欲出。細細品味文中所描繪假想中敵人侵城掠地的情狀及父親惶惶揣疑的心情，讀者不難領會，通篇幽默戲謔文字中，反覆襯映的都是父親對女兒的殷殷不捨與疼惜。余光中向有「語言魔術師」的稱譽，由本文看來，他駕馭文字的功力，的確出神入化！

提神答問

一、本文結尾處，作者虛設問答來表述自己擇婿的條件。你覺得何以作者要設計這段對話？這段對話為整篇文章，帶來何種效果？

答：首先，藉由此段對話來表達作者心中的擇婿條件，可以消解父親訓誨說教的嚴肅意味；還可順勢為文章做結。其次，豐富內容情節、形成文章波瀾、增添詼諧趣味、除卻父親說教的意味等。

二、余光中認為現代散文應當講究彈性、密度、質料。所謂彈性，「是指對於各種文體各種語氣，能夠兼容並包融和無間的高度適應能力。文體和語氣愈變化多姿，散文的彈性當然愈大；彈性愈大，則發展的可能性愈大，不至於迅趨僵化。」若根據這個原則來檢視本文，請舉出五處符合這個標準的文句。

答：以下答案可供參考：

1.「我班上也有好些可愛的廣東少年，頗討老師的歡心，但是要我把四個女兒全都讓那些『靚仔』、『叻仔』擄掠了去，卻捨不得。」此處靈活運用廣東話詞語。

2.「不過彼一時也，此一時也。同一個人，過街時討厭汽車，開車時卻討厭行人。現在是輪到我來開車。」此處靈活化用孟子的語言（彼一時也，此一時）。

3.「但是自己轄下的女生，尤其是前面的三位，已有『不穩』的現象，卻令我想起葉慈的一句詩：一切已崩潰，失去重心。」此處引用西方詩人名言。

4.「明知這僭越的小子未必就是真命女婿，（誰曉得寶貝女兒現在是十八變中的第幾變呢？）」此處化用俚語「女大十八變」。

5.「這幾年，廣東男孩鍥而不舍，對我家的壓力很大，有一天閩粵結成了秦晉，我也不會感到意外。」此處化用中國傳統典故及語彙（結成「秦晉之好」）。

寫作擂台

當女兒長成娉婷少女，遂勾起父親的驚愕，對於「假想敵」逐步的攻掠，充滿擔慮與無奈。而情竇初開，「一心向外」的女孩，想必也感受到父（母）憂慮的窺伺、搜尋敵跡的行動。於是，當女兒搗著電話呢喃細語時，總可以感覺父母親凝神豎耳、不時飄來的偵測眼神；抽屜的日記，總得不時變換藏身處；MSN 的帳號密碼與對談紀錄，總得牢牢封鎖……。往往假想敵尚未出現，而家中的情報攻防戰已悄悄開打。

請以「女兒的話」為題，描述或設想家中「戰況」。請儘量模仿本文，以戲謔筆法描繪。文長五百字以上。

探索新境

一、〈日不落家〉，收於《日不落家》，九歌出版社發行。

描寫余家的四位千金長大之後，學術、事業各自卓然有成，一家六口分居北美、西歐、臺灣，此睡彼醒，難以「同日而語」，成為「日不落家」。儘管家人分居五國，親情卻依然濃郁。此文可與十七年前發表的〈我的四個假想敵〉遙相呼應。

二、〈鬼雨〉，收於《余光中精選集》，九歌出版社發行。

此篇為余氏另為夭折獨子所寫的懷人佳篇。

三、〈愛談低調的高手〉，收於《記憶像鐵軌一樣長》，洪範書店發行。

（莊溎芬老師設計撰寫）

樹猶如此

——紀念亡友王國祥君

白先勇

我家後院西隅近籬笆處曾經種有一排三株義大利柏樹。這種義大利柏樹 (Italian Cypress) 原本生長於南歐地中海畔，與其他松柏皆不相類。樹的主幹筆直上伸，標高至六、七十呎，但橫枝並不恣意擴張，兩人合抱，便把樹身圈住了，於是擎天一柱，平地拔起，碧森森像座碑塔，孤峭屹立，甚有氣勢。南加州濱海一帶的氣候，溫和似地中海，這類義大利柏樹，隨處可見。有的人家，深宅大院，柏樹密植成行，遠遠望去，一片蒼鬱，如同一堵高聳雲天的牆垣。

我是一九七三年春遷入「隱谷」這棟住宅來的。這個地區叫「隱谷」(Hidden Valley)，因為三面環山，林木幽深，地形又相當隱蔽，雖然位於市區，因為有山丘屏障，不易發覺。當初我按報上地址尋找這棟房子，彎彎曲曲，迷了幾次路才發現，原來山坡後面，別有洞天，谷中隱隱約約，竟是一片住家。那日黃昏驅車沿著山坡駛進「隱谷」，迎面青山綠樹，只覺得是個清幽所在，萬沒料到，谷中一住迄今，長達二十餘年。

巴薩隆那道 (Barcelona Drive) 九百四十號在斜坡中段，是一幢很普通的平房。人跟住屋也得講緣分，這棟房子，我第一眼便看中了，主要是為著屋前屋後的幾棵大樹。屋前一棵寶塔松，龐然矗立，頗有年份，屋後一對中國榆，搖曳生姿，有點垂柳的風味，兩側的灌木叢又將鄰舍完全隔離，整座房屋都有樹蔭庇護，我喜歡這種隱遮在樹叢中的房屋，而且價錢剛剛合適，當天便放下了定洋。

房子本身保養得還不錯，不須修補。問題出在園子裡的花草。屋主偏愛常春藤，前後院種滿了這種藤葛，四處竄爬。常春藤的生命力強韌驚人，要拔掉煞費工夫，還有雛菊、罌粟、木槿都不是我喜愛的花木，全部根除，工程浩大，絕非我一人所能勝任。幸虧那年暑假，我中學時代的至友王國祥從東岸到聖芭芭拉來幫我，兩人合力把我「隱谷」這座家園重新改造，遍植我屬意的花樹，才奠下日後園子發展的基礎。

王國祥那時正在賓州州立大學做博士後研究，只有一個半月的假期，我們卻足足做了三十天的園藝工作。每天早晨九時開工，一直到傍晚五、六點鐘才鳴金收兵，披荊斬棘，去蕪存菁，清除了幾卡車的廢枝雜草，終於把花園理出一個輪廓來。我與國祥都是生手，不慣耕勞，一天下來，腰痠背痛。幸虧聖芭芭拉夏天涼爽，在和風煦日下，胼手胝足，實在算不上辛苦。

聖芭芭拉附近產酒，有一家酒廠釀製一種杏子酒（Aprivert），清香甘洌，是果子酒中的極品，冰凍後，特別爽口。鄰舍有李樹一株，枝椏一半伸到我的園中，這棵李樹真是異種，是牛血李，肉紅汁多，味甜如蜜，而且果實特大。那年七月，一樹纍纍，掛滿了小紅球，委實誘人。開始我與國祥還有點顧忌，到底是人家的果樹，光天化日之下，採摘鄰居的果子，不免心虛。後來發覺原來加州法律規定，長過了界的樹木，便算是這一邊的產物。有了法律根據，我們便架上長梯，國祥爬上樹去，我在下面接應，一下工夫，我們便採滿了一桶殷紅光鮮的果實。收工後，夕陽西下，清風徐來，坐在園中草坪上，啜杏子酒，啖牛血李，一日的疲勞，很快也就恢復了。

聖芭芭拉（Santa Barbara）有「太平洋的天堂」之稱，這個城的山光水色的確有令人流連低徊之處，但是我覺得這個小城的一個好處是海產豐富：石頭蟹、硬背蝦、海膽、鮑魚，都屬本地特產，尤其是石頭蟹，殼堅、肉質細嫩鮮甜，而且還有一雙巨螯，真是聖芭芭拉的美味。那個時候美國人還不很懂得吃帶殼螃蟹，碼頭上的魚市場，生猛螃蟹，團臍一元一隻，尖臍一隻不過一元半。王國祥是浙江人，生平就好這一樣東西，我們每次到碼頭魚市，總要攜回四、五隻巨蟹，蒸著吃。蒸蟹第一講究是火候，過半分便老了，少半分又不熟。王國祥蒸螃蟹全憑直覺，他注視著蟹殼漸漸轉紅叫一聲「好！」將螃蟹從鍋中一把提起，十拿九穩，正好蒸熟。然後佐以薑絲米醋，再燙一壺紹興酒，那便是我們的晚餐。那個暑假，我和王國祥起碼饕掉數打石頭蟹。那年我剛拿到終身教職，《臺北人》出版沒有多久。國祥自加大柏克萊畢業後，到賓州州大去做博士後研究是他第一份工作，那時他對理論物理還充滿了信心熱忱，我們憧憬，人生前景是金色的，未來命運的凶險，我們當時渾然未覺。

園子整頓停當，選擇花木卻頗費思量。百花中我獨鍾茶花。茶花高貴，白茶雅潔，紅茶穠麗，粉茶花俏生生、嬌滴滴，自是惹人憐惜。即使不開花，一樹碧亭亭，也是好看。茶花起源於中國，盛產雲貴高原，後經歐洲才傳到美國來。茶花性喜溫溼，宜酸性土，聖芭芭拉恰好屬於美國的茶花帶，因有海霧調節，這裡的茶花長得分外豐蔚。我們遂決定，園中草木以茶花為主調，於是遍搜城中苗圃，最後才選中了三十多株各色品種的幼木。美國茶花的命名，有時也頗具匠心：白茶叫「天鵝湖」，粉茶花叫「嬌嬌女」，有一種紅茶名為「艾森豪威爾將軍」——這是十足的美國茶，我後院栽有一棵，後來果然長得偉岸嶔崎，巍巍然有大將之風。

花種好了，最後的問題只剩下後院西隅的一塊空地，屋主原來在此搭了一架鞦韆，架子撤走後便留空白一角。因為地區不大，不能容納體積太廣的樹木，王國祥建議：「這裡還是種 Italian Cypress 吧。」這倒是好主意，義大利柏樹占地不多，往空中發展，前途無量。我們買了三株幼苗，沿著籬笆，種了一排。剛種下去，才三、四呎高，國祥預測：「這三棵柏樹長大，一定會超過你園中其他的樹！」果真，三棵義大利柏樹日後抽發得傲視群倫，成為我花園中的地標。

十年樹木，我園中的花木，欣欣向榮，逐漸成形。那期間，王國祥已數度轉換工作，他去過加拿大、又轉德州。他的博士後研究並不順遂，理論物理是門高深學問，出路狹窄，美國學生視為畏途，唸的人少，教職也相對有限，那幾年美國大學預算緊縮，一職難求，只有幾家名校的物理系才有理論物理的職位，很難擠進去，亞利桑拿州立大學曾經有意聘請王國祥，但他卻拒絕了。當年國祥在臺大選擇理論物理，多少也是受到李政道、楊振寧獲得諾貝爾獎的鼓勵。後來他進柏克萊，曾跟隨名師，當時柏克萊物理系竟有六位諾貝爾獎得主的教授。名校名師，王國祥對自己的研究當然也就期許甚高。當他發覺他在理論物理方面的研究無法達成重大突破，不可能做一個頂尖的物理學家，他就斷然放棄物理，轉行到高科技去了。當然，他一生最高的理想未能實現，這一直是他的一個隱痛。後來他在洛杉磯休斯 (Hughes) 公司找到一份安定工作，研究人造衛星。波斯灣戰爭，美國軍隊用的人造衛星就是休斯製造的。

那幾年王國祥有假期常常來聖芭芭拉小住，他一到我家，頭一件事便要到園中去察看我們當年種植的那些花木。他隔一陣子來，看到後院那三株義大利柏樹，就不禁驚嘆：「哇，又長高了好多！」柏樹每年升高十幾呎，幾年間，便標到了頂，成為六、七十呎的巍峨大樹。三棵中又以中間那棵最為茁壯，要高出兩側一大截，成了一個山字形。山谷中，溼度高，柏樹出落得蒼翠欲滴，夕照的霞光映在上面，金碧輝煌，很是醒目。三四月間，園中的茶花全部綻放，樹上綴滿了白天鵝，粉茶花更是嬌豔光鮮，我的花園終於春意盎然起來。

一九八九年，歲屬蛇年，那是個凶年，那年夏天，中國大陸發生了天安門「六四」事件，成千上百的年輕生命瞬息消滅。那一陣子天天看電視全神貫注事件的發展，很少到園中走動。有一天，我突然發覺後院三棵義大利柏樹中間那一株，葉尖露出點點焦黃來。起先我以為暑天乾熱，植物不耐旱，沒料到才是幾天工夫，一棵六、七十呎的大樹，如遭天火雷殛，驟然間通體枯焦而亡。那些針葉，一觸便紛紛斷落，如此孤標傲世風華正茂的常青樹，數日之間竟至完全壞死。奇怪的是，兩側的柏樹卻好端端的依舊青蒼無恙，只是中間赫然豎起槁木一柱，實在令人觸目驚心，我只好教人來把枯樹砍掉拖走。從此，我後院的兩側，便出現了一道缺口。柏樹無故枯亡，使我鬱鬱不樂了好些時日，心中總感到不祥，似乎有什麼奇禍即將降臨一般，沒有多久，王國祥便生病了。

那年夏天，國祥一直咳嗽不止，他到美國二十多年，身體一向健康，連傷風感冒也屬罕有。他去看醫生檢查，驗血出來，發覺他的血紅素竟比常人少了一半，一公升只有六克多。接著醫生替他抽骨髓化驗，結果出來後，國祥打電話給我：「我的舊病又復發了，醫生說，是『再生不良性貧血』。」國祥說話的時候，聲音還很鎮定，他一向臨危不亂，有科學家的理性與冷靜，可是我聽到那個長長的奇怪病名，就不由得心中一寒，一連串可怕的記憶，又湧了回來。

許多年前，一九六〇年的夏天，一個清晨，我獨自趕到臺北中心診所的血液科去等候化驗結果，血液科主任黃天賜大夫出來告訴我：「你的朋友王國祥患了『再生不良性貧血』。」那是我第一次聽到這個陌生的病名。黃大夫大概看見我滿面茫然，接著對我詳細解說了番「再生不良性貧血」的病理病因。這是一種罕有的貧血症，骨髓造血機能失調，無法製造足夠的血細胞，所以紅血球、血小板、紅血素等統統偏低。這種血液病的起因也很複雜，物理、化學、病毒各種因素皆有可能。最後黃大夫十分嚴肅的告訴我：「這是一種很嚴重的貧血症。」的確，這棘手的血液病，迄至今日，醫學突飛猛進，仍舊沒有發明可以根除的特效藥，一般治療只能用激素刺激骨髓造血的機能。另外一種治療法便是骨髓移植，但是臺灣那個年代，還沒有聽說過這種事情。那天我走出中心診所，心情當然異常沉重，但當時年輕無知，對這種症病的嚴重性並不真正了解，以為只要不是絕症，總還有希望治癒。事實上，「再生不良性貧血」患者的治癒率，是極低極低的，大概只有百分之五的人，會莫名其妙自己復元。

王國祥第一次患「再生不良性貧血」時在臺大物理系正要上三年級，這樣一來只好休學，而這一休便是兩年。國祥的病勢開始相當險惡，每個月都需到醫院去輸血，每次起碼五百CC。由於血小板過低，凝血能力不佳，經常牙齦出血，甚至眼球也充血，視線受到障礙。王國祥的個性中，最突出的便是他爭強好勝，永遠不肯服輸的戇直脾氣，是他倔強的意志力，幫他暫時抵擋住排山倒海而來的病災。那時我只能在一旁替他加油打氣，給他精神支持。他的家已遷往臺中，他一個人寄居在臺北親戚家養病，因為看醫生方便。常常下課後，我便從臺大騎了腳踏車去潮州街探望他，那時我剛與班上同學創辦了《現代文學》，正處在士氣高昂的奮亢狀態，我跟國祥談論的，當然也就是我辦雜誌的點點滴滴。國祥看見我興致勃勃，他也是高興的，病中還替《現代文學》拉了兩個訂戶，而且也成為這本雜誌的忠實讀者。事實上王國祥對《現代文學》的貢獻不小，這本賠錢雜誌時常有經濟危機，我初到加州大學當講師那幾年，因為薪水有限，為籌雜誌的印刷費，經常捉襟見肘。國祥在柏克萊唸博士拿的是全額獎學金，一個月有四百多塊生活費。他知道我的困境後，每月都會省下一兩百塊美金寄給我接濟《現代文學》，而且持續了很長一段時間。他的家境不算富裕，在當時，那是很不小的一筆數目。如果沒有他長期的「經援」，《現代文學》恐怕早已停刊。

我與王國祥十七歲結識，那時我們都在建國中學唸高二，一開始我們之間便有一種異姓手足禍福同當的默契。高中畢業，本來我有保送臺大的機會，因為要唸水利，夢想日後到長江三峽去築水壩，而且又等不及要離開家，追尋自由，於是便申請保送臺南成功大學，那時只有成大才有水利系。王國祥也有這個念頭，他是他們班上的高材生，考臺大，應該不成問題，他跟我商量好便也投考成大電機系。我們在學校附近一個軍眷村裡租房子住，過了一年自由自在的大學生活，後來因為興趣不合，我重考臺大外文系，回到臺北。國祥在成大多唸了一年，也耐不住了，他發覺他真正的志向是研究理論科學，工程並非所好，於是他便報考臺大的轉學試，轉物理系。當年轉學、轉系又轉院，難如登天，尤其是臺大，王國祥居然考上了，而且只錄取了他一名。我們正在慶幸，兩人懵懵懂懂，一番折騰，幸好最後都考上與自己興趣相符的校系。可是這時王國祥卻偏偏遭罹不幸，患了這種極為罕有的血液病。

西醫治療一年多，王國祥的病情並無起色，而治療費用的昂貴已使得他的家庭日漸陷入困境，正當他的親人感到束手無策的時刻，國祥卻遇到了救星。他的親戚打聽到江南名醫奚復一大夫醫治好一位韓國僑生，同樣也患了「再生不良性貧血」，病況還要嚴重，西醫已放棄了，卻被奚大夫治癒。我從小看西醫，對中醫不免偏見。奚大夫開給國祥的藥方裡，許多味草藥中，竟有一劑犀牛角，當時我不懂得犀牛角是中藥的涼血要素，不禁嘖嘖稱奇，而且小小一包犀牛角粉，價值不菲。但國祥服用奚大夫的藥後，竟然一天天好轉，半年後已不需輸血。很多年後，我跟王國祥在美國，有一次到加州聖地牙哥世界聞名的動物園去觀覽百獸，園中有一群犀牛族，大大小小七隻，那是我第一次真正看到這種神奇的野獸，我沒想到近距離觀看，犀牛的體積如此龐大，而且皮之堅厚，似同披甲帶鎧，鼻端一角聳然，如利斧朝天，神態很是威武。大概因為犀牛角曾治療過國祥的病，我對那一群看來凶猛異常的野獸，竟有一份說不出的好感，在欄前盤桓良久才離去。

我跟王國祥都太過樂觀了，以為「再生不良性貧血」早已成為過去的夢魘，國祥是屬於那百分之五的幸運少數。萬沒料到，這種頑強的疾病，竟會潛伏二十多年，如同酣睡已久的妖魔，突然甦醒，張牙舞爪反撲過來。而國祥畢竟已年過五十，身體抵抗力比起少年時，自然相差許多，舊病復發，這次形勢更加險峻。自此，我與王國祥便展開了長達三年，共同抵禦病魔的艱辛日子，那是一場生與死的搏鬥。

鑑於第一次王國祥的病是中西醫合治醫好的，這一次我們當然也就依照舊法。國祥把二十多年前奚復一大夫的那張藥方找了出來，並託臺北親友拿去給奚大夫鑑定，奚大夫更動了幾樣藥，並加重分量；黃芪、生熟地、黨參、當歸、首烏等都是一些補血調氣的草藥，方子中也保留了犀牛角。幸虧洛杉磯的蒙特利公園市的中藥行這些藥都買得到。有一家叫「德成行」的老字號，是香港人開的，貨色齊全，價錢公道。那幾年，我替國祥去撿藥，進進出出，「德成行」的老闆夥計也都熟了。因為犀牛屬於受保護的稀有動物，在美國犀牛角是禁賣的。開始「德成行」的夥計還不肯拿出來，我們懇求了半天，才從一隻上鎖的小鐵匣中取出一塊犀牛角，用來磨些粉賣給我們。

但經過二十多年，國祥的病況已大不同，而且人又不在臺灣，沒能讓大夫把脈，藥方的改動，自然無從掌握。這一次，服中藥並無速效。但三年中，國祥並未停用過草藥，因為西醫也並沒有特效治療方法，還是跟從前一樣，使用各種激素；我們跟醫生曾討論過骨髓移植的可能，但醫生認為，五十歲以上的病人，骨髓移植風險太大，而且尋找血型完全相符的骨髓贈者，難如海底撈針。

那三年，王國祥全靠輸血維持生命，有時一個月得輸兩次。我們的心情也就跟著他血紅素的數字上下而陰晴不定。如果他的血紅素維持在九以上，我們就稍寬心，但是一旦降到六，就得準備，那個週末，又要進醫院去輸血了。國祥的保險屬於凱撒公司 (Kaiser Permanente)，是美國最大的醫療系統之一。凱撒在洛杉磯城中心的總部是一連串延綿數條街的龐然大物，那間醫院如同一座迷宮，進去後，轉幾個彎，就不知身在何方了。我進出那間醫院不下四、五十次，但常常闖進完全陌生地帶，跑到放射科、耳鼻喉科去。因為醫院每棟建築的外表都一模一樣，一整排的玻璃門窗反映著冷冷的青光。那是一座卡夫卡式超現代建築物，進到裡面，好像誤入外星。

因為輸血可能有反應，所以大多數時間王國祥去醫院，都是由我開車接送。幸好每次輸血時間定在週末星期六，我可以在星期五課後開車下洛杉磯國祥住處，第二天清晨送他去。輸血早上八點鐘開始，五百 CC 輸完要到下午四、五點鐘了，因此早上六點多就要離開家。洛杉磯大得可怕，隨便到哪裡，高速公路上開一個鐘頭車是很平常的事，尤其在早上上班時間，十號公路塞車是有名的。住在洛杉磯的人，生命大部分都耗在那八爪魚似的公路網上。由於早起，我陪著王國祥輸血時，耐不住要打個盹，但無論睡去多久，一張開眼，看見的總是架子上懸掛著的那一袋血漿，殷紅的液體，一滴一滴，順著塑膠管往下流，注入國祥臂彎的靜脈裡去。那點點血漿，像時間漏斗的水滴，無窮無盡，永遠滴不完似的。但是王國祥躺在床上卻能安安靜靜的接受那八個小時生命漿液的挹注。他兩隻手臂彎上的靜脈都因針頭插入過分頻繁而經常瘀青紅腫，但他從來也沒有過半句怨言。王國祥承受痛苦的耐力驚人，當他喊痛的時候，那必然是痛苦已經不是一般人所能負荷的了。我很少看到像王國祥那般能隱忍的病人，他這種斯多葛 (Stoic) 式的精神是由於他超強的自尊心，不願別人看到他病中的狼狽。而且他跟我都了解到這是一場艱鉅無比的奮鬥，需要我們兩個人所有的信心、理性，以及意志力來支撐。我們絕對不能向病魔示弱，露出膽怯，我們在一起的時候，似乎一直在互相告誡：要挺住，鬆懈不得。

事實上，只要王國祥的身體狀況許可，我們也儘量設法苦中作樂，每次國祥輸完血後，精神體力馬上便恢復了許多，臉上又浮現了紅光，雖然明知這只是人為的暫時安康，我們也要趁這一刻享受一下正常生活。開車回家經過蒙特利公園時我們便會到平日喜愛的飯館去大吃一餐，大概在醫院裡磨了一天，要補償起來，胃口特別好。我們常去「北海漁邨」，因為這家廣東館港味十足，一道「避風塘炒蟹」非常道地。吃了飯便去租錄影帶回去看，我一生中從來沒看過那麼多中港臺的「連續劇」，幾十集的《紅樓夢》、《滿清十三皇》、《嚴鳳英》，隨著那些東扯西拉的故事，一個晚上很容易打發過去。當然，王國祥也很關心世界大勢，那一陣子，東歐共產國家以及「蘇維埃社會主義聯邦共和國」土崩瓦解，我們天天看電視，看到德國人爬到東柏林牆上喝香檳慶祝，王國祥跟我都拍手喝起采來，那一刻，「再生不良性貧血」，真的給忘得精光。

王國祥直到八八年才在艾爾蒙特 (El Monte) 買了一幢小樓房，屋後有一片小小的院子，搬進去不到一年，花園還來不及打點好，他就生病了。生病前，他在超市找到一對醬色皮蛋缸，上面有薑黃色二龍搶珠的浮雕，這對大皮蛋缸十分古拙有趣，國祥買回來，用電鑽鑽了洞，準備作花缸用。有一個星期天，他的精神特別好，我便開車載了他去花圃看花。我們發覺原來加州也有桂花，登時如獲至寶，買了兩棵回去移植到那對皮蛋缸中。從此，那兩棵桂花，便成了國祥病中的良伴，一直到他病重時，也沒有忘記常到後院去澆花。

王國祥重病在身，在我面前雖然他不肯露聲色，他獨處時內心的沉重與懼恐，我深能體會，因為當我一個人靜下來時，我自己的心情便開始下沉了。我曾私下探問過他的主治醫生，醫生告訴我，國祥所患的「再生不良性貧血」，經過二十多年，雖然一度緩解，已經達到末期。他用"End Stage"這個聽來十分刺耳的字眼，他沒有再說下去，我不想聽也不願意他再往下說。然而一個令人不寒而慄的問題卻像潮水般經常在我腦海裡翻來滾去：這次王國祥的病，萬一恢復不了，怎麼辦？事實上國祥的病情，常有險狀，以至於一夕數驚。有一晚，我從洛杉磯友人處赴宴回來，竟發覺國祥臥在沙發上已是半昏迷狀態，我趕緊送他上醫院，那晚我在高速公路上起碼開到每小時八十英哩以上，我開車的技術並不高明，不辨方向，但人能急中生智，平常四十多分鐘的路程，一半時間便趕到了。醫生測量出來，國祥的血糖高到八百 MC/DL，大概再晚一刻，他的腦細胞便要受損了。原來他長期服用激素，引發血糖升高。醫院的急診室本來就是一個生死場，凱撒的急診室比普通醫院要大幾倍，裡面的生死掙扎當然就更加劇烈，只看到醫生護士忙成一團，而病人圍困在那一間用白幔圈成的小隔間裡，卻好像完全被遺忘掉了似的，好不容易盼到醫生來診視，可是探一下頭，人又不見了。我陪著王國祥進出那間急診室多次，每次一等就等到天亮才有正式病房。

自從王國祥生病後，我便開始到處打聽有關「再生不良性貧血」治療的訊息。我在臺灣看病的醫生是長庚醫學院的吳德朗院長，吳院長介紹我認識長庚醫院血液科的主治醫生施麗雲女士。我跟施醫生通信討教並把王國祥的病歷寄給她，與她約好，我去臺灣時，登門造訪。同時我又遍查中國大陸中醫治療這種病症的書籍雜誌。我在一本醫療雜誌上看到上海曙光中醫院血液科主任吳正翔大夫治療過這種病，大陸上稱為「再生障礙性貧血」，簡稱「再障」。同時我又在大陸報上讀到河北省石家莊有一位中醫師治療「再障」有特效方法，並且開了一家專門醫治「再障」的診所。我發覺原來大陸上這種病例並不罕見，大陸中西醫結合治療行之有年，有的病療效還很好。於是我便決定親自往大陸走一趟，也許能夠尋訪到能夠醫治國祥的醫生及藥方。我把想法告訴國祥聽，他說道：「那只好辛苦你了。」王國祥不善言辭，但他講話全部發自內心。他一生最怕麻煩別人，生病求人，實在萬不得已。

一九九〇年九月，去大陸之前，我先到臺灣，去林口長庚醫院拜訪了施麗雲醫師。施醫生告訴我她也正在治療幾個患「再生不良性貧血」的病人，治療方法與美國醫生大同小異。施醫生看了王國祥的病歷沒有多說什麼，我想她那時可能不忍告訴我，國祥的病，恐難治癒。

我攜帶了一大盒重重一疊王國祥的病歷飛往上海，由我在上海的朋友復旦大學陸士清教授陪同，到曙光醫院找到吳正翔大夫。曙光是上海最有名的中醫院，規模相當大。吳大夫不厭其詳以中醫觀點向我解說了「再障」的種種病因及治療方法。曙光醫院治療「再障」也是中西合診，一面輸血，一面服用中藥，長期調養，主要還是補血調氣。吳大夫與我討論了幾次王國祥的病況，最後開給我一個處方，要我與他經常保持電話聯絡。我聽聞浙江中醫院也有名醫，於是又去了一趟杭州，去拜訪一位輩分甚高的老中醫，老醫生的理論更玄了，藥方也比較偏。

有親友生重病，才能體會得到「病急亂投醫」這句話的真諦。當時如果有人告訴我喜馬拉雅山頂上有神醫，我也會攀爬上去乞求仙丹的。在那時，搶救王國祥的生命，對於我重於一切。

我飛到北京後的第二天，便由社科院袁良駿教授陪同，坐火車往石家莊去，當晚住歇在河北省政協招待所。那晚在招待所遇見了一位從美國去的工程師，原本也是臺灣留美學生，而且是成大畢業。他知道我為了朋友到大陸訪醫特來看我。我正納悶，這樣偏遠地區怎會有美國來客，工程師一見面便告訴了我他的故事：原來他太太年前車禍受傷，一直昏迷不醒，變成了植物人。工程師四處求醫罔效，後來打聽到石家莊有位極負盛名的氣功師，開診所用氣功治療病人。他於是辭去了高薪職位，變賣房財，將太太運到石家莊接受氣功治療。他告訴我每天有四、五位氣功師輪流替他太太灌氣，他講到他太太的手指已經能動，有了知覺，他臉上充滿希望。我深為他感動，是多大的愛心與信念，使他破釜沉舟，千里迢迢把太太護運到偏僻的中國北方去就醫。這些年來我早已把工程師的名字給忘了，但我卻常常記起他及他的太太，不知她最後恢復知覺沒有。幾年後我自己經歷了中國氣功的神奇，讓氣功師治療好暈眩症，而且變成了氣功的忠實信徒。當初工程師一番好意，告訴我氣功治病的奧妙，我確曾動過心，想讓王國祥到大陸接受氣功治療。但國祥經常需要輸血，而且又容易感染疾病，實在不宜長途旅行。但這件事我始終耿耿於懷，如果當初國祥嘗試氣功，不知有沒有復元的可能。

次晨，我去參觀那家專門治療「再障」的診所，會見了主治大夫。其實那是一間極其簡陋的小醫院，有十幾個住院病人，看樣子都病得不輕。大夫很年輕，講話頗自信，臨走時，我向他買了兩大袋草藥，為了便於攜帶，都磨成細粉。我提著兩大袋辛辣嗆鼻的藥粉，回轉北京。那已是九月下旬，天氣剛入秋，是北京氣候最佳時節。那是我頭一次到北京，自不免到故宮、明陵去走走，但因心情不對，毫無遊興。我的旅館就在王府井附近，離天安門不遠。晚上，我信步走到天安門廣場去看看，那片全世界最大的廣場，竟然一片空曠，除了守衛的解放軍，行人寥寥無幾。相較於一年前「六四」時期，人山人海，民情沸騰的景象，天安門廣場有一種劫後的荒涼與肅殺。那天晚上，我的心境就像北京涼風習習的秋夜一般蕭瑟。在大陸四處求醫下來，我的結論是，中國也沒有醫治「再生不良性貧血」的特效藥。王國祥對我這次大陸之行，當然也一定抱有許多期望，我怕又會令他失望了。

回到美國後，我與王國祥商量，最後還是決定服用曙光醫院吳正翔大夫開的那張藥方，因為藥性比較平和。石家莊醫生的兩大袋藥粉我也扛了回來，但沒有敢用。而國祥的病，卻是一天比一天沉重了。頭一年，他還支撐著去上班，但每天來回需開兩小時車程，終於體力不支，而把休斯的工作停掉。幸虧他買了殘障保險，沒有因病傾家蕩產。第二年，由於服用太多激素，觸發了糖尿病，又因長期缺血，影響到心臟，發生心律不整，逐漸行動也困難起來。

一九九二年一月，王國祥五十五歲生日，我看他那天精神還不錯便提議到「北海漁邨」，去替他慶生。我們一路上還商談著要點些什麼菜，談到吃我們的興致又來了。「北海漁邨」的停車場上到飯館有一道二十多級的石階，國祥扶著欄杆爬上去，爬到一半，便喘息起來，大概心臟負荷不了，很難受的樣子，我趕忙過去扶著他，要他坐在石階上休息一會兒，他歇了口氣，站起來還想勉強往上爬，我知道，他不願掃興，我勸阻道：「我們不要在這裡吃飯了，回家去做壽麵吃。」我沒有料到，王國祥的病體已經虛弱到舉步維艱了。回到家中，我們煮了兩碗陽春麵，度過王國祥最後的一個生日。星期天傍晚，我要回返聖芭芭拉，國祥送我到門口上車，我在車中反光鏡裡，瞥見他孤立在大門前的身影，他的頭髮本來就有少年白，兩年多來，百病相纏，竟變得滿頭蕭蕭，在暮色中，分外怵目。開上高速公路後，突然一陣無法抵擋的傷痛，襲擊過來，我將車子拉到公路一旁，伏在方向盤上，不禁失聲大慟。我哀痛王國祥如此勇敢堅忍，如此努力抵抗病魔咄咄相逼，最後仍然被折磨得形銷骨立。而我自己亦盡了所有的力量，去迴護他的病體，卻眼看著他的生命一點一滴耗盡，終至一籌莫展。我一向相信人定勝天，常常逆數而行，然而人力畢竟不敵天命，人生大限，無人能破。

夏天暑假，我搬到艾爾蒙特王國祥家去住，因為隨時會發生危險。八月十三日黃昏，我從超市買東西回來，發覺國祥呼吸困難，我趕忙打九一一叫了救護車來，用氧氣筒急救，隨即將他扛上救護車揚長鳴笛往醫院駛去。在醫院住了兩天，星期五，國祥的精神似乎又好轉了。他進出醫院多次，這種情況已習以為常，我以為大概第二天，他就可以出院了。我在醫院裡陪了他一個下午，聊了些閒話，晚上八點鐘，他對我說道：「你先回去吃飯吧。」我把一份《世界日報》留給他看，說道：「明天早上我來接你。」那是我們最後一次交談。星期六一早，醫院打電話來通知，王國祥昏迷不醒，送進了加護病房。我趕到醫院，看見國祥身上已插滿了管子。他的主治醫生告訴我，不打算用電擊刺激國祥的心臟了，我點頭同意，使用電擊，病人太受罪。國祥昏迷了兩天，八月十七日星期一，我有預感恐怕他熬不過那一天。中午我到醫院餐廳匆匆用了便餐，趕緊回到加護病房守著。顯示器上，國祥的心臟愈跳愈弱，五點鐘，值班醫生進來準備，我一直看著顯示器上國祥心臟的波動，五點二十分，他的心臟終於停止。我執著國祥的手，送他走完人生最後一程。霎時間，天人兩分，死生契闊，在人間，我向王國祥告了永別。

一九五四年，四十四年前的一個夏天，我與王國祥同時匆匆趕到建中去上暑假補習班，預備考大學。我們同級不同班，互相並不認識，那天恰巧兩人都遲到，一同搶著上樓梯，跌跌撞撞，碰在一起，就那樣，我們開始結識，來往相交，三十八年。王國祥天性善良，待人厚道，孝順父母，忠於朋友。他完全不懂虛偽，直言直語，我曾笑他說謊舌頭也會打結。但他講究學問，卻據理力爭，有時不免得罪人，事業上受到阻礙。王國祥有科學天才，物理方面應該有所成就，可惜他大二生過那場大病，腦力受了影響。他在休斯研究人造衛星，很有心得，本來可以更上一層樓，可是天不假年，五十五歲，走得太早。我與王國祥相知數十載，彼此守望相助，患難與共，人生道上的風風雨雨，由於兩人同心協力，總能抵禦過去，可是最後與病魔死神一搏，我們全力以赴，卻一敗塗地。

我替王國祥料理完後事回轉聖芭芭拉，夏天已過。那年聖芭芭拉大旱，市府限制用水，不准澆灑花草。幾個月沒有回家，屋前草坪早已枯死，一片焦黃。由於經常跑洛杉磯，園中缺乏照料，全體花木黯然失色，一棵棵茶花病懨懨，只剩得奄奄一息，我的家，成了廢園一座。我把國祥的骨灰護送返臺，安置在善導寺後，回到美國便著手重建家園。草木跟人一樣，受了傷須得長期調養。我花了一兩年工夫，費盡心血，才把那些茶花一一救活。退休後時間多了，我又開始到處蒐集名茶，愈種愈多，而今園中，茶花成林。我把王國祥家那兩缸桂花也搬了回來，因為長大成形，皮蛋缸已不堪負荷，我便把那兩株桂花移到園中一角，讓它們入土為安。冬去春來，我園中六、七十棵茶花競相開發，嬌紅嫩白，熱鬧非凡。我與王國祥從前種的那些老茶，二十多年後，已經高攀屋簷，每株盛開起來，都有上百朵。春日負暄，我坐在園中靠椅上，品茗閱報，有百花相伴，暫且貪享人間瞬息繁華。

美中不足的是，抬望眼，總看見園中西隅，剩下的那兩棵義大利柏樹中間，露出一塊楞楞的空白來，缺口當中，映著湛湛青空，悠悠白雲，那是一道女媧煉石也無法彌補的天裂。

選自《樹猶如此》，聯合文學出版社

作家瞭望台

白先勇，一九三七年年，廣西桂林人，父親白崇禧為國民黨高級將領。童年在重慶生活，後隨父母歷徙南京、香港、臺灣。臺大外文系畢業後赴美深造，一九六五年獲愛荷華大學「作家工作室研究創作」碩士學位，後旅居美國，任教於加州大學聖芭芭拉分校。現已退休，除了著手撰寫父親白崇禧的傳記之外；更投身崑曲戲劇的製作，二〇〇四年四月在臺北國家戲劇院製作全本崑劇《牡丹亭》，是當年藝文界的最大盛事。

出身將門，在書香門第的薰化下，從小深受中國傳統文學浸染，求學過程又受五四新文學作品啟蒙，白先勇很早即展露其文學慧才，有人說：「白先勇的起點就是高點。」他就讀臺大外文系一年級時，發表的第一篇小說〈金大奶奶〉（一九五八年），便在文壇激起波瀾；大三時，與同學陳若曦、歐陽子等人創辦《現代文學》雜誌（一九六〇年），發表了〈月夢〉、〈玉卿嫂〉、〈畢業〉等小說多篇，篇篇均屬佳作。其後《臺北人》結集，被夏志清許為「當代短篇小說家中少見的奇才」。其短篇小說是六、七〇年代臺灣文學的代表，三十多年來寫短篇小說者無出其右，而且多少都受過他的薰陶。

他的小說，幾乎年年再版，被翻譯成英、日、韓、法、義、德、捷等多國語言，並且跨越不同媒體，被改編成舞臺劇，拍成電影、電視劇。一九九九年，《臺北人》榮膺《聯合報》「經典三十」之首；二〇〇〇年十一月，汕頭大學為他舉辦「白先勇創作國際研討會」；香港傑出華人系列與臺灣作家身影系列，他同時名列榜上，文學界掀起一股白先勇風潮，歷年不衰。

白先勇的作品，結合了西洋現代文學的寫作技巧及傳統中國小說的美學架構，兼具深刻的思想與完美的藝術技巧；其文擅於描寫新舊交替時代的人物故事和生活，富於歷史興衰和人世滄桑感，也充滿對人世的悲憫情懷，是以他的作品產量不多，但部部皆是經典之作；雖然近年來少有小說創作，其文壇地位卻始終屹立不搖、聲譽依然隆盛。著有散文集《驀然回首》、《第六根手指》、《樹猶如此》等三種，短篇小說集《寂寞的十七歲》、《臺北人》、《紐約客》，長篇小說《孽子》等多種，劇本《金大班的最後一夜》、《玉卿嫂》、《遊園驚夢》、崑曲劇本《牡丹亭》等。

密門之鑰

本文被譽為白先勇近年來寫得最好的文章。他自己也曾說道：「〈樹猶如此〉，是我長年來感情的修行，一個不得不應接的功課。」。文中描寫患難知交共同對抗命運的真實經歷，三十八年相互扶持的情誼，透過平淡凝鍊、超越雕飾的文字，流瀉於讀者胸中，所匯聚的卻是驚心動魄、撼振人心的生死摯情。故友亡後七年，作者才執筆寫下這段友誼經歷，且全文曾經三易其稿，寫起小說來揮灑自如的文學大家，何以此篇悼念亡友之作竟如此耗費思量？其中心緒的修練，恐怕真的是一段艱難的功課！

「樹猶如此」語出《世說新語．語言》：「桓公北征經金城，見前為瑯邪時種柳，皆已十圍，慨然曰：『木猶如此，人何以堪！』攀枝執條，泫然流淚。」而南北朝庾信的〈枯樹賦〉亦云：「昔年移柳，依依漢南。今看搖落，悽愴江潭。樹猶如此，人何以堪。」白先勇以此作為題目，乃藉以寄寓心中對人事興衰的深沉慨嘆。副標「紀念亡友王國祥君」，則點出了本文悼亡傷逝的性質。悼祭文章多半情感跌宕奔放、詞藻雅致典麗。而本文書寫兩人情誼及好友罹病求醫卻依然不治身亡的過程，筆觸極為冷靜內斂，字字俱是繁華落盡之後的真淳情境。唯其情意真淳，所以能以含蓄凝斂之筆，淋漓展現好友奮力抵抗病魔的堅強意志力，與嚴謹寬諒的人格性情。年少的王國祥，和夢想著到長江三峽築水壩的白先勇同樣充滿理想，兩人帥氣地放棄臺大，進入成大就讀；其後發現夢想與興趣不合，又相繼進入臺大；壯年時，在理論物理界成為頂尖物理學家的期望受挫，承受理想破滅的失望，王國祥無奈地轉入高科技產業；晚年時，潛伏三十年的舊疾復發，被肉身病痛折耗得形銷骨立，性情卻依然祥和寧靜、寬容體恤。好友涉歷種種苦難挫折所洗鍊鍛鑄的、可貴可欽的「淳厚性情」，透過作者平易淨斂的文字勾勒，形象歷歷。

跨越生死的情義，是本文另一撼動人心的主題。多年前的某一個夏日，兩人搶著上樓梯，跌跌撞撞，碰在一起，這一碰，碰出了三十八年的綿亙情誼。正如白先勇深知好友的「善良厚道、孝順忠誠、不虛偽」，深覺好友「有科學天才，物理方面應該有所成就」；同樣的，王國祥也了解白先勇的文學天分與理想。所以即便患了再生不良性貧血，休學養病，仍然在病中替好友的《現代文學》拉了兩個客戶。即便家境不富裕，仍然把出國進修的獎學金，挪出一部分長期濟助好友的文學雜誌，使其得以持續出刊。為了成全好友改造庭園的心願，王國祥千里迢迢，從美國東岸而來，花掉了暑假的三分之二，朝九晚五，胼手胝足的整理出日後繁華錦簇的茶花園林。當王國祥生病時，白先勇每月兩次，週五課後熬夜開車，馳往洛杉磯，趕在清晨六點鐘，護送好友出發去醫院輸血，如此來回奔波，長達三年，直到好友過世。他為好友四處奔走，打聽有關「再生不良性貧血」治療的訊息，從美國到臺灣、到上海、到杭州、到北京，從西醫、到中醫、到氣功，「當時如果有人告訴我喜馬拉雅山頂上有神醫，我也會攀爬上去乞求仙丹的。在那時，搶救王國祥的生命，對於我重於一切」，他用盡所有力氣搶救好友的生命，終至一籌莫展。這一分跨越生死的情義，澎湃著所有讀者的心緒，人生行世，誰不渴望如此相知相惜、相守不渝的情感？

〈樹猶如此〉中，樹，不僅是題目，同時亦是文章背景，也是陪襯與象徵。白先勇用園中花樹的興衰榮枯，來貫串全文，架構這段友誼的因緣始末，庭園林木是文中的舞臺布景，用來映襯兩人的友誼。在兩人胼手胝足整理出來的花園裡，白先勇鍾愛各種顏色的茶花樹；王國祥喜愛的，是每回到聖芭芭拉，便迫不及待要親臨觀看的那三棵以擎天之姿孤峭屹立，在夕照霞光中展現金碧輝煌的義大利柏樹。而中間那株長得最好的柏樹卻不尋常的無故枯萎，巧合地預兆著王國祥不久之後的舊疾復發。這對「相知數十載，彼此守望相助，走過人生道上無數風風雨雨」的朋友，用盡全力與病魔死神一搏，卻一敗塗地。經涉「天人兩分，死生契闊」的永別之後，屋主重建荒廢的花園，重尋滿園的幽趣，春日負暄，貪享人間瞬間繁華，凝視那枯亡柏樹所留下的缺口，「缺口當中，映著湛湛青空，悠悠白雲，那是一道女媧煉石也無法彌補的天裂。」作者以「天裂」二字收束一萬三千字的長文，在全文沉靜內斂的氛圍中特別顯得氣勢萬鈞。文學大師的文字駕御功力，確實表現極致。

提神答問

一、白先勇在文字的經營上，深受中國傳統文學陶冶，中國詩文對他在文字的節奏掌握上有極大助益。在本文中，何處可以看出白先勇的此種語言特色？請一一舉例說明。

答：以下答案可供參考：

1. 樹的主幹筆直上伸，標高至六、七十呎，但橫枝並不恣意擴張，兩人合抱，便把樹身圈住了，於是擎天一柱，平地拔起，碧森森像座碑塔，孤峭屹立，甚有氣勢。——用語凝鍊，多有傳統詩文的語彙。例如：元積〈桐花詩〉：「天子既穆穆，群材亦森森」便以「森森」入詩形容樹木蒼翠。

2. 屋前一棵寶塔松，龐然矗立，頗有年份，屋後一對中國榆，搖曳生姿，有點垂柳的風味。——垂柳乃傳統詩文中常見景觀。

3. 那個暑假，我和王國祥起碼饕掉數打石頭蟹。——饕餮，比喻貪吃的人。此處「饕」轉品為動詞，表示「吃」。此乃傳統詩文的用法。例如：陸游〈雪中尋梅詩二首之二〉：「幽香淡淡影疏疏，雪虐風饕亦自如。」詩中的「饕」作「肆虐」之意，亦作動詞。

4. 那些針葉，一觸便紛紛斷落，如此孤標傲世風華正茂的常青樹，數日之間竟至完全壞死。奇怪的是，兩側的柏樹卻好端端的依舊青蒼無恙，只是中間赫然豎起槁木一柱，實在令人觸目驚心。——孤標、風華、青蒼、赫然，皆傳統詩文常見詞彙。

5. 我沒想到近距離觀看，犀牛的體積如此龐大，而且皮之堅厚，似同披甲帶鎧，鼻端一角聳然，如利斧朝天，神態很是威武。——「披甲帶鎧，鼻端一角聳然，如利斧朝天」幾近文言語句。

6.春日負暄，我坐在園中靠椅上，品茗閱報，有百花相伴，暫且貪享人間瞬息繁華。美中不足的是，抬望眼，總看見園中西隅，剩下的那兩棵義大利柏樹中間，露出一塊楞楞的空白來，缺口當中，映著湛湛青空，悠悠白雲，那是一道女媧煉石也無法彌補的天裂。——所引用的典故及詞彙，明顯看出傳統詩文痕跡。

二、作者何以將本文定名為「樹猶如此」？樹在本文中具有何種作用？

答：以此定名，乃藉以寄寓心中對人事興衰的深沉慨嘆。

而樹，在本文中，不僅是題目，同時也是背景、陪襯、象徵。白先勇用園中花樹的興衰榮枯，來貫串全文，架構這段友誼的因緣始末，庭園林木則是文中的舞臺布景，用來映襯兩人的友誼。

三、文末以「那是一道女媧煉石也無法彌補的天裂」做結。作者在此援用女媧補天的神話用意何在？「那是無法彌補的天裂」具有何種涵意？

答：作者向來相信人定勝天，常常逆數而行；而好友的逝去，讓他了解到人力畢竟不敵天命，人生大限，無人能破。遂以「無法彌補的天裂」來象徵他心中無限的憾恨與無奈。

四、文中兩次倒敘二人年少相交的過往，是否必要？為什麼？

答：兩次倒敘二人年少相交的過往，有其必要。

第一次倒敘，略點兩人結識的時間及情同手足的深誼，再引入王國祥第一次發病的情形，與病魔的這次對抗，他們贏了。第二次倒敘，更細膩的描述兩人結識的經過及相知相惜情誼，而三十八年來患難與共，卻在與死神搏鬥的仗中敗下陣來。兩次倒敘年少相交過往，詳略深淺有別，襯映著對抗病情的成敗異數，更顯出人力難敵天命的無奈。

樹在本文中，是背景，是陪襯，也是象徵。作者用園中花樹的榮枯興衰，來映襯這段相知相惜的友誼。

請以「藉物懷人」為主題，記述一段生命中的深刻記憶。描述的對象，可以是親人，可以是朋友，可以是遠逝的愛情，也可以是斷裂的友誼……。寫作時，必須先擇定足以牽繫或代表這段感情的一件事物，藉由對此物的描摹，進而牽引出你與所懷念者之間的情誼。題目自訂，並請加註副標，註明你所追念的對象。文長五百字以上。

（莊溎芬老師設計撰寫）

探索新境

白先勇除小說創作外，尚有以下散文著作，可以參照：

一、《樹猶如此》，聯合文學出版社發行。

二、《驀然回首》、《第六根手指》，爾雅出版社發行。

相逢有樂町

陳芳明

在有樂町，我與我父親的時代不期而遇，然後又交錯而過。

這是一個長久以來就熟悉的地名，是東京市內的一個車站。山手線的電車在此靠站時，我看到了站名，竟猝然湧起一股無可名狀❶的愁意。我想起了父親在戰後初期的身影，還有他那時代的蕭條、寂寥與苦悶。有樂町，這個名字出現在父親常常低唱的一首歌裡。每當酒後，父親就以沉悶的聲音唱起叫做〈相逢有樂町〉的日本歌。我並不了解歌詞的意義，但隱約可以感覺到父親是在撫慰自己的傷口，在傾瀉一股難以壓抑的情緒。我從未認真去理解他的心情，他的世界彷彿與我是隔離的。憶起父親孤獨坐在夜晚的後院淺斟低酌❷，偶爾便吟著日本歌謠，那份情景至今仍然使我感到心痛。

有樂町，於我是不快樂的。看到了站名，好像車廂又帶我穿過了時光隧道，回到蒼白的、青悒的一九五〇年代。〈相逢有樂町〉的歌聲，恍惚中又在深夜的何處悠然傳來。午夜的車聲，敲打著靜了的、甜睡著的東京市街。有樂町車站外的街燈，輕染著一份淒迷，也夾雜著一份召喚。年輕時代的父親，是不是也懷抱著愁情，走過同樣的街燈之下？

長大以後，我才知道〈相逢有樂町〉，是一首戀愛中男人的情歌。歌詞甜美，也帶著憂鬱。起首的兩句便是：

> 如果等你的話，
> 雨就下了……

經過有樂町時，正值午夜。車窗外並沒有雨水，吹進來的是沁涼的、微溼的夜風。我可以看見車前伸長的鐵軌。在遠處燈光的投射下，閃爍著兩條平行的、烏亮的鐵軌。倘若我與父親在有樂町相逢，他會把年輕時代的心情告

---

❶ 無可名狀：不可用言語形容。

❷ 淺斟低酌：本義是斟著茶酒，低聲吟唱。引申為遣興消閒的情景。

訴我嗎？而我，能夠理解他的時代與他的世界嗎？

父親，是我最早的「日本接觸」。他是在殖民地時代受教育的，談話中，臺語與日語交互使用。對孩子管教，他總是毫不遲疑以鞭子毒打；喝斥的聲音，儼然在指揮軍隊一般。如果這可以稱為我的「日本經驗」，那實在是不快的，而且也近乎恐懼。然而，父親也有他感性的一面。他酷嗜帶孩子遠行，以旅途中之所見來增加我的知識與常識。我之所以能夠較其他兒時的同伴有更多的旅行經驗，純然是父親帶給我的。

我並不清楚，父親對日本是否懷有眷戀？對於世事政治，他絕口不談。他的時代，無疑是充滿窒息、找不到出口的年代。像所有戰後的臺灣男子一樣，都賣命工作，不捨晝夜。深夜裡，偶有查戶口的事件，全家都陷於驚怖的空氣中。戰慄的、無聲的空氣，怵然凝住。在白天，父親卻又好像安然無事，他只是埋首討生活。為了維持一絲做人的尊嚴，父親每天都辛勤不懈。他與他的那一代，大約都是這樣謹慎、苦鬥而存活下來的吧。在忙碌的日子裡，父親很少從容與孩子談過話。多少年來，我一直不知道他是否眷戀著日本？

飛行到日本，我多少是帶了一點心願，希望在這個國度找到父親從前的影子。他從前所看到的、意識到的日本，想必與我經驗的全然不同了。只是，我總是覺得在他身上嗅到日本的味道，那不單單是他使用的語言，而是另有一種介於粗獷❸與拘謹之間的氣質。如果說，那是父親對日本的眷戀所流露出來的，倒不如說殖民地教育在他身上留下了痕跡。

車過有樂町，我不能不想起父親的時代，想起他經歷過的戰爭，想起時代的轉換為他帶來的不安。他未曾提起過少年時的抱負。歷史的狂流，挾沙泥俱下，如果他年輕時有過任何夢想，也一定是被沖刷得無影無蹤了。他不曾在孩子面前頹喪過；只是他暗地裡的喟嘆與感傷，我是聽見過的。他年輕過，當然也像我在青年時期立下過誓願的。那麼戰火攜來的離亂，以及離亂後的怔忡❹惶惑，恐怕不是我這一代容易去設想的吧。僅僅為了這一點，我就不能不心痛地憶起他在後院獨酌的背影。他背對著家人，背對著遠逝的時代，單獨咀嚼著夢想幻滅後的苦澀、

❸ 粗獷：粗野狂放。獷，音ㄍㄨㄤˇ。
❹ 怔忡：音ㄓㄥ　ㄔㄨㄥ，驚悸貌。

挫折、傷害。

戰爭結束後不久，他從避難的臺南搬回高雄，把全家安頓在一個叫三塊厝的地方。我不甚了然於父親是如何掙扎過來的。後來，只聽過母親間歇談起，他賣過舊貨，擺過麵攤，又嘗試過碾米廠，最後改行從事電氣買賣。我初識人事時，他已經在經營一間小小的電氣商店。三塊厝，距離高雄火車站不遠，父親就在三民國小之前租一幢陳舊的二樓木屋。他偶爾牽著我的手，走到鐵道旁，與我一起觀望火車的北上南下。有時，火車過後，他會容許我蹲在枕木上，堆積小石塊。那往往是傍晚時分，高雄的山浸入一片暮色。父親坐在鐵道旁的田埂上，看我細心把石塊一一疊起，然後又推倒，重新堆積。他沉默的時候居多，直到夜色把他的身軀漆成一團黑影。

我想，他的內心是不快樂的吧。他從事商場事業之後，發現語言對他竟是一大羈絆❺，甚至閱讀報紙也頗為吃力。他參加公家機關的工程投標，總是為了自己破碎的北京話而感到難以表達自己的想法。然而，他仍堅持去學習他不熟悉的語言。直到現在，他說的北京話還是殘缺不全。不過，我認為已是卓然有成了。

也許是在外面商場遭遇了語言的困難，所以他一回到家就偏愛聆聽日本歌謠吧。我是在舊式電唱機傳出的平面歌聲中長大的。每想及一九五〇年代，那種硬質唱片撥放出來的旋律，仍然會在我的心室裡回響。直到六〇年代，這樣的音樂仍然還未進入立體的階段。從美空雲雀，到小林旭、石原裕次郎，父親似乎都是喜歡聽的。這些歌手所唱的，無非是在發抒戰後日本社會的憧憬、期許、落寞與幻滅。歌頌著愛情，歌頌著生命，也唱出男性的哀愁與振作。這可能才是父親較為熟悉的語言吧，也可能只有這樣的歌才能唱出父親的心情吧。

我被送去受教育之後，接受的價值觀念，可以說與父親的世界扞格不入❻；甚至可以說，我是被教育來敵視父親的那個時代。我走入了一個讓父親完全感到陌生的天地，一個與他的時代完全疏離、隔閡的天地。當我開始到達塑造人格的年齡時，對於自己早年曾經有過的「日本接觸」，竟產生一種厭煩，一種幾乎是近於輕視的態度。對於他穿越過的扭曲變形的時代，我並沒有學習到絲毫的寬容與諒解。我從書籍知識學來的，從課室黑板上獲得

❺羈絆：受牽制而不能脫身。

❻扞格不入：彼此意見完全不相合。扞，音ㄏㄢˋ，本有抵禦、保衛、違反等義。

的，便是如何使用貶損的字眼來譴責他的時代。我學會了指控，指控他們那一代是穿著殖民者的服飾，說著殖民者的語言。在他面前，我仍馴服如常。但是，在內心深處，我其實是與他決裂的。唱著〈相逢有樂町〉的父親的背影，恐怕並未察覺他的孩子已經距離他越來越遠了。

我與父親之間的時代斷層，並非只是語言上的，同時也還包括政治、社會、文化、思想上的種種差距。對於我的所學，他顯然沒有發生過興趣。他更不追問，我的知識是不是實用的。在商場風塵裡打滾的他，於六〇年代創造他生命中一段意氣煥發的時光。在那一個時期，我很少看到他陷入落寞的情緒裡。然而，也正好是在那段時間裡，我長大成人，同時初步建立了我自以為是新的、充滿期許的世界。父親與我，從此分別鎖在各自的時代思考裡。他並不在意，孩子是不是尊重他的觀念想法。他的孩子用一種矯揉的語言表達意見時，他看來也是那麼無所謂。直到我離家出國，父親與我似乎從來沒有好好坐下來促膝長談。我的離鄉背井，等於是徹底與他的時代決裂了。

到我真正能去思考父親的時代，以及時代投射在他命運裡的陰影時，我已在他鄉浪跡多年了。那時，我翻閱著戰後初期的報紙。在那泛黃、漸趨模糊的鉛字裡，我窺見父親所處社會的魅惑❼與詭譎❽。那是一個混沌的、狂亂的時代，又是一個再生的、活力的社會。我終於領悟到，父親的時代是由開放與保守的兩極社會所構成。他見證到一個高壓的、閉鎖的殖民政權驟然崩壞，也目睹了一股要求秩序重建的意願正在興起。就在朝向建立一個莊嚴社會的道路上，他發現一個帶有敵意的、猜疑的價值體系也逐步形成。對抗的緊張情緒，瀰漫著他所賴以生存的島上。他自以為是樂觀進取的道路，次第變成灰黯、無望的旅程，直到一九四七年的一場流血事件發生過後，父親才確定戰爭之後所給予的許諾，都完全落空了。

他對自己產生了懷疑，但是又找不到答案。在新舊時代的交接過程中，在兩種文化激盪的夾縫裡，父親純然屬於迷失的一代。他保持高度的沉默，與其說是出於恐懼，倒不如說是帶了一份無言的抗議。他日後把自己攜進

---

❼魅惑：迷惑。

❽詭譎：此言變化無窮貌。譎，音ㄐㄩㄝˊ。

一個隱密的內心世界，也是種因於那次事件的衝擊吧。只有從這樣的觀點去透視，才能夠解釋當年查戶口時父親的驚惶心情。也只有這樣去理解，我才能夠體會父親在一九五〇年代獨酌時的深沉苦悶。果真如此，父親在酒後低唱著日本的歌謠，就不能視為對日本的眷戀，而應該是受傷的靈魂暗處傳出的呻吟吧。

父親來到異鄉與我重聚時，他的前額已有些傾塌，而步履也顯現了蹣跚。看著父親稀疏的白髮，還有他鬆動脫落的牙齒，使我難以想像他縱橫商場時的豪情。他衰弱的身軀，不能不使我聯想到一九五〇年代時的他。他迢迢千里來看我，終於也沒有把他的心事說出。坐在湖岸的樓頭，他定定望著波光；那種身姿，一如他年輕時攜我望著北上鐵道的情景。經過這麼多年之後，我彷彿已能夠揣摩他的心境。然而，也僅止於揣摩而已。

他活在一個所有出口都被封閉的時代，包括他靈魂的井口。他的掙扎與奮鬥，都表現在為了生活而奔波的行動之中。他的無言，足夠反映他的內心。我為自己當年所持的輕蔑，感到無比遺憾，也無比痛心。未能代他發抒心聲，就已值得自譴了；我竟還站在他的傷口落井下石。倘若他知道，內心是不是感到抽痛呢？

在有樂町，我與父親的時代不期而遇，然後又交錯而過。我飛抵了日本，方知我早期的「日本接觸」，實在只是表面的，是虛構的。然而，我終於還是沒有跨越時代的界限，去了解父親的悲愁。歷史的齒輪，無情地把他的世界輾平，輾得支離破碎，終至無聲無息。

路過有樂町，正值午夜。我總覺得〈相逢有樂町〉的歌聲，在東京的什麼地方悠然揚起，向著天上，向著人間。

選自《陳芳明精選集》，九歌出版社

作家瞭望台

陳芳明，一九四七年生，臺灣高雄人。輔大歷史系、臺大史研所碩士，美國西雅圖華盛頓大學博士候選人（一九七八）。返臺後，先後任教於靜宜大學、暨南大學，現為政大中文系教授、政大臺灣文學研究所講座教授。

早年曾以筆名陳嘉農，撰寫詩與散文；以筆名施敏輝，撰寫政治評論；以宋冬陽之名寫文學評論與歷史傳記，並以詩論聞名。一九九八年以本名出版四集散文，二集學術論著，自此分身退位，採原名發表著作。

青年時期專攻南宋中國史。赴美留學後，為美國臺灣文學研究會創辦人之一，美國《臺灣文化》總編輯，研究方向遂有轉折。一九八四年初在《臺灣文藝》發表一篇關於臺灣文學意識的作品，引起論戰。在研究日據臺灣左翼文學政治運動方面，出版了《左翼臺灣：殖民地文學運動史論》、《殖民地臺灣：左翼政治運動史論》及《謝雪紅評傳》。並有學術研究《殖民地摩登：現代性與臺灣史觀》。

陳芳明以臺灣歷史、臺灣文學等研究著稱，與陳映真在《聯合文學》雜誌，曾就文學觀點，作一論戰；晚近並致力完成《臺灣新文學史》。出版文學評論集《典範的追求》、《危樓夜讀》、《深山夜讀》；散文作品有《風中蘆葦》、《夢的終點》、《掌中地圖》等，整體文學風格抒情而洋溢知識份子的關懷，文字節奏不刻意經營，往往在敘事中透露對時空變遷的感悟。近年九歌出版社並編有《陳芳明精選集》問世。

密門之鑰

知人論世，何其不易，即使那「人」就是自己的父親。

此篇乃追本溯源之作，由父親戰後初期的身影為發起，襯以當時流行電影的主題曲，於是氣氛俱足，往事重現，漸漸將那些銘刻在心的鏡頭琢磨進去，意欲澄清曾不可解的、令自己心痛的種種，重新達到一種了解。這多多少少的了解，在三十年後到來，但這時作者年紀或許已超過當年的父親。

全文以極靠近自己的一個人物，顯示一個大動盪之後的時代，作者在此仍呈現了歷史專業上的路數和興趣。於是「相逢有樂町」，主要雖是與「對父親的回憶」相逢，然而更企圖藉由「一介庶民」投射「整個時代」。通篇閃爍幽微的彼時代之光，同時，也等於側面析理了作者少年時期成長的根源所在；藉由對過往的領悟而明白今日的位置，或者藉明白今日的位置而領悟了過往。這原本可以是「天倫小題」，而作者寫成「時代大題」——「兩代之間」，的確是個頗為永恆的主題！

「我終於還是沒有跨越時代的界限，去了解父親的悲愁」，本文最後並沒有構設出一種武斷的了解、強加的詮釋、或急躁的自我寬解，其實這正是本文佳處。通篇調子抑鬱，始終不曾雲開月現，或許與其發表在解嚴後的第一年有關；然而沒有鮮明的論斷，反而保留了一分開闊、宏觀和尊重，透出一種諦觀複雜歷史所需要的耐心與虛心。文中曾說「對於他穿越過的扭曲變形的時代，我並沒有學習到絲毫的寬容與諒解」，但寫作本文時，作者確然已有當之無愧的成長。

「倘若我與父親在有樂町相逢，他會把年輕時代的心情告訴我嗎？而我，能夠理解他的時代與他的世界嗎？」父親千里迢迢去看他，終究也沒有說出心事。這個疑問或許化為一種動力，稍後作者一度投入政治，近十年則勤勉而有成地研究戰後臺灣，創作多方期待的臺灣新文學史；父子情緣，或許便以如此奧妙的脈絡在薪火相傳。「天倫」雖是看似家常的主題，但代代相承，即衍成人類歷史，每個人不也都處在繼往開來的一點上，渺小而永恆！文末彷彿只餘午夜歌聲迴盪，感傷而浪漫，或許知人論世，的確不易，亦不能太易，特別是那人就是自己的至親，那時代便是自己曾經曚昧的年少時光。

提神答問

一、父親的背影，自朱自清以下似乎成為一個重要意象。若你要描述父親的背影，你覺得最重要的三個形容詞（或概念）是什麼？

答：請自由發揮。

二、此篇散文追懷的真實時空背景，你是否能略述？

答：由父親戰後初期的身影為發起，襯以當時流行電影的主題曲，於是氣氛俱足，往事重現，漸漸將那些銘刻在心的鏡頭琢磨進去，意欲澄清曾不可解的、令自己心痛的種種，重新達到對逝去歲月、時代氛圍的一種了解。

三、親子之情，糾結甚深，角度甚多，本文哪一段最能引起你的共鳴？為什麼？

答：請自由發揮。

寫 作擂台

相逢相遇，何其奧妙！遭逢那事件，遇見了那人……，是在時空中一段奇妙的交集。請以「相逢」為題，人、事、物不限，具象、抽象皆不妨，寫作四百字之內的短文。

探 索新境

《危樓夜讀》、《深山夜讀》，麥田出版社發行。

二書是陳芳明結集的文學評論，按圖索驥，為不錯的閱讀指引，並可了解作者的品味與思考方向。

（陶文本老師設計撰寫）

野獸派丈母娘

莊裕安

我的丈母娘是個不折不扣的野獸派，舉凡炒菜和作畫。比如說，禮拜天早上十點鐘，靈機一動，來吃飯，我們就乖乖去報到。丈母娘請家常客，再天經地義也不過了。麻煩的是前一天晚上，她還抱怨五十肩。我們擔心的是她要上菜市場，提沉重的菜籃，怕她的體力吃不消。但她往往像個垂簾的太后，來，由不得你置喙❶餘地。

雖然我沒陪她上過市場，但我想像她買菜的樣子，一定不亞於一隻尊貴的孟加拉虎。她一定有最靈敏的嗅覺，最挑剔的脾胃，而且對我們，她的女兒和女婿，充滿慈悲。我們其實不像她所想像的那麼可憐蟲，吃三個月前的遠洋雪藏鱈魚鮭魚，等而下之的冷凍水餃、冷凍青豆、冷凍胡蘿蔔。我們樂於逛「萬客隆」，四個禮拜的生鮮一口氣買成，對開罐器、微波爐、冷凍庫，充滿敬意與謝意。可是這一對貪圖便利的小崽子❷，在她眼中看來，是營養不良又毫無品味的。她上菜市場，面對猩紅嫩白的排骨海鮮，一定充滿「叼」的快意，才四月天就渾身大汗。

我沒見過丈母娘在菜市場的虎虎生風，但碰上她在廚房耍刀弄鉞❸。她習慣將冰毛巾繫於額前或頸間，看來真像日本料理店吆三喝四的大廚。但不同於指揮的領班，誰也不要來當幫手，以免礙著她的腕肘肩臂。她炒菜的時候，一定希望廚房有半個操場那麼大。有時候索性關了穿堂的門，以便一個人在裡頭大顯身手。如果杜甫再世，說不定也會贈她那首〈觀公孫大娘弟子舞劍器行〉的名句，「㸌如羿射九日落，矯如群帝驂龍翔；來如雷霆收震怒，罷如江海凝青光。」❹總之，她的熱力不亞於指揮一整個交響樂團。

❶置喙：發言；插嘴說話。喙，音ㄏㄨㄟˋ，本義為鳥嘴。
❷小崽子：小孩的意思。崽，音ㄗㄞˇ。
❸耍刀弄鉞：本義為耍弄刀斧，展現武術，此處引申為在廚房中展現高超廚藝。鉞，音ㄩㄝˋ，武器名。形制似斧而較大，通常以金屬製成。

野獸派丈母娘對食物的信念是，價格不必多昂貴，但一定要新鮮，從篩選原料到烹調上桌。她永遠希望，在你按門鈴之際，熱炒的食物才下鍋，食物在鍋鏟與口舌之間，最好不要超過三十秒。那些剛洗過的菠菜，真的像一隻隻會飛的鸚鵡，從水槽飛到餐桌，還維持紅喙綠羽的生鮮活脫。她炒米粉，翻動鍋鏟的樣子，彷彿是另外有一對借來的肩膀，不是年過五十痛於風溼的那雙。

她上桌進食，通常是別人已酒過三巡，但她飛紅酡頰，彷彿已偷喝過半瓶紹興。她坐下來的第一個聲息，往往是嘆一口大氣，欸，人是會老的，說一些蒙田❺或培根❻說過的陳腔雋語。只有積勞的農夫，抱著秋天金黃色的麥穗，才會出現的疲倦夾雜喜悅。她動碗筷時，飯菜已經不再冒熱氣，我們雖然狼吞虎嚥過了，但一定要陪她四處逛逛，清一清盤底。她吃飯的心情，也許像個善於算計的水果商人，把最光鮮滑脆的一批高價賣出，剩下的臥底瑕疵，再留給自己。她最喜歡配食的，也許不是扁魚白菜或蒜三層，極可能最開胃的是我們的笑聲和讚語。她難道是個再世的僧侶？好運氣祝福給別人，自己只要粗茶淡飯就滿意。

你不要以為我們尊貴的孟加拉虎，在杯盤狼藉之後，已顯衰頹之意，其實大戲才要正式上場。等到戰場從飯廳轉移到客廳，這回她不切水果了。下廚收拾頂好是兒女的活兒，她急著為我開畫展。她扛出畫布的樣子，又回復逛菜市場的威風凜凜，好像歌劇的第二幕掀開紅簾，恩恩怨怨要在這一回合算計了斷。

吃人嘴軟，這回我給的評語，絕不像平日我寫給報章雜誌，那些書籍或唱片的口吻。現在，我當然不是什麼

---

❹ 此四句出自杜甫〈觀公孫大娘弟子舞劍器行〉詩。「㸌如羿射九日落，矯如群帝驂龍翔」兩句是說劍光明亮閃爍好像后羿射落九日，舞姿矯健輕捷猶如群神駕龍飛翔。「來如雷霆收震怒，罷如江海凝青光」兩句則是說舞劍開始時，前奏的鼓聲暫歇，好像雷霆停止了震怒；舞劍結束時，手中的劍影，又猶如江海上平靜下來的波光。

❺ 蒙田：（一五三三至一五九二）法國思想家、作家及懷疑論研究者。以個性獨立、自由為原則，號召人類要遵循自然。其懷疑論偏向自我探索，並擴大到對人類的研究，影響英法思想界甚鉅，著有《蒙田隨筆》等。

❻ 培根：（Francis Bacon，一五六一至一六二六）英國政治家、哲學家兼文學家。自幼博覽群書，畢業於劍橋大學。曾任律師、國會議員、大法官等。首倡科學實驗為一切知識的基礎，成為經驗派哲學的鼻祖。著有《論文集》、《學術進步論》、《新大西洋》等，其學術思想對後世影響至深且鉅。

道貌岸然的畫評家，我像是某個巴洛克混聲合唱團的男中音，除了「哈利路亞」、「讚美吾主」的歌詞以外，什麼也別多唱。但我的丈母娘絕對不像上帝那麼好巴結，你要說她好，一定要明確說她好在那裡。所以我開始急得流汗，不只汗滴額眉，一定要溼透背心，才表現我報答誠意。

我豐富的修辭語彙，可能就是在這個節骨眼練就的。我的丈母娘上山下海，扛畫架、顏料和水壺的辛勞，我一定也要陪她付點代價，絕不是塞給她一排止痛膠囊就了結的。這回我要陪她的飯後消遣是演戲，我背手睇❼畫的派頭，像蘇富比拍賣場派來的高級專員。我可不能一味讚美，否則那將帶來一陣勃怒。丈母娘的耳根的確有點軟，但你不許一開始就放軟話。而你也絕不可劈頭就砍，那樣的災殃會加倍嚴重。因為丈母娘的畫，經常是毫無瑕疵的，倘若有，那也必須由她口中自己說出，輪不到你的。

於是你最好順水推舟，把三分眼力放在畫，七分精神投注人。你得正眼看畫，餘光掃她，偷瞄她是開顏或皺眉。當她皺眉時，你要捉住她畫布上的角落，到底是不滿意雲霞、花叢或溪流。倘若你逮到她所不滿意的地方是花叢，你就可以表白，是要添一點綠還是添一點紅。其實結論往往是不必增刪，因為畫作總有很高的完成度，無須再琢磨。但如果你說得如此乾脆，又如何能表達你滿腹的誠意？你必須用滿腔滿嘴的介系詞和副詞，愈多愈好，多到你自己都快攪不清楚你自己的修辭，因為下一句總是在辯駁❽和修正上一句。你說出的話，最能迎合批改作文的老師快意，他可以紅筆從頭到尾一刪，只留下你作結論的那一句。其實你一點也不三心二意，篤定那畫面無須再添顏料，但你永遠得迂迴，陪丈母娘打開心結，從山腳繞到山頂，最後才陪她大聲對群山歡呼，這是一張曠世不朽的名作。

親愛的朋友，希望你們不要憎恨我的狗嘴巴結模樣，我是世紀偉大的弄臣，並且在進行我的整體治療計畫。在強迫吞服一粒普拿疼之後，我開始運用我的腹語催眠術，治療丈母娘的「後更年期症候群」。我的丈母娘其實是好福氣的，不是說她有我這樣的女婿，當然算我錦上添花也行，她的福氣在於年屆花甲還能熱心創作。她的畫往

❼ 睇：音ㄉㄧˋ，斜視。

❽ 辯駁：據理爭辯駁斥。

往是飆來的，有時她坐在很漂亮的庭園，一兩個小時還不一定能下筆。後來竟來個管理員請她出去，原來是處私宅，在鐵門一扣剎那，說也奇怪，靈感來了，就從鐵欄杆縫中偷窺，把好風景全搬進畫布。

如果畫出一張曠世的名作必須賠上一隻耳朵，像我們的梵谷大師，我丈母娘有可能點頭答應。丈母娘最嚮往的大去方式，也許是自覺畫了一幅十分滿意的作品，在最後一筆還沒抹上之前，心臟病發。這一點浪漫，我們娘婿還算沆瀣一氣❾；我是一個壞的醫生，鼓勵她去淋雨、擠車、跋涉，只圖畫出幾幅得意的作品。就像明明週末去郊外寫生，禮拜天鬧頭疼，還任由她去菜市場，辦一頓豐盛的筵席。對她而言，這其中佈滿生命的奧祕與狂喜。

我之所以戲稱丈母娘「野獸派」，因為她最服膺❿的畫家是馬蒂斯。丈母娘畫兩頭牛，像兩團長著角的烏雲，你委實弄不清楚，為著這樣抽象的東西，她一定要跋山涉水去實景寫生。丈母娘有時候盯著寫生的景物，一直看到實體的輪廓快消逝了，她才將它們移入畫布。她的畫經常呈現狂喜的出神狀態，所以每每筆成，就很難再修改，有幾次不信，落得進退兩難。如果她是演奏家，那一定是「音樂會型」的，觀眾愈多，逼著她愈緊張愈好，她絕不是窮蘑菇的「錄音室型」。丈母娘最拿手的大概是火鶴花，那天堂鳥像在天堂跳舞，但不是優雅幸福的，而是汗水淋漓銷魂虛脫，像史特拉汶斯基⓫粗獷原始的芭蕾《火鳥》。她的畫不是惹人憐愛的寫實風，甚至她對照相寫實的作品有所憎惡，她的世界總有一股浮動，那股浮動，喏，像足了廚房瀰漫的油煙蒸汽。原來她烹飪，一如作畫，是那樣強調色澤和即興，只有「熱」這個字能概括她的風格。

丈母娘要是不畫，那就可慘了，她可能忙著在家裡量血壓。她打電話來的時候，你會以為是一隻貓要來看病掛號。什麼時候開始時移勢遷的，她說話的口吻，又變成一個女兒。我想，我的藥櫃上，沒有任何一種藥，是可以剋她的。她慵懶的樣子，我太了解了，就像我一整個禮拜遠離稿紙，別問我怎麼辦，我是你的雙胞胎。

❾ 沆瀣一氣：比喻氣味相投，後多用於貶義。
❿ 服膺：記在心中，不會忘記。膺，音ㄧㄥ，胸。
⓫ 史特拉汶斯基：（一八八二至一九七一）俄國作曲家。原為俄羅斯人，後歸化美國。創作許多不協音的管絃曲，頗具創新風格。著名作品有《火鳥》、《彼特羅希卡》、《春之祭》等芭蕾舞曲。

女婿看丈母娘，愈看愈有趣，她是不折不扣的野獸派，懨懨⑫波斯貓，炯炯⑬孟加拉虎。

原載一九九三年五月十日母親節《臺灣新生報》
選自《散文教室》，九歌出版社

作家瞭望台

莊裕安，一九五九年生於臺北縣。中國醫藥學院醫學系畢業。現為內兒科執業醫師。因長期涵泳於音樂、文學、藝術、電影之間，並經常旅行各地，博學多聞，故散文視域寬闊，不論臺灣早期的鄉村經驗，或是現代城市觀感，乃至於異國的文化見聞，都能鮮活具現。其文字敘述，時而誇張，時而詼諧，不管任何材料，在他筆下總能發揮到極致，充滿自然生動之趣。

莊裕安以寫小品文自我期許，他說：「小品文的精華，不在題目，而在作者人格美。只要冠上英文的 on 字，柴米油鹽、陰陽五行無不可談。除了人格美以外，恐怕作者也得有幾分囉嗦和油條。」他還說寫作是全方位的，「宇宙之大，蚊蠅之微，無一不可寫。有時候，我連母親或丈母娘飯後切柳丁時，嘴裡喃喃的字眼，都想聽個仔細。」（參見《散文二十家》）

莊裕安曾獲第十一屆吳魯芹散文獎，出版有《音樂狂歡節》、《寄居在莫札特的壁爐》、《爵士樂》、《天方樂譚》、《蜜漬拍子》、《雲想衣裳，我想 CD》、《曉夢迷碟》等音樂論述，散文隨筆小品方面，則有《跟春天接吻的一些方法》、《一隻叫浮士德的魚》、《我和我倒立的村子》、《巴爾扎克在家嗎》、《會唱歌的螺旋槳》、《水仙的咳嗽》等。

---

⑫懨懨：困倦或憂鬱的樣子。
⑬炯炯：光明；光亮。

人物的描寫，最重要的是具象化的能力，喚起讀者的感通觸發，使未曾謀面的人物，都能活靈活現地在讀者眼前躍動。如王國維所說：「語語都在目前，便是不隔。」莊裕安筆下的人物，便有這樣的鮮明效果，從細微的觀察中延伸出無邊想像，使形聲色態，帶著厚重的分量一一具現。而人物的形象中，又充滿著一種自然的諧趣，通過他幽默的筆觸，不著痕跡地流露著生活中的感悟和機趣。像是〈魔術師的藥包〉中那個在他幼年經常來家中懸掛速食藥包的郎中、以及本篇中那位看似豪氣萬丈的丈母娘，都在生活中點點滴滴的描述聚焦。

本文中將主題扣緊生活細節，分兩個方向描寫：一是炒菜，一是作畫。

炒菜部分從一場聚餐開始，先虛後實，通過外在事件的表現，逐一凸顯丈母娘的個性、行事為人：在買菜情節的虛想裡，灌注著長輩無微不至的熱情和細膩；在廚房炒菜的實景裡，徹底展示著能幹的家庭婦女在家務中的無邊威力；最後，主角以剩菜笑語給自己配飯，既是薄己厚人的豪氣，更是溫暖成熟的疼惜。

另一層，則徹底翻出讀者意想之外，嫻於家務的丈母娘，又是位作畫的藝術家。除了操持廚務，還能背起畫架，大踏步走向郊外寫生去。跟家務比起來，缺乏功利效益的藝術創作，更能凸顯她生命的純粹熱情，和生氣勃勃的內心世界。浮動狂喜的即興，粗獷原始的色澤，作者抓住繪畫史上野獸派的特色，使主角和題目緊扣在一起，炒菜和作畫兩條脈絡也巧妙的統一在一起：「熱」字貫串了主角的性格，「野獸派」不僅是作菜、作畫，有時也是其人風格。

出入在畫布與廚房之間，她彷彿就是入世的能人，出世的佛。但到文末，高大無比的她，在離開戰場時，卻搖身一變成了小女兒、慵懶的波斯貓——作者從反面強化了主角率真的童趣，意味雋永，情韻無窮。

提神答問

一、文中給你印象最深刻的，是對丈母娘哪一部分的描寫？

答：作者對畫作進行批評時所流露的矛盾心情，非常傳神地襯顯了丈母娘作畫後的心理狀態。

二、文末為何作者說丈母娘既是慵懶的波斯貓，又是炯炯的孟加拉虎？請就你的創作經驗揣摩其中的感受。

答：面對自己有興趣的事物，往往熱中投入。創作亦是如此，有感覺的主題便能如行雲流水般順暢書寫。

三、本文題名為「野獸派丈母娘」，這樣的命題是否有多重意義？試說明之。

答：命題主要是以野獸派的畫家馬蒂斯為主，但丈母娘的率性特質，又與部分「野獸」不謀而合。

寫作擂台

請從自己生活中，或是印象最深、最美的記憶中，以身邊熟悉的人物為主題，勾勒出最生動具體的形象。

說明：

1. 請以「實際生活事例」去凸顯主角，最忌諱只是空洞堆砌的形容。
2. 題目自訂，可思考以某一「形象化的比喻」，形容主題人物。文長五百字。

探索新境

閱讀莊裕安散文集：

《跟春天接吻的一些方法》、《一隻叫浮士德的魚》、《我和我倒立的村子》，皆由大呂出版社發行。

（白繼敏老師設計撰寫）

水經

簡媜

經首

我的愛情是一部水經，從發源的泉眼開始已然註定了流程與消逝。因而，奔流途中所遇到的驚喜之漩渦與悲哀的暗礁，都是不得不的心願。

源於寺

寺在山林裡，樹的顏色是窗的糊紙。一個靜止的午後，眾人不知哪裡去了，我沿窗而立，分辨蟬嘶的字義。風閒閒地吹來，我感到應該把盤著的長髮放下來讓風梳一梳，可能，有些陽光灑了下來把髮絲的脈絡映得透亮，這些，我並不知道。

他卻看見了，他說：「我覺得不得不！」他的眼珠子如流螢。我卻很清醒，勸他去發覺更美麗的女子吧！他因此在系館的頂樓癱瘓了一個星期，水的聲音開始。

去野一個海洋

「天空是藍的，飛機在太平洋上空行走，妳知道太平洋是什麼顏色？妳一定以為天藍色？錯了，翠綠的！從飛機裡往下看，太平洋的魚在妳的腳下跳來跳去……」

恐怕，我是因為這段話才動心的！到底是因他還是因為翠綠色的太平洋？我分不清楚了。何況，這些都不重要，在愛的智慧裡，我們可以看得像神一樣多，也可以像上帝一樣地寬懷。愛是無窮無盡的想像，並且單單只是想像，就可以增長情感的線條。

「蹺課吧！我帶妳去看海！」

那是初夏，陽光溫和，夏天之大，大得只能容納兩個人，並且允許他們去做他們想做的事；我告別史記，那時伯夷叔齊正當餓死首陽，但是，我不想去拯救。而且，毓老師的四書應該會講到梁惠王篇第一：「叟！不遠千里而來，亦將有以利吾國乎？」這問題問得多蠢啊！

啊！我不遠千里而去，希望結束生命的總合命題之枯思，開始嘗試新的呼吸！不管怎麼說，分析生命絕對沒有享受生命重要，是吧！那麼，帶我去野宴吧！我可以將鞋子脫下朝遠遠的地方扔棄！我可以將長裙挽起，讓腳踝被砂礫摩挲！啊！我不拒絕將袖子捲至肩頭，讓陽光吮黑手臂！也不拒絕風的搜身！如果海天無人，為什麼要拒絕裸游？人與貝石無異的。

但，這些都是我的想像。事實上，像每一對戀的開始的情人一樣，我們乖巧、拘謹、各看各的海、禮貌地談話，如兩個半途邂逅的外國觀光客，風在耳語，海在低怒。

我卻忍不住在心裡竊笑，他的眼神洩漏了他的想像，意的好逑。

他問：「好玩嗎？」

我說：「好玩。」

水讚

為了免疫於傳達室裡阿巴桑不耐煩的呼叫，我們訂下了約的訊號。他只要掩身於魚池實驗室旁蒲葵樹下，朝二樓大叫一聲：「二〇九！」我便知道他來了。

這是心有靈犀的一種試探。

他的聲音因為兒時的一場感冒而變得沙啞低沉，第一次，他鼓足了勇氣朝偌大的女生宿舍以全部的肺活量呼喊我的時候，我憋不住地笑夠了五分鐘才下樓去！

他問：「怎麼樣！有沒有耳鳴？」

我說（自然是說假的）：「啊！我從來沒有聽過這麼好聽的聲音！充滿『魔』力！」

他得意洋洋：「那還用說！」

我決定每天給他倒一杯水潤喉。

有時是冰開水，潔亮的玻璃杯裡注入晶瑩的水，驚起杯壁的冷汗，我總是一面端著下樓一面覷看水珠裡反射出來的萬千世界，而每個世界都與我無關。我便一把抹去壁珠，將那股沁涼藏在手裡，等著去冰他的臉。

他一咕嚕喝光，完全地領受。我樂。他又作一個陶醉將死的表情：「好．好．喝——」

「那麼誇張！只不過是水！」

「杯子怎麼辦？」他問。

「你喝的杯，揣你口袋呀！」

他試了試，六百西西的大玻璃杯怎擱得下？他逡巡四周，說：「藏在七里香花叢下，好不好？」

我點頭。

他小心地用花枝虛掩，退後審看妥不妥？

我緊張地說：「會不會被偷走？」被偷了，便找不到這麼又大又漂亮的杯子合他的胃口，事態嚴重。

他覺得有理，取出來，大傷腦筋。

「啊！這個地方不錯！」他大跨步走去。

原來是實驗室牆壁上一個廢棄的電線盒子，銹得很，應該沒有人會去動它。他小心地把杯子藏進去，一手的銹疤。好了，終於有一個屬於我們的藏杯的地方了。

下次，給他沖一大杯濃濃白白的牛奶，他喝得一嘴的白圈，且喝光，我又樂。

他說：「哇！妳泡的牛奶不是蓋的！甜淡剛好。」

「那還用說嗎！」我真驕傲。

把杯子藏好，出去玩。晚上回來，他撈出杯子，一驚：「嚇！長了螞蟻！」

我大笑，螞蟻愛甜，怎怪它們？他用力甩了甩，把杯子還給我，仍有幾隻不肯出來。

我一面上樓一面覷著杯裡的螞蟻，心想：

「好貪心的螞蟻，竟想扛走我們的杯！」

浣衣

他好幾次在體育課或農場實習之後來看我，衣服有點髒。其實不髒，只是我眼尖。我忍不住了，便說：

「你把衣服脫下來，我洗。」

當然他不肯，他說這手是用來唸書寫文章的，怎可糟蹋？我不管，兀自廝纏，騙得一袋衣服一定要洗，唸書沒有洗衣重要。

衝上樓去，提著水桶、臉盆、洗衣粉便往水槽去。偌大的盥洗室沒個人影，這正好赦去我的羞與怯！

但，這倒難了，我自己的衣服與他的衣服能一起浸泡著洗嗎？衣服雖是無言語的布，不分男女，可是，我怎麼心裡老擔掛著，彷彿它們歷歷有目，授受不親。

合著洗嘛，倒像是肌膚之親了，平白冤了自己。

分著洗，那又未免好笑，這種種無中生有的想像與衣衫布裙何干？

我看盥洗鏡中的自己，一臉的紅，袖子捲得老高，挽起的髮因用勁兒掉了鬢絲，遮了眼梢眉峰，羞還是羞的！

合著洗或分著洗？

不管了！就合著吧！反正天不會塌下來。我扭開水龍頭，嘩啦啦注了滿桶的水，打起滿桶的肥皂泡，將他的與我的一咕嚕統統浸下去！天若塌下來，叫他去擋！

啊！我又心驚！心裡小鹿撞得蹄亂！原來，夫妻的感覺就是這樣！

吵

兩個人都好強，天生的剛硬。一談起問題，便由討論轉為爭論。兩個人都驕傲，天生的唯我獨尊，不肯認錯。吵！吵到三更半夜，宿舍要關門了，我說：「不用你送，我自己回去！」便各自散去，連再見也不肯說。

一旦離去，心裡就軟了，責備自己不該如此跋扈！其實自己理虧的。哪來那麼多氣燄？這麼一想，便決定第二天道歉，而帶著愧疚的心腸，深夜走了兩條街，去為他買一束花，明天他生日，每一朵上面要用小卡片綴著。啊！他一輩子再也不會像這次生日一樣，收到這麼多的卡片！

後來問他，那天吵完後上哪兒去了？他說他漫走於舟山路，發現夜很美，心想有一天要帶我去散步。

原來，彼此都在心裡後悔，用行為贖罪。

卷終

閒閒地對坐。開始又被生之疑團所困，活著，便註定要一而再反芻這命題。愛，只是實踐，決非最高原則。我重新被理智擄住，接受盤問、鞭笞！不！我無法在愛情之中獲得對自我生命的肯定，若果花一世的時間將自己關在堡壘裡只經營兩人的食衣住行喜怒哀樂，我必有悔！然而，我又渴望繼續深掘我未獻出的愛。

我變成一個流亡者，無止境的追尋，無止境的失望！胸中那一塊深奧的壘石碰然肅立！流出了淚，為什麼總抓不住那團疑雲？生，這麼辛苦？

他問：「怎麼了？」

我搖搖頭，無法啟口……。《山之音》裡面，六十二歲的信吾在黑夜裡聽到遙遠的，來自地嘯的深沉內力，他不也是開始寒顫，開始恐懼：難道不是預告死期已屆嗎？而他終於只能獨自鑽進被窩，卻不能把六十三歲的妻子叫起來，告訴她聽到山音的「恐懼」……。啊！難道每個人註定都有一方深奧的孤寂，誰也無法觸及……嗎？

他又問：「怎麼了？」

「不知道！不知道！就是想哭！」

他悶悶地看我，開始不語。我的意志開始後退，離他遠了。卻又掙扎著向前，想告訴他，現在心裡的難受，他或許能寬慰我。可是，語言是這麼粗糙的東西，什麼都化作廢塵！

他說：「也許，我們都應該冷靜地想一想彼此適不適合的問題……」

我的心驚痛！那最內在的痛楚被觸及了，共同的語言已用罄，同行卻逐漸分道揚鑣……！我們都在作無謂的追尋嗎？都在演算無解嗎？我想尋覓他的懷抱投靠，放棄所有的沉思與提問只作一個凡者，而內在的意志卻那麼陽剛，舉起思的劈刀斬退所有軟弱的依附，把自己還給大荒。

也許，只是因為疲憊了，我竟然同意他：「是！」

水，流出卷終之頁，還給大海。

選自《水問》，洪範書店

作家瞭望台

簡媜，本名簡敏媜，一九六一年生，宜蘭冬山人。高二時投稿校刊入選，激發了投身寫作的熱情。臺大中文系畢業後，曾任雜誌編輯、並策劃「大雁當代叢書」，現專事寫作。作品計有《水問》、《只緣身在此山中》、《月娘照眠床》、《私房書》、《下午茶》、《夢遊書》、《胭脂盆地》、《女兒紅》、《頑童小蕃茄》、《紅嬰仔》、《天涯海角：福爾摩沙抒情誌》、《舊情復燃》、《好一座浮島》、《老師的十二樣見面禮》、《誰在銀閃閃的地方，等你》等十餘種。

簡媜的散文，用字精鍊、意象繁複，書寫風格多變。來自女性的本能詮釋，使其文字有著女性的纖細與堅毅；又因為她的成長背景，作品亦有著可親的鄉土關懷。

鄭明娳教授曾說簡媜有「撒豆成兵，點鐵成金」的本事，而女性文本的開拓，也是形成個人特色的一項重要因素。自《月娘照眠床》、《女兒紅》、《胭脂盆地》到《紅嬰仔：一個女人與她的育嬰史》而下，已然挑戰著女性自覺的議題。

從《水問》、《只緣身在此山中》到《月娘照眠床》，一一探尋著青春的早熟與幻逝、及生命源頭的追索；而婚後的簡媜，似乎走入了人群，在《胭脂盆地》、《紅嬰仔》中，開始看到生活化的簡媜，與一位充滿生命力的母親。而到《天涯海角：福爾摩沙抒情誌》時，更意圖以散文書寫家族與臺灣歷史，晚近的《好一座浮島》則以敏銳犀利的觀察，剖析臺灣社會的諸多現象！

談到個人的創作觀，簡媜認為：「散文具有舒緩的敘述魅力，能放縱想像、濃縮情理；不論是剖析人物內在世界、記錄社會變遷、涵泳情絲理緒，均允許作多向度的延展與疊印。我恆常對人的深層內在感到好奇，尋索其雍容與栖棲之貌❶，並記錄其證成與救贖的歷程。」（參見《散文教室》）

從事散文創作多年，簡媜獲獎無數。如《胭脂盆地》獲國家文藝獎，《紅嬰仔》為八十八年年度散文獎。而一九九九年「臺灣文學經典」公布，簡媜以散文集《女兒紅》入選；此作是三十本入選書中最晚出版者，她更是名單中最年輕的作家。同時，早在一九九四年，由三十七位文評家票選的「十大散文名家」中，簡媜的得票數僅次於楊牧與余光中，領先林文月、張曉風、琦君、王鼎鈞諸人；這均可說明她在當代散文發展史上，受重視的程度與不移的地位。

❶ 栖棲之貌：奔波忙碌的樣子。

密門之鑰

〈水經〉是《水問》中的一篇，從中可窺知簡媜獨特的書寫筆法與內心世界。

《水問》是她的第一本散文集，全書內容均在大學四年中完成。簡媜將這些文章分成六卷：花誥、水經、悲賦、碎詞、斷語、化音。她自言這是個人的「斷代史」，且說：「《水問》裡的每一段故事、每一折心情、每個句讀……我是再也寫不出的。」因為那個時期，是段人生命中唯一被允許的輕狂歲月。於是整理《水問》，對簡媜而言，是種對年少的紀念。

〈水經〉的命名，象徵愛情是一「經典大事」，全篇處理的是一個「初戀」的主題，深度的表達中，更概括了青春少女的情愫。除了「吵」一段跳出「水」的主線，其他段落，均圍繞著相同的軌道呈現。

「經首」即明言：「我的愛情是一部水經，從發源的泉眼開始已然註定了流程與消逝。因而，奔流途中所遇到的驚喜之漩渦與悲哀的暗礁，都是不得不的心願。」這似乎預見了全篇悲劇的收尾，但卻是不得不然的嘗試。「源於寺」是愛情的開始，「去野一個海洋」則是愛情的試探，接著熱戀的「水讚」、沉醉的「浣衣」，而後「吵」是急轉直下，到「卷終」結束：「水，流出卷終之頁，還給大海。」

每一個情節都是環扣相連，而精準的用字，特殊的文法，也精彩地呈現出一對戀人的心情與畫面。如「我們乖巧、拘謹、各看各的海、禮貌地談話，如兩個半途邂逅的外國觀光客……」這就是初戀的生澀啊！而「心裡小鹿撞得蹄亂」，則描寫出為男友洗衣服的含羞奇想。

托爾斯泰曾說：「愛情和戰爭是文學的兩大主題。」雖然如此，但要深刻地描寫，用立體的情節加以架構，愛情的內容才能不顯平板單調，〈水經〉一文擅長的，正是以「事件」來凸顯「情感」的進度。

而文末簡媜的心情轉折與掙扎，歸結於自我的探索未竟，因此她說：「不！我無法在愛情之中獲得對自我生命的肯定，若果花一世的時間將自己關在堡壘裡只經營兩人的食衣住行喜怒哀樂，我必有悔！」足見愛情對年少的簡媜而言，尚且是個過程而已。

提神答問

一、如果「吵」這一節文字須要另訂標題，你覺得什麼樣的標題最為適合？

答：激盪。

二、請問哪一段文字詮釋，是你最能體會、最認同的戀人寫照？

答：「卷終」的掙扎證明愛情不是戀人生命的全部。

寫作擂台

〈水經〉全篇，除了「吵」一節，未能扣合「水」的主題外，簡媜皆能讓文章內容悠遊於水，標題意象貫串，首尾互相呼應。

現在，請試著選擇一個和「情感」相關的寫作主題，親情、友情、愛情、手足之情、戀物之情……均可，自行構思、命題，文長不限。

注意事項：

1. 文中須置入許多「相合的小節」。
2. 小節前則需設計出「簡要」但有「一貫主線」的標題。
3. 請嘗試以「事件」來凸顯「情感」。

探索新境

閱讀了〈水經〉中青春少女的夢幻情懷後，請同學們不妨品味一下成熟女子的身心感受，領略簡媜不同的書寫風貌：

一、女性篇：《紅嬰仔：一個女人與她的育嬰史》，聯合文學出版社發行。

二、歷史篇：《天涯海角：福爾摩沙抒情誌》，聯合文學出版社發行。

三、社會篇：《好一座浮島》，洪範書店發行。

（王怡心老師設計撰寫）

物外之趣

蒼蠅

周作人

蒼蠅不是一件很可愛的東西，但我們在做小孩子的時候都有點喜歡他。我同兄弟常在夏天趁大人們午睡，在院子裡棄著香瓜皮瓤❶的地方捉蒼蠅——蒼蠅共有三種，飯蒼蠅太小，麻蒼蠅有蛆太髒，只有金蒼蠅可用。金蒼蠅即青蠅，小兒謎中所謂「頭戴紅纓帽，身穿紫羅袍」者是也。我們把他捉來，摘一片月季花的葉，用月季的刺釘在背上，便見綠葉在桌上蠕蠕而動，東安市場有賣紙製各色小蟲者，標題云「蒼蠅玩物」，即是同一的用意。我們又把他的背豎穿在細竹絲上，取燈心草一小段放在腳的中間，他便上下顛倒的舞弄，名曰「嬉棍」；又或用白紙條纏在腸上縱使飛去，但見空中一片片的白紙亂飛，很是好看。倘若捉到一個年富力強的蒼蠅，用快剪將頭切下，他的身子便仍舊飛去。希臘路吉亞諾思(Lukianos)的蒼蠅頌中說：「蒼蠅在被切去了頭之後，也能生活好些時光」，大約二千年前的小孩已經是這樣的玩耍的了。

我們現在受了科學的洗禮，知道蒼蠅能夠傳染病菌，因此對於他們很有一種惡感。三年前臥病在醫院時曾作有一首詩，後半云：

> 大小一切的蒼蠅們，
> 美和生命的破壞者，
> 中國人的好朋友的蒼蠅們呵，
> 我詛咒你的全滅，
> 用了人力以外的，
> 最黑最黑的魔術的力。

但是實際上最可惡的還是他的別一種壞癖氣，便是喜歡在人家的顏面手腳上亂爬亂舔，古人雖美其名曰「吸

❶ 瓤：音ㄖㄤˊ，瓜肉。

美」，在被吸者卻是極不愉快的事。希臘有一篇傳說說明這個緣起，頗有趣味。據說蒼蠅本來是一個處女，名叫默亞(Muia)，很是美麗，不過太喜歡說話。她也愛那月神的情人恩迭米盎(Endymion)❷，當他睡著的時候，她總還是和他講話或唱歌，使他不能安息，因此月神發怒，把她變成蒼蠅。以後她還是記念著恩迭米盎，不肯叫人家安睡，尤其是喜歡攪擾年輕的人。

蒼蠅的固執與大膽，引起好些人的讚嘆。訶美洛思(Homeros)在史詩中嘗比勇士於蒼蠅，他說，雖然你趕他去，他總不肯離開你，一定要叮你一口方纔罷休。又有詩人云，那小蒼蠅極勇敢地跳在人的肢體上，渴欲飲血，戰士卻躲避敵人的刀鋒，真可羞了。我們僥倖不大遇見渴血的勇士，但勇敢地攻上來舐我們的頭的卻常常遇到。法布爾(Fabre)❸的《昆蟲記》裡說有一種蠅，乘土蜂負蟲入穴之時，下卵於蟲內，後來蠅卵先出，把死蟲和蜂卵一併吃下去。他說這種蠅的行為好像是一個紅巾黑衣的暴客在林中襲擊旅人，但是他的慓悍敏捷的確也可佩服，倘使希臘人知道，或者可以拿去形容阿迭修思(Odysseus)一流的狡獪英雄罷。

中國古來對於蒼蠅也似乎沒有什麼反感。《詩經》裡說：「營營青蠅，止于樊。豈弟君子，無信讒言。」❹又云：「非雞則鳴，蒼蠅之聲。」據陸農師說，青蠅善亂色，蒼蠅善亂聲，所以是這樣說法。傳說裡的蒼蠅，即使不是特殊良善，總之決不比別的昆蟲更為卑惡。在日本的俳諧中則蠅成為普通的詩料，雖然略帶湫穢❺的氣色，但很能表出溫暖熱鬧的境界。小林一茶❻更為奇特，他同聖芳濟❼一樣，以一切生物為弟兄朋友，蒼蠅當然也是其一。檢閱他的俳句選集，詠蠅的詩有二十首之多，今舉兩首以見一斑。一云：

---

❷恩迭米盎：因俊美而被宙斯接到天上的青年。後來在天上狂熱的追求赫拉，而被宙斯懲罰，使他長眠不醒。

❸法布爾：（一八二三至一九一五）法國人，生活清苦，卻一直維持對昆蟲觀察的熱情。以三十年的時間完成《法布爾昆蟲記全集》。

❹出自《詩經・小雅・青蠅》。營營，指往來飛聲。樊，藩籬。弟，悌也。

❺湫穢：低溼狹小。湫，音ㄐㄧㄠˇ。穢，骯髒的。

❻小林一茶：（一七六三至一八二七）日本江戶後期著名俳句詩人，本名彌太郎，喜以鄙語、俗語，表現日常生活的情感。

❼聖芳濟：（一一八一至一二二六），義大利人，清貧苦修，創天主教聖芳濟教派。

笠上的蒼蠅，比我更早地飛進去了。

這詩有題曰「歸菴」。又一首云：

不要打哪，蒼蠅搓他的手，搓他的腳呢。

我讀這一句，常常想起自己的詩覺得慚愧，不過我的心情總不能達到那一步，所以也是無法。《埤雅》❽云：「蠅好交其前足，有絞繩之象……亦好交其後足。」這個描寫正可作前句的註解。又紹興小兒謎語歌云：「像烏豇豆格烏❾，像烏豇豆格粗，堂前當中央，坐得拉胡鬚。」也是指這個現象。（格猶云「的」，坐得即「坐著」之意。）

據路吉亞諾思說，古代有一個女詩人，慧而美，名叫默亞，又有一個名妓也以此為名，所以滑稽詩人有句云：「默亞咬他直達他的心房」。中國人雖然永久與蒼蠅同桌吃飯，卻沒有人拿蒼蠅作為名字，以我所知只有一二人被用為諢名而已。

選自《周作人文選I》，洪範書店

作家瞭望台

周作人（一八八五年至一九六七），浙江紹興人。二十歲前，與兄長魯迅同入江南水師學堂學習海軍，後又與兄留學日本。返國後任教北京大學、燕京大學、女師大、北平大學教授，以小品文和翻譯日本神話文學、希臘神話著稱。開創現代風格，提倡「人的文學」，其美文風格，影響甚鉅，堪稱一代大師。

一生創作可分三個時期：一八八五至一九二三年間，受魯迅影響，有強烈的社會性；一九二三至一九三五年間與兄絕交，創造獨特的小品文天地；一九三五年至一九六五年，投入偽政權後的生命抉擇，苦淡漠然。

❽《埤雅》：宋陸佃撰，為古代動植物詞典。

❾烏豇豆格烏：烏豇豆，一種豆科植物。格，的。烏，烏黑。此句指蒼蠅像烏豇豆般的黑。

著有《雨天的書》、《談虎集》、《看雲集》、《苦茶隨筆》、《瓜豆集》、《知堂回憶錄》等。楊牧編有《周作人散文選》I、II。

密門之鑰

想要欣賞周作人的小品文，就必須了解他對文學的獨特見解。

周氏主張「人」的文學，重視個人的自由。認為文學是人性的，非關種族、鄉土、國家。他夢想著世界主義，在他心裡文學只有兩個單位：個人和全人類。

他喜歡日本、希臘文化，對晚明小品情有獨鍾。他承啟了中國小品文的風格，字裡行間透著文人的閒適趣味。近代的楊牧、舒國治等，其筆或抒情之美或閒散有趣，皆受其沾溉。

魯迅說他是位現代隱士，「耳聰目明、奮袂而起」。在抗戰的三十年代裡，風火沸揚，周作人堅持不靠攏左翼，淡化民族主義。追求自我個性，漠視他人的性格，樹立其小品文的獨特美感。

大陸學者錢理群《凡人的悲哀——周作人傳》云其：「無能為力感使他在歷史運動中自動脫節；孤立的個人，不干預社會、歷史的意圖，而純粹出於『自我生存的充實』的需要。他隱身於風火中的社會。與魯迅的區別也在於此。」關於他與魯迅的不同，何其芳的見地最透闢精彩：

一個使你興奮起來，
一個使你沉靜下去；
一個使你像晒著太陽，
一個使你像閒坐在樹蔭下；
一個沉鬱地解剖著黑暗卻能夠給你以希望和勇氣，
一個安靜地談說著人生或其他，卻反而使你想離開人生去閉起眼睛來做夢。

這篇小品作於一九二四年七月，從小物寫起，交織著紹興老家的兒歌、希臘神話、日本俳句。起筆即總說：眾人皆說蒼蠅不是可愛的東西，可是作者偏說小時有點喜歡牠。而於末處遺憾著「中國人雖然永久與蒼蠅同桌吃飯，卻沒有人拿蒼蠅作為名字」。可窺作者不與人同的審美態度：忘卻「人」的身分地位，以純粹的趣味，欣賞生活的盎然生趣。文中常達物我無間的入神忘我境界。

他在〈喝茶〉文中說道：「在不完全的現世，享樂一點美與和諧的趣味，在剎那間體會永久。」靜觀默察，萬物羅縷生動，以文言的雅約和外語的新奇，和白話語體的結合中，織以深厚情蘊。一如楊照所說：「把自己的才華放在瑣碎事物上」。閒散而精博，成了周作人小品的意象。觀其筆鋒來自三處：有公安竟陵小品的性靈和真，對生活細節的關心；並有日本庶民的隨筆精神，新鮮有趣；及希臘神話的博學雅趣，而形成文采與酣筆落的不俗筆調。

此文可與林文月〈蒼蠅與我〉一文併讀，林氏一文從晚餐桌上蒼蠅營營飛著的形象寫起，由嫌惡而至觀察後的同理心，後發現死蒼蠅，孤寂感油然而生。有著生命無常、民胞物與的同情心。林氏文筆淡雅細膩，如其《午後書房》序所云：「好的散文應像文明人的談吐。（毛姆語）」雅緻之至。

周氏筆觸亦從小處著手，對日本文化亦有獨鍾，二人皆有貴族氣，但周的諧趣苦味，二人生命情境大不相同。林文月如一株素心蘭（琦君語）般高雅溫潤，周作人如一盅苦茶似的淡漠有味。有著希臘神話的博深，神祕原始。他開創了小品文的新境：和諧、寬容、自由；是智者的散文，是中年人的散文。

是否，你也能在平日讀書之餘，走出戶外；試著以幽默的心情，靜觀默想這些日常瑣物，而發現美和趣味。

提神答問

一、對作家而言，庸俗是最大的罪惡。周作人喜從小物著手，靈活用典、不落俗套。試引本文，舉例說明。

答：周作人觀物重物外之趣，字裡行間善用典故、有著純粹趣味，拋除現實、寫實。如：「據說蒼蠅本來是一個處女，名叫默亞」，此段描述浪漫有趣，將蒼蠅本惹人嫌的形象作了最美的詮釋。

二、唐裴行儉云：「士先器識而後文藝。」強調做人的重要。而楊照說：「文學的成就、知識的完成與國家民族大義之間，孰輕？孰重？周作人走了一條不同的路。」關於周作人文章迷人，但他又是國民政府眼中的「漢奸」，你的看法是什麼呢？

答：《左傳》云：「立德、立功、立言。」強調三者在人生的重要性，與其先後次序。而三國時曹丕則說：「蓋文章經國之大業，不朽之盛事。」所以，什麼是永恆的價值，並沒有一定的答案。端賴你所處的時代，你行事是否能心安、無損於人。

寫作擂台

請以日常生活中的小事物為題，書寫一篇三至五百字小品文。可織以情志或知性、或淡筆隨性發揮，但務求寫出情味。

探索新境

一、《周作人散文選》I、II，洪範書店發行。

二、《凡人的悲哀——周作人傳》，錢理群著，業強出版社發行。

三、〈蒼蠅與我〉，林文月著，收於《午後書房》，洪範書店發行。

（吳明津老師設計撰寫）

荷塘月色

朱自清

這幾天心裡頗不寧靜。今晚在院子裡坐著乘涼，忽然想起日日走過的荷塘，在這滿月的光裡，總該另有一番樣子吧。月亮漸漸地升高了，牆外馬路上孩子們的歡笑，已經聽不見了；妻在屋裡拍著閏兒，迷迷糊糊地哼著眠歌。我悄悄地披了大衫，帶上門出去。

沿著荷塘，是一條曲折的小煤屑路。這是一條幽僻的路；白天也少人走，夜晚更加寂寞。荷塘四面，長著許多樹，蓊蓊鬱鬱的。路的一旁，是些楊柳，和一些不知道名字的樹。沒有月光的晚上，這路上陰森森的，有些怕人。今晚卻很好，雖然月光也還是淡淡的。

路上只我一個人，背著手踱著。這一片天地好像是我的；我也像超出了平常的自己，到了另一世界裡。我愛熱鬧，也愛冷靜；愛群居，也愛獨處。像今晚上，一個人在這蒼茫的月下，什麼都可以想，什麼都可以不想，便覺是個自由的人。白天裡一定要做的事，一定要說的話，現在都可不理，這是獨處的妙處；我且受用這無邊的荷香月色好了。

曲曲折折的荷塘上面，彌望的是田田的葉子。葉子出水很高，像亭亭的舞女的裙。層層的葉子中間，零星地點綴著些白花，有嫋娜地開著的，有羞澀地打著朵兒的；正如一粒粒的明珠，又如碧天裡的星星，又如剛出浴的美人。微風過處，送來縷縷清香，彷彿遠處高樓上渺茫的歌聲似的。這時候葉子與花也有一絲的顫動，像閃電般，霎時傳過荷塘的那邊去了。葉子本是肩並肩密密地挨著，這便宛然有了一道凝碧的波痕。葉子底下是脈脈的流水，遮住了，不能見一些顏色；而葉子卻更見風致了。

月光如流水一般，靜靜地瀉在這一片葉子和花上。薄薄的青霧浮起在荷塘裡。葉子和花彷彿在牛乳中洗過一樣；又像籠著輕紗的夢。雖然是滿月，天上卻有一層淡淡的雲，所以不能朗照；但我以為這恰是到了好處——酣眠固不可少，小睡也別有風味的。月光是隔了樹照過來的，高處叢生的灌木，落下參差的斑駁的黑影，峭楞楞如鬼一般；彎彎的楊柳的稀疏的倩影，卻又像是畫在荷葉上。塘中的月色並不均勻；但光與影有著和諧的旋律，如梵婀玲❶上奏著的名曲。

荷塘的四面，遠遠近近，高高低低都是樹，而楊柳最多。這些樹將一片荷塘重重圍住；只在小路一旁，漏著幾段空隙，像是特為月光留下的。樹色一例是陰陰的，乍看像一團煙霧；但楊柳的豐姿，便在煙霧裡也辨得出。樹梢上隱隱約約的是一帶遠山，只有些大意罷了。樹縫裡也漏著一兩點路燈光，沒精打彩的，是渴睡人的眼。這時候最熱鬧的，要數樹上的蟬聲與水裡的蛙聲；熱鬧是牠們的，我什麼也沒有。

忽然想起採蓮的事情來了。採蓮是江南的舊俗，似乎很早就有，而六朝時為盛；從詩歌裡可以約略知道。採蓮的是少年的女子，她們是蕩著小船，唱著豔歌去的。採蓮人不用說很多，還有看採蓮的人。那是一個熱鬧的季節，也是一個風流的季節。梁元帝〈採蓮賦〉❷裡說得好：

於是妖童媛女❸，蕩舟心許；鷁首❹徐迴，兼傳羽杯❺；櫂將移而藻挂，船欲動而萍開。爾其纖腰束素，遷延顧步；夏始春餘，葉嫩花初，恐沾裳而淺笑，畏傾船而斂裾❻。

可見當時嬉游的光景了。這真是有趣的事，可惜我們現在早已無福消受了。

於是又記起〈西洲曲〉❼裡的句子：

---

❶梵婀玲：小提琴。

❷南朝梁元帝的〈採蓮賦〉譯為白話：「裝束豔麗的少年和姑娘划著船，互相傳遞情意。船頭慢慢地調轉，大家在船上傳遞著酒杯。船槳滑動時纏住了水藻，船移動時衝開了浮萍。姑娘們纖細的腰肢束著白色絹帶，欲言又止，徘徊不前，像是春末夏初的嫩葉及初綻放的花朵。她們擔心船翻覆時湖水會沾溼衣裳，小心地撩起衣裙，面容上帶著淺淺的微笑。」

❸妖童媛女：裝束豔麗的少年和姑娘。妖，豔麗。媛女，美女。

❹鷁首：古人將鷁的頭畫在船首使龍畏之而不敢興風作浪。鷁，音一ˋ，古代傳說中的一種鳥，性兇悍，居海上。

❺羽杯：即羽觴，酒器，作雀形。

❻斂裾：撩起衣裙。

❼西洲曲：南朝樂府民歌中的一首情歌。

采蓮南塘秋，蓮花過人頭；低頭弄蓮子，蓮子清如水。

今晚若有採蓮人，這兒的蓮花也算得「過人頭」了；只不見一些流水的影子，是不行的。這令我到底惦著江南了。——這樣想著，猛一抬頭，不覺已是自己的門前，輕輕地推門進去，什麼聲息也沒有，妻已睡熟好久了。

選自《現代中國散文選I》，洪範書店

作家瞭望台

朱自清（一八九八至一九四八），原名自華，字佩弦，號秋實，原籍浙江，生於江蘇。北京大學哲學系畢業。歷任杭州第一師範、白馬湖春暉中學等校教師，民國十四年至三十七年任清華大學中文系教授、系主任。民國三十七年病逝於北平，年五十歲。

朱自清的著作包含詩歌、散文、文學批評及學術研究等，而以散文作品成就最大，影響最深。他的散文作品如〈背影〉及〈悼亡婦〉等，文字樸實，情真意摯，感人至深。〈背影〉可說是現代散文中寫父愛最有代表性的作品之一，幾乎收入所有的中學教科書中。

其他如〈春〉、〈荷塘月色〉、〈槳聲燈影裡的秦淮河〉等作品則藉景抒情，文字典雅美麗，是情感與景致交融的佳篇。他以工筆描摹的方式寫作，細膩婉約，雖然有人認為過於堆砌，但在民初散文史上仍有一定的地位。

主要作品有散文集《蹤跡》、《背影》、《歐遊雜記》、《倫敦雜記》等。開明書局彙編其作品為《朱自清全集》。

密門之鑰

〈荷塘月色〉是朱自清的經典名作之一，我們從下列三方面來做一分析。

首先，在寫作背景上，本文寫於一九二七年七月，當時北方混亂，政治的大環境並不平靜，自認為「我是揚州人」的作者身處北京清華園，心中依然時時惦念著一些尚在江南的家人與好友們，也憂心腥風血雨的政治局勢日夕有變。文中起筆就寫「這幾天心裡頗不寧靜」，一語帶過了自己的心情。

其次，在文字運用上，作者以細膩的筆法結合了細緻的觀察，勾勒出一篇如詩如畫的美文。為了排解鬱悶，他沿著一條「白天也少人走，夜晚更加寂寞」的幽僻小路走向了清華園裡的荷塘。那如流水的月光，田田的荷葉，蓊蓊鬱鬱的樹木以及樹上的蟬聲和水裡的蛙聲，交融成一幅意態靜美的大自然詩畫。在此，作者細緻的描寫展現了他的觀察力，例如寫荷，他用「亭亭的舞女的裙」比喻出水很高的荷葉；至於荷花，「有嬝娜地開著的，有羞澀地打著朵兒的」，「嬝娜」、「羞澀」兩詞可以讓我們想像荷花儀態萬千嬌羞不已的媚態；而潔白的花朵在黑夜中「正如一粒粒的明珠，又如碧天裡的星星，又如剛出浴的美人」，他用「明珠」、「星星」、「出浴的美人」比喻層層碧葉間的白色荷花，呈現那潔淨卓然的意象。寫到荷香，他說微風中傳來的縷縷清香像極了遠處「高樓上渺茫的歌聲」，乃是以聽覺寫嗅覺，令人心神一蕩。接著寫荷風，作者又捕捉那微風吹過荷塘時的花葉顫動，像閃電般，立即在葉片間傳遞開來，如「一道凝碧的波痕」，讓靜態的荷塘有了動態的一面。作者層出不窮的美妙譬喻比比皆是，而且，他大量地運用疊詞，「迷迷糊糊」、「蓊蓊鬱鬱」、「曲曲折折」、「田田」、「亭亭」、「層層」、「粒粒」、「星星」、「縷縷」、「密密」、「脈脈」等詞彙，除了精確達意外，在誦讀上也予人琅琅有致的聽覺美感。

又如對月色與樹影的描寫，那天雖然是滿月，但天上有雲，近處有樹，塘面又有薄薄的青霧，所以朦朧的月光造成了樹影，有些是「峭楞楞如鬼」的斑駁黑影，有些則是彎彎楊柳的「稀疏的倩影」，各有不同的風姿。這樣的細緻描述比比皆是，展現了作者敏銳細緻的觀察力。

最後，在思想感情上，由景及情，作者由荷塘而思鄉，情不可抑。無論眼前荷塘景致如何地如夢似幻，作者的感傷依然難免，所以才會在聽到蟬聲與蛙鳴時說道：「熱鬧是牠們的，我什麼也沒有。」然後，他的思緒翻山越嶺，「忽然想起採蓮的事情來了」。

然而，古代詩賦中如畫如夢的江南景致，並不是現實世界中彼時彼刻的江南。此一懷想，怎不令人悵然若失？

所以，作者終究還是不得不回到現實，「猛一抬頭，不覺已是自己的門前。」結束了這一趟散步，回到了有妻兒安眠的家中。

郁達夫評價朱自清說：「他的散文，能夠貯滿一種詩意。」本文即是在淡淡的愁緒中，勾畫出如詩如畫的美感。

提神答問

一、本文一開始，朱自清對自己的心情只以「這幾天心裡頗不寧靜」一語含糊帶過，並不多談。不過，王國維《人間詞話》云：「一切景語皆情語」，作品中的景，都是人物眼中的景，也都充溢著人物心中的情。在本文中，有哪些景致的描寫透顯了作者不寧靜的心緒？

答：荷塘的青霧、陰陰的樹色、樹木峭楞楞如鬼一般的黑影、喧噪的蟬鳴與蛙聲、路燈沒精打彩的光……等均是。

二、「文中有詩，文中有畫」，你覺得這篇文章中最詩情畫意的部分是哪裡？

答：請自行思考發揮。

三、你是否讀過一些與荷花有關的詩作？請略舉一二。

答：「荷盡已無擎雨蓋，菊殘猶有傲霜枝。一年好景君須記，最是橙黃橘綠時。」（蘇軾〈贈劉景文〉）

「江南可採蓮，蓮葉何田田，魚戲蓮葉間：魚戲蓮葉東，魚戲蓮葉西，魚戲蓮葉南，魚戲蓮葉北。」（漢樂府〈江南可採蓮〉）

「荷葉羅裙一色裁，芙蓉向臉兩邊開。亂入池中看不見，聞歌始覺有人來。」（王昌齡〈採蓮曲〉）

「荷葉生時春恨生，荷葉枯時秋恨成。深知身在情長在，悵望江頭江水聲。」（李商隱〈暮秋獨遊曲江〉）

寫作擂台

在北京清華大學校園的荷塘邊，朱自清信步流連，寫下了這篇動人的〈荷塘月色〉。在你所身處的校園中，必然有些你曾駐足冥思的角落。回想彼時，你的心情是如何？曾觀察到哪些細微的景物變化？請以「校園一角」為題，寫一篇作文。

探索新境

〈月朦朧，鳥朦朧，簾捲海棠紅〉、〈槳聲燈影裡的秦淮河〉，皆收於《朱自清全集》，開明書局發行。

（易怡玲老師設計撰寫）

雅舍

梁實秋

到四川來，覺得此地人建造房屋最是經濟。火燒過的磚，常常用來做柱子，孤另另的砌起四根磚柱，上面蓋上一個木頭架子，看上去瘦骨嶙嶙，單薄得可憐；但是頂上鋪了瓦，四面編了竹篦牆❶，牆上敷了泥灰，遠遠的看過去，沒有人能說不像是座房子。我現在住的「雅舍」正是這樣一座典型的房子。不消說，這房子有磚柱，有竹篦牆，一切特點都應有盡有。講到住房，我的經驗不算少，什麼「上支下摘」，「前廊後廈」，「一樓一底」，「三上三下」，「亭子間」，「茆草棚」，「瓊樓玉宇」和「摩天大廈」，各式各樣，我都嘗試過。我不論住在那裡，只要住得稍久，對那房子便發生感情，非不得已我還捨不得搬。這「雅舍」，我初來時僅求其能蔽風雨，並不敢存奢望，現在住了兩個多月，我的好感油然而生。雖然我已漸漸感覺它是並不能蔽風雨，因為有窗而無玻璃，風來則洞若涼亭，有瓦而空隙不少，雨來則滲如滴漏。縱然不能蔽風雨，「雅舍」還是自有它的個性。有個性就可愛。

「雅舍」的位置在半山腰，下距馬路約有七八十層的土階。前面是阡陌螺旋的稻田。再遠望過去是幾抹蔥翠的遠山，旁邊有高粱地，有竹林，有水池，有糞坑，後面是荒僻的榛莽未除的土山坡。若說地點荒涼，則月明之夕，或風雨之日，亦常有客到，大抵好友不嫌路遠，路遠乃見情誼。客來則先爬幾十級的土階，進得屋來仍須上坡，因為屋內地板乃依山勢而鋪，一面高，一面低，坡度甚大，客來無不驚嘆，我則久而安之，每日由書房走到飯廳是上坡，飯後鼓腹而出是下坡，亦不覺有大不便處。

「雅舍」共是六間，我居其二。篦牆不固，門窗不嚴，故我與鄰人彼此均可互通聲息。鄰人轟飲作樂，咿唔詩章，喁喁細語，以及鼾聲，噴嚏聲，吮湯聲，撕紙聲，脫皮鞋聲，均隨時由門窗戶壁的隙處蕩漾而來，破我岑寂。入夜則鼠子瞰燈，纔一合眼，鼠子便自由行動，或搬核桃在地板上順坡而下，或吸燈油而推翻燭臺，或攀援而上帳頂，或在門框棹腳上磨牙，使得人不得安枕。但是對於鼠子，我很慚愧的承認，我「沒有法子」。「沒有法

❶竹篦牆：用細竹編織的牆。篦，音ㄅㄧˋ。

子」一語是被外國人常常引用著的，以為這話最足代表中國人的懶惰隱忍的態度。其實我的對付鼠子並不懶惰。窗上糊紙，紙一戳就破；門戶關緊，而相鼠❷有牙，一陣咬便是一個洞洞。試問還有什麼法子？洋鬼子住到「雅舍」裡，不也是「沒有法子」？比鼠子更騷擾的是蚊子。「雅舍」的蚊風之盛，是我前所未見的。「聚蚊成雷」真有其事！每當黃昏時候，滿屋裡磕頭碰腦的全是蚊子，又黑又大，骨骼都像是硬的。在別處蚊子早已肅清的時候，在「雅舍」則格外猖獗，來客偶不留心，則兩腿傷處累累隆起如玉蜀黍，但是我仍安之。冬天一到，蚊子自然絕跡，明年夏天——誰知道我還是住在「雅舍」！

「雅舍」最宜月夜——地勢較高，得月較先。看山頭吐月，紅盤乍湧，一霎間，清光四射，天空皎潔，四野無聲，微聞犬吠，坐客無不悄然！舍前有兩株梨樹，等到月升中天，清光從樹間篩灑而下，地上陰影斑斕，此時尤為幽絕。直到興闌人散，歸房就寢，月光仍然逼進窗來，助我淒涼。細雨濛濛之際，「雅舍」亦復有趣。推窗展望，儼然米氏章法❸，若雲若霧，一片瀰漫。但若大雨滂沱，我就又惶悚不安了，屋頂溼印到處都有，起初如碗大，俄而擴大如盆，繼則滴水乃不絕，終乃屋頂灰泥突然崩裂，如奇葩初綻，砉然❹一聲而泥水下注，此刻滿室狼藉，搶救無及。此種經驗，已數見不鮮。

「雅舍」之陳設，只當得簡樸二字，但灑掃拂拭，不使有纖塵。我非顯要，故名公巨卿之照片不得入我室；我非牙醫，故無博士文憑張掛壁間；我不業理髮，故絲織西湖十景以及電影明星之照片亦均不能張我四壁。我有一几一椅一榻，酣睡寫讀，均已有著，我亦不復他求。但是陳設雖簡，我卻喜歡翻新佈置。西人常常譏笑婦人喜歡變更棹椅位置，以為這是婦人天性喜變之一徵。誣否且不論，我是喜歡改變的。中國舊式家庭，陳設千篇一律，正廳上是一條案，前面一張八仙棹❺，一邊一把靠椅，兩傍是兩把靠椅夾一隻茶几。我以為陳設宜求疏落參差之

❷相鼠：語出《詩經・鄘風》的〈相鼠〉一詩。相鼠，即大老鼠。
❸米氏章法：米芾，北宋著名的書法家，長行草，筆風奇勁。舉止顛狂，人稱「米癲」。
❹砉然：原指皮骨相離的聲音。砉，音ㄏㄨㄛ。
❺棹：同「桌」字。

致，最忌排偶。「雅舍」所有，毫無新奇，但一物一事之安排佈置俱不從俗。人入我室，即知此是我室。笠翁閒情偶寄❻之所論，正合我意。

「雅舍」非我所有，我僅是房客之一。但思「天地者萬物之逆旅」❼，人生本來如寄，我住「雅舍」一日，「雅舍」即一日為我所有。即使此一日亦不能算是我有，至少此一日「雅舍」所能給予之苦辣酸甜，我實躬受親嘗。劉克莊❽詞：「客裡似家家似寄。」我此時此刻卜居「雅舍」，「雅舍」即似我家。其實似家似寄，我亦分辨不清。

長日無俚❾，寫作自遣，隨想隨寫，不拘篇章，冠以「雅舍小品」四字，以示寫作所在，且誌因緣。

選自《雅舍小品》，正中書局

作家瞭望台

梁實秋（一九〇三至一九八七），本名梁治華，字實秋，曾以秋郎、子佳為筆名。祖籍浙江，生長於北京。清華大學畢業後，赴美國留學，回國後歷任東南大學、清華大學、北京大學、北京師範大學等校教授，來臺後出任臺灣師範大學教授及英語系所主任、文學院院長，後病逝臺北，享年八十五歲。

梁實秋曾任上海新月書店總編輯，與胡適、徐志摩等人均為「新月派」的重要文人。他的中、英文造詣俱佳，

---

❻ 笠翁閒情偶寄：李漁，字笠翁，明末清初的戲曲作家、小說家。《閒情偶寄》，內容博雜，包含戲劇理論、建築園林、生活藝術等。

❼ 天地者萬物之逆旅：語出李白〈春夜宴桃李園序〉一文。逆旅，即「旅社」。

❽ 劉克莊：南宋著名文人，字潛夫，號後村，能詩能文亦工詞。

❾ 無俚：即無聊。

曾翻譯《莎士比亞全集》，並著有百萬字之《英國文學史》。

在散文創作方面，自四十二歲起二十餘年間完成的《雅舍小品》一至四輯為其代表作，此外，還有《秋室雅文》、《雅舍談吃》、《槐園夢憶》、《白貓王子及其他》等書。

梁實秋的散文一貫展現出作者博雅多聞的深厚學養，文字精潔，條理暢達。《雅舍小品》看似信手拈來，隨筆而記，其實頗有匠心，耐人咀嚼，是現代小品散文的重要標竿。

密門之鑰

世居北平、生活優裕的梁實秋，住過各式的「瓊樓玉宇」、「華廈美堂」。然而因避兵燹，在抗日戰爭時期來到了陪都重慶，賃居於郊區山腰上的一處簡陋居所。然而，他不嫌其陋，反而以「雅舍」名之，並於此創作了一連串膾炙人口的小品散文，風行一時，奠定了他在白話散文史上的地位。

本文起筆即道出了雅舍的結構簡陋、地點荒涼。磚柱、瓦頂、泥牆，連遮風避雨的基本要求都達不到，「風來則洞若涼亭」，「雨來則滲如滴漏」；而且地點荒僻，前有稻田，後有榛莽，室內亦不平整。居住條件之惡劣，可以想見。

最糟的還是環境之喧雜及鼠蚊之害，鄰人聲息相通，鼾息吸吮之聲穿牆入戶而來。至於鼠蚊猖獗，為患之烈，作者只有莫可奈何，毫無辦法，任其肆虐。

然而，雅舍亦有其悅人可人的一面。月夜幽絕，清光入戶；細雨濛濛，若雲若霧。再加上主人匠心獨運的布置，一桌一几之安排俱不從俗，流露出主人獨特的涵養，正呼應了他「有個性就可愛」的審美品味。

梁實秋的散文，一貫地呈現出「雅潔精醇」的風格。由於古文底子厚，他的散文雖以白話行之，而務去白話之冗贅，一筆不苟，頗有文言筆法之精鍊。復因其學貫中西，行文時往往流露出博學多聞的名士涵養，用典多而巧妙，用詞亦多有考究。寫老鼠，他說「相鼠有牙」；寫蚊聲，他說「『聚蚊成雷』真有其事」；寫細雨，他說「儼然米氏章法」；寫居家布置，他說「笠翁閒情偶寄之所論，正合我意」；凡此種種，皆呈現出其知性博雅的一面。

此外，梁實秋散文的語言往往亦莊亦諧，冶幽默與諷刺於一爐。對於單薄得可憐的雅舍，他說「遠遠的看過去，沒有人能說不像是座房子」；對於擾人的蚊子，他說「又黑又大，骨骼都像是硬的」；對於雅舍的四壁蕭然，他說「我非牙醫，故無博士文憑張掛壁間；我不業理髮，故絲織西湖十景以及電影明星之照片亦均不能張我四壁。」生活中的種種不順皆於作者筆下轉化為自娛娛人的樂趣，謔而不虐。

流寓他鄉的生活總有不適，但梁實秋以理化情，於文末提出「人生本來如寄」的想法。他說：「我有一几一椅一榻，酣睡寫讀，均已有著，我亦不復他求。」因能知足，故心境能不為環境所擾，潛心創作。東坡詞云：「此心安處是吾鄉」，梁實秋能以陋室為雅舍，顯然其心已隨遇而安，套句劉禹錫〈陋室銘〉的結語，雅舍又「何陋之有」呢？

提神答問

一、對於雅舍，作者不嫌其陋，反讚其雅。楊照以為「一則有嘲諷意味；二來顯落難公子的自我憐惋；三則是在窮困中，從主觀心境上努力尋求克服與超越。」（見於《中國時報》人間副刊「正點一百」專題）你的看法如何？

答：請同學自行發揮。

二、作者於文末提出「人生本來如寄」的看法，請試闡述之。

答：作者引用李白「天地者萬物之逆旅」及劉克莊「客裡似家家似寄」之語，於文末提出「人生本來如寄」的想法。面對離鄉背井的生活時，這樣的看法能讓人隨遇而安，不沉溺於思鄉的痛苦中。

三、作者布置雅舍的信念是什麼？你對於居家布置的看法又是如何？

答：雅舍陳設雖簡，作者卻喜歡翻新布置。因他性喜變化，不喜歡千篇一律的擺設。他以為，陳設宜求疏落參差之致，最忌排偶。對傳統那種「前面一張八仙棹，一邊一把靠椅，兩傍是兩把靠椅夾一隻茶几」的擺設方法並不認同。雅舍一物一事之安排布置俱不從俗，表現了主人獨特的品味。

寫作擂台

《雅舍小品》一書的寫法，乃是標準的「小題大作」，每篇專寫一物或一事。攤開其目錄，如「孩子」、「音樂」、「信」、「洋罪」、「衣裳」、「匿名信」、「狗」、「握手」、「下棋」、「臉譜」、「送行」、「旁若無人」、「乞丐」、「運動」、「窮」……真是無事無物不可寫。請你也仿照這樣的方式，自擬題目，專寫一事一物，文長最少五百字。

探索新境

閱讀梁實秋的相關作品：

一、《雅舍小品》合訂本，正中書局發行。

二、《雅舍談吃》、《白貓王子及其他》，九歌出版社發行。

（易怡玲老師設計撰寫）

釀酒的理由

張曉風

春天，檸檬還沒有上市，我就趕不及的做了兩罎檸檬酒。

封罎的那天，心情極其慎重，我把那未釀成的汁液諦視❶良久，終於模糊的搞清楚自己為什麼那麼急，那麼瘋。

理由之一是自己剛從國外回來，很想重新擁有一份本土的芳醇。記得有一天，起得極早，只為去小店裡喝一碗豆漿，並且吃那種厚實的菱形燒餅，或者在深夜到和式的露店裡吃一份烤味噌魚的消夜。每走在街上，兩側是複雜而「多元化」的食物的馨香。多麼喜歡看見蒙古烤肉在素食店的隔壁，多麼喜歡義大利餅和餃子店隔街對望，多麼喜歡漢堡和四神湯各有其食客。

對我而言，這種尊重各種胃納的世界幾乎已經就是大同世界的初階了。愛一個地方的方法極多，其中最簡單而直接的方法之一是「吃那個地方的食物」。對我而言，每一種食物都有如南洋的榴槤——那裡的華人相信，只有愛上那種異味的人，才會真正甘心在那裡徘徊流連。

如果一個人不愛上萬巒豬腳、新竹貢丸、埔里米粉以及牛肉麵、芒果、蓮霧、百香果，我總不相信他真能踏實的愛臺灣。

釀一罎酒就是把本土的糖、紅標米酒和芳香噀❷人的檸檬攪和在一起，等待時間把它凝定成自己本土的氣味。

理由之二是由於釀一罎酒的時候幾乎覺得自己就是一個雛型的上帝——因為手中有一項神蹟正在進行。古人以酒禮天，以酒奠亡靈，以酒祝婚姻，想必即是因為每一罎酒都是一項奧祕一度神蹟一種介乎可成與可敗之間、介乎可掌握與不可掌握之間的萬般可能。凡人如我，怎麼可能「參天地之化育」、「締造化之神功」？但親手釀一

---

❶ 諦視：仔細查看。諦，音ㄉㄧˋ，仔細、詳細之意。

❷ 噀：音ㄒㄩㄣˋ，原指將水含在口中噴射出去，後泛指噴射。

罎酒卻庶幾近之。那時候你會回到太古，創世記❸才剛剛寫下第一行，整個故事呼之欲出，一支筆蓄勢待發，整張羊皮因等待被書寫一段情節而無限的舒伸著……

理由之三是由於酒是一種「時間的藝術」，家中有了一罎初釀的酒，歲月都因期待而變得晃漾不安乃至美麗起來。人雖站在廚房的油煙裡，眼睛卻望著那罎酒，如同望著一個約會，我終於斷定自己是一個飲與不飲都不重要的半吊子飲者。對我而言重要的反而是那份「期待的權利」，在微微的焦灼、不耐和甜蜜感中我日復一日隔著玻璃凝視封口之內的酒的世界。

僅僅只需著手釀一罎酒，居然就能取得一個國籍——在名為「希望」的那個國度裡，世間還有比這種投資更划得來的事嗎？

想當年那些紹興人，在女兒一出世的時候便做下許多罎米酒埋在地窖裡，好等女兒出嫁時用來待客，那其間有多麼深婉的情意啊！那酒因而叫「女兒紅」，真是好得不能再好的名字，令人想起桃花之塢，想起新荷之塘，想起水上琴絃以及故意俯身探到窗前來的月光，一樣的使人再多一絲觸想便要成淚。

想那些釀酒的母親，心情不知是如何的？當酒色初豔，母親的心究竟是乍喜抑是乍悲？當女兒的頭髮愈來愈烏黑濃密。髮下的臉愈來愈燦若流霞，大自然中一場大醞釀已經完成。酒已待傾，女兒正待嫁，待傾之酒明麗如女子的情淚，待嫁之女亦芳醇如乍啟的瀲灩❹，當此之時，母親的心情又是怎樣的？

而我的檸檬酒並沒有這等「嚴重性」，它僅僅只是六個禮拜後便可一試的淺淺的芳香。沒有那種大喜大悲的滄桑，也不含那種亦快亦痛的宕跌❺——但也許這樣更好一點，讓它只是一樁小小的機密，一團悠悠的期待，恰如一疊介於在乎與不在乎之間可發表亦可不發表的個人手稿。

釀一罎酒使我和「時間」處得更好，每一個黃昏，當我穿過市聲與市塵回到這一小方寧馨❻的所在，我會和

---

❸創世記：基督教《舊約聖經》的第一篇，敘述上帝創造天地萬物的經過。

❹瀲灩：音ㄌㄧㄢˋ ㄧㄢˋ，水滿溢的樣子。

❺宕跌：頓挫。宕，音ㄉㄤˋ，延遲；拖延。

那親愛的酒罎子打一聲招呼說：「嗨，你今天看起來比昨天更漂亮了！」

擁有一罎酒的人把時間殘酷的減法演算成了仁慈的加法。這樣看來一罎酒不止是一罎飲料，而且也是一件法器，一旦有了它，便可以玩出一套奇異的法術：讓一切的消失返身重現，讓一切的飛逝反成增加。擁有一罎酒的人是古代的史官，站在日日進行的情節前，等待記錄一段歷史的完成。

釀酒的理由之四是可以憑此想起以前的乃至以後的和此酒有關的友人，這樣淡薄的飲料雖不值識者一笑，卻也是許多歡聚中的一抹顏色，朋友的幽默，朋友的歌哭，朋友的睿智，乃至於他們的雄辯和緘默，他們的激揚和沉潛，他們的灑脫和樸質，都在松子色的酒光裡一一重現。酒在未飲之前是神奇的預言書，在既飲之後則又是耐讀的歷史書。沿著酒杯的礦苗挖下去，你或者掘到朋友的長歌，或者觸到朋友的淚痕，至少，你也會碰到朋友的恬淡——但無論如何你總不會碰到「空白」。

如此說來，還不該釀一罎酒嗎？

釀酒的理由之五非常簡單——我在酒裡看到我自己，如果孔子是待沽的玉❼，則我便是那待斟的酒，以一生的時間去醞釀自己的濃度，所等待的只是那一剎的傾注。

安靜的夜裡，我有時把玻璃罎搬到桌上，像看一缸熱帶魚一般盯著它看，心裡想，這奇怪的生命，它每一秒鐘的味道都和上一秒鐘不同呢！一旦身為一罎酒，就注定是不安的、變化的、醞釀的。如果酒也有知，它是否也會打量皮囊內的我而出神呢？它或者會想：「那皮囊倒是一具不錯的酒罎呢！只是不知道罎裡的血肉能不能醞釀出什麼來？」

那時候我多想大聲的告訴它：

「是啊，你猜對了，我也是酒，醞釀中，並且等待一番致命的傾注！」

也許釀一罎酒，在四月，是一件好得根本可以不需要理由的事，可是，我恰好揀到一堆理由，特別記述如上，

❻ 寧馨：此處指美好而言。
❼ 孔子是待沽的玉：《論語・子罕》篇中曾記載孔子形容自己是待善價而出售的美玉。沽，賣。

提供作為下次想釀酒時的藉口。

選自《我在》，爾雅出版社

作家瞭望台

張曉風，一九四一年生，原籍江蘇銅山。東吳大學中文系畢業後，曾任教於東吳大學、香港浸信會學院、陽明大學。創作品型態多元，包括散文、小說、戲劇和雜文等，但自言把最純粹的美留給散文。以《地毯的那一端》成名於六〇年代中期，次年以此書獲中山文藝獎。其後獲獎項無數，有國家文藝獎、吳三連文學獎、《時報》文學獎、《聯合報》文學獎等多項獎章肯定。

中文系的背景，使她能由傳統文學中開出新的想像，曾改寫古典詩文、傳說，成為現代散文，這種書寫影響了其後的陳幸蕙、廖玉蕙、張曼娟等人。同時更吸收其他文類特質（如詩的意象、小說的敘述方式及戲劇的演出），將臺灣現代散文的發展，推向新局。

早期散文以愛情為主軸，其後將關注層面擴大，用積極入世的精神，呈現多樣風貌，關懷由個人、家庭，擴及自然、社會與國家。七〇年代以桑科（唐吉訶德隨從）為名，變身出版《桑科有話要說》的諷刺雜文，八〇年代則以可叵為名另創幽默雜文，對社會現實多所批判。

余光中讚譽其文「亦秀亦豪」，瘂弦讚譽張曉風的散文簡潔清澈，深具形象美。第二十屆吳三連文學獎散文類得獎評定書中，說張曉風「勇於直視生命，也探究人生的根本道理，企圖為世人立下一些標竿。生命是多義的，她寫生命的困頓，也寫生命的喜悅。張女士的文章，由狹而廣，由淺而深。文字精美，充滿想像境界，文章不在載道，而在默化。」

有人說創作數十年的張曉風是「早年勇於跨越，中年擅於登高，近年保有內功的好手」。散文集重要著作有《地毯的那一端》、《步下紅毯之後》、《再生緣》、《我在》、《從你美麗的流域》、《玉想》、《星星都已經到齊了》，戲劇作品有《曉風戲劇集》，並曾主編《親親》、《蜜蜜》、《有情天地》、《有情人》、《中華現代文學大系》散文卷、《小說教室》等。

密門之鑰

張曉風曾談到自己的散文觀是「和讀者素面相見，卻足感人。它憑藉的不是招數，而是內功。」能從日常生活中發掘品味及性靈，於呈現生命經驗時交融哲理與情趣，正是張曉風極為人稱道的特色。這篇〈釀酒的理由〉是生活、是多情、是浪漫，作者在展露個性之外，利用尋常素材開發出深度想像，頗令人動容。陳芳明認為張曉風「最好的散文出現在八〇年代」，本文可謂是此期的代表作之一。

「釀」字本有用發酵法製造、醞釀，甚而逐漸孕育而成之意。然而單純的春日閒情，卻「發酵」出諸般動手釀酒的理由。作者在此發揮了驚人的「擴散思考」本領，由味覺、由鄉土、由創造、由期盼、由回憶，更從自我完成等不同角度，揮灑出豐沛的心靈能量及美好的人世描繪。

例如文中認為吃那個地方的食物，是愛一個地方的方法，以本土的檸檬、米酒和糖做原料，釀酒首在品味「本土的芳香」。其次，釀酒時化身造物主，參贊天地化育，幾乎覺得自己就是一個雛型的上帝，這是著眼於「創造的愉悅」。第三，在醞釀中還隱藏了「時間的希望」；此處鋪陳頗多，不單是期待檸檬酒熟成，更提及有人「在女兒一出世的時候便做下許多罈米酒埋在地窖裡，好等女兒出嫁時用來待客」，當女兒「髮下的臉愈來愈燦若流霞，大自然中一場大醞釀已經完成。酒已待傾，女兒正待嫁」，縱馳想像至紹興名酒「女兒紅」的典故，並將「酒」與「青春」，兩種虛實的成長與熟成扣合為一。理由之四是「飲酒的回憶」，從一罈美酒，可聯繫起往昔甚而日後因此酒交會的諸多友人。最後藉著「物我角度的轉變」，預言軀殼中的「我」如酒一般，也會不斷孕育熟成，擁有耐人品味的內涵，引出「自我充實」、「自我醞釀」的哲思作為結語。

談到寫作技法，文字精美，靈活運用有新意的譬喻是本文之長，如「酒在未飲之前是神奇的預言書，在既飲之後則又是耐讀的歷史書」、「擁有一罎酒的人是古代的史官，站在日日進行的情節前，等待記錄一段歷史的完成」等；而闡述釀酒是時間藝術時說：「擁有一罎酒的人把時間殘酷的減法演算成了仁慈的加法」，以具象闡釋抽象理念的手法，可謂舉重若輕。

余光中曾說：「由實入虛，從經驗中煉出哲學，張曉風是先驅」，作者以純潔、感動之心，作此抒情美文，同時由小見大，表達人文遙想，故能將「釀酒」昇華成清麗動人，有多層文化情懷的篇章，融合感性與知性的功力實不可小覷。

提神答問

一、作者釀酒的理由為何？

答：理由之一是自己剛從國外回來，很想重新擁有一份本土的芳醇。

理由之二是由於釀一罎酒的時候幾乎覺得自己就是一個雛型的上帝——因為手中有一項神蹟正在進行。

理由之三是由於酒是一種「時間的藝術」，家中有了一罎初釀的酒，歲月都因期待而變得晃漾不安乃至美麗起來。

釀酒的理由之四，是可以憑此想起以前的乃至以後的和此酒有關的友人，這樣淡薄的飲料雖不值識者一笑，卻也是許多歡聚中的一抹顏色。

釀酒的理由之五非常簡單——我在酒裡看到我自己，如果孔子是待沽的玉，則我便是那待斟的酒。

二、文中說：「待嫁之女亦芳醇如乍啟的瀲灩」，作者如何將「酒」與「女兒」產生聯繫？

答：紹興人當女兒一出世的時候，便做下許多罎米酒埋在地窖裡，好等女兒出嫁時用來待客，那酒因而叫「女兒紅」，女兒長成美麗如醇酒滿溢，那其間有多麼深婉的情意啊！

三、作者說：「擁有一罈酒的人把時間殘酷的減法演算成了仁慈的加法。」為什麼？

答：時間流逝，美酒釀成，同時歲月流逝也換來希望的醞釀。

寫作擂台

題目：「○○的理由」

說明：

張曉風在〈釀酒的理由〉中，以驚人的「擴散思考」本領，發散出多樣的觀察與體會，「呈現生命經驗時交融哲理與情趣」。現在請由個人生活中尋找靈感，運用感性知性合一的筆法，為你的某種作為羅列理由。

1. 請避免說教。
2. 注意角度的多元性。
3. 文中必須加入一種「從經驗中煉出哲學」的領悟。
4. 題目自訂，文長六百字。

探索新境

請閱讀張曉風不同時期的散文代表作：

一、《地毯的那一端》，一九六六，爾雅出版社發行。
二、《我在》，一九八四，爾雅出版社發行。
三、《星星都已經到齊了》，二〇〇三，九歌出版社發行。

（李明慈老師設計撰寫）

寵物K

林燿德

他也寫日記嗎？在都市灰濛濛的天空下，隨著陰晴冷暖而變化色澤的背紋就是K的日記吧。

在鐵盆的角落，墨綠色的圓殼聚攏成堆，好像在爭執什麼驚世的祕藏；又如同商量好一齊抵抗桶底不知何時會捲上的旋風。誰的頭忍不住伸出水面透口氣，全體的恐懼皆被牽動了，個個縮著尾向假想的核心點擠去。這些待售的烏龜通常有廿三年的銀圓大小，銀圓上鑄著雙桅巨帆，他們則背負著永恆的地圖。他們不像銀圓擁有完全雷同的式樣大小與幣面價值，每隻烏龜的體積有所出入，成交的數目也取決於腹部的圖案和色澤。買主並不考慮智慧、操守等等形上因素，一味地只管從水中揀起四肢懸空划舞的小傢伙，窺探他腹部害羞的隱私。人間現有的哲學流派顯然生產過剩，世界似乎仍然沒有停止轉壞的意思，那麼烏龜們也實在沒有再插足其間的必要。他們只須成為稱職的寵物。

不錯，成為稱職的寵物，是他們唯一的任務，也是他們得以生存人間的唯一憑藉。在這種連弄臣都不再可靠的世紀，人類飢渴的性靈益加需要寵物來彌補情緒上的失落。

丟下幾個沉甸甸的鎳質通貨，沒有講價。我拎起他，並名之曰K。

由於我習慣用相當近的距離覷視他，在K的眼中，我永遠只是一群零碎的器官，一些被界定空間解析的拼圖：巨大並且善溜動的眼球、溼潤而富血色的唇，清晰的新萌髭根……我的臉被切割成一頁頁展讀，剛開始，每翻一頁，他的不安便增加一分；漸漸地，塑膠桶中的K還是習慣了這樣無趣的閱讀：定時出現在圓形平面上的系列印象。

我也逐漸理解，沒有顏面肌的K並非沒有表情。

早晨，我開窗擲下飼料，K遲緩地把頭拉出略呈混濁的水面，使我充分感到悚慄的是：那般細小的瞳孔竟能完整地表露出K內心的怨毒。

已經好幾天了，K忍著沒有吃去水面上剩下的兩隻孑孓，只是用鼻端觸碰成S形游動的幼蟲，然後靜靜看著牠們焦慮地撞上桶壁。我想，K正嘗試擁有自己的寵物。

選自《天下散文選II》，天下文化

作家瞭望台

林燿德（一九六二至一九九六），本名林耀德，福建廈門人。輔仁大學法律系畢業。為臺灣都市文學的主要倡導者和實踐者之一，創作力極為旺盛，從新詩、散文、小說、劇本到評論，都有可觀的成績。其創作文類豐富，各種文體互相滲透，大陸稱他為「多面鼓」。

林燿德的思想前衛活絡，橫跨各種文類，又衝破各種文類。他冷冽的都會散文，風格獨具，筆端時見節制的清幽感性。曾獲國家文藝獎、《中國時報》文學獎散文首獎、新詩推薦獎及評審獎、科幻小說佳作、《聯合報》文學獎、梁實秋文學獎、優秀青年詩人獎、國軍文藝金像獎、中國文藝獎章、中興文藝獎章、創世紀三十五週年詩獎。著有《一座城市的身世》、《鋼鐵蝴蝶》、《銀碗盛雪》等。

密門之鑰

本文以「寵物」象徵人在都市的處境與心境，頗類詩人紀弦的〈狼之獨步〉的意象運用。作者兼具詩人的身分，特重意象的營造。其城市書寫具有本質性、屬形而上的象徵之筆。這是超越時代的書寫，十分前衛，在八〇年代即具有成熟的實驗性。

這是一種典型的寓言寫法。將臺北人形而上地談論著，K僅是一個代碼，隱藏真實的名字，十分疏離。烏龜是都市人的象徵，被擁擠的大都會豢養著，而心靈空虛，只能展示主宰他物的渴求。文中用字以冷色基調為主：他、K、顏面肌……，都充滿了極度簡化的代碼符號，其虛擬性質的心象投射，正如一把手術刀橫向淡漠人生。其城市書寫是臺灣文壇之先鋒，冷調而充滿實驗性。

細繹本文的寫作筆法：以象徵筆法概括性的寫現代都市人的孤絕，寵物是都市人的象徵。隨著工業現代化的來臨，當尼采宣布「上帝死了」，傅柯宣布「人死了」，羅蘭巴特宣布「作者死了」，人還剩下什麼？人是被成熟的社會結構所制約，自主性少而心靈空虛，由於個人被主宰，所以也有強烈主宰他物之渴求，被人類豢養的寵物龜、也豢養了兩隻孑孓。全篇以鋼的筆觸冷寫都市人的困境，能抽象而普遍性的聚焦在現代人的灰色基調，折射出人生的冷光。

陳大為說：「林燿德的《一座城市的生死》，主導一個灰暗的甬道通向城市文學。」這個綜觀頗能點出其人生向度及文字風格。然而他的筆觸固然冷調，卻有深沉的觀照。作者長年居於溫州街，戶戶櫛鱗而居，使得個人生活有著強烈的受壓迫感。他刻意忽略每一座城市的特色，而共寫都市人普遍的寂寞心靈——在輝煌的都會光影下，人缺乏了溫熱與靈性。作者提出的終極關懷是：那麼，人生究竟為何物？這個課題，值得讀者覺察深思。

提神答問

一、林燿德用「K」代替寵物的名字，有何特殊效果？說說你的看法。

答：以代碼表示名字，代表著疏離的、沒有情感的。

二、作者何以在篇末說：「我想，K正嘗試擁有自己的寵物」？

答：萬物與人一樣，皆有主宰的慾望。

三、比較舒國治與林燿德的城市書寫筆法有何不同？試舉例說明。（舒國治散文請參見本書）

答：舒是靜觀自得的庶民之筆，林是冷峻深沉的概括之筆。二人皆從小處著筆，但前者喜從小處得生活樂趣，後者則從細節歸納，關心時代的共相及脈動。

寫作擂台

〈甲〉

從小到大，你可擁有過自己的寵物？是貓？是狗？還是爬蟲、魚鳥、鼠兔？牠的姿態與彼此互動的故事如何？現在請你以「我與寵物」為題，書寫豢養寵物的經驗、心情，與屬於你們私我的點點滴滴。

〈乙〉

請捕捉一個代表性的形象，如：湧泉、火山，來象徵你所知的臺北市、書寫你眼中的臺北市。

說明：

1. 可從市景的一隅著手，但須焦點集中，避免泛寫失焦。
2. 題目請自訂，文長不限。

探索新境

一、《鋼鐵蝴蝶》，林燿德著，聯合文學出版社發行。

二、《M的旅程》，馬森著，時報文化發行。

三、《我愛黑眼珠》，七等生著，遠景出版社發行。

下文是林燿德〈都市兒童〉的節選，可與〈寵物K〉互相參看。

「放學後，搭乘公車回家的小學生們，是一群蝴蝶，一群密封在罐頭中新鮮蝴蝶，單薄的翅不時會相互纏咬，或是摩擦著鐵皮，發出啪啪的聲響。

孩子們三五成堆地疊坐在狹隘的座椅上，臉龐上都或多或少沾著灰塵，部分來自學校的操場，剩下的是曾經懸宕都市大氣中的各種固微粒。亦雜著日曬味和汗臭，他們不自覺地融合出一種強烈的嗅覺效果，並且動用無窮盡般的精力，在有限以及顛簸的空間中互相嬉弄，以尖銳的童音辯論對於某些主持人和卡通英雄的好惡——其實也談不上辯論，只是一種根深柢固的自我堅持。

掛在項上的鑰匙沾滿溼鹹的汗和黑垢。貼肉的那面已經和皮膚的溫度一致，於是在他們被公寓緊閉的大門擋住以前，不會察覺到鑰匙的存在，彷彿鑰匙是長在體外的臟器，生來俱有。」（林燿德《鋼鐵蝴蝶》）

（吳明津老師設計撰寫）

浮生閒話

沙漠中的飯店

三毛

我的先生很可惜是一個外國人。這樣來稱呼自己的先生不免有排外的味道，但是因為語文和風俗在各國之間確有大不相同之處，我們的婚姻生活也實在有許多無法共通的地方。

當初決定下嫁給荷西時，我明白的告訴他，我們不但國籍不相同，個性也不相同，將來婚後可能會吵架甚至於打架。他回答我：「我知道妳性情不好，心地卻是很好的，吵架打架都可能發生，不過我們還是要結婚。」於是我們認識了七年之後終於結婚了。

我不是婦女解放運動的支持者，但是我極不願在婚後失去獨立的人格和內心的自由自在化，所以我一再強調，婚後我還是「我行我素」，要不然不結婚。荷西當時對我說：「我就是要妳『妳行妳素』，失去了妳的個性和作風，我何必娶妳呢！」好，大丈夫的論調，我十分安慰。做荷西的太太，語文將就他。可憐的外國人，「人」和「入」這兩個字教了他那麼多遍，他還是分不清，我只有講他的話，這件事總算放他一馬了。（但是將來孩子來了，打死也要學中文，這點他相當贊成。）

閒話不說，做家庭主婦，第一便是下廚房。我一向對做家事十分痛恨，但對煮菜卻是十分有興趣，幾隻洋蔥，幾片肉，一炒變出一個菜來，我很欣賞這種藝術。

母親在臺灣，知道我婚後因為荷西工作的關係，要到大荒漠地區的非洲去，十二分的心痛，但是因為錢是荷西賺，我只有跟了飯票走，毫無選擇的餘地。婚後開廚不久，我們吃的全部是西菜。後來家中航空包裹飛來接濟，我收到大批粉絲、紫菜、冬菇、生力麵、豬肉干等等珍貴食品，我樂得愛不釋手，加上歐洲女友寄來罐頭醬油，我的家庭「中國飯店」馬上開張，可惜食客只有一個不付錢的。（後來上門來要吃的朋友可是排長龍啊！）

其實母親寄來的東西，要開「中國飯店」實在是不夠，好在荷西沒有去過臺灣，他看看我這個「大廚」神氣活現，對我也生起信心來了。

第一道菜是「粉絲煮雞湯」。荷西下班回來總是大叫：「快開飯啊，要餓死啦！」白白被他愛了那麼多年，回來只知道叫開飯，對太太卻是正眼也不瞧一下，我這「黃臉婆」倒是做得放心。話說第一道菜是粉絲煮雞湯，他喝了一口問我：「咦，什麼東西？中國細麵嗎？」「你岳母萬里迢迢替你寄細麵來？不是的。」「是什麼嘛？再給我一點，很好吃。」我用筷子挑起一根粉絲：「這個啊，叫做『雨』。」「雨？」他一呆。我說過，我是婚姻自由自在化，說話自然心血來潮隨我高興。「這個啊，是春天下的第一場雨，下在高山上，被一根一根凍住了，山胞紮好了背到山下來一束一束賣了換米酒喝，不容易買到哦！」荷西還是呆呆的，研究性的看看我，又去看看盆內的「雨」，然後說：「妳當我是白癡？」我不置可否。「你還要不要？」回答我：「吹牛大王，我還要。」以後他常吃「春雨」，到現在不知道是什麼東西做的。有時想想荷西很笨，所以心裡有點悲傷。

第二次吃粉絲是做「螞蟻上樹」，將粉絲在平底鍋內一炸，再灑上絞碎的肉和汁。荷西下班回來一向是餓的，咬了一大口粉絲，「什麼東西？好像是白色的毛線，又好像是塑膠的？」「都不是，是你釣魚的那種尼龍線，中國人加工變成白白軟軟的了。」我回答他。他又吃了一口，莞爾一笑，口裡說道：「怪名堂真多，如果我們真開飯店，這個菜可賣個好價錢，乖乖！」那天他吃了好多尼龍加工白線。第三次吃粉絲，是夾在東北人的「合子餅」內與菠菜和肉絞得很碎當餅餡。他說：「這個小餅裡面妳放了沙魚的翅膀對不對？我聽說這種東西很貴，難怪妳只放了一點點。」我笑得躺在地上。「以後這種很貴的魚翅膀，請媽媽不要買了，我要去信謝謝媽媽。」我大樂，回答他：「快去寫，我來譯信，哈哈！」有一天他快下班了，我趁他忘了看豬肉干，趕快將藏好的豬肉干用剪刀剪成小小的方塊，放在瓶子裡，然後藏在毯子裡面。恰好那天他鼻子不通，睡覺時要用毛毯，我一時裡忘了我的寶貝，自在一旁看那第一千遍《水滸傳》。他躺在床上，手裡拿個瓶子，左看右看，我一抬頭，嘩，不得了，「所羅門王寶藏」被他發現了，趕快去搶，口裡叫著：「這不是你吃的，是藥，是中藥。」我鼻子不通，正好吃中藥。他早塞了一大把放在口中，我氣極了，又不能叫他吐出來，只好不響了。「怪甜的，是什麼？」我沒好氣的回答他：「喉片，給咳嗽的人順喉頭的。」「肉做的喉片？我是白癡啊？」第二天醒來，發覺他偷了大半瓶去送同事們吃，從那天起，只要是他同事，看見我都假裝咳嗽，想再騙豬肉干吃，包括回教徒在內。（我沒再給回教朋友吃，那是不道德的。）

反正夫婦生活總是在吃飯，其他時間便是去忙著賺吃飯的錢，實在沒多大意思。有天我做了飯捲，就是日本人的「壽司」，用紫菜包飯，裡面放些唯他肉鬆。荷西這一下拒吃了。「什麼？妳居然給我吃印藍紙、複寫紙？」我慢慢問他，「你真不吃？」「不吃，不吃。」好，我大樂，吃了一大堆飯捲。「張開口來我看？」他命令我。「你看，沒有藍色，我是用反面複寫紙捲的，不會染到口裡去。」反正平日說的是唬人的話，所以常常胡說八道。「妳是吹牛大王，虛虛實實，我真恨妳，從實招來，是什麼嘛？」「你對中國完全不認識，我對我的先生相當失望。」我回答他，又吃一個飯捲。他生氣了，用筷子一夾夾了一個，面部大有壯士一去不復返的悲壯表情，咬了半天，吞下去。「是了，是海苔。」我跳起來，大叫：「對了，對了，真聰明！」又要跳，頭上吃了他一記老大爆栗。

中國東西快吃完了，我的「中國飯店」也捨不得出菜了，西菜又開始上桌。荷西下班來，看見我居然在做牛排，很意外，又高興，大叫：「要半生的。馬鈴薯也炸了嗎？」連給他吃了三天牛排，他卻好似沒有胃口，切一塊就不吃了。「是不是工作太累了？要不要去睡一下再起來吃？」「黃臉婆」有時也尚溫柔。「不是生病，是吃得不好。」我一聽唬一下跳起來。「吃得不好？吃得不好？你知道牛排多少錢一斤？」「不是的，太太，想吃『雨』，還是岳母寄來的菜好。」「好啦，中國飯店一星期開張兩次，如何？你要多久下一次『雨』？」

有一天荷西回來對我說：「了不得，今天大老闆叫我去。」「加你薪水？」我眼睛一亮。「不是——。」我一把抓住他，指甲掐到他肉裡去。「不是？完了，你給開除了？天啊，我們——」「別抓我嘛，神經兮兮的，妳聽我講，大老闆說，我們公司誰都被請過到我家吃飯，就是他們夫婦不請，他在等妳請他吃中國菜——」「大老闆要我做菜？不幹不幹，不請他，請同事工友我都樂意，請上司吃飯未免太沒骨氣，我這個人啊，還談些氣節，你知道，我——」我正要大大宣揚中國人的所謂骨氣，又講不明白，再一接觸到荷西的面部表情，這個骨氣只好梗在喉嚨裡啦！第二日他問我，「喂，我們有沒有筍？」「家裡筷子那麼多，不都是筍嗎？」他白了我一眼。「大老闆說要吃筍片炒冬菇。」乖乖，真是見過世面的老闆，不要小看外國人。「好，明天晚上請他們夫婦來吃飯，沒問題，筍會長出來的。」荷西含情脈脈的望了我一眼，婚後他第一次如情人一樣的望著我，使我受寵若驚，不巧那天辮子飛散，狀如女鬼。

第二天晚上，我先做好三道菜，用文火熱著，佈置了有蠟炬臺的桌子，桌上鋪了白色的桌布，又加了一塊紅的鋪成斜角，十分美麗。這一頓飯吃得賓主盡歡，不但菜是色香味俱全，我這個太太也打扮得十分乾淨，居然還穿了長裙子。飯後老闆夫婦上車時特別對我說：「如果公共關係室將來有缺，希望妳也來參加工作，做公司的一份子。」我眼睛一亮。這全是「筍片炒冬菇」的功勞。

送走老闆，夜已深了，我趕快脫下長裙，換上破牛仔褲，頭髮用橡皮筋一綁，大力洗碗洗盤，重做灰姑娘狀使我身心自由。荷西十分滿意，在我背後問，「喂，這個『筍片炒冬菇』真好吃，妳哪裡弄來的筍？」我一面洗碗，一面問他：「什麼筍？」「今天晚上做的筍片啊！」我哈哈大笑：「哦，你是說小黃瓜炒冬菇嗎？」「什麼，妳，妳騙了我不算，還敢去騙老闆——？」「我沒有騙他，這是他一生吃到最好的一次『嫩筍片炒冬菇』，是他自己說的。」

荷西將我一把抱起來，肥皂水灑了他一頭一鬍子，口裡大叫：「萬歲，萬歲，妳是那隻猴子，那隻七十二變的，叫什麼，什麼……。」我拍了一下他的頭，「齊天大聖孫悟空，這次不要忘了。」

選自《撒哈拉的故事》，皇冠出版社

作家瞭望台

三毛（一九四三至一九九一），本名陳平。生於浙江定海，成長於臺灣。

少年時期的三毛是一個憂鬱的女孩，曾因對學校生活的不適應而輟學在家，自我封閉，後來因習畫而漸漸走出心靈的陰霾。一九六四年進入文化大學哲學系當選讀生，後來赴歐洲西班牙、德國學習語文，婚後與西班牙籍的丈夫荷西定居非洲撒哈拉沙漠的西班牙屬地，又因戰亂遷居西屬加那利島。她以豐富的生活為背景，寫出一連串精彩動人的作品。

在荷西因潛水意外喪生之後，三毛回到臺灣居住，曾在文化大學任教，後來辭去教職，專職從事寫作和演講。去世時得年僅四十八歲。

三毛的著作中，最著名的包括《撒哈拉的故事》、《哭泣的駱駝》、《稻草人手記》、《雨季不再來》、《夢裡花落知多少》、《鬧學記》等一系列作品，均由皇冠出版社出版。

密門之鑰

三毛作品中最膾炙人口的乃是《撒哈拉的故事》一書，由十二篇散文結合而成，帶領讀者進入她的沙漠生活之中，隨著她的眼光去探索這片荒涼的大地。〈沙漠中的飯店〉是此書的第一篇，先把人生食衣住行四大需求之中的「食」事問題提出來，由遠方遊子味覺上的鄉愁出發，寫不同文化背景下夫妻生活的趣味點滴。作者採取了明抑實揚的寫作手法，首段先慨嘆「我的先生很可惜是一個外國人」「我們的婚姻生活也實在有許多無法共通的地方」，似乎充滿無奈，勾起了讀者的好奇心。隨著敘述的開展，我們看到了一位「我行我素」，靈心慧黠的家庭主婦，如何在鍋碗瓢盆中製造出生活的驚喜；也看到了一位憨直淳厚的西班牙男士，如何包容與尊重文化背景不同的配偶，遵守婚前「妳行妳素」的承諾，讓妻子盡情發揮她品味生活藝術的能力。

在文章的結構上，作者直接以一道道的菜餚具體敘述她的「中國飯店」在家裡開張後的趣味實況。從「粉絲」這一小小的物事開始，就有「春雨」「尼龍加工白線」及「沙魚的翅膀」三次轉折，不能不令人佩服作者的匠心獨運。而且，由粉絲煮雞湯到螞蟻上樹到合子餅，從豬肉干到壽司，每一次的中國飯店都有充滿機鋒的夫妻對話，彷彿高手過招，精彩緊湊，令人莞爾。作者藉對話描寫了夫妻二人的個性及相處情趣，不需多說，讀者對此二人的相處情形已是心領神會。

文章的情節安排在最後來到了高潮，丈夫的上司大駕光臨，指定的菜餚「筍片炒冬菇」考驗了這位機智的主婦將如何無中生有。結果，三毛布置了有蠟炬的桌子，鋪上了美麗的桌巾，自己也穿上了長裙接待客人。至於關鍵的菜餚呢？讀者直到最後一刻才知道答案，作者故意鋪排的懸疑筆法充分製造了讀者閱讀的樂趣。

三毛的作品看似隨手拈來，其實是苦心琢磨而成。她的父母說，女兒一旦進入創作狀態，就「六親不認」，「生死不明」，透露出她在創作上的用心。然而，三毛也曾自言她沒有經世濟民的創作使命感，「三毛」這個簡單通俗的筆名表明了她只想做個平凡人。她說：「文章千古事，不是我這草芥一般的小人物所能挑得起來的，庸不庸俗，突不突破，說起來都太嚴重。寫稿真正的起因，還是為了娛樂父母，也是自己興趣所在，將個人的生活做了一個紀錄而已。」而且，她只寫散文，不寫小說，散文的內容又都是自己的生活紀錄。她說：「我不寫虛構的小說，是因為現實生活太精采了，我連記敘自己的親身體驗都還來不及，哪有時間去編故事呢？」

她在撒哈拉沙漠所留下的一篇篇精彩的生活紀錄，就留待讀者去品味吧！

提神答問

一、由本文中所描述的點點滴滴，你覺得三毛具有哪些個性特質？

答：幽默風趣，靈心慧黠，能在鍋碗瓢盆的單調主婦生活中不斷地製造出生活的驚喜；在受限的環境中求變求通。

二、「我的先生很可惜是一個外國人。」「反正夫婦生活總是在吃飯，其他時間便是去忙著賺吃飯的錢，實在沒多大意思。」「你對中國完全不認識，我對我的先生相當失望。」三毛在這些文字中所表達的貶意，為文章製造了怎樣的效果？

答：文章低調起筆，先抑後揚。作者不避諱異國婚姻的文化差異，不粉飾太平，看似貶抑的言語其實正是夫妻二人直言無諱、感情無間的證明。

三、三毛把她的想像力與創造力發揮在菜餚上，使得平常的生活充滿不平常的趣味。你是否也讀過一些敘述飲食的篇章，令你十分難忘呢？請與大家分享。

答：《紅樓夢》中有關飲食的片段、梁實秋《雅舍談吃》、林文月《飲膳札記》、逯耀東《肚大能容》、金庸《射鵰英雄傳》中「黃蓉做菜」的情節等等均可參考。

寫作擂台

三毛的中國飯店，展現了一位靈心慧黠的主婦，如何在單調的沙漠生活中製造樂趣。而在金庸武俠小說《射鵰英雄傳》第十二回〈亢龍有悔〉中，黃蓉做菜給丐幫幫主洪七公吃，因而讓洪七公傳授了「降龍十八掌」給郭靖。文中如此描述好菜：

黃蓉笑盈盈的托了一隻木盤出來，……一碗卻是碧綠的清湯中浮著數十顆殷紅的櫻桃，又飄著七八片粉紅色的花瓣，底下襯著嫩筍丁子，紅白綠三色輝映，鮮豔奪目，湯中泛出荷葉的清香，想來這清湯是以荷葉熬成的了。洪七公……拿起匙羹舀了兩顆櫻桃，笑道：「這碗荷葉筍尖櫻桃湯好看得緊，有點不捨得吃。」在口中一辨味，「啊」的叫了一聲，奇道：「咦？」又吃了兩顆，又是「啊」的一聲。荷葉之清、筍尖之鮮、櫻桃之甜，那是不必說了，櫻桃核已經剜出，另行嵌了別物，卻嘗不出是甚麼東西。洪七公沉吟道：「這櫻桃之中，嵌的是甚麼物事？」閉了眼睛，口中慢慢辨味，喃喃的道：「是雀兒肉！不是鷓鴣，便是斑鳩，對了，是斑鳩！」睜開眼來，見黃蓉正豎起了大拇指，不由得甚是得意，笑道：「這碗荷葉筍尖櫻桃斑鳩湯，又有個甚麼古怪名目？」黃蓉微笑道：「老爺子，你還少說了一樣。」洪七公「咦」的一聲，向湯中瞧去，說道：「嗯，還有些花瓣兒。」黃蓉道：「對啦，這湯的名目，從這五樣作料上去想便是了。」洪七公道：「要我打啞謎可不成，好娃娃，你快說了吧。」黃蓉道：「我提你一下，只消從《詩經》上去想就得了。」洪七公連連搖手，道：「不成，不成。書本上的玩意兒，老叫化一竅不通。」黃蓉笑道：「這如花容顏，櫻桃小嘴，便是美人了，是不是？」洪七公道：「啊，原來是美人湯。」黃蓉搖頭道：「竹解心虛，乃是君子。蓮花又是花中君子。因此這竹筍丁兒和荷葉，說的是君子。」洪七公道：「哦，原來是美人君子湯。」黃蓉仍是搖頭，笑道：「那麼這斑鳩呢？《詩經》第一篇是：『關關雎鳩，在河之洲，窈窕淑女，君子好逑』。是以這湯叫作『好逑湯』。」洪七公哈哈大笑，說道：「有這麼稀奇古怪的湯，便得有這麼一個稀奇古怪的名目，很好，很好，你這稀奇古怪的女娃娃，也不知是哪個稀奇古怪的老子生出來的。這湯的滋味可真不錯。十多年前我在皇帝大內御廚吃到的櫻桃湯，滋味可遠遠不及這一碗了。」

黃蓉做的「好逑湯」，甚至小說中另一道「玉笛誰家聽落梅」，均是令人心嚮往之、恨不能一快朵頤的菜餚呀！從命名、設計到製作，飲食實在是一門藝術的展現，請你也發揮創意巧思，「設計」一道菜餚，並把它記述下來。

說明：

1. 題目即是你所設計的菜餚名稱。

2. 在你的文章中，須說明這道菜的「菜名」、「食材」、「作法」及「品鑑感受」。品鑑感受可以包含視覺，嗅覺，味覺等不同角度。

探索新境

《撒哈拉的故事》、《哭泣的駱駝》，皇冠出版社發行。

臺灣影響最廣的旅行文學，可推至三毛充滿流浪風情，以及傳奇色彩的撒哈拉遊記。不過三毛其實是旅居撒哈拉，因此深入當地民情，與浮光掠影的旅遊散文不同。特別推薦《撒哈拉的故事》中的〈素人漁夫〉與〈懸壺濟世〉。

（易怡玲老師設計編寫）

餓與福州乾拌麵

逯耀東

那一年，該是民國四十五年，我大三的那個暑假。不知誰說的，大學是人生的黃金時代，但到了大三，已是夕陽無限好了。因為過了這個暑假，到了明年驪歌唱罷，出得校門，就前途未卜。

所以，那個暑假留在學校沒有歸家，只是為了享受一枕蟬詠，半窗斜陽，但卻挨了餓。暑假宿舍人口流動頻繁，伙食費五天一繳，雖然，為數不多，但錢已被我用罄❶，而且庭訓❷有示，出門在外，最忌向人借貸，於是，我就挨餓了。

餓是啥滋味，我過去曾在課堂上問過學生，他們瞠目以對❸，然後我說我們那年月都挨過餓。他們竟說我運乖❹，沒有遇到個好爸爸。的確，挨餓的經驗我是有過的，少年隨家人在敵人的炮火下，倉皇逃難，拉起來一兩天沒飯吃是常事，喝一口山澗水，就一口蒜瓣就頂過去了。人說生蒜瓣可以解毒。

後來因事被捕入獄，其實我被捕也不是犯了什麼大案，只是在課堂上寫「致前方將士書」，出了岔子。當時我的確犯了嚴重的左傾幼稚病，小小十六歲的年紀就唱了「男起解」，從嘉義遞解臺北，在裡面蹲了三個多月，尤在臺北號子裡的那段日子，真正嘗到餓的滋味。

當年大家都在穿拖屐❺的日子，生活都過得艱窘，但監獄的牢飯更差。不過，嘉義的牢飯大概還保留日治時代的遺風，是一木製的小飯盒，人各一份，是雜加著蕃薯簽的糙米飯，飯上有塊鹹魚和一撮菜脯，或醬黃瓜之類。

---

❶用罄：用完。罄，音ㄑㄧㄥˋ，盡。

❷庭訓：父親的教誨。

❸瞠目以對：睜大眼睛說不出話。瞠，音ㄔㄥ，瞪著眼睛直看。

❹運乖：時運不濟。乖，此指違背、不合。

❺拖屐：拖鞋、木屐。

最初常被提審，往往誤了飯頓，同室難友憐我年幼，把飯盒留下，等我受審回來吃。他們圍坐我身旁，關心地摸摸我，問我受刑了沒有，我扒著滿嘴的冷飯，搖搖頭，眼淚落在飯盒裡。

臺北的牢飯不如嘉義的，一日兩餐，糙米飯一碗，倒是一菜一湯。菜是薄薄的蘿蔔兩片，貼在飯上，湯是白水煮鹹菜，無油無鹽，幾片褐色的鹹菜葉子浮沉在白水中，入口一股腥臭。早上八時，下午四時送進柵檻內，無油無鹽，飯入飢腸，很快就餓了。餓了就睡，醒了就扶鐵欄外望，鐵欄外是條走廊，走廊外的牆上僅有一扇窗子，窗子被鐵柵釘死，透過窗子空隙，可以看到一小片天空。那時正是十二月的天氣，天灰濛濛的，而且常落雨，窗外有枝枯枝，在風裡搖曳，串串雨珠自枯枝滴下來。

一日，父親託人輾轉送來兩個山東大饅頭。山東大饅頭白淨圓潤，抓在手裡沉甸甸的，除了充滿親情的溫暖，更可以解餓，立即就與難友分食了一個。另一個放在枕邊，準備次日大家再分食。沒有想到睡到夜半，枕邊蠕蠕蠢動，待我驚起，饅頭已被老鼠叼到走廊上去了。獄裡鼠輩橫行，老鼠壯碩似貓，且不避人。那畜生雙爪扶著饅頭，歪著頭雙目圓睜瞪著我，和我日後行走江湖所見，鼠輩都在暗地裡索索，完全不同。這畜生明目張膽對著我，我們隔著鐵欄對望，最後牠唧地一聲，滾著饅頭跑開了。夜已深沉，偶爾鄰號傳來受刑後痛苦的呻吟，和有冤難伸沉重的嘆息或囈語❻。

在那裡蹲了兩個多月，出來後，我發誓不再吃黃蘿蔔那種東西，不過，卻練得無菜乾吞白飯的工夫。現在我真的挨餓了，而且沒有任何逼迫，自由自在挨餓，真是一錢逼死英雄漢。想到孔子當年在陳絕糧，竟絃歌不輟❼，老夫子真有一套挨餓的工夫。於是整衣端坐，掀書而讀，但讀了不到兩頁，但覺字行搖晃。前胸貼後心，腹內油煎火燎，一個字也讀不下去。心想肚子是盤磨❽，睡倒不喝也不餓。不過，睡前還得填填胃，於是拿了漱口杯，到隔壁洗澡房，對著水龍頭，灌了幾杯自來水，回到寢室，立即上床睡覺。雖說水可壓餓，但喝多

---

❻ 囈語：說夢話。囈，音一ˋ。
❼ 絃歌不輟：絃歌亦作弦歌，指依著琴瑟的聲音來詠詩，而不間斷。
❽ 磨：音ㄇㄛˋ，兩塊圓形的石盤相合，當中有軸，推轉上面一石，以輾碎穀物之器。

了也不好受，水在肚子裡晃盪，平躺也不是，側臥也不行。室外蟬鳴聲噪，反覆難眠。突然想起今天是我自己的生日，於是一躍而起，想到早晨買新樂園❾，還剩下五毛錢，出得校門，買了張公車票，到小南門。我女朋友在小南門醫院實習。見了她就說：「今天是我生日，妳得請我吃碗麵。」她一聽笑了說：「怎麼，又花冒頭了❿。」於是，她換了工作服，陪我到醫院門口的麵攤吃麵。

那個小麵攤開在小南門旁的榕樹下，依偎著榕樹搭建的違章建築，是對福州夫婦開的，賣的是乾拌麵和福州魚丸湯。雖然這小麵攤不起眼，日後流行的福州傻瓜乾拌麵便源於此。但福州傻瓜麵和這小攤子的乾拌麵相較，是不可以道里計的。福州乾拌麵的好與否，就在麵出鍋時的一甩，將麵湯甩盡，然後以豬油蔥花蝦油拌之，臨上桌時滴烏醋數滴，然後和拌⓫之，麵條互不黏連，條條入味，軟硬恰到好處，入口爽滑香膩，且有蝦油鮮味，烏醋更能提味。現在的傻瓜麵採現代化經營，雖然麵也是臨吃下鍋，鍋內的湯混濁如漿，鍋旁的麵碗堆得像金字塔，麵出鍋哪裡還有工夫一甩，我在灶上看過，也在堂裡吃過，真的是恨不見替人⓬了。

我連扒了兩碗到第三碗時，才喝了口魚丸湯。抬起頭來看見坐在對面微笑的她，說了句：「大概可以了。」後來她成了我太太，四十多年來相持相伴，生活雖然清平，卻沒有再餓著。太太是湖南人，在西安長大，習慣各種麵食，但卻不喜吃麵條。我豐沛子弟⓭，自幼飄泊四方，對於飲食不忌不挑，不過自此後，就歡喜這種福州乾拌麵了。

三十八年逃難到福州，在那裡住了快半年，而且還混了個初中畢業文憑。當時兵荒馬亂，幣值一日數貶，後來不用紙幣改用袁大頭⓮，或以物易物，拉黃包車的早晨出門帶把秤，車價以米計，拉了天黑就回家，車上堆了

---

❾ 新樂園：一種香菸品牌名。
❿ 花冒頭了：錢花過頭，超支了。
⓫ 和拌：攪拌、混和。和，音ㄏㄨㄛˋ。
⓬ 恨不見替人：遺憾找不到替代的人。語出《唐書・文藝傳・杜審言傳》。
⓭ 豐沛子弟：逯耀東生於江蘇江豐縣，地近漢高祖劉邦出生地沛縣豐邑。
⓮ 袁大頭：上有袁世凱頭像的銀圓。

大包小包的米。我當時住校，每週回家，返校時母親就給我一枚金戒指，作為一週的食用。我記得當時一斤肉七厘金，一碗麵是三厘，有各種不同澆頭⑮的福州麵，有鴨、蚵仔（蚵仔是現剝的）、黃（瓜）魚、螃蟹等等，麵用意麵，下蝦油與麵湯共煮，味極鮮美。不過，我更佩服老闆剪金子的工夫，一剪刀下去恰恰三厘，不多不少。後來來臺灣一直懷念福州麵的味道，早年勝利的海鮮米粉尚有幾分餘韻，現在已經沒有了。不僅臺北，我曾兩下福州，也沒有吃到那種風味的福州麵。不過，在福州卻沒有吃過福州的乾拌麵。不知臺灣的福州乾拌麵，是否像川味牛肉麵一樣，是在地經過融合以後，出現的一種福州味的乾拌麵。

臺灣是個移民社會，當年從唐山過臺灣的福州移民並不多，但福州的三把刀，裁縫的剪刀、理髮的剃刀、廚師的菜刀對當年臺灣社會生活影響很大。現在三把刀已失去其原有的社會功能，只剩下乾拌麵和魚丸湯，融於人民的日常生活之中。臺灣流行的乾麵，除福州乾拌麵外，還有鹽水的乾拌意麵、切仔乾拌麵及炸醬麵。這三種拌麵用的麵料各有不同，意麵來自福州，切仔麵的油麵，傳自泉漳與廈門的閩南地區，炸醬麵用的是機製的山東拉麵，很少用手擀的切麵。我曾在廈門一個市場，吃過下水⑯切仔拌麵，用的就是油麵，味極佳，麵中也以韭菜綠豆芽相拌。福州乾拌麵用的是細麵，現在稱陽春麵，陽春麵名傳自江南，取陽春白雪之意，即所謂的光麵。

福州乾拌麵雖平常之物，但真正可口的卻難覓。後來在寧波西街南昌路橫巷中尋得一檔，是對中年福州夫婦經營的麵攤，由婦人當爐，別看她是個婦道人家，臂力甚強，麵出鍋一甩，麵湯盡消，清爽，十分可口。男的蹲在地上攪拌魚丸漿，是新鮮海鰻身上刮下來的，然後填餡浮於水中，他家的魚丸完全手工打成，爽嫩，餡鮮而有汁，吃福州乾拌麵應配福州魚丸湯，但好的福州魚丸也難尋。我在這家麵攤吃了多年，從老闆的孩子圍著攤子轉跑，到孩子長大娶妻生子，後來老闆得病，攤子也收了。

日前，太太去法國旅行，夜裡打電話回來報平安，並問我早上吃什麼。我說去市場吃碗乾拌麵。我家附近的小菜市場有家賣乾拌麵的店，老闆矮矮胖胖的，五十來歲的福州伯，後來得急病死了，麵店由兒子接手，經過五

⑮ 澆頭：加在盛好的飯或麵上，供調味的菜餚或醬料。
⑯ 下水：此指動物內臟。

六年才練得他父親下麵的工夫。每次我去，他都說聲照舊。所謂照舊，是一碗乾拌麵，配一碗餛飩湯另加一個嫩荷包蛋，麵來，將荷包蛋移至麵碗中。與麵同拌，蛋黃滲於麵內，又是另一種味道。

原載二〇〇三年十月二十日《中國時報》
選自《九十二年散文選》，九歌出版社

作家瞭望台

逯耀東（一九三三至二〇〇六）臺灣大學歷史系畢業，香港新亞書院歷史碩士，一九七一年獲臺大歷史系博士。原為臺大歷史系教授，退休後曾於東吳大學歷史學系教授「中國傳統史學析論」課程。除鑽研魏晉史學外，逯耀東亦是以研究「飲食文學」而登上學術殿堂的第一人。曾在臺大講授「中國飲食史」、「中國飲食與文學」、「中國飲食與文化」等課程，深受學生喜愛。他以中港臺三地飲食文化比較為研究課題，並經常至各地探訪、品嚐不同的飲饌風味。

逯耀東悠遊於史學、散文及飲食書寫中，文筆流暢優美。史學專著有《從平城到洛陽》、《魏晉史學思想及其社會基礎》，晚年撰寫《抑鬱與超越——司馬遷與漢武帝時代》一書。散文集計有：《丈夫有淚不輕彈》、《劍梅筆談》、《那漢子》、《那年初一》、《窗外有棵相思》。並先後出版《祇剩下蛋炒飯》、《已非舊時味》、《出門訪古早》及《肚大能容》等飲饌隨筆。

密門之鑰

唐人王維在〈老將行〉中說：「少年十五二十時，步行奪得胡馬騎」，何等意氣風發！青春年少本應歡樂無憂，但逯先生寫他的少年十五二十時，卻是早經人世艱辛，與「餓」周旋。

全文由關鍵性的大三生日之「餓」回溯，點出戰時逃難捱餓，再細寫十六歲因事入獄，一日兩頓不得已之「餓」，而好不容易得到父親託人送來的白饅頭，竟發生被獄中肥鼠叼搶而去，令人難以置信的奇事。

半世紀前的經歷看似不堪，但身處窘境，記得的始終是別人對他的好。文中寫落難往事，流露出的是人情的淳厚溫馨，而非不平或怨懟。獄中之餓，有難友留飯，關懷照顧，相濡以沫；生日之餓，有女友慷慨請吃福州乾拌麵，溫柔包容。此後女友成愛妻，那日的福州乾拌麵竟成最愛。「餓」與「福州乾拌麵」的雙主題，至此扣合。

後半全力寫福州乾拌麵的種種美味與多樣面貌。臺灣街市、麵店中以豬油、蔥花、蝦油、烏醋拌之的福州乾麵，在歷史學者擅長的考證，及兩下福州的田野調查中，也有著前世今生的變貌，「不過，在福州卻沒有吃過福州的乾拌麵」，看來，如今嗜食的，極可能是經過臺灣在地融合新生的口味呢！全篇看似藉飲食懷舊憶往，但一碗麵的背後，彰顯的不僅是人生史，還有烹調史。同時，從流徙福州以金換麵的場景，至臺北麵店的人事代謝，又在凸顯了烹煮調理外的大時代流轉。

五十年後，紅顏變白髮，時空挪移來到現代，篇末愛妻赴法旅遊，仍關心老伴飲食，而古稀之年的逯教授，早起肚餓獨鍾一味，照舊是大三那一年，生日時的福州乾拌麵——原來，「餓」、「麵」、「情」三者交織翻騰，首尾隱然相依。

食物之外，作者的筆觸簡鍊俐落，敘述富含文學情味，像是暑假留校，「只是為了享受一枕蟬詠，半窗斜陽」，而獄中窗外的景象，「十二月的天氣，天灰濛濛的，而且常落雨，窗外有枝枯枝，在風裡搖曳，串串雨珠自枯枝滴下來。」均是淡美有味。

有人說，味道之所以被記得，是因為其中滲透了人生的滋味。此篇在脫俗清新，素樸大器的文字之外，還有一種「厚度」。〈餓與福州乾拌麵〉不只如題目般，顯現出「飢餓」與「美味」的對比，更見證了時代變遷、呈現了歷史感，凸顯了麵與人的生命力。尤其風波離亂背後，清平恬淡之中，存在的是不變的厚道與情分，最是雋永，動人心弦。

提神答問

一、獄中那顆被老鼠叼走的白饅頭，你覺得「象徵」了什麼？本篇對於「餓」的描寫，其實分有三種不同的層次及種類，可否依序言之？

答：1.獄中那顆被老鼠叼走的白饅頭，象徵了溫暖的親情與苦澀的青春磨難。

2.本篇對於「餓」的描寫，由關鍵性的大三生日之「餓」回溯，點出戰時逃難捱「餓」，再細寫十六歲因事入獄，一日兩頓不得已之「餓」，共三種不同的層次及種類。

二、作者說：「自此後，就喜歡這種福州乾拌麵了。」你覺得他為何這麼說？

答：作者大三暑假留在學校沒有歸家，錢已用罄，又未向人借貸，挨餓之餘，生日當天，有女友慷慨請吃福州乾拌麵，溫柔包容；其後女友成愛妻，那日溫馨的福州乾拌麵竟成最愛。

三、〈餓與福州乾拌麵〉一文，時間橫亙五十年，其中隱含了什麼時代變遷與感情元素？

答：此題可由不同的方面思考：

1.隱藏福州乾拌麵的種種美味與多樣面貌，它在逯教授的歷史考證，及兩下福州的田野調查中，也有著烹調史上前世今生的變貌。

2.此外一碗麵的背後，彰顯出了自己與他人的人生史。從流徙福州以金換麵的場景，至臺北麵店的人事代謝，作者在中年福州夫婦經營的麵攤吃了多年，從老闆的孩子圍著攤子轉跑，到孩子長大娶妻生子，後來老闆得病，攤子也收了。

3.文中並凸顯了烹煮調理外的大時代流轉。由戰時逃難捱餓、十六歲入獄，一日兩頓之餓、大三無生活費之餓，是早經人世艱辛的個人際遇，亦是時代氛圍的見證。

4.福州乾拌麵更是愛情見證，大三生日請他吃福州乾拌麵的女友成了妻子，四十多年來相持相伴，生活清平，沒再餓著。紅顏變白髮，末了時空挪移來到現代，愛妻赴法旅遊，關心老伴飲食，而古稀之年的逯教授，早起肚餓獨鍾一味，照舊是大三那一年，生日時的福州乾拌麵——「餓」、「麵」、「情」三者交織翻騰，由首至尾隱然相依。

寫作擂台

法國作家普魯斯特在《追憶似水年華》中說：「昔日的一切都蕩然無存的時候，只有氣味和滋味長久存在。」而逯耀東教授亦說過：「飲食文學基本上反映作者的飲食經驗、記憶，以及對這個經驗的紀錄，而這個經驗必須脫俗並具有溫情。」年輕如你，逝去的歲月雖然不多，但請細細搜尋記憶的角落，以「最喜歡的一種小吃或家常菜」為主題，說說你與它的緣分或食物背後的故事。

注意：

1. 題目自訂，文長四百字以上。食物種類不拘中外。
2. 全篇在飲食書寫之外，必須富含「感情」元素。

探索新境

《出門訪古早》、《肚大能容》，東大圖書發行。

領會逯耀東以文學筆觸，作飲食文化田野調查、歷史考證的寫作風格。

（李明慈老師設計撰寫）

論豬腳

焦桐

黃信介剛出獄時，我在報上看到他，含笑在家裡吃一大碗豬腳麵線，他的筷子夾起麵線，面對著攝影鏡頭微笑，那笑容背後透露著深刻的滄桑，那碗豬腳麵線，飽含了苦盡甘來的滋味。不知什麼道理？臺灣人咸信，吃豬腳麵線可祛❶除晦運。有一次我太太去燙髮，被粗心的店員燙傷了臉和肩膀，對方最後竟端出一碗豬腳麵線來消災解厄。消解誰的災厄？這種賠罪方式很滑稽，也很無理，卻順利幫那家美容院度過難關，豬腳加麵線，相當於歉意加人情，功能不可小覷❷。

可惜豬腳並不能為自己消解災厄。口蹄疫流行期間，我頗為沮喪，起初，我不很明白有什麼好沮喪？只是不吃豬肉罷了；後來明白了，害我們傷心的不是豬肉，是豬腳。沒有豬肉，生活照樣過，影響不大；沒有豬腳，日子就顯得有點艱難。

除了消災解厄，豬腳還帶著祝福的意思。簡媜二十歲生日時，簡媽媽滷了一鍋豬腳，從宜蘭搭火車提到臺大宿舍，要為女兒「做二十歲」，簡媜不在，簡媽媽就站在外面等女兒回宿舍……我一直忘記問簡媜，究竟如何消化那鍋豬腳？我想像那鍋豬腳的熱度和口感，越想越動容。

臺灣人善烹豬腳，不過製作豬腳先得具備起碼的清潔，草率的豬販沒耐心拔除豬毛，往往用火烤掉表皮上的毛；懶惰的廚師也隨便沖洗即算搞定。我們面對一隻毛茸茸的豬腳，如同面對一個公然貪贓枉法的政客，嫌惡唯恐不及，怎麼可能愛上它？

除了不能毛手毛腳，燒出來最好還能光鮮亮麗，這就需要耐性，跟蘇東坡提示的「慢著火」❸一樣，小心呵

---

❶ 祛：音ㄑㄩ，除去。

❷ 小覷：瞧不起；看扁了。覷，音ㄑㄩˋ，看。

❸ 慢著火：相傳北宋蘇軾貶謫黃州為團練副使時，創出一種用慢火燜煮爛熟的豬肉佳餚，人稱「東坡肉」。黃州人原不擅長烹調豬

護，疼惜，千萬焦躁不得。我岳母擅烹蹄膀，正宗客家口味。她的作法是先將處理乾淨的蹄膀加蒜頭和八角，浸泡在米酒、醬油裡半小時，加入燙過的筍乾再蒸熟。一般人蒸燒圓蹄，習慣搭配青江菜，大概是考慮到色澤；筍乾吸收了蹄膀的油膩，本身也蘊藏著美味，耐於咀嚼，確是更美麗的組合。

蹄膀尤其指豬後蹄靠上肢的一段，我總嫌它精則太精，肥則過肥，缺乏調和，像各種信仰、主義的基本教義派；我偏愛中段和腳蹄。然則袁枚❹說加酒、秋油隔水清蒸的蹄膀，號稱「神仙肉」，可見蹄膀的美味自古流傳，靠的是調和鼎鼐❺的手段。我始終不明白，袁枚常說的「秋油」究係何物？請教逯耀東教授，他說就是醬油。

燒蹄膀是南方的發明，江浙一帶用砂鍋燉蹄膀，常輔以金華火腿，取名「金銀蹄膀」，是一道討吉利的宴席大菜，《紅樓夢》第十六回，熙鳳屋裡的火腿燉肘子，就是標準的江浙燒法；「肘子」乃北語，即南方話的「蹄膀」。如果以鐵鍋燒煮，火不能猛烈，尤其是蹄膀與鍋的接觸面，是一個盲點，得隨時糾正，分寸調整。林文月在《飲膳札記》❻也指出，燜燒蹄膀須隨時提高警覺，不要離開廚房，因為「有醬油、冰糖等作料，所以一不小心容易燒焦。不過，微微燒焦的蹄膀，有時因其十分入味，反而有特別的焦香效果」。

帶著輕度的焦香，又沒有真正的燒焦，使蹄膀處於一種臨界狀態❼，這時候，危機即是轉機，不能蹉跎，就

肉，蘇軾還編有燉肉歌曰：「慢著火，少著水。柴頭竈煙焰不起。待它自熟莫催它，火候足時它自美。黃州好豬肉，價賤如泥土。富者不肯吃，貧者不解煮。早晨起來打兩碗，飽得自家君莫管。」

❹袁枚：（一七一六至一七九七）字子才，號簡齋，浙江錢塘人。清代文學家，二十四歲中進士，由翰林為知縣，三十七歲棄官，置別墅「隨園」於江寧（今南京）城西。論詩主性靈，品評古今，時有新解，人稱隨園先生，與紀昀（曉嵐）並稱「北紀南袁」，為乾隆盛世才子，江南文壇盟主。著有《小倉山房詩文集》、《隨園詩話》、《隨園隨筆》等。他注重生活美學，七十六歲出版《隨園食單》，全書有系統地論述三百四十二種南北菜肴、飯點及茶酒，認為「飲食之道，不可隨眾，尤不可務名」，雖然理論與食物並重，但《隨園食單》不見鉅細靡遺的烹調方法，著重的是個人平日飲食生活心得，可視為清代的飲食散文佳構。

❺調和鼎鼐：鼎、鼐（ㄋㄞˋ），均為古代烹調器皿。四字本指處理國家大事，就如同在鼎鼐中調味。此處則單指調味而言。

❻飲膳札記：作家林文月女士所著。由家裡超過十年的宴客菜單、筆記中啟發靈感，藉十九種佳餚追懷親友知己，編織成溫馨感人的回憶錄。焦桐所言為書中第三篇〈紅燒蹄參〉的內容，林女士在文中，詳細敘述了這道由紅燒蹄膀，與煨燒海參相配而成的大型菜肴。

像睿智的政治家高明的手腕，精準控制火候，讓冰糖、醬油、蒜、蔥、薑各種勢力快樂地融合，而不是悲情地對抗。一隻燒得好的豬腳，宛如高尚的情操，會產生令人窒息的敬意。我們通過換喻❽，臺灣的政客太缺乏豬腳文化了，每次選舉都拚盡全力挑起族群、省籍情緒，他們多蠢得要命，又太耽溺焦香般的選票，將一鍋可能的好肉弄苦弄腥，卻不負責任地離去。

蹄膀最美味的部位是最容易燒焦的皮。「天罎」烹蹄膀頗富想像力——將蘋果打成泥，送進窯內慢煨六小時，出窯時，果酸已成就了蹄膀的色澤和口感，整個圓蹄像一顆熟透的大蘋果，外皮紅嫩，內裡澄白，搭配青菜、紅蘿蔔球，很是好看，充分勾引食慾。

我吃豬腳的資歷尚淺，聞名已久的廣東「白雲豬手」和大荔「帶把肘子」還無緣嘗試。從前我總覺得白煮和清蒸豬腳的顏色太蒼白，有礙食慾。改善辦法，除了燒烤，醃漬也不錯，清人朱彝尊❾《食憲鴻祕》記載了五種豬腳的燒法，「煮薰蹄」、「醬蹄」、「凍肉」、「百果蹄」、「蹄卷」，其中兩種就屬醃製，醬蹄的作法甚至講究了季節，「十一月中取三觔重❿豬腿，先將鹽醃三四日，取出，用好醬塗滿，以石壓之，隔三四日翻一轉，約醬二十日，取出，揩淨，掛有風無日處兩月，可供洗淨、蒸熟，俟冷切片用」，作法容易理解，我不明白何以選擇十一月中？至於蹄卷的作法是「醃鮮蹄各半，俟半熟去骨，合卷麻線，扎緊，煮極爛，冷切用」⓫。

延吉街「翠滿園」餐廳醃漬蒸豬腳改變了我對蒸豬腳的偏見——先醃漬一星期，再蒸兩三個小時，使豬腳有了含蓄的鹹味，皮和肥肉飽滿彈性，瘦肉交錯著筋絡，很有咬勁；色澤如胭脂，透露著誘人的香氣，那香氣又帶

---

❼ 臨界狀態：事物待變的關鍵狀態。

❽ 換喻：謂換個比喻的方式來說明。

❾ 朱彝尊：清代文學家，浙江秀水人。精於詩文及金石考證之學，又專研填詞，工古文，著有《曝書亭全集》。相傳《食憲鴻祕》二卷，亦為朱彝尊所作，記載多種食單，保存不少飲食烹飪資料。

❿ 三觔重：即「三斤重」。觔，音ㄐㄧㄣ，古代計算重量的單位，通「斤」。

⓫ 蹄卷的作法譯為白話文：「取醃漬豬腳及新鮮豬腳各半，等烹煮半熟時去骨，用麻線捲合在一起，捆扎緊實，煮到極爛的程度，冷後切開食用。」

著一種木訥性格，不浮誇，不炫耀，只有在咀嚼時，沉穩地散發出來。有意思的是沾豬腳的檸檬酸醬，融合了南洋風味，可惜不如馬來西亞流行的酸柑醬，建議翠滿園在檸檬酸醬裡添加一點點蜂蜜，料應可以豐富沾醬的層次。

用黃豆燒豬腳的創意不知源自何處？黃豆的氣味尤其能表現豬腳，由於黃豆吸收了豬腳的油膩，使豬腳產生腴潤而清爽的嚼感，黃豆本身也因此十分下飯。每次我獨自在福華飯店附近混，總喜歡到「忠南飯館」點一客蹄花黃豆，忠南飯館賣的是客飯，飯、湯、茶資不計，經濟實惠，卻絲毫無損豬腳的品質，家常口味，展現的是老師傅手藝。

吃飽了，撐著大肚皮，散步於林蔭道上，依靠在旁邊的露天咖啡座，啜飲咖啡，觀賞來往的行人和車輛，想一些心事，竟有置身海外的錯覺。大約，旅行異國無非就是藉變換空間來變換生活節奏，我們在變換生活節奏的同時，也變換了觀看事物的角度，乃產生了陌生感，和遙遠感。也許我們的生活太缺乏一塊豬腳的提醒了，提醒我們慢慢咀嚼，慢慢散步，坐下來，觀看周遭彷彿熟悉實則陌生的事物。

我剛到報社編副刊時，餐廳經營甚佳，菜色不多卻味美價廉，其中就有一道蹄花黃豆，我幾乎每天都吃。記得初次吃飯，還接受劉克襄的飯票招待。我懷念有蹄花黃豆的舊時光，和那些一起端著餐盤排隊打菜的同事，張大春，阿盛，宋碧雲，林宜澐……後來餐廳數度被迫易主，每況愈下，起初我猶不甚了解，何以周遭快快不樂者居多？後來恍然大悟，問題可能出在餐廳。好吃的豬腳離開了，剩下一堆難吃的菜，誰吃了都會自暴自棄，上班哪還有笑容？人生短促，只要一口氣在，總要有點格調，有點骨氣，平常我寧願餓到半死也不肯靠近餐廳。

關於豬腳，我較喜滷、烤兩種作法，一方面是色澤迷人，二方面是料理過程中不斷飄散的香味，誘引嗅覺告訴味覺，味覺告訴知覺，各種審美快感愉悅地相激相盪。我曾經喜愛永和「阿水獅豬腳大王」的滷豬腳，一進門，就撞見幾個滷豬腳的大甕，年久烏黑的陶甕，沾滿不曾刷洗的滷汁，強調出一種古早感和稠黏感。那豬腳顯然久燜在甕裡，肉質潤而且滑，筷子所到，骨肉立分，入口即化；可惜阿水獅的豬腳並不耐久吃，偏鹹的味道壓抑了香氣，滷得太爛也侷限它僅適合熱食。

真正滷得高明的豬腳，熱食、冷食皆宜。我嚐過的滷豬腳以南京東路「富霸王」和萬巒「海鴻飯店」為極品，兩家的滷豬腳都甜鹹適度，不能再鹹一分，也不能再甜一點點。富霸王的滷豬腳令我迷惑，滷製過程究竟有什麼訣竅？古人用陳皮、紅棗、蔥、辣椒、酒、冰糖、醬油佐製豬腳大約是最基本的提味，大致為今人所遵循；《隨園食單》記載豬腳作法中有以蝦米煎湯代水，加酒慢煨⓬的辦法倒頗富創意，我在家裡試了幾次，風味很好，卻試不出富霸王那種口感——火候控制精準，口感正好，絲毫不見韌性，也無熟爛感。吃富霸王的豬腳彷彿跟少年時代的好朋友喝酒談笑，沒有裝飾，沒有心機，也不必講究禮貌；那香味，是豬腳本身滷製出的香味，質樸而純粹，一入嘴就在口腔裡煽風點火，鼓盪出食慾的群眾運動。我坐在店裡吃，都不免口舌衝動，心想，明天，明天再減肥吧。

海鴻飯店的豬腳最不油膩，除了一律採用前腳，並經過汆燙⓭、冷藏的製作程序，再以特殊醬料和中藥滷熟，冷卻後切片。切片是為了方便食用，也為了蘸自製的蒜蓉佐醬，佐醬和豬腳結合得很是愉悅，富彈性的肉、蒜香的醬，纏綿在唇齒之間。海鴻飯店的豬腳是我們臺灣值得驕傲的土產，它結合了我的旅行經驗，每次我去都外帶，帶到墾丁國家公園，在山海之間野餐；回程再去外帶，帶更多回家儲存在冰箱裡，慢慢享用，仔細追憶旅途的滋味。

我恐怕太貪吃了，從前感覺一個月比一個月胖，後來覺得一天比一天胖，現在竟發現一餐比一餐胖，悲哀的是，這些都是真的。去年，太太使用激烈的手段對付——送我去斷食營。

斷食營為期三天，在關渡「楓丹白露」社區，我將行囊放進房間，打開窗，聞到一陣又一陣飄過來的肉香，不曉得是那戶人家正在滷豬腳，那氣味是一種沛然莫之能禦的力量，一種堅定的信念，循精準的方向，直接命中我的嗅覺器官，激起洪水般的食慾。

我究竟做錯了什麼？被送來這裡挨餓。連續兩餐沒吃固體食物了，如今聞到滷豬腳的氣味，從氣味知道那肉湯裡有蔥、蒜、八角，已經滷透了，生平所聞最殘酷的氣味正折磨著我的精神意志。教元極舞的老師帶領跳舞，

⓬ 煨：音ㄨㄟ，此指用微火慢慢燒煮，使食物柔而軟。
⓭ 汆燙：將材料在滾水中快煮撈出。汆，音ㄘㄨㄢ。

試圖讓大家忘記飢餓，我邊做邊東張西望，李昂、施淑都住在這社區，我害怕被她們瞧見一個貪吃鬼捱著餓做一些狀似愚蠢的動作。我做錯了什麼？那滷豬腳的氣味在我的思維裡洶湧澎湃。那天深夜，我趁人家不注意時，落荒逃離斷食營。

我常吃的烤豬腳是配酸菜的德式吃法。溫州街「黑森林」的德國豬腳在朋友中略有口碑，最好吃的其實是蛋糕。我去了幾回，豬腳的火候把握堪稱適度，可惜醃得過鹹，肥肉部分又會黏牙，缺乏彈性和香味。在黑森林吃豬腳配全麥黑麵包、德國啤酒，頗有地域、民族風味；然而必須有大肚量才能吃完一份德國豬腳特餐，我所謂的肚量兼指對豬腳品質的寬容。

信義路「歐美廚房」的德國豬腳也標榜正宗燒法，卻相對稍微高明，它的皮最具特色，烤得又酥又脆，帶著一種炸去脂肪的油渣香，不論沾酸菜或芥末，都很富嚼勁；不過它的豬腳仍不免黏牙。為什麼要拘泥德式燒法和吃法呢？

羅斯福路「天然臺湘菜館」的烤豬腳先以中藥材醃漬過，烤出來皮色鮮亮，咀嚼起來不黏不滯，有特殊的香味，加上配鳳梨、醃黃瓜吃，更富巧思，連骨頭都想咬下去。奇怪，天然臺的口味一向甚重，這道烤豬腳竟不慍不火，絲毫不見湖南騾子脾氣。

可見烤豬腳跟搞政治一樣，要知所變通，保持彈性、圓滑和柔軟，最怕僵化的意識形態，最怕拘泥形式和基本教義。長相俊醜不要緊，外來的或本土的也統統不要緊；要緊的是動作不能粗魯，可口才重要，創意和想像才重要。

「天鐔」燒烤豬腳就知所變通——先用西班牙紅酒醃三天，再以天然植物調味，用他們標榜的龍窯灶窯烤，切片端上桌，由於醃料充分浸透，烘烤後保留了水分，皮肉俱表現出鮮嫩、多汁、彈牙的質感，很有個性。天鐔的烤豬腳要跟沾料、飲料一起看待才算完整，沾料有粉、醬兩種，前者綜合了辣椒粉、芝麻、花生粉和花椒粉，經炭火烘成；後者用蜂蜜、醋、辣椒醬調製，頗有南洋風味。兩種沾料如音樂伴奏，合力演出主題。此外，他們自製的醃梅和梅茶，用來配豬腳吃，甘潤爽口，沖淡豬腳的油膩，也能幫助消化，體貼我們的腸胃。

可惜天罈最大的一面牆上掛著一幅很殺風景的字：「天賜好酒一罈，愁腸頓化雲煙，帝王美食思凡，留傳千古舞風」，文句不通已經折磨客人的雙眼了，署名「亦齋」的書者竟還落款「書賜天罈主人」，口氣之大簡直像清宮裡的老佛爺，不知何以還掛在牆上影響客人的食慾？其實天罈自己生產的陶瓷頗為美觀，不妨也燒製一點壁飾，以取代不三不四的毛筆字，並呼應店內典雅的擺設。

我難忘在慕尼黑豪夫布勞豪斯 (Hofbrauhaus) 啤酒屋，一九九九年冬天，旅宿慕尼黑的兩天，陳玉慧都帶我來這裡混。這家啤酒餐館於一五八九年創立時是一家釀酒廠，HB 釀酒廠所生產黑啤酒，是王室特別指定飲用的品牌。真是令人快樂的地方啊，賣場氣派、寬敞，長條原木椅坐滿了紅著臉的酒客，一走進門，人聲鼎沸，立刻感染到痛快、節慶的氣氛，樂隊演唱著德國民謠，上千人跟著歌唱跳舞，每一張臉都綻放出喜悅的笑顏，每一張嘴都大口喝啤酒，大塊吃德國豬腳，用力抽雪茄菸，酣暢淋漓。充滿歡樂的魅力，那魅力四射，感染了每一個飲酒的人，大家都覺得自己魅力無窮，同行的朋友感到旁邊的陌生人頻頻對她拋媚眼，另一個也說對面的德國佬一直對她放電，幾口啤酒下肚，不知不覺，她們已跟鄰座的陌生人手挽手，隨著樂隊的節奏擺盪起來。HB 的啤酒，只要一杯，就讓人模糊掉年齡；HB 的豬腳，帶著歡樂的滋味。

我咬過最難吃的德國豬腳是新生南路的「骨倉」，乾澀，堅硬，了無滋味，要咬這樣的豬腳不如去咬皮鞋。豬腳何辜？竟受如此凌辱，如同納稅人遭遇立法院的群魔，有幾次我想到那豬腳，慘遭劣廚毒手，不禁泫然欲淚。

上帝保佑豬腳。

李漁⑭告誡我們，多吃肉會變得愚蠢，「以肥膩之精液，結而為脂，蔽障胸臆，猶之茅塞其心，使之不復有竅

---

⑭李漁：清代戲曲家，（西元一六一一至一六七六年），字笠翁，號覺世稗官，浙江錢塘人。重視戲曲、小說，曾譽《水滸傳》、《三國演義》、《西遊記》、《金瓶梅》為小說界四大奇書，著有《笠翁十種曲》、《閒情偶寄》等。晚年所寫的《閒情偶寄》，內容包含戲曲理論、飲食、營造、園藝、養生等，被譽為古代生活藝術大全，本文所引即《閒情偶寄．飲饌部》卷中語。此部開宗明義即言：「後肉食而首蔬菜，一以崇儉，一以復古；至重宰割而惜生命。」其飲食原則可概括為二十四字訣，即：「重蔬食，崇儉約，尚真味，主清淡，忌油膩，講潔美，慎殺生，求食益。」〈飲饌部〉的文字優美、立論精闢，為清代傑出的小品文與飲食文學佳作。

也」，他以虎為例，認為老虎是最愚笨的野獸，原因在於老虎「食肉之外，不食他物，脂膩填胸不能生智」。我自然明白肉食主義有礙人體健康，積習難改，運動量又不足，血脂肪濃度增加，威脅到心腦血管，也許真會影響思考也說不定；雖然如此，我不確定老虎的智商指數，對李漁的說法還是半信半疑，何況，我的食性可能已經積重難返了，如果常常有好豬腳吃，即使會智障，我也義無反顧。

原載二〇〇一年四月二十二日《自由時報》

選自《九十年散文選》，九歌出版社

作家瞭望台

焦桐，本名葉振富，一九五六年生，高雄市人。中國文化大學戲劇系及藝術研究所碩士。曾任《文訊》雜誌主編、《中國時報》副刊組執行副主任。現從事研究與教學，為國立中央大學中文系專任副教授，並為《二魚文化》、《飲食雜誌》創辦人。

焦桐長於新詩，喜好讀書、寫書。自言原本不善烹飪，但為書寫以食譜為形式的詩集《完全壯陽食譜》，認真研究廚藝。出版後被誤以為美食家，常應餐館邀請去試吃，「唯恐露出馬腳，因此開始努力學習、鑽研、求教，逐漸累積出小小的心得。」近年喜歡研讀食譜、菜單及相關文學主題，希望將飲食文學與文化發展成個人專業，引領更多讀者領略飲膳哲學。

著有詩集《蕨草》、《咆哮都市》、《失眠曲》、《完全壯陽食譜》、《青春標本》；散文集《我邂逅了一條毛毛蟲》、《最後的圓舞場》、《在世界的邊緣》、《味道福爾摩沙》；評論集《臺灣戰後初期戲劇》、《臺灣文學的街頭運動》等。曾獲《時報》文學獎、《聯合報》文學獎等獎項。並主編有《臺灣飲食文選》I、II集。

密門之鑰

焦桐在《臺灣飲食文選》序言中，曾鮮活的描繪出他難擋口腹之慾的快樂：「天下的桌子以餐桌最迷人，坐在餐桌前，往往充滿了幸福感。對我來講，走進餐廳像走進教堂，總帶著虔敬、期待的心情。」而這樣的焦桐，近年更嘗試以「論」為題，談論紅酒、牛肉麵、豬腳、魚、粽子、蔥油餅、火鍋等食物。他說這一系列的散文，不只是個人「學習心得」的展現，亦是一種「逆向操作」的具體表現，因為「散文在臺灣的發展太過於『風花雪月』，缺乏意見與思想，是故以『論』為名，但這些飲食散文並沒有論說文的嚴肅刻板，反而建構出喜感十足的可口『論』述。」（見李欣倫〈品嚐生活好滋味——專訪焦桐〉）

〈論豬腳〉一文，亦在這種基調下層遞展開。焦桐以諧趣的筆法，記錄著自己舌頭旅行的經驗，除了與讀者分享記憶中難忘的餐館、烹調祕訣外，更從由「豬腳悟道」的角度，嘻笑怒罵、揮灑意見，穿插寫出種種人生體會及政治諷喻，筆法頗為獨特。

篇首與眾不同的點出了豬腳豐富的民俗意涵及文化底蘊。而長期身處媒體，從事文學編輯工作的他，信手拈來的是文壇好友、新聞人物的故事，這些友誼回憶，或人情往來的吉光片羽，均流暢的藉由豬腳這一主題，加以貫串聯綴。

但全文不止於寫愛吃的快樂，和味蕾品嘗的經驗，品評後破解「豬腳美味密碼」，研究其中的烹調方式與祕訣，也解析的頭頭是道，令人如聞其香，如感其味；這也是焦桐系列「論」文的特色，據說還吸引飲食業者登門打探妙方，可見文字書寫的逼真與認真。

全文的喜感，來自多元的豐富譬喻，也來自作者的自我消遣與解嘲。豬腳是庶民化的食物，不可一日無肉的焦桐，全不諱言自己的「貪吃」，暴飲暴食後，不免肥胖，被迫赴關渡斷食營減肥，最後竟因隔鄰的「豬腳香」而破功，豬腳魅力無遠弗屆，令人捧腹！

作者的用功，亦在歷數美食家的烹調記載，與飲食散文中呈現。烹製各類豬腳，旁徵博引袁枚《隨園食單》、朱彝尊《食憲鴻祕》、林文月《飲膳札記》等作佐證，讓人進一步感受到飲食文學、文化的精妙與趣味，與豬腳美味的源遠流長。

由本土到西洋，由古典至現代，全篇雖充滿對豬腳的正面頌讚，但文末引清初李漁《閒情偶寄・飲饌部》的論點，可說是陳述相反觀點，作一「平衡報導」。李漁對飲食有獨到見解，向來主張「忌肥膩」，又說不可「逞一己之聰明，導千萬人之嗜欲」，只是豬腳對焦桐而言，有著致命的吸引力，前人言之鑿鑿，但「即使會智障，我也義無反顧。」為豬腳癡迷，誓死效忠的心態，洋溢行間，至此達到最高點。

提神答問

一、臺灣人相信吃豬腳寓涵了什麼民俗意義？你有沒有類似的經驗？

答：臺灣人相信，吃豬腳麵線可祛除晦運外，同時豬腳還帶著祝福的意思。至於相關的個人經驗可自行羅列。

二、篇中作者以由豬腳悟道的角度，寫出了哪些人生體會及政治諷喻？

答：人生體會如：

1. 除了不能毛手毛腳，燒出來最好還能光鮮亮麗，這就需要耐性，跟蘇東坡提示的「慢著火」一樣，小心呵護，疼惜，千萬焦躁不得。

2. 也許我們的生活太缺乏一塊豬腳的提醒了，提醒我們慢慢咀嚼，慢慢散步，坐下來，觀看周遭彷彿熟悉實則陌生的事物。

政治諷喻如：

1. 面對一隻毛茸茸的豬腳，如同面對一個公然貪贓枉法的政客，嫌惡唯恐不及，怎麼可能愛上它？

2. 就像睿智的政治家高明的手腕，精準控制火候，讓冰糖、醬油、蒜、蔥、薑各種勢力快樂地融合，而不是悲情地對抗。一隻燒得好的豬腳，宛如高尚的情操，會產生令人窒息的敬意。我們通過換喻，臺灣的政客太缺乏豬腳文化了，每次選舉都拚盡全力挑起族群、省籍情緒，他們多蠢得要命，又太耽溺焦香般的選票，將一鍋可能的好肉弄苦弄腥，卻不負責任地離去。

3. 烤豬腳跟搞政治一樣，要知所變通，保持彈性、圓滑和柔軟，最怕僵化的意識形態，最怕拘泥形式和基本教義。長相俊醜不要緊，外來的或本土的也統統不要緊；要緊的是動作不能粗魯，可口才重要，創意和想像才重要。

三、作者說「我常吃的烤豬腳是配酸菜的德式吃法」，好、壞印象均包括在內，什麼是他最難忘的德國豬腳品嚐經驗？

答：好印象如：

1. 我難忘在慕尼黑豪夫布勞豪斯 (Hofbrauhaus) 啤酒屋，一九九九年冬天，旅宿慕尼黑的兩天，陳玉慧都帶我來這裡混。這家啤酒餐館於一五八九年創立時是一家釀酒廠，HB 釀酒廠所生產黑啤酒，是王室特別指定飲用的品牌。真是令人快樂的地方啊，賣場氣派、寬敞，長條原木椅坐滿了紅著臉的酒客，一走進門，人聲鼎沸，立刻感染到痛快、節慶的氣氛，樂隊演唱著德國民謠，上千人跟著歌唱跳舞，每一張臉都綻放出喜悅的笑顏，每一張嘴都大口喝啤酒，大塊吃德國豬腳，用力抽雪茄菸，酣暢淋漓。

2. 信義路「歐美廚房」的德國豬腳也標榜正宗燒法，卻相對稍微高明，它的皮最具特色，烤得又酥又脆，帶著一種炸去脂肪的油渣香，不論沾酸菜或芥末，都很富嚼勁；不過它的豬腳仍不免黏牙。

至於壞印象如：

1. 我咬過最難吃的德國豬腳是新生南路的「骨倉」，乾澀，堅硬，了無滋味，要咬這樣的豬腳不如去咬皮鞋。豬腳何辜？竟受如此凌辱，如同納稅人遭遇立法院的群魔，有幾次我想到那豬腳，慘遭劣廚毒手，不禁泫然欲淚。

2. 溫州街「黑森林」的德國豬腳在朋友中略有口碑……我去了幾回，豬腳的火候把握堪稱適度，可惜醃得過鹹，肥肉部分又會黏牙，缺乏彈性和香味。

寫作擂台

作家焦桐寫了一系列〈論牛肉麵〉、〈論豬腳〉、〈論吃魚〉的散文，嘗試以「論」為題，表達個人對食物的意見與思想。

現在，請以「論○○」為題，選擇你品嘗過的一種日常或節慶食物，不拘主食、菜餚、飲料、點心、零嘴，鹹甜冷熱，但在敘述品嘗感受外，須著重個人意見論點或思想看法。文長不限。

注意：

1. 若其中有「民俗意涵」、「文化典故」，或「知識」、「技藝」層面，不妨提及。
2. 文筆力求諧趣，可多加譬喻、聯想，避免呆板，但別流於無厘頭。

探索新境

〈論吃魚〉，收於《臺灣飲食文選I》，二魚文化發行

焦桐同年曾發表〈論吃魚〉一文，《九十年散文選》的主編張曉風說：「兩者相較，豬腳濁而鮮魚清。濁趣、清趣很難分高下，我也許覺得寫濁比較庶民，更為難寫，所以就選了這篇〈論豬腳〉。但心裡不免戀戀不捨那條魚，其嚴重的程度，幾乎等同於美國詩人佛斯特所形容的，森林中沒有踏上去的那條路，不知那曲徑通幽處，又可生發怎樣的美景？」現在請你也閱讀這篇佳作吧！

（李明慈老師設計撰寫）

窗外

林文月

一九九一年普林斯頓建築出版社刊印的《海邊——建構美國城鎮》(*Seaside—Making a Town in America*) 一書，在序文中提及窗之為用，大別為二類：其一為凝視之用。譬如你到佛羅里達旅行，選一個有面海落地窗的旅邸❶暫住，透過廣闊的視野，你凝視海景，心中預期著心曠神怡的景象，以忘卻日常營營煩擾；其二為瞥視之用。譬如一個家庭主婦，站立廚房操作，窗無須過大，足夠光線射進，當其洗盤操瓢❷之際，時則看見丈夫下班歸來，時則看見孩子嬉戲後院，又時或隔牆瞥見鄰居熟人往來於巷道。那景象是跳動不可預期的，尋常而溫馨的。

然而，旅居布拉格二月，覺得該文撰者似乎遺漏了窗的另一功用；或者從另外一個角度而言，窗也可以既是凝視觀覽之用，亦為暫瞥生活之用。

布拉格的眾窗，自其外貌言之，千奇百怪，配合著形形色色不同時代、不同流派的建築而呈現繁簡互異的樣態。有浮雕雄偉者、有彩繪斑斕者，亦有架框嶙峋❸者，不一而足，令人目不暇給。唯自窗內望出，若是處身於環繞著老城廣場 (Staroměstské náměstí) 的某一定點，自不免預期欣賞到著名的提恩聖母教堂、舊議會堂與其天文鐘、聖米格拉須教堂，以及其他櫛比鱗次❹高潮迭起的一幢幢建築物，但是，換一個處所，來到後街窄巷的民房，則映入眼底者，除遠處近處的尖塔圓頂外，又可見高高低低的紅瓦屋宇，而對面窗簾掀開時，乍見人影，後窗不遠處的晾曬衣物隨風飄動，則又於不可預期的一瞥之間饒富庶民風味。

查理大學東亞系為我租賃的客舍在汀西卡 (Tynska) 道十號內一幢樓房的四層樓，正當老城廣場東北隅提恩聖

---

❶ 旅邸：客店；旅館。邸，音ㄉㄧˇ。
❷ 洗盤操瓢：在廚房清洗碗盤。盤瓢，此指廚房用具。瓢，舀水勺子。
❸ 嶙峋：音ㄌㄧㄣˊ ㄒㄩㄣˊ，此言聳峭貌。
❹ 櫛比鱗次：比喻建築物排列密集。亦作櫛次鱗比、鱗次櫛比。

母教堂背後的巷道裡。稱做四樓，其實乃是三樓之上的閣樓，在附近住宅之中，倒是居較高的位置。

房屋三面有窗。

臥室二窗皆向南。從靠書桌的窗望出去，提恩聖母教堂著名的雙尖塔正佔據著視界的大部分，下方近處則是院落對面的二三紅瓦屋頂。一般攝影或繪畫寫生的人，總是取此聖母教堂的正面為題材，但我的住處在其背面，故而由此窗望出，所見到的是平常不容易見到的塔尖背影。不過，哥德式建築的提恩教堂尖塔，其實由正面觀看或背面觀看都一樣。那黝黑的塔頂上四面又附載著雙層的小尖塔，因而主塔四周共有八個小尖塔。每個小尖塔均呈六角形，且各角開一洞戶。主塔與附著之小塔上方皆升一細柱，柱上各有一金球，天晴時閃閃發光。由於透視效果，並立的雙塔，在我的視野裡並不等高，東邊的塔尖較西邊的塔尖高出許多。我所能看見的提恩教堂，僅止於雙塔的部分，黑色的塔頂之下，是土黃色的磚砌塔樓，但十五世紀建成的教堂，經歷了數百年的時間，磚塊已斑駁老舊發黑，惟仍然堅毅有力地支持著華麗莊嚴的尖頂。

第一次瞥見窗外雙塔，是在晚春黃昏。暮靄中，只有黝暗尖聳的印象。其後客居閒暇時，再三凝睇❺，始注意到有限的視野中竟有繁複無比的結構，而提筆描繪之際，遂進而感知其肅穆的外表，其實係由完整的均衡與藝術之美所構成。往日讀《洛陽伽藍記》❻，於理論雖能夠了解楊衒之在記述北魏永寧寺九級浮圖時耗費筆墨的道理，如今臨窗凝視提恩聖母教堂的頂部，古人用心之必要才與自己深切之體驗吻合而真正掌握其文理了。

提恩雙塔的下端，是被隔院對面的紅瓦屋頂擋住。那種整整齊齊一絲不苟甚至略帶嚴肅的磚瓦排列，有些像捷克人的性格。在紅瓦下的黃牆三層樓房內，不知住著幾戶人家？每個窗戶都是雙層，為著防寒之用，乃有此設施。初到時雖是暮春，猶有幾分料峭❼寒意，各窗都緊閉著。其後，暖意加速來到，窗也逐一向內打開。有時走

---

❺ 凝睇：注目；注視。睇，音ㄉㄧˋ。

❻ 洛陽伽藍記：書名，北魏楊衒之撰，共五卷。伽藍為印度梵語「僧伽藍摩」的省稱，也就是「佛寺」的別名。北魏永熙之亂後，楊衒之重臨故鄉，採拾舊文，追述故蹟，記錄洛陽七十多處寺廟的始末興廢與形制規模。雖為史地著作，但兼及風俗人情、歷史故事與神怪傳聞，全書文字簡鍊清麗，為北朝著名的散文作品。

過窗前，無意間瞥見對面窗戶內白色的紗簾在微風中飄舉著，簾內人影晃動，溫馨的感覺中似又羼和❽了些許神祕的雰圍❾。

一個沒有課的下午，讀罷書不覺慵懶地小睡，醒來想沏一壺茶，走到客廳兼廚房的一端，從我自己略啟的一窗，竟然撞見斜對面三樓末端的窗內有男女擁抱。兩個人的頭部和顏面都被窗櫺的上方遮著。只見男人的背後上半身，他穿著有背帶的褲子。女的一隻手臂環擁著他的腰背之間，那彷彿苗條的身段裹在深色的衣裳裡。我不是愛窺伺他人隱私的人，忽焉的這一瞥令我睡意全消，遂急速離開窗口到爐前燒水，覺得心頭有些波浪不平。

客廳的這個窗，和臥室那看得見提恩教堂塔頂的窗在同一方向。事實上，窗雖不同，窗外景物卻是相連的。好比屏風各摺，其上所繪景象卻聯接一體；又好比寬銀幕的兩端，臥室的窗外見到的是提恩尖塔及其下靠西的景物，客廳的窗所見則是塔及其偏東部分。至於層層疊疊的紅瓦黃牆屋宇，是布拉格民屋的一大特色。自古以來，布拉格地狹人口稠密，廣場保留給堂皇的教堂寺院和議廳衙門，但廣場背後稍稍轉折處，便是商家民宅所在。而巷道窄窄，數公尺左右的石板路兩側，樓宇與樓宇對峙，因此底樓門門相向，其上窗窗互見，更上則不免於紅瓦連綿各顯高低了。

課堂上講授謝朓詩：「灞涘望長安，河陽視京縣。白日麗飛甍，參差皆可見」。❿於典故詮釋後，取兩張新近購得的布拉格明信片，令學生傳觀，眾人立即領略其趣。有時圖片視覺比文字敘寫更直截了當。生活於布拉格的人當然能體會「白日麗飛甍，參差皆可見。」而客寓布拉格，參差麗甍便在我俯瞰的眼前窗外。不是明信片，是活生生的景象。

黑色的提恩尖塔是可以預期的景象。大小塔頂的金球在白日裡光耀奪目；晚間則洞戶之內燈光四射，照亮夜

---

❼料峭：形容風冷。

❽羼和：混雜。羼，音ㄔㄢˋ。

❾雰圍：四周的氣氛和情調。

❿此處所引為謝朓〈晚登三山還望京邑〉詩。灞，長安東面有灞水。涘，音ㄙˋ，水邊。飛甍，高大的屋宇。甍，音ㄇㄥˊ，屋脊。

空，聳立的各塔浮突玲瓏有如童話世界。失眠的夜晚，掀開簾帷，見上弦月淡淡貼近眾塔一端，似夢如幻，陡添鄉愁。其實添增鄉愁的，未限於視覺的淡月塔影，每隔一刻鐘準時響起的鐘聲清越⑪，也聲聲催喚焦慮與愁思。「夜半鐘聲到客床」。張繼的〈楓橋夜泊〉，易一字即是此情此景。

提恩黑塔是預期凝睇的視野。然而其下參差擁擠的紅瓦，卻是完全不可預期屬於瞥見的視野，譬如那個下午被我撞見的男女擁抱。那個擁抱是夫妻恩愛嗎？或許竟是情侶偷情？但無論偷情或恩愛，都是現實生活。歡愁愛惡，眾紅瓦屋頂之下，正宜有血有肉的生活百態進行著。由於有血有肉的生活百態，所以跳動難以逆料。不僅影像視野難以逆料，音聲聞傳亦復如此。

逐漸習慣了汀西卡道十號的客寓生活後，氣候已更形溫熱起來。我把床頭左右的兩窗略微開啟睡下。晨早醒時，自兩道隙縫傳來婦人的高聲交談。喋喋不休地饒舌，在我盥洗完畢回到鏡臺前梳髮時仍未休止。缺乏抑揚頓挫的捷克語，我一個字也沒聽懂，傳入耳中只覺得單調乏味。緩緩梳理著髮絲時，才想到今天早晨竟然沒有被鐘聲敲醒，也不是被鳥鳴催起；大概真的是逐漸習慣布拉格的生活了。

另一個下午，客廳面東的窗傳來男童與女童的喧嘩。聲音稚嫩而急切，始則嬉謔，繼而變吵鬧，終為母親大聲叱責所遏止。我從窗口探身俯視，發現下面是一個稍小的中庭。住屋圍繞，有三面三層樓房的窗開向那個中庭。並未看見那喧嘩的兄妹和母親。大概是兄妹和母親吧？他們的嬉謔、吵鬧與叱責，我也完全聽不懂，但我明白開向中庭的眾窗內都有人在生活著；種族、語言雖有別，生活的內容大抵類似。

而這一面窗所對，盡是高低疊擁的紅屋頂，最具庶民趣味，於其右上角處則又有一小部分某寺院的塔頂竦現⑫。那個圓塔究竟屬哪一個教堂？以我寄寓兩個月資淺的住民而言，要分辨布拉格「南朝四百八十寺」的面貌，是頗有困難的。

大概居住在布拉格的老城，甚至越過查理橋的渥太河⑬對岸住家，要從窗口望出去而捕獲完全屬於「凝視」

⑪清越：形容聲音清脆悠揚。

⑫竦現：此指矗立顯現。

的風景，或完全屬於「瞥見」的景象，都是不可能的，因為中古時期以來，這個城市不斷在不同王朝、不同宗教經營之下建構皇宮、衙門和寺院等等，而老百姓則無論改朝換代、宗教流別，千百年來持續生活著。士、農、工、商、悲、歡、哀、樂。這大概是布拉格其所以呈現如此奇特風貌的道理吧。

來自世界各地的觀光客，在廣場上舉首仰瞻各式建築物，印證著手中所持種種冊頁的說明；或者慢步於兩側有三十尊巨型石雕的查理橋(Karlův Most)，遙望巍峨的皇宮而不由得發出禮讚驚嘆。久居於此城市，一不小心抬眼就看到古跡名勝的男女老少，則與其他城市的住民一樣，忙著日日營生，上班下班、上課下課、勤練管絃、補牆修路、掃地煮食，或嬉笑比畫、恩愛偷情……，並不因感動而稍停作息。他們與查理第四、莫札特、卡夫卡，都是布拉格的過客。

不過，布拉格的住民生活在這樣奇特環境的窗內，日日營生之際倒是有稍加謹慎的必要，否則一不小心隱祕的偷情可能就被一雙游移的閒眼撞見。

客寓的北側是一小間狹長的浴室。向北的牆稍高處有一小窗。窗雖小，卻也攬入遠近可以凝視與驚瞥的景物。遠處是一高一低不知名的兩個教堂塔頂。高一點的顏色較深，低一點的顏色較淡，造形也各有不同。近處則是縱橫交疊的許多紅屋頂。大概因為後窗對著後窗的緣故，更加有生活化的趣味。看得見晴天晾出的衣物，一陣風起雷響轉為大雨後，不知是主婦外出還是忘了收拾，竹竿上的袖端褲角任其風雨中飄搖不已。

一日傍晚，準備淋浴，忽然抬頭，看見不知什麼時候搭起的鷹架在左方鄰屋邊，有兩個工人在破舊的屋頂上巡視。接下來的一個星期近十天工夫，總是有工人在屋頂上蹲著工作。據說共產體制解散後，捷克國家社會與人民生活都還相當衰疲。其後，布拉格等城市獲得聯合國文教基金會定為「人類文化遺跡」，編列預算補助修護，而德、日等先進國亦有資金援助，近年來才逐漸將灰暗殘缺的建築物整修煥然一新。至於民間屋主，也在多年的保養生息後，貯蓄備款，開始換瓦補牆，所以到處可見水泥工與油漆匠。一個國家能發展到藏富於民是好現象。不過，沒有簾帷的浴室之窗，卻令我感到十分不方便。躲躲藏藏沐浴一段時日後，終於有一天黃昏發現鷹架已拆卸，

⑬ 渥太河：又稱莫爾道河，為貫穿布拉格市的主要河流。

工人消失，而屋頂紅燦燦。我也回復了鬆弛精神的自由享受沐浴之樂，而且對著窗外一片紅燦燦的布拉格屋頂。

選自《回首》，洪範書店

作家瞭望台

林文月，臺灣彰化人，外祖父為撰寫《臺灣通史》的連雅堂。一九三三年出生於上海日本租界，其啟蒙教育為日文，至小學六年級返臺，方接受中文教育。畢業於北二女中（即今臺北市立中山女高）、臺大中文系暨中文研究所。一九五八年至一九九三年任教於臺大中文系，退休後赴美，於史丹佛大學、華盛頓大學、加州柏克萊大學、捷克查理大學任客座教授。

林文月專攻六朝文學及中日比較文學，並曾教授現代散文等課程，集學者、翻譯家及散文家於一身。一九六九年赴京都大學研究比較文學後，出版遊記《京都一年》，散文著作有《讀中文系的人》、《遙遠》、《午後書房》、《交談》、《作品》、《擬古》、《飲膳札記》、《回首》、《人物速寫》、《寫我的書》等。譯有《源氏物語》、《枕草子》、《和泉式部日記》、《伊勢物語》等日本古典文學名著。曾獲中興文藝獎章、《時報》文學獎及國家文藝獎翻譯成就獎。

其散文節制內斂，穩重平和，但文筆及情感細膩，呈現溫厚婉約、典雅疏淡的特質，何寄澎譽為「似質而自有膏腴，似樸而自有華采」。作品題材多元，常於平凡事物中展現自然美好的人間情味，淡雅中饒富理趣，被視為正統的「純散文」典範。

窗門之鑰

到布拉格查理大學東亞所訪問兩個月，林文月教授用文字與插畫，寫下這篇旅遊作品，為窗外景象和城市生活體驗留下了紀念。

捷克首都布拉格，位處東歐波西米亞地區的中心。她建城於西元九世紀，十一世紀至十八世紀的古建築林立，單是尖塔就有一百多座，素有「建築博物館之都」的美譽。莫札特十四次造訪，還在此地創作出歌劇《唐喬凡尼》；音樂巨匠史麥塔那、德弗札克為她譜下美麗動人的樂章；作家卡夫卡亦生活於此。至今每年五月有「布拉格之春」國際音樂節，劇場、舞蹈、藝文、展覽等活動，蓬勃的藝術氣息，依舊縈繞城中。

該如何勾勒這座城市的氛圍呢？換作其他人，或許會侃侃而談布拉格的種種背景，更何況作者客居的老城廣場周遭，是聯合國公布的「世界人類文化遺產」所在，提恩聖母教堂更是老城地標，怎能不大書特書？但「住遊」其中的林文月，卻選擇了另一條道路：不觸及資料引用，捨棄旅遊導覽式的鋪陳，專注對焦於閣樓住處的三面窗景，以「凝視」及「瞥見」的雙重角度，寫尋常細微的在地生活體會。

〈窗外〉寧靜而細膩，呈現出一種工筆畫的特質。林文月的作品，本長於記敘，她以細緻的筆調，舒緩而又精確地刻畫古都一隅的「窗景」。或許是屹立數世紀，「升一細柱，柱上各有一金球，天晴時閃閃發光」的美麗尖塔；或許是偶然一瞥，被自己這雙游移閒眼撞見的男女深情，一閃即逝的親子互動；甚至篇末角色易位，自己得在沒有簾帷的浴室窗下，躲藏左鄰屋頂上巡視的修屋工人！

全文始終沒有對話，保持固定的距離，看似以「自我」為主體，呈現特異的「獨白」格調。但它僅止於不涉入主觀情緒，呈現一幕幕視覺影像嗎？恐非如此。想不到她個人六朝文學的專門研究與詮釋，竟能在窗外之景中得到跨越時空的啟發！在異鄉閣樓的窗外，林文月得到美的沉思，詩意的完成，典籍文字影像的重現，與精神上的靈動，這或許是作者布拉格之行的最大收穫，也是讀者在閱讀時需留意體會的地方。

寫作之餘，還能創作插畫的散文家，不太常見。林文月曾言：「我自己閒時偶爾也喜歡用鉛筆或簽字筆作畫」，其實早在就讀中山女高（昔稱北二女）期間，她課餘習畫，畢業時分別考上師大藝術系（即今美術系）和臺大中文系，後聽從高中美術老師楊蒙中先生的建議，選擇文學，與藝術系擦身而過；但與美術的淵源卻未斷過，近年還曾以畫作「淡水風景」參展。被譽為集「文筆、譯筆與彩筆」於一身的林文月（見《文訊》二〇一期，林麗如專訪），原書中親繪三張插畫，除展現才情外，亦如實地呈現了眼中的異國窗景。

何寄澎在〈林文月散文的特色與文學史意義〉中曾說：「（林教授）自成一家的寫作風格，即一貫的鋪陳反覆、細膩翔實，嚴謹經營。她的寫作如其為人之精緻，並如實呈現她的體悟感懷。」而這篇〈窗外〉，上看眼前古蹟，下俯紅塵庶民，遙想文學體會，無論以文字或插圖而言，林文月都為我們作了一次繁縟細緻的展示。

提神答問

一、客居布拉格，為何會讓作者領悟到〈楓橋夜泊〉的情景？

答：失眠的夜晚，掀開簾帷，見上弦月淡淡貼近眾塔一端，似夢如幻，陡添鄉愁。其實添增鄉愁的，未限於視覺的淡月塔影，每隔一刻鐘準時響起的鐘聲清越，也聲聲催喚焦慮與愁思。夜半鐘聲到客「床」，張繼的〈楓橋夜泊〉，易一字即是此情此景。

二、作者在窗外，「凝視」及「瞥見」什麼布拉格的細微庶民生活？

答：舉例而言，「凝視」方面，客居閒暇時，作者再三凝視提恩雙塔，才注意到有限的視野中竟有繁複無比的結構，而提筆描繪之際，遂進而感知其肅穆的外表，其實係由完整的均衡與藝術之美所構成。而「瞥見」部分，作者有時走過窗前，無意間瞥見對面窗戶內白色的紗簾在微風中飄舉著，簾內人影晃動，溫馨的感覺中似又羼和了些許神祕的氛圍。某日在略啟的一窗，又竟然撞見斜對面三樓的窗內有男女擁抱。

三、林文月六朝文學的多項教學與詮釋，如何在此行的窗外之景中得到啟發？

答：1.往日讀《洛陽伽藍記》，於理論雖能夠了解楊衒之在記述北魏永寧寺九級浮圖時耗費筆墨的道理，如今臨窗凝視提恩聖母教堂的頂部，古人用心之必要才與自己深切之體驗吻合而真正掌握其文理了。2.課堂上講授謝朓詩：「灞涘望長安，河陽視京縣。白日麗飛甍，參差皆可見」。於典故詮釋後，取兩張新近購得的布拉格明信片，令學生傳觀，眾人立即領略其趣。生活於布拉格的人當然能體會「白日麗飛甍，參差皆可見。」而客寓布拉格，參差麗甍便在我俯瞰的眼前窗外。不是明信片，是活生生的景象。

寫作擂台

林文月認為窗可以是凝視觀覽之用，亦為暫瞥生活之用。其實窗外的點點滴滴，也常透過作家的雙眼呈現，例如車行歐洲的龍應台寫道：

〈甲〉

離開機場，車子沿著德法邊境行駛。一路上沒看見預期中的高科技、超現實的都市景觀，卻看見他田野依依，江山如畫。樹林與麥田盡處，就是村落。村落的紅瓦白牆起落有致，襯著教堂尖塔的沉靜。斜陽鐘聲，雞犬相聞。綿延數百里，竟然像中古世紀的圖片。

車子在一條鄉間小路停下。上百隻毛茸茸圓滾滾的羊，像下課的孩子一樣，推著擠著鬧著過路，然後從草原那頭，牧羊人出現了。他一臉鬍子，披著蓑衣，手執長杖，在羊群的簇擁中緩緩走近。夕陽把羊毛染成淡淡粉色，空氣流動著草汁的酸香。（節錄自〈在紫藤廬和 Starbucks 之間〉）

而久居淡水河口的蔣勳，埋首讀書，專注畫畫時也常望向窗外：

在窗臺邊看河，原來只是偶然。看書眼睛累了，或工作疲倦了，泡一壺茶，依靠在窗臺上，喝茶，看河水，也休息。……

我看到墨藍色的海水，一波一波洶湧進來。爭先恐後，接連不斷，向兩岸推進。原來裸露的黑色河灘，一段一段被潮水淹沒。河灘上本來有一條條低窪的小溝，此刻潮水就從這些溝道湧入。充滿了溝道之後，再繼續向四面蔓延。很快，寬達十幾公尺的河灘，即刻就被潮水瀰滿。潮水繼續上漲，一波一波打在堤岸上，捲起浪花，聲音更是澎轟壯大，好像要掀天動地。我坐在窗臺上，看波瀾壯闊，看海與河激情熱烈地搖盪撞激迸濺，像宿世纏綿不去的愛，像累劫報復不盡的恨，愛恨糾纏，無休無止，我在窗臺上靜坐冥想，聽潮聲聲聲入耳，聲聲都像是在說世間因果。（節錄自〈潮聲〉）

現在請以「窗外」為題，寫出你由窗外「凝視」或「瞥見」的情景及感觸。其中人物、動物、植物或風景建築無妨；家居、旅遊、在校，或搭交通工具不拘；場景不限本地或外鄉，動態或靜態。並請效法林文月，自行附上親筆插畫。

注意：

1. 文長至少四百字。
2. 窗外之景要仔細描繪，亦須提及感觸。

〈乙〉

由林文月的〈窗外〉出發，不妨延伸出另一種「空間寫作」：

「城市就如一個永無重複的萬花筒，變化出一則一則令人驚嘆、令人低迴的風景。人工造作的公園綠蔭可以讀詩，美式連鎖速食店裡正好寫小說，在空無一人深夜地下道中，巨大的廣告美女對你流下眼淚，欲語還休；超市裡冷凍的馬鈴薯在立春後集體發芽……臺北急促的節奏裡，我偏愛在一盅茶香裡欣賞天空陰晴不定的水墨煙雲。」（改寫自徐國能〈城市新風景〉）

徐國能點出都市公共空間讓他產生的觀察及領會，而漫遊在城市中的你，除了家中、學校或補習班外，對哪裡最有感覺？為什麼？你在那做什麼？又有何體察及感受？

請寫一篇文章，用自己的眼光，重新看待你出入的地方，發掘一個你最喜歡的「城市公共空間」（舉凡公園、球場、車站、美術館、餐館、廣場、街道、地下道、圖書館……不拘），說說它的動人之處何在。寫作要求如下：

1. 自訂題目，文長至少五百字。
2. 請發揮觀察力，全力寫「一個城市公共空間」。
3. 若寫家中、學校或補習班者，不予計分。

（95上臺北區學測模擬考題，李明慈命題）

探索新境

一、〈步過天城隧道〉，收於《午後書房》，洪範書店發行。

〈步過天城隧道〉為林文月女士極受讚譽的名篇，寫旅遊日本伊豆半島，初夏景色宜人，但步過當地天城隧道時，腦中翻湧出了川端康成《伊豆的舞孃》、松本清張《天城山奇案》小說中的人物，時空交錯，如真似幻。

二、《擬古》，洪範書店發行。

仿擬古人文筆旨趣的散文創作實驗，其中〈江灣路憶往〉細膩追述童年在上海所居住的空間。〈飲酒與飲酒相關的記憶〉由酒憶及生命中出現的師友至親，含蓄雋永。

三、《飲膳札記》，洪範書店發行。

全書是食譜與回憶文學的綜合體，曾榮獲第三屆臺北文學獎及《時報》文學獎。

四、《人物速寫》，聯合文學出版社發行。

以英文字母為題，寫九個人生中的過客，連貫她生命軌跡中最重要的幾個階段，既是「速寫」，也是「素寫」。

（李明慈老師設計撰寫）

走路

舒國治

能夠走路，是世上最美之事。何處皆能去得，何樣景致皆能明晰見得。當心中有些微煩悶，腹中有少許不化，放步去走，十分鐘二十分鐘，便漸有些拋去。若再往下而走，愈走愈到了另一境地，終至不惟心中煩悶已除，甚連美景亦一一奔來眼簾。若能自平地走到高山，自年輕走到年老，自東方走到西方，則是何等樣的福分！其間看得的時代興亡人事代謝可有多大的變化。

低頭想事而走，豈不可惜？再重要的事，亦不應過度思慮，至少別在走路時悶著頭去想。走路便該觀看風景；路人的奔碌，牆頭的垂花，巷子的曲歪，陽臺的曬衣，風颳掉某人的帽子在地上滾跑，兩輛車面對面的突然「軋」的一聲煞住，全可是走路時的風景；更別說山上奇峰的聳立、雨後的野瀑、山腰槎❶出的虬樹等原本恆存於各地的絕景。

人能生得兩腿，不只為了從甲地趕往乙地，更是為了途中。

途中風景之佳與不佳，便道出了人命運之好與不好。好比張三一輩子皆看得好景，而李四一輩子皆在惡景中度過。人之境遇確有如此。你欲看得好風景，便需有選擇這途中的自由。原本人皆有的，只是太多人為了錢或其他一些東西把這自由給交換掉了。

即此一點，我亦是近年才得知。雖我年輕時也愛多走胡走，卻只是糊塗無意識的走；及近中年，雖已不願將「途中」去換錢，卻也是不經意撞上的。更有一點，橫豎已沒有換錢的籌碼，亦不勞規劃了，索性好好找些路景來下腳，就像找些新鮮蔬菜好好下飯一樣。

倘人連路也不願走，可知他有多高身段，有多高之傲慢。固然我人常說的「懶得走」似乎在於這一懶字，實則此懶字包含了多少的內心不情願，而這隱蘊在內的長期不情願，便是阻礙快樂之最最大病。

❶ 槎：音ㄔㄚˊ，原為樹枝，此處轉品為動詞，意為歧出。

欲使這逐日加深的病消除，便該當下開步來走，走往欲去的佳處，走往欲去的美地；如不知何方為佳美，便說什麼也去尋出問出空想出，而後走向它。

看官莫以為我提倡走路是強調其運動之好處，不是也。運動固於人有益，卻何需我倡？又運動種類極多，備言走路之佳完全沒必要。

言走路，是言其趣味，非為言其鍛鍊也。倘走路沒趣，何必硬走。

我能莫名其妙走了那麼多年路，乃它猶好玩也，非我有過人堅忍力也。我今走路，已是遊藝，為了起床後出外逢撞新奇也，為了出外覓佳食也，為了出外探看可能錯過的風景也。乃走路實是一天中做得最多、可能獲樂最多、又幾乎不能不做之一樁活動。除了睡覺及坐下，我都在走路。

走路此一遊戲，亦不需玩伴；與打麻將、下棋、打球皆不同（雖我也愛有玩伴之戲）。一人獨走，眼睛在忙，全不寂寞也。走路亦不受制於天光，白天黑夜各有千秋。有的城市白天太熱太吵，夜行便是。

走路甚至不受制於氣候。下雨天我更常為淋雨而出門。家雖有傘，實少取用。

放眼看去，何處不是走路的人？然又有多少是好好的在走路？有的低頭彎背直往前奔，跌跌撞撞。有的東搖西晃像其踩地土不是受制自己而是在受制於風浪的危舟甲板。太多太多的年輕女孩其踢踩高跟鞋之不情願，如同有無盡止的埋怨。前人說的「路上只兩種人，一種為名，一種為利」，或正是指走相不怡不悅的路人。「渾渾噩噩」一詞莫非最能言傳大夥的走姿。

固然人的步姿亦不免得自父母的遺傳，此由許多人的父母相參可見；然自己矢意要直腰開步，當亦能走出海闊天空的好步子。

我因脊椎彎曲，走路顯得有點「長短腳」。而我發現此事，人都已經四十多歲了，心想，走路走了半輩子，居然從沒感覺自己走姿不完美的那份辛苦，而且還那麼肆無忌憚的狂走胡走。

有時見人體態生得勻整，走起路來極富韻律，又好看，又提步輕鬆，委實心生羨慕。心道，若他走路，可走幾十里也不覺累，啊，真好。

然則，這樣的人未必常在行走。很可能常坐室內，很可能常坐車中。何可惜也。或說，造物何弄人也。

我一直尋找適宜走路之城市。

中國今日的城市，皆未必宜於走路。太大的，不好走；太小的，沒啥路好走。倒是鄉下頗有好路走，桂林、陽朔之間的大埠，小山如筍，平地拔起，如大盆景，在你身邊一樁樁流過，竟如移動之屏風。每行數十步，景致一變。每幾分鐘，已換過多少奇幻畫面。而這樣的佳路，人可以走上好幾小時猶得不盡，還沒提途中的樵夫只不過是點綴而已呢。

香港，太擠，走起來備是辛苦。

歐洲城市，當然最宜步行；雖然大多人仍借助於汽車或地鐵，把走路降至最低。

京都西郊的嵐山，自天龍寺至大覺寺，其間不但可經過野宮神社、常寂光寺、祇王寺、化野念佛寺等勝地，並且沿途村意田色時在眼簾，這五、七小時的閒蕩，人怎麼捨得不步行？

安徽的黃山，亦應緩緩步爬，儘可能不乘纜車。否則不惟略過太多佳景，更且因一轉瞬已在峰頂，誤以為好景大可以快速獲得又快速瞻仰隨後快速離去者也。此是人生最可嘆惜之誤解。

我因太沒出息，終於只能走路。

常常不知哪兒可去、不知啥事可幹、大有不可如何之日，噫，天涯蒼茫，我發現那當兒我皆在走路。或許正因為有路可走，什麼一籌莫展啦一事無成啦等等難堪，便自然顯得不甚嚴重了。

不知是否因為坐不住家，故動不動就出門；出門了，接下來又如何呢？沒什麼一定得去之所，便只能一步步往前走路。有時選一大略方位而去，有時想一定點而去，但實在沒有必需之要，抵那廂，往往待停不了多久，這麼一來，又需繼續再走，終弄到走煩了，方才回家。

處不良域所，我人能做的，惟有走開。枯立候車，愈來愈不確定車是否來，不妨起步而走。在家中愈看原本的良人愈顯出不良，亦只有走開。

走路，亦可令人漸漸遠離原先的處境。走遠了，往往予人異地的感覺。異地是走路的絕佳結果。若你自知恰巧生於不甚佳美的國家，居住於不甚優好的城鄉，受學與工作於不甚滿意的機關，交遊與成家於不甚良品的人群，當更可體會異地之需要，當更有癮癮欲動、往外吸取佳氣之不時望想。這就像小孩子為什麼有時愈玩愈遠、愈遠愈險、愈險愈探，愈探愈心中起怕卻禁不住直欲前走一般。走到了平日不大經過之地，常有採風觀土的新奇之趣，教人眼睛一亮，教人心中原有的一逕鎖繫頓時忽懈了。這是分神之大用。此種去至異地而達臻遺忘原有處境的功效，尚包括身骨鬆軟了，眼光祥和了，肚子不脹氣了，甚至大便的顏色也變得健康了。我常有這種感覺，在異地。

選自《流浪集》，大塊文化

作家瞭望台

舒國治，一九五二年生，臺北人，世新大學電影科編導組畢業後，任職廣告公司，並擔任電影編劇，現為散文家、旅遊文學作家。曾旅居美國七年，好談旅行、談遊蕩、談走路，寫鄉土、寫臺北、寫公路、寫吃、寫武俠小說的風俗、寫旅途、寫音樂……，作品散見於各大報章雜誌。

他謙稱自己是「生長於貧窮時代的貧窮人」，物質欲望不強，所以能跳脫上班族「常軌」之外，自在過日。喜愛自然，貼近山水，認為旅行也該從容為之，在「晃蕩」與隨遇而安中，充分品味異地風情。以〈香港獨遊〉獲華航旅行文學首獎，以〈遙遠的公路〉獲長榮寰宇文學獎首獎，著有《讀金庸偶得》、《臺灣重遊》、《理想的下午》、《門外漢的京都》、《流浪集》、《台北小吃札記》、《宜蘭一瞥》、《台北游藝》等書。

旅遊文學近來蔚為風潮，大陸散文名家余秋雨以《文化苦旅》一書開創大散文風格，主以著名歷史文化景點為造訪對象，運用文字鋪展其深厚「歷史涵養」與「情感抒發」：前者見於文章中頻繁徵引的古籍、詩詞、典故、古人生平等等；後者常見余氏以兩種手法表達，其一為小說式的想像與示現，讓歷史文化景點裡的人事物，栩栩如生地發生於讀者面前，使讀者有機會參與第一時間的現場，投入作者所刻意經營出的場景與情感當中。其二為余氏直抒感情，此等文字通常位於文章之末，作者將事件交代完結之後，筆鋒一轉，濃稠情感隨之而出，伴隨濃厚「苦感」作結。舒國治的旅遊文學則有所不同，其大量描寫看似不重要、不精彩、不被重視、不起眼、不引人注目的景物人事，經由作者慧眼獨具，發掘出來，寫出它的重要、精彩、足以重視、相當起眼、引人注目的部分，讓讀者再一次重新發現身旁的平凡事物都有著不平凡之處。

從余秋雨《文化苦旅》與舒國治行旅文學作品（包括《臺灣重遊》、《理想的下午》及其他相關散篇作品）比較兩人不同寫作風格，即可發現刻意與不經意之別：在文化意識上表現在「濃厚文人傳統意識」與「常民文化」之別、在情感抒發上表現在「文化苦感」與「萬物細察自得」之別、在寫作題材上表現在「精心剪裁」與「俯拾即是」之別。由此，兩人所呈現出的美感亦大相逕庭，前者藉由苦感催化讀者共鳴而達到悲苦憐惜之心，頓時喚起文化意識與美好心靈，進而重溫了一段消逝的歷史、嚮往起某處名勝古蹟，此是余氏散文中的美學歷程。舒氏恰恰相反，大量的日常生活書寫，讓讀者重新省視生活中遺漏的細節、疏忽的景物、遺忘的人事，從而喚起讀者觀察的能力，重新找回對平凡事物的審美意識。再者，余氏造訪名勝所流露的悲感與懷實與中國文學書寫傳統同出一轍，如賈誼〈弔屈原賦〉、李商隱〈題籌筆驛〉。而舒氏閒散遊觀之心態、日常瑣細描寫與文白夾雜書寫方式則與徐霞客、晚明小品貌同神合。故可說余、舒兩人皆不離古典行旅文學中的兩大書寫傳統，只是在現代文學的散文題材中，開出了新的風貌來而已。

〈走路〉一文最可代表舒氏的散文美學。此文分成三大部分，第一部分敘寫走路的功效實為細看景（尋常之景與奇景皆看）、助消化、消煩囂，是快樂的來源，及走路的趣味是獨享的不需玩伴、是為了途中所見而不是為了目的地。第二部分則寫走路姿態之正與不正、雅與不雅，站立之難與易。第三部分敘寫自己曾走過的世界各地的經驗，以及總結走路之必須。從本文可見作者刻意去除常人旅行觀念，一般旅遊工具不外搭車，搭一切可以迅速移動的工具，但作者卻認為走路才是旅行的最原始、最單純、最豐富、最有效益的工具，此種獨特審美觀念又可從文中「雖今人如何如何，然我這般這般」的語氣細察得知。

此文文白夾雜，文氣簡潔明快，實保留了明清小品文以降一貫的文學風格。

提神答問

一、文中作者提出諸多對行走站立的看法，試總結這些看法，並說說自己的個人經驗。

答：作者看法均在第一段，另請同學說說個人意見。

二、舒國治曾說他的文章最特殊的就是有獨特的「語氣」，試從本文分析這種「語氣」特色為何？

答：有文白夾雜、獨特見解、不拘於世俗眼光、用字準確精簡、漂泊浪遊氣息、自我消遣等等。

寫作擂台

「獨特審美觀念」是寫作時重要的元素，有時不起眼的事物經過靜觀自得之後，便產生獨特審美觀念，試自行挑選一件平凡事物，如吃飯、洗澡、說話等，寫出自己體會過後的「獨特美感」，題目不限，文長五百字。

探索新境

下文是舒國治〈流浪的藝術〉中的兩小段，可與〈走路〉一文互相參看。

「走路。走一陣，停下來，站定不動，抬頭看。再退後幾步，再抬頭；這時或許看得較清楚些。有時你必須走近幾步，踏上某個高臺，墊起腳，瞇起眼，如此才瞧個清楚。有時必須蹲下來，用手將某片樹葉移近來看。有時甚至必須伏倒，使你能取到你要的攝影畫面。」

「走路，是人在宇宙最不受任何情境羈鎖、最得自求多福、最是踽踽尊貴的表現情狀。因能走，你就是天王老子。古時行者訪道；我人能走路流浪，亦不遠矣。」

（張輝誠老師設計撰寫）

第九味

徐國能

我的父親常說：「吃是為己，穿是為人。」這話有時想來的確有些意思，吃在肚裡長在身上，自是一點肥不了別人，但穿在身上，漂亮一番，往往取悅了別人而折騰了自己。父親作菜時這麼說，吃菜時這麼說，看我們穿新衣時也這麼說，我一度以為這是父親的人生體會，但後來才知道我的父親並不是這個哲學的始作俑者，而是當時我們「健樂園」大廚曾先生的口頭禪。

一般我們對於廚房裡的師傅多稱呼某廚，如劉廚王廚之類，老一輩或小一輩的幫手則以老李小張稱之，唯獨曾先生大家都喊聲「先生」，這是一種尊敬，有別於一般廚房裡的人物。

曾先生矮，但矮得很精神，頭髮已略花白而眼角無一絲皺紋，從來也看不出曾先生有多大歲數。我從未見過曾先生穿著一般廚師的圍裙高帽，天熱時他只是一件麻紗水青斜衫，冬寒時經常是月白長袍，乾乾淨淨，不染一般膳房的油膩腌臢❶。不識他的人看他一臉清癯，而眉眼間總帶著一股凜然之色，恐怕以為他是個不世出的畫家詩人之類，或是笑傲世事的某某教授之流。

曾先生從不動手作菜，只吃菜，即使再怎麼忙，曾先生都是一派閒氣地坐在櫃臺後讀他的《中央日報》。據說他酷愛唐魯孫❷先生的文章，雖然門派不同（曾先生是湘川菜而唐魯孫屬北方口味兒），但曾先生說：「天下的吃到底都是一個樣的，不過是一根舌頭九樣味。」那時我年方十歲，不喜讀書，從來就在廚房竄進竄出，我只知酸

❶ 腌臢：同「骯髒」。音ㄤ ㄗㄤ。不乾淨。

❷ 唐魯孫：本名葆森，字魯孫，一九〇八年生於北京，一九八五年逝於臺灣。母親是曾任河南巡撫、河道總督、閩浙總督的李鶴年之女。唐魯孫的曾叔祖父長敘，官至刑部侍郎，其二女並選入宮侍奉光緒，是為珍妃、瑾妃。珍、瑾二妃是唐魯孫的族姑祖母。因出身名門之後，世宦之家，唐魯孫家對衣食的講究是一定的。他所著的書，講吃的就占了七成，今存有《老古董》、《故園情》、《南北看》、《大雜燴》、《天下味》等書。

甜苦辣鹹澀腥沖八味，至於第九味，曾先生說：「小子你才幾歲就想嘗遍天下，滾你的蛋去。」據父親說，曾先生是花了大錢請了人物套交情才聘來的，否則當時「健樂園」怎能高過「新愛群」一個等級呢？花錢請人來光吃而不做事，我怎麼看都是不合算的。

我從小命好，有得吃。

母親的手藝絕佳，比如包粽子吧！不過就是醬油糯米加豬肉，我小學莊老師的婆婆就是一口氣多吃了兩個送去醫院的。老師打電話來問祕訣，母親想了半天，說：竹葉兩張要一青一黃，醬油須拌勻，豬肉不可太肥太瘦，蒸完要瀝乾……如果這也算「祕訣」。

但父親對母親的廚藝是鄙薄的，母親是浙江人，我們家有道經常上桌的家常菜，名曰：「冬瓜蒸火腿」，作法極簡，將火腿（臺灣多以家鄉肉替代）切成薄片，冬瓜取中段一截，削皮後切成梯形塊，一塊冬瓜一片火腿放好，蒸熟即可食。須知此菜的奧妙在於蒸熟的過程冬瓜會吸乾火腿之蜜汁，所以上桌後火腿已淡乎寡味，而冬瓜則具有瓜蔬的清苦之風與火腿的華貴之氣，心軟邊硬，汁甜而不膩，令人傾倒。但父親總嫌母親切菜時肉片厚薄不一，瓜塊大小不勻，因此味道上有些太濃而有些太淡，只能「湊合湊合」。父親在買菜切菜炒菜調味上頗有功夫，一片冬瓜切得硬是像量角器般精準，這刀工自是大有來頭，因與本文無關暫且按下不表。話說父親雖有一手絕藝，但每每感嘆他只是個「二廚」的料，真正的大廚，只有曾先生。

稍具規模的餐廳都有大廚，有些名氣高的廚師身兼數家「大廚」，謂之「通灶」，曾先生不是「通灶」，但絕不表示他名氣不高。「健樂園」的席有分數種價位，凡是掛曾先生排席的，往往要貴上許多。外行人常以為曾先生排席就是請曾先生親自設計一桌從冷盤到甜湯的筵席，其實大非，菜色與菜序排不排席誰來排席其實都是差不多的，差別只在上菜前曾先生是不是親口嘗過。從來我見曾先生都是一嘗即可，從來沒有打過回票，有時甚至只是看一眼就「派司」，有人以為這只是個形式或是排場而已，這當然又是外行話了。

要知道在廚房經年累月的師傅，大多熟能生巧，經常喜歡苛扣菜色，中飽私囊，或是變些魔術，譬如鮑魚海參排翅之類，成色不同自有些價差，即使冬菇筍片大蒜，也是失之毫釐差之千里。而大廚的功用就是在此，他是一個餐廳信譽的保證，有大廚排席的菜色，廚師們便不敢裝神弄鬼，大廚的舌頭是老天賞來人間享口福的，禁不起一點假，你不要想瞞混過關，味精充雞湯，稍經察覺，即使你是國家鑑定的廚師也很難再立足廚界，從此江湖上沒了這號人物。有這層顧忌，曾先生的席便沒人敢滑頭，自是順利穩當。據父親說，現下的廚界十分混亂，那些「通灶」有時兼南北各地之大廚，一晚多少筵席，哪個人能如孫悟空分身千萬，所以一般餐廳多是馬馬虎虎，「湊合湊合」，言下有不勝唏噓之意。

曾先生和我有緣，這是掌杓的趙胖子說的。每回放學，我必往餐廳逛去，將書包往那幅金光閃閃的「樂遊園歌」下一丟，閃進廚房找吃的。這時的曾先生多半在看《中央日報》，經常有一香吉士果汁杯的高粱，早年白金龍❸算是好酒，曾先生的酒是自己帶的，他從不開餐廳的酒，不像趙胖子他們常常「乾喝」。

趙胖子喜歡叫曾先生「師父」，但曾先生從沒答理過。曾先生特愛和我講故事，說南道北，尤其半醉之際。曾先生嗜辣，說這是百味之王，正因為是王者之味，所以他味不易親近，有些菜中酸甜鹹澀交雜，曾先生謂之「風塵味」，沒有意思。辣之於味最高最純，不與他味相混，是王者氣象，有君子自重之道在其中，曾先生說用辣宜猛，否則便是昏君庸主，綱紀淩遲，人人可欺，國焉有不亡之理？而甜則是后妃之味，最解辣，最宜人，如秋月春風，但用甜則尚淡，才是淑女之德，過膩之甜最令人反感，是露骨的諂媚。曾先生常對我講這些，我也似懂非懂，趙胖子他們則是在一旁暗笑，哥兒們幾歲懂些什麼呢？父親則抄抄寫寫地勤作筆記。

有一次父親問起鹹辣兩味之理，曾先生說道：鹹最俗而苦最高，常人日不可無鹹但苦不可兼日，況且苦味要等眾味散盡方才知覺，是味之隱逸者，如晚秋之菊，冬雪之梅；而鹹則最易化舌，入口便覺，看似最尋常不過，但很奇怪，鹹到極致反而是苦，所以尋常之中，往往有最不尋常之處，舊時王謝堂前燕，就看你怎麼嘗它，怎麼用它。

曾先生從不阻止父親作筆記，但他常說烹調之道要自出機杼，得於心而忘於形，記記筆記不過是紙上的工夫，與真正的吃是不可同日而語的。

❸白金龍：金門酒廠所產之「特級高粱酒」。

「健樂園」結束於民國七十年間，從此我們家再沒人談起吃的事，似乎有點兒感傷。「健樂園」的結束與曾先生的離去有很密切的關係。

曾先生好賭，有時常一連幾天不見人影，有人說他去豪賭，有人說他去躲債，誰也不知道，但經常急死大家，許多次趙胖子私下建議父親，曾先生似乎不大可靠，不如另請高明，但總被父親一句「刀三火五吃一生」給回絕，意謂刀工三年或可以成，而火候的精準則需時間稍長，但真正能吃出真味，非用一輩子去追求，不是一般遇得上的，父親對曾先生既敬且妒自不在話下。

據父親回憶，那回羅中將嫁女兒，「健樂園」與「新愛群」都想接下這筆生意，結果羅中將賣曾先生一個面子，點的是曾先生排的席，有百桌之餘，這在當時算是樁大生意，而羅中將又是同鄉名人，父親與趙胖子摩拳擦掌準備了一番，但曾先生當晚卻不見人影。一陣雞飛狗跳，本來父親要退羅中將的錢，但趙胖子硬說不可，一來沒有大廚排席的酒筵對羅中將面子上不好看，二來這筆錢數目實在不小，對當時已是危機重重的「健樂園」來說是救命仙丹，趙胖子發誓一定好好做，不會有差池。

這趙胖子莫看他一臉肥相，如彌勒轉世，論廚藝卻是博大精深，他縱橫廚界也有二三十年，是獨當一面的人物。那天看他揮汗如雨，如八臂金剛將鏟杓使得風雨不透。本來宴會進行得十分順利，一道一道菜流水般地上，就在最後關頭，羅中將半醺之際竟拿起酒杯，要敬曾先生一杯，場面一時僵住。事情揭穿後，羅中將鐵青著臉，匡噹一聲扔下酒杯，最後竟有點不歡而散。幾個月後「健樂園」都沒再接到大生意，衛生局又經常上門囉囉，清廉得不尋常。父親本不善經營，負債累累下終於宣布倒閉。

曾先生從那晚起沒有再出現過，那個月的薪俸也沒有拿，只留下半瓶白金龍高粱酒，被趙胖子砸了個稀爛。

長大後我問父親關於曾先生的事，父親說曾先生是湘鄉人，似乎是曾滌生[4]家的遠親，與我們算是小同鄉，據說是清朝皇帝曾賞給曾滌生家一位廚子，這位御廚沒有兒子，將本事傳給了女婿，而這女婿，就是曾先生的師

[4] 曾滌生：即曾國藩（一八一一至一八七二），湖南湘鄉人，清道光進士，歷任吏部侍郎、兩江總督等職，是平定太平天國的湘軍首領。

父了。對於這種稗官野史我只好將信將疑，不過父親說，要真正吃過點好東西，才是當大廚的命，曾先生大約是有些背景的，而他自己一生窮苦，是命不如曾先生。父親又說：曾先生這種人，吃盡了天地精華，往往沒有好下場，不是帶著病根，就是有一門惡習。其實這些年來，父親一直知道曾先生在躲道上兄弟的債，沒得過一天好日子，所以父親說：平凡人有其平凡樂趣，自有其甘醇的真味。

「健樂園」結束後，賠賠賣賣，父親只拿回來幾個帳房用的算盤，小學的珠算課我驚奇地發現我那上二下五的算盤與老師同學的大不相同，同學爭看我這酷似連續劇中武林高手用的奇門武器，但沒有人會打這種東西，我只好假裝上下各少一顆珠子地「湊合湊合」。

從學校畢業後，我被分發至澎湖當裝甲兵，在軍中我沉默寡言，朋友極少，放假又無親戚家可去，往往一個人在街上亂逛。有一回在文化中心看完了書報雜誌，正打算好好吃一頓，轉入附近的巷子，一爿低矮的小店歪歪斜斜地寫著「九味牛肉麵」，我心中一動，進到店中，簡單的陳設與極少的幾種選擇，不禁使我有些失望，一個肥胖的女人幫我點單下麵後，自顧自的忙了起來，我這才發現暗暝的店中還有一桌有人，一個禿頭的老人沉浸在電視新聞的巨大聲量中，好熟悉的背影，尤其桌上一份《中央日報》，與那早已滿漬油水的唐魯孫的《天下味》。曾先生，我大聲喚了幾次，他都沒有回頭，「我們老闆姓吳」，胖女人端麵來的時候說。

「不！我姓曾。」曾先生在我面前坐下。

我們聊起了許多往事，曾先生依然精神，但眼角已有一些落寞與滄桑之感，滿身廚房的氣味，磨破的袖口油漬斑斑，想來常常抹桌下麵之類。

我們談到了吃，曾先生說：一般人好吃，但大多食之無味，要能粗辨味者，始可言吃，但真正能入味之人，又不在乎吃了，像那些大和尚，一杯水也能喝出許多道理來。我指著招牌問他「九味」的意思，曾先生說：辣甜鹹苦是四主味，屬正；酸澀腥沖是四賓味，屬偏。偏不能勝正而賓不能奪主，主菜必以正味出之，而小菜則多偏味，是以好的筵席應以正奇相生而始，正奇相剋而終……突然我覺得彷彿又回到了「健樂園」的廚房，滿鼻子菜香酒香，爆肉的嗶啵聲，剁碎的篤篤聲，趙胖子在一旁暗笑，而父親正勤作筆記。我無端想起了「健樂園」穿堂口的一幅字：「樂遊古園崒森爽，煙綿碧草萋萋長。公子華筵勢最高，秦川對酒平如掌……」❺。

那逝去的像流水，像雲煙，多少繁華的盛宴聚了又散散了又聚，多少人事在其中，而沒有一樣是留得住的。曾先生談興極好，用香吉士的果汁杯倒滿了白金龍，顫抖地舉起，我們的眼中都有了淚光，「卻憶年年人醉時，只今未醉已先悲」，我記得〈樂遊園歌〉是這麼說的，我們一直喝到夜闌人靜。

之後幾個星期連上忙著裝備檢查，都沒放假，再次去找曾先生時門上貼了今日休息的紅紙，一直到我退伍。我知道我再也找不到他了，心中不免惘然。有時想想，那會是一個夢嗎？我對父親說起這件事，父親並沒有訝異的表情，只是淡淡地說：勞碌一生，沒人的時候急死，有人的時候忙死……我不懂這話在說什麼。

如今我重新拾起書本，覺得天地間充滿了學問，一酌一飲都是一種寬慰。有時我會翻出〈樂遊園歌〉吟哦一番，有時我會想起曾先生話中的趣味，曾先生一直沒有告訴我那第九味的真義究竟是什麼，也許是連他自己也不清楚；也許是因為他相信，我很快就會明白。

選自《第九味》，聯合文學出版社

作家瞭望台

徐國能，一九七三年生於臺北市，祖籍湖南長沙。東海大學畢業，臺灣師大文學博士，現任職於臺灣師大國文系。作品曾獲《聯合報》文學獎、《時報》文學獎、教育部文學獎、臺灣文學獎、文建會大專文學獎、全國學生文學獎等。

徐國能的文字成熟老練而典雅清麗，善於觀察事物背後的深意、變化及滄桑，筆端時常流露出常人難以言說的人生況味，進而深得讀者內心共鳴。著有散文集《第九味》、《煮字為藥》、《綠櫻桃》、《寫在課本留白處》。

❺ 詩為杜甫〈樂遊園歌〉起頭四句。

密門之鑰

本文是作者初入文壇的代表作，一出手便不同凡響，不但奪得文建會第三屆全國大專學生散文組首獎、入選《八十九年散文選》，更贏得文壇前輩、學者等評審異口同聲一致讚揚：

第九味，誠如《呂氏春秋．本味篇》所謂：「鼎中之味，精妙微纖，口弗能言，志不能喻」，超越了口舌感官，超越了飲食和溫飽，進入哲學與文學的領域。〈第九味〉的作者，語言練達，行文謹嚴，是調和文字鼎鼐的高手。（陳昌明）

一飲一食都富有學問、哲理，飲食即人生，再附帶一點人世的滄桑，構成這篇散文的主題。作者以小說技巧、語言，將飲食寫到如此深入老到，文筆竟這樣行雲流水，靈活熟練，頗堪玩「味」。此乃決審作品中的另一「味」，令人想起白先勇。（渡也）

作者對人情世故的老練掌握，令人想起早年白先勇小說〈玉卿嫂〉那個超齡演出的容哥兒。通篇語言如名廚火候，靈巧運用成語標點，節奏韻律輕鬆自如。飲膳排場適可而止，貴在不流浮華。（莊裕安）

作者掌握了這一陣子「飲膳文學」的潮流，卻又能別出心裁在「辣甜鹹苦、酸澀腥沖」八味之外，藉廚藝中的人物滄桑，點出人生漂泊的第九味。寫人、寫事、寫境均能不疾不徐，自然生動，顯見作者操控文字嫻熟的功力。（王文進）

很難讀到這麼具有文化質感的好文章，藏鋒不露而筆筆有神。把與大眾息息相關的食之道析賞得興味淋漓，把一個凡常人物寫得生動傳奇。以食之味托出人生的況味，作者是在講自「技」入乎「道」的事理。借一個故事闡發一種境界，了不起！（陳義芝）

總結這些讚揚來看，主要提及此文有三處特殊之處，其一是題材特殊方面，兼寫飲膳中的味覺及廚房中的人物故事。其二是形式特殊方面，作者巧用小說筆法，嫻熟駕馭文字，恰到好處地述說一個完整故事。其三是價值特殊之處，作者由技（術）而入於道（理），寫味道卻以之類比為人（君王后妃）或物（秋菊冬梅）之理，最後更隱約顯出人生的變化、滄桑之理。

除此之外，作者更用了幾個重要技巧讓文章更具可讀性，首先是懸念，篇名為〈第九味〉，作者卻只說了八味，甚至連到最後第九味也未明白指出，留予讀者諸多想像，自始至終都緊扣著讀者的想望。其次是善用襯托，作者先後寫出母親、父親、趙廚師手藝、見解的侷限與不足，去顯出曾先生難得的天賦本領。而這篇文章就是在這麼多的情理、故事、技巧融會之下所產生，既精彩又發人省思。

提神答問

一、文中所說的第九味，作者彷彿藉父親之口道出「平凡人有其平凡樂趣，自有其甘醇真味」，又彷彿藉曾先生言外之意是「無味之味」，真是這樣嗎？那你認為是什麼味呢？

答：可由學生自行討論，所謂第九味亦有可能是味外之味，如滄桑、無常、人生漂泊、平凡自得之味。

二、作者引父親的話說：「曾先生這種人，吃盡了天地精華，往往沒有好下場，不是帶著病根，就是有一門惡習。」這句話有道理嗎？為什麼？

答：以現代醫學來看，放縱口腹之欲，經常就是導致糖尿病、痛風、心臟病等富貴病的起因；又富貴人家方有機會吃盡天地精華，富貴得來容易，便容易流於揮霍，諸多不良習慣就由此而生，逐漸染為惡習。

三、作者引曾先生的話說：「一般人好吃，但大多食之無味，要能粗辨味者，始可言吃，但真正能入味之人，又不在乎吃了，像那些大和尚，一杯水也能喝出許多道理來。」這句話的道理為何？

答：真正的吃，不僅止於滿足口腹之欲，更涉及於飲食的學問、技巧、美感、氣氛、情感等，才說真正入味的人並不僅止於吃本身而已，而是能深入其後的深度意涵。

寫作擂台

飲膳文學主要是與廚房、飲食、作料有關，通常不只是精究廚藝，而是透過廚藝體會人生哲理、往日情誼或一段回憶。

現在請試寫一篇「料理過程」的文章，如煮飯、蛋炒飯、煎荷包蛋等，但文章重點必須要寫出人生哲理、往日情誼或一段回憶，自訂題目，文長六百字以內。

探索新境

〈刀工〉，收於《第九味》，聯合文學出版社發行。

乃徐國能父親一生專研刀工，但廚藝卻一無所成的故事。曾獲第二十三屆《時報》文學獎散文第二名。

（張輝誠老師設計撰寫）

故鄉土地

墾園記　楊逵
屋頂上的番茄樹　黃春明
廁所的故事　阿盛

墾園記

楊逵

臺北近郊有陽明山，彰化近郊有八卦山，高雄近郊有壽山；距都市區很近，交通方便，眺望甚佳，是郊遊散步的好地方。

我喜歡這些地方。也住過一段時間。

很早我就看中了臺中近郊的大肚山，夢想在這地方依照自己的設計開設農園，種些花木水果，過著逍遙自在的田園生活。

就是這個夢想，促使我在東海大學前買了這一塊不毛之地。

有人問我為什麼要買這不毛之地。

理由很簡單：「有毛」之地太貴，買不起。

買了之後，飽受孩子們的反對與朋友的責罵，說我這個幻想家自討苦吃。

孩子各有所好，對此荒地沒有信心，自然不能合作，又沒有錢雇工幫忙，借錢買地的利息每月要付，實在是注定有苦頭吃的了。

在這進退兩難的時候，我決心苦幹下去。

吃苦我不在乎。在我一生中，苦是吃慣了的。

可是，為了借錢而低頭，為了繳利息而奔波，卻不是我之所願。

幸虧老七能容忍，一直替我分擔了這些苦差使。

我掛起了個小小招牌：「東海農園」。又蓋了一所小小的山房，以避風雨。

用最原始的農具，一坪一坪的把荒地開闢，再一坪一坪的種下了花木蔬菜。

澆水要到好遠的水圳挑，停水時沒水澆，欠水時水利會員不讓你挑。

晚上撿石頭，一擔擔挑開都要做到深夜。照明工具是最原始的「壁虎」煤油燈，小小的風都會給吹熄，便在黑暗中摸索。

當「東海農園」在這滿是石頭的荒山上開創之時，連附近的農民都笑我們是大傻瓜。

但事實證明，只要設計得法而有恆心，荒蕪之地都可以變成美好的花園。

現在，這人人看不起的將近三千坪的不毛之地已經開墾出來，種滿了幾百種花木，一年四季都有花開。水電灌溉也做得差不多了。

參觀的人也漸漸多起來了。

有人說，這裡好像是公園。

我也樂意把它稱為「東海公園」，自娛娛人。我更充滿了信心，想加速把這小小的私立公園充實起來，免費讓大家遊覽。

我這個幻想家的幻想愈來愈大了。

我看到豪華的高樓與宏大的工廠天天在建設，也看了髒亂的地方正在增多。要是沒有在這些建築物之間配合花木，使環境清潔幽雅，那就等於畫龍沒有點睛。如果大家也願意幻想幻想，我們樂意為大家設計、施工，以實費❶把「東海公園」的好幾百種珍花異木推廣到每一角落，使整個城市公園化。

六年多來的經驗，使我們有把握在破磚亂石之上種花，把髒亂的地方變成美好的公園。在屋前屋後、屋頂上或者窗口的小小地方種植花木，擺設幾個盆景，實在是最好的點綴。

我們高興做大家共同的園丁與庭園顧問，認真為大家服務，為大家解決灌水、施肥、修剪以及防治病蟲害等管理上的一切問題。

最近有一位編輯來遊，問我近來有沒有寫詩。我笑著說：「在寫，天天在寫。不過，現在用的不是紙筆，是用鐵鍬寫在大地上。你現在所看到的，難道不美嗎？」

❶實費：意指實際的費用，十分低廉但成效甚佳。

他承認了我的說法之後說：「是的，這是一片美好的詩篇，是你不凡的創作。尤其你這六年多來的奮鬥，更是一部感人的故事。不過，能夠到這裡來參觀而聽你講這故事的，終究有限。用筆寫的東西，傳播力更大、更廣、更久遠的，這事實你能否認嗎？」

「是的，我不否認。」

就這樣，我把這枝禿筆找出來了。

原載一九六九年三月十二日《新生報》
選自《壓不扁的玫瑰》，前衛出版社

作家瞭望台

楊逵（一九〇五至一九八五），臺南新化人。原名楊貴，因為體弱被同學稱為「鴉片仙」，家中排行第四。筆名「楊逵」取自《水滸傳》中好打不平的黑旋風「李逵」，據說是賴和的建議。

楊逵有言：「能源在我心，能源在我身，冰山底下過活七十七，雖然到處碰壁，卻未曾凍僵。」他一生坎坷，正猶如在冰山底下過活，但他毫不退怯，秉持著知識分子的人道關懷而創作。楊逵深受俄國文學影響，亦曾前往日本就讀，接觸普羅文學。他曾說：「我決心走上文學的路，就是想以小說的形式來糾正被編造的歷史。」

楊逵的成名作〈送報伕〉是他在外奔波求職的親身經驗，文中強調的是階級差異的不公不義，這是臺灣人第一次在日本中央文壇得獎的作品，促使日後呂赫若、龍瑛宗亦受到相同重視。

一九四九年，楊逵發表了理性溫和的〈和平宣言〉，呼籲政府釋放二二八政治犯，然而他感慨地說：「我領過世界上最貴的稿費，一篇三、四百字的〈和平宣言〉，竟換來十二年的牢獄生活。」

在綠島的日子，精神和肉體上的折磨不斷。出獄後在臺中郊區購買「東海花園」，雖然沒有發表作品的舞臺，但藉此開拓了和年輕作家對談的空間。一九七六年〈壓不扁的玫瑰〉一文，被收錄進國中課本，一批批國文教師來訪，帶給楊逵極大的振奮。他說：「寫詩，我天天寫，用鐵鍬寫在大地上。」

楊逵的小說洋溢著寫實精神和批判色彩，他是為人民而寫的。小說的結尾總有著昂揚的鬥志和樂觀的方向，為的是讓人感受到未來仍是充滿希望的。著有《壓不扁的玫瑰》、《送報伕》、《鵝媽媽出嫁》、《羊頭集》等。

密門之鑰

〈墾園記〉中，楊逵平淡地敘述用鐵鍬在大地書寫詩篇的過程，文字直接而樸實，將他的創作與生活態度結合。他沉默而剛毅的個性，在文章裡一一透露出來，他說：「吃苦我不在乎。在我一生中，苦是吃慣了的。」精簡的筆墨，從借錢、墾荒、用水，到深夜裡的摸索，幾筆尋常帶過，但卻樣樣不是輕鬆的工作，莫怪附近農民稱他是「大傻瓜」。他的堅毅，就像小說〈壓不扁的玫瑰〉裡石頭底下仍存活的玫瑰花般。

單從楊逵淺白的文字敘述中，實難看出他小說中的民族意識與人道主義精神，但文中言之有物的結實感，倒是楊逵所有文學作品的特色。詩人路寒袖讚賞楊逵：「用生命實踐理念」，這正是〈墾園記〉的精神，以人，以社會，以土地為主的創作基調，令人感佩。

〈墾園記〉的創作背景，是在楊逵失去自由十二年後，文中並未提及入獄一事，筆調極其輕描淡寫，但楊逵與他的家人都因著入獄而受盡了苦難。像楊逵是過著每晚不知能不能活下去的日子，因為私刑與槍斃讓他的獄友一一消失；而他的家人則是過著不敢讓別人知道父親是誰，也不敢主動和人交談的貧困生活。

綠島歸來後的楊逵，在孩子們的眼中變得固執而不可理喻，他甚至要全家人守著沒電沒水的園子，這一點在〈墾園記〉中似乎可以體會得出來。楊逵的孫女，形容祖母葉陶瘦小而愁悶，肩上承擔了兩人巨大而沒能實現的理想，一直揹到生命的終了。這則是文中看不見的另一層面。

而楊逵所要開墾的理想究竟是什麼呢？正是「老幼相扶持，一路跑下去，跑向自由民主，百花齊放的新樂園。」

提 神答問

一、請問「以鐵鍬創作」和「以筆創作」有何差異？

答：最重要的差異，在於影響層面的深遠廣大與否。請同學自行發揮。

二、楊逵的次子楊建說：「楊逵不是我楊建的父親，楊逵是臺灣人的父親」，你認同嗎？

答：請同學試抒己見。筆者覺得臺灣人的父親也許是賴和或蔣渭水……。

寫 作擂台

楊逵在〈壓園記〉中，敘述用鐵鍬在大地書寫詩篇的過程，文字直接而樸實，雖為不假雕飾的文風，卻自有意味深長之處。同學們不妨試著以「周遭的人事物」為文，運用單一的主題、最少的形容詞、最精省的文字，表達呈現出最豐富的內涵，題目自訂，文長不限。

探 索新境

下列為了解楊逵的必讀作品：

一、《壓不扁的玫瑰》，前衛出版社發行。

二、《送報伕》，遠景出版社發行。

（王怡心老師設計撰寫）

屋頂上的番茄樹

黃春明

不知道從什麼時候開始，在此間的寫作圈子，我已經被列入寫鄉土的了。想一想自己寫過的幾篇東西，事實上也是如此。拿裡面的人物和背景，雖然做不到青一色，湊一色總算道地。有幾位朋友曾經勸我說：老寫鄉巴佬，也該寫一寫知識份子吧。言下之意，似乎很為我抱憾。我曾經也試圖這樣去做。但是，一旦望著天花板開始構思的時候，一個一個活生生的浮現在腦海的，並不是穿西裝打領帶，戴眼鏡喝咖啡之類的學人、醫生，或是企業機構裡的幹部，正如我所認識的幾個知識份子。他們竟然來的又是，整個夏天打赤膊的祖母，喜歡吃死雞炒薑酒的姨婆，福蘭社子弟班的鼓手紅鼻獅仔，還有很多很多，都是一些我還沒寫過的人物。他們像人浮於事，在腦海裡湧擠著浮現過來應徵工作似的，不但形諸於色；紅鼻獅仔還咚咚地點起鼓，同伴的文武場也和上來了。我告訴我自己說，我這次可不是要寫鄉土的了，我想寫些知識份子的小說。說著費了很大的勁兒想把腦子裡的老鄉拂去。但是他們死賴活賴不走，還有我自己溫情的根性所纏，只好讓他們在那裡吵嚷，而無奈於對。反過來我不寫，他們也奈何於我。就在僵持之間，我看到我童年我們老家屋後的河，在夏日的日光下金光閃閃的從我們身邊流過。

我和打赤膊的祖母在河邊磨著番薯粉。

「阿明，你看河裡流的是什麼？」

「那裡？」我從盆子裡抬起頭說。

「呀！流到老嬰仔他們的橋下了。」

我們一起伸長頸子，望過橋的另一邊。

「看！就是那一團黑黑的東西。」

「好像一隻死雞。」我說。

「快去看看。如果沒臭的話，就送給姨婆。」

祖母的話還沒有說完，我就從我們的橋跑出去，準備跑到老嬰仔隔壁洪歪家的橋上去等著撿它。但是當我跑到老嬰仔的橋頭的時候，老嬰仔家的阿木也跑出來了。我趕緊跑到洪歪的橋上時，洪歪家的柳哥也跑上橋，也想撿那一隻死雞。死雞有一點刁難似的，慢慢的流過來，我們三個差不多大小的小孩子，並排著跪擠在洪歪的小木橋上，探出身伸出一隻手，在水面上不安的輕晃著。這時河邊磨番薯粉的婦女，都停手望著我們三個小孩子。死雞越流近我們，我們的心裡越緊張。尤其是我，緊張得快崩掉。因為三隻手伸出去，我的手還差兩邊的阿木和柳哥他們一截。當死雞流到我們面前，快落入他們的手的剎那，我縱身一躍，撲通地跳到河裡，一手抓住死雞。稍一定神，我聽到河邊大人的嘩笑聲。橋上的阿木和柳哥不平的罵我土匪。

「又沒饑荒，一隻死雞三家人搶。」祖母高興的笑著說。

我站在河裡露出半身，就地提起死雞聞了一下。

「阿媽。好像不怎麼臭哪！」

「拿回來再說吧。」

當我溼著身子，跑到紅瓦厝把死雞拿給姨婆時，她說：

「你怎麼這樣的身子？」

「我跳到河裡搶的。」

「真乖。」她接過死雞。「呀！可不小啊！看姨婆今天可真有口福咧。阿明，你看。」她指著門後，「等一下也準備殺這一隻肥豬哪！」

她所指的原來是一隻在老鼠籠裡竄來竄去的大老鼠。

「好大的老鼠呀！」我蹲過去看。

「手指可不能碰呀！有一斤哪！晚飯你來我有兩樣肉給你吃。」

「我不要！」我嚇壞了。

姨婆聽到我這般驚嚇，一邊笑一邊拿著死雞到裡面去了。

「姨婆——我要回家了。」我有意提醒她一件事。

「好，好。再來啊。」她從廚房應聲出來。

但是我還沒走。因為這次她忘記給我銅板。

過了一會兒，姨婆想到門後的老鼠，她走出來大庭的時候，驚訝的說：

「喲！你不是回去了嗎？」

我沒說什麼。我還是留在那裡。

姨婆提著老鼠籠說：「這是一隻老鼠公啊。」一邊說，又一邊走到裡面去了。

「姨婆——我要回家了——」

「好，好。再來啊。」又從裡面應聲出來。

我很失望，要是知道這樣也不跳到河裡去搶死雞。我站在那兒埋怨一下，正想走的時候。在裡頭的姨婆叫了：

「阿明——阿明——」

「什麼事？」

「你還沒走？」

「我要走了。」

「等一下。」

她走出來了。一看到我，就把衫掀起來。我看到她腰間那個繡花的小兜。她說：

「看我多糊塗。竟忘了賞你。」她一邊說，一邊扳開兜蓋，用手指夾出兩個銅板給我。「吃晚飯以前，來這裡拿一些我做好的肉，給我姊姊吃。」

「誰？」我一下子忘了她說的是誰？

「小傻子，我姊姊就你家的阿媽也不知道。」她笑了笑。這時我才想起來。

「你回去吧。不要忘記來拿肉啊——」

「好——」我跑出好多步，回頭看，我看到姨婆依在門口看我，還向我揮揮手。我轉過臉，心想姨婆在看我，我提起精神，用心的跑著，好讓她老人家欣賞欣賞。一、二、一、二……

想到這裡，看看我桌子上的稿紙。一邊心裡想，就寫了他們吧。一邊又告訴自己說，這是以後想寫的長篇「龍眼的季節」裡的情節。今晚想寫知識份子的啊。就寫貿易公司陳總經理怎麼樣？他以前落魄得很，後來一發達就怎麼怎麼，不然就寫營業部臺大經濟系畢業的洪經理，他也是時下很典型的知識份子啊。我突然又想到一個，電視公司那個圈子。這實在是一個取材取之不盡的圈子。想一個綜藝節目，或是一個連續劇的製作到演出，就可以把整個圈子裡的知識份子牽出來。想著想著，不知不覺地，又聽到姨婆他們在饒舌，也聽到福蘭社的鑼鼓喧鬧起來。甚至於我已經看到帝爺廟前的廣場，搭野臺戲棚來了。

那是我童年時候的一個農曆正月初一，因為母親才死後不久，我家的新年就淡淡的來，也淡淡的過去。那天下午，浮崙仔的福蘭社子弟班，為了這一年新春的開鑼，在帝爺廟前開戲了，戲還沒演出以前，戲臺上已經上了好多浮崙仔的小孩，我和弟弟也在那上面。

戲臺上的鞭炮響起來了。紅鼻獅仔手拿著鼓槌，把小孩一個一個趕下去。當他趕到我的時候，我指著坐在邊上調弦的人說：

「那個拉胡琴的就是我們的阿伯。」

紅鼻獅仔就沒理我們兄弟兩個，轉到別處去趕別的小孩去。

戲開始了，臺下湧來很多看戲的人。屋頂上，還有旁邊的老榕樹上爬滿許多小孩。我們在臺上正好蹲在打鼓的旁邊，看臺下看得好清楚，我和弟弟樂得一直在講話。

「喂！小孩！」我們猛回頭一看，原來是打鼓的在呼喝我們。「你們再講話，我可要趕你們下去啦！」他用透紅透紅的鼻子瞪我們。

「我的阿伯在拉胡琴哪！」弟弟天真的說。

「不管，誰也一樣！」他的鼻子似乎更紅起來。

我們看看他，又看看另一邊的伯父，也就不敢說話了。

正演著的「醉八仙」，對我們小孩子來說，實在沒什麼好看。說的仙話又聽不懂，動作嘛呆板的走過來走過去。臺下有許多人擠在前面的，大部份都是來等八仙把供果往下丟的時候，想撿幾塊回去吃，討個平安罷了。

當何仙姑出來的時候，蹲在我旁邊金水的小孩，很高興的回過頭告訴我說：

「那個何仙姑就是我爸爸咧。」

因為他的語氣太驕傲了，所以我想殺他盛氣說：

「難看死了，臉皮那麼粗，抹上粉還是那麼粗。」

「你伯父有什麼了不起！拉胡琴又穿不到漂亮的戲服。」

「你爸爸沒有小雞雞才做何仙姑。」沒想到弟弟竟冒出這麼一句話來。

「我要告訴我爸爸。」他差一點哭出來。

「去說，去說。」我知道他爸爸正在演何仙姑，他沒辦法去告訴他。我又逼著說：「去說哦！不敢就是狗養的。去說啊！去說……」

正說得得意，我的頭啪地挨了一記，回頭一看，打鼓的紅著鼻子怒目瞪我，雙手還密密的點著鼓。我一手撫摸我的光頭，也怒目瞪著打鼓的，但是我還是叫那一朵紅鼻子移開了視線，看到何仙姑的兒子得意的臉孔，使我覺得挨到那一記鼓槌的地方，現在才真正的疼痛起來。我稍稍的走到戲臺上面的邊緣，眼睛找好底下的一小塊空地。這時我站直身體。回過頭瞪著打鼓的；奇怪，我每次想瞪他的眼睛，但是瞪著的都是他的紅鼻子。我大聲的叫：

「打鼓的家裡死人——」我突然想起祖母告訴過我們，說小孩子在過年的時候，不要亂說話，說我們過年的時候是金口。所以我馬上接著叫：「金口！」說著就往臺下跳，一時也忘了弟弟。他隨我後跑到戲臺的邊緣，一望底下太深了，不敢跳！站在那裡張大嘴嗚哇嗚哇地哭叫起來。結果弄得臺上臺下亂哄哄，引得大家哄笑，八仙也都好奇的望個究竟，而和鑼鼓亂了陣腳。

這件事情過了好久，伯父一想起來就說：

「好好的一臺戲，被你們兩個小鬼弄得，大家變成七狼八狽。」

想到這些童年的景象和情景，不由得自個兒獨自發笑。我想如果不能暫時把這些人從腦子裡驅走，就不用想寫別的。最後終於叫我想到一個好辦法。我把電晶體收音機拿來放在桌子上，打開美軍電臺的音樂。果然不錯，他們都被搖滾音樂趕跑了。

我又開始望見天花板；我過去寫東西的經驗，都是先從天花板、抽煙，再到稿紙的。然而當他們暫時不再強駐在我的腦子裡的時候，反而我的腦子想起他們來了，我在想，所謂小人物的他們，為什麼在我的印象中，這麼有生命力呢？想一想他們的生活環境，想一想他們生存的條件，再看看他們生命的意志力，就令我由衷的敬佩和感動，想了想，我好像已經得到一個答案。對知識份子我不是不認識，十多年來，一直都在知識份子的圈子裡打滾，遇見的人可不少。有許多人給我的印象也很深刻，我就不相信我寫不出知識份子的小說。但是每當我想起知識份子的時候，令我失望的較多，甚至於有的想起來就令人洩氣。那麼同樣的想寫一個人：一個是令我敬佩和感動的，一個是令我失望和洩氣的，當然是前者的吸引力大。如果能寫成功這種作品，永遠永遠，不管何時何地，都會感動人的心靈的。

又是一幕叫我難忘的回憶。小學三年級的時候，有一天突然發現我們的屋頂上長出番茄來。我很驚訝的問祖父：

「阿公，我們的屋頂上為什麼會長出番茄來呢？」

「這有什麼奇怪？你又跑到屋頂上？」

「沒有！我在底下就可以看到番茄樹，長得好高。它為什麼不長在田裡呢？」

「傻瓜！難道它想長在田裡，就能長在田裡嗎？」

「那為什麼？」我問。

「這也不知道。田裡的番茄成熟的時候，麻雀去偷吃了。吃得飽飽的就到我們的屋頂上來。結果皮和肉消化了，籽兒沒消化。麻雀拉了一泡屎，就把番茄籽兒也拉出來了。後來就長出番茄。」

「但是，」我還是不大懂。「屋頂上沒有什麼土啊？」

祖父突然帶著嚴肅的口吻說：「想活下去的話，管他土有多少！」

過後不久，有一次上美術課的時候，老師要我們畫「我的家」。我畫啊畫的，在一個房子的屋頂上，畫了一棵番茄樹，比例上比房子都大，還長了紅紅的番茄。我很高興的交給老師。

「等一等。」老師把我叫回來。「你畫的是什麼？」

「番茄樹。」我說。

「番茄樹？」老師叫了起來。然後啪地給我一記耳光：「你到底看過番茄樹沒有？啊？」

我摀著挨打的臉頰，我說：「看過。」

啪！我的另一邊又挨打。「看過！你還說看過！」

「老師，我真的看過。」我小聲提防著說。

但是，老師更生氣。他拉開我的手，又摑掌過來。「你看過？你看過還把番茄樹畫在屋頂上？站好！」

我的鼻血流出來了。同時腦子浮現出屋頂上的番茄樹來。我冷靜的說：

「我家的屋頂上就長了番茄樹。」

「你種的？」這下沒打我。

「自己長出來的。」

「騙鬼！」又想打我，但他把半空的手縮了回去。「屋頂上沒有土怎麼能活呢？騙鬼！」

這時祖父的話也浮出來了。我說：

「想活下去的話就有辦法。」其實那時我還不懂這句話的意思。

「如果你不想活了你就再辯！」他舉起手威脅我。我反而放下手，把頭抬起來站好。好像要為真理犧牲的樣子。當然，那時什麼都還不懂的。

老師大概看到我鼻孔的血流得太多，看來似乎壓不住我。他轉個口氣叫：「班長，帶他到醫務室去。」

我沒去，一直站在那裡，最後老師把畫收集起來就回辦公室去了。

那一天我回家，遠遠的看到我家的屋頂，看到屋頂上的那一棵番茄樹在風裡搖動的時候，竟禁不住地放聲痛哭起來。

現在想起鄉間的老百姓，也想起都市裡的知識份子，還有屋頂上的番茄樹。我想他們都有一個共同的宿命：「世界上，沒有一顆種子，有權選擇自己的土地。同樣的，也沒有一個人，有權選擇自己的膚色。」

原載一九七四年八月六日《中國時報》

選自《等待一朵花的名字》，皇冠出版社

作家瞭望台

黃春明，一九三五年出生於羅東，畢業於屏東師專。一九五六年發表第一篇小說〈清道夫的孩子〉，後陸續投稿林海音主編的《聯合》副刊，深受溫暖鼓勵與一字不改的絕對尊重。一九六九年出版第一本小說集《兒子的大玩偶》，後有《鑼》、《莎喲娜拉．再見》、《我愛瑪莉》等著作出版，其中〈兒子的大玩偶〉、〈看海的日子〉等改編成電影，轟動一時。近期出版有小說集《放生》及散文集《等待一朵花的名字》。

羅東長大的黃春明喜歡在宜蘭創作，因為他說：「沒有文化的根，是沒有創作的」，因此他寫的鄉土文學創作，關切著臺灣社會的改變與人心的變動，成為三十到五十歲臺灣人記憶深刻的作品。

除了小說創作，黃春明也主編語言教材，並出版「黃春明童話」，且創立黃大魚兒童劇團，編導多齣兒童舞臺劇巡迴演出。

二〇〇五年，黃春明籌劃多時的雜誌《九彎十八拐》終於發刊，而擔任藝術總監的蘭陽戲劇團的《白蛇傳》

也登臺演出。這過度的忙碌，他自言是在逃避喪子之痛，讀過黃春明詩作〈國峻不回來吃飯〉的讀者，想必聽來格外感慨。

黃春明走上寫作的道路是源於對人和土地的濃厚興趣，他作品中的關懷，始於「人」，也終於「人」。林瑞明教授認為，如果將其作品分成前後兩期，早期是從一九五六年到一九六六年，帶有現代主義風格的作品，如〈城仔落車〉；後期是一九六七年以後。風格明顯包括兩種：一是以宜蘭鄉土人物為主，描寫時代變遷中小人物的種種反應，如〈青番公的故事〉、〈溺死一隻老貓〉，二則是遷居臺北後所接觸的都市人事，書寫批判強國經濟、文化侵略的作品，如〈蘋果的滋味〉。

黃春明在一九九八年九月得到國家文化藝術基金會文藝獎，得獎理由即是：「黃春明的小說從鄉土經驗出發，深入生活現場，關懷卑微人物，對人性尊嚴及倫理親情都有深刻描寫。其作品反映臺灣從農業社會發展到工業社會的變遷軌跡，語言活潑，人物生動，故事引人入勝，風格獨特，深具創意。」

密門之鑰

一九六七年，黃春明發表了〈青番公的故事〉、〈溺死一隻老貓〉等作品，書寫他最熟悉的故鄉人事，這些小說到了七〇年代，被視為最具代表性的鄉土小說。而所謂的「鄉土」，就是黃春明熟悉的人、事、時、地、物。〈屋頂上的番茄樹〉一文，正清楚地表達黃春明的想法，讓那些可親的小人物藉著黃春明的紙筆發聲。

林瑞明言：「黃春明文學創作的動能，來自他自己的生活記憶。相對於疾步資本主義化的臺灣西部平原，黃春明位處東北海岸的故鄉，一直保持著更貼近土地的踏實與素樸，這樣的人民日常生活，成為黃春明記憶中最鮮活躍動的場景，這些扣緊特定歷史脈絡、生活場域與生命經驗的『記憶』，可以說是激發黃春明文學創作的原動力。」

黃春明在〈屋頂上的番茄樹〉中，凸顯的是他選擇創作內容的堅持態度。知識份子令他想來洩氣且失望；而小人物則永遠令他敬佩與感動。文中以閒談的俏皮筆調、穿插的生動筆法來談小人物對他的意義，就因為對土地、對家鄉的純情使然，黃春明無法不寫鮮活面貌的老鄉。內容裡祖母、祖父、姨婆、伯父的形象，都可能是每一個讀者親近的鄉間親友。而他腦中的老鄉，其實是以聲音存在的，文中多以對話方式呈現鄉下可親可喜的畫面，像為姨婆抓死雞、戲臺前的爭執、美術課的師生衝突等等，皆能透過對話自然地順利推展，也令讀者讀來毫不費力且印象深刻。

題目「屋頂上的番茄樹」，正如充滿生命力的鄉間小民一般：「想活下去的話，管他土有多少」。文章最後強調一種命定的觀念：「世界上，沒有一顆種子，有權選擇自己的土地。同樣的，也沒有一個人，有權選擇自己的膚色。」

提神答問

一、黃春明強調他要書寫的是「令我感佩和感動的」，那是什麼樣的內容？文中有透露出來嗎？

答：所謂「令我感佩和感動的」，就是黃春明熟悉的人事時地物。

二、為什麼黃春明在畫「我的家」時，要以番茄樹為主題？

答：因為番茄樹令他深覺獨特。

三、作者為何在本文末段強調「沒有一顆種子有權選擇土地」；「沒有一個人有權選擇膚色」的宿命觀？他要說明什麼？

答：希望每位臺灣子民能深愛這塊土地，不要在當時動盪的時局中移民他國。

寫作擂台

本文對話頗多，唯妙唯肖摹畫出人物的音容笑貌，似能將讀者帶進事件的現場。而對話中呈現的畫面更有助於讀者融入當時的情境，如作者與祖父及老師關於屋頂上番茄樹的對話，深刻對比出小人物的生命意志力與知識分子的自以為是與傲慢。

現請同學仿照本文，試著書寫「一段對話」，對話中必須能看到「清晰的畫面」，並且有一個「意在言外的深刻主題」。

探索新境

〈兒子的大玩偶〉，收於《兒子的大玩偶》，皇冠出版社發行。

〈兒子的大玩偶〉中所呈現的小市民心聲，為生活低頭，但掙扎著不認輸，藉此可了解當時的時代背景，頗具意義。

（王怡心老師設計撰寫）

廁所的故事

阿盛

開始唸小學那一年，我第一次看見衛生紙，至於正式使用，是在二年級的時候，在這之前，解手後都是用竹片子或黃麻稈一揩❷了事。大人們的廁所在房間內，用花布簾圍住壁角，裡邊放著馬桶；小孩子們沒有限制，水溝、牆角、甘蔗田以及任何可以蹲下來的地方，統統是廁所。

在學校裡，老師天天交代我們：要穿鞋子，要常洗頭髮，要買衛生紙，不要隨地大小便。我回家跟爸說要買鞋子，爸說沒那麼「好命」；我提起衛生紙的好處，媽說那太浪費，小孩子不懂賺錢的辛苦；我又引用老師的話，說用竹片子揩屁股會生痔瘡，爸生氣了，他說老師一定瘋了，因為他從一歲到二十多歲都是這樣，也沒生過痔瘡；我小聲地說，應該有廁所，祖父說，奇怪，水溝不是很多嗎？最後爸解釋說，衛生紙太薄，容易破，揩不乾淨。這以後，媽准許我用粗草紙❸，那是大人們用的，不過，我還是寧可用竹片子，粗草紙就帶到學校讓老師檢查，我們班上有一半以上的同學都和我一樣，老師也不再要我們買衛生紙了。

二年級下學期，三姑帶著表弟從臺北來我家玩，吃過中飯，表弟說要上廁所，我帶他到門前的水溝邊，他很驚訝，硬是不肯脫下褲子，說是沒有東西擋著他拉不出來，我帶他到豬舍旁邊，他蹲在地上，不時看著我，然後站起來，說他拉不出來，我祇好走開，隔一陣子就喊：「好了沒有？」表弟苦著臉走出來對我說沒有，我拉起他跑到學校，他急忙衝進廁所，出來之後，滿頭大汗。在回家的路上，他一直問我：為什麼廁所裡沒有水箱子？為什麼有很多很多白白小小的蟲？還有，在水溝裡拉屎，警察為什麼不管？我說警察的兒子也和我們一樣，他就說，回臺北以後要報告老師，叫老師來抓警察，我聽了感到很生氣，跟他說，警察和真平、四郎❹一樣偉大，不能抓，

---

❷揩：音ㄎㄞ，擦抹。

❸草紙：一種以草為原料的紙，舊時多用作廁紙或包裝紙。

❹真平、四郎：乃一九五〇年代最熱門的本土漫畫人物。劉興欽先生所繪的《四郎與真平》，在一九五〇至七〇年代，風行一時。

他不相信，還說校長可以管老師，老師可以管警察，真平和四郎跟總統一樣大，不是跟警察一樣大。我氣極了，不再理他。

三年級放寒假的時候，爸和叔叔們合資蓋了一間廁所。「落成」那天，我們幾個小孩子熱烈地討論誰應該第一個使用，六叔把我們趕開，他說他是高中生，當然是第一。他進去了，一下子又走出來，很不高興的樣子，原來，有人先進去過了，六叔一口咬定是那個泥水匠，他嘀咕著說要找泥水匠算帳，我們建議六叔把他抓來灌屎，像灌香腸一樣，六叔說好。那天晚上，爸和叔叔們在院子裡聊天，聊到這件事，二叔說，新廁所有外來的「黃金」，大吉大利，六叔不同意，他認為新廁所應該由自己人開張，纔有新氣象，爸沒有意見。我對爸說，六叔祇知道拉屎要爭第一，六叔一巴掌打在我屁股上，媽說該打。我很不甘心，跑去告訴祖父，祖父走出來，把六叔罵了一頓：「你吃飯爭第一，拉屎爭第一，為什麼英文只考了二十——二十——」，我說二十七分，祖父接下去：「二十七分！啊？」五叔在一旁笑，他說這也可以算第一，六叔說，五哥以前數學祇考二十四分，烏龜笑鼈沒尾巴，祖父說：「都是屎桶！」過後，我問六叔，還要不要把泥水匠抓來灌屎，他說我以後再這麼問，他就灌我。

我升上五年級，村長換了人，新村長說，要好好整頓村裡的環境衛生。首先，他出錢蓋了四棟公用廁所，又一家接一家地勸人蓋廁所，他跟祖父說，廁所和吃飯一樣重要，祖父說哪有這種事！一有空，他就騎著腳踏車到處巡視，發現有小孩隨地大小便，當場打屁股，我們班上有好幾個男生被他打過，都很氣他，叫他「哭鐵面」❺。每次開村民大會，他一定會再三地說明廁所的重要性，有一次還說「廁所就是生命」，六叔跑到臺上去，不知道跟他說了些什麼，他馬上又補充了一句：「廁所為成家之本！」末了，他建議大家不要再用竹片麻稈揩屁股，因為這樣會得破傷風，有人站起來發言，說不會得破傷風，應該是會生糞口蟲，我們學校一位女老師立刻又發言，她認為應該是生痔瘡纔對，然後指導員出來解釋，他說，應該是會長瘤纔合理，他的一個朋友就是這樣。到後來，村長說：「統統有可能，不過，得破傷風的機會最大。」那一次大會後有贈送紀念品，每家三包衛生紙，兩包樟腦丸，一把長柄豬鬃刷子，鄉裡派來的衛生員特別交代，刷子是清洗廁所用的，媽說這種刷子這麼好，用來洗刷

❺ 哭鐵面：與笑鐵面俱是劉興欽所創作的漫畫人物。

廁所太可惜，所以一直放在廚房裡使用。

初一那年冬天，嘉南平原大地震，震塌了村裡兩棟公用廁所，救災工作結束之後，村長開始計劃重建廁所，村長太太負責募捐工作，她幾乎天天都在村子裡跑來跑去，那陣子，米菜肥料都缺貨，物價又貴，村長太太跑了兩個禮拜，還湊不到蓋一棟廁所的錢。又過了幾天，鄰村有個有錢人到我們村子來，他說他願意負責蓋廁所的經費，條件是，水肥歸他收一年，村裡的人開會通過，半個月後，廁所蓋好了，還裝了水箱，那個有錢人每天派車子來載水肥，聽說他包辦了好幾個村子的水肥，轉手賣給魚塭和農家，一桶二十五塊錢。過了一陣子，他問村長，為什麼你們這裡的水肥特別少？村長說，本來就這麼些，他不相信，硬說有人偷肥，村長說那東西又不能吃，誰要偷？兩個人先是在路上吵，一直吵到派出所，又吵回路上，然後再吵進派出所。警察耐心地分析：這裡的人八成以上種甘蔗，根本不要肥料，村長保證沒有人偷去吃，那個有錢人氣得臉都歪了，他嘀咕著說，這樣下去會賠本，生意真不好做，怎麼大家不多拉一點？怎麼不多拉一點呢？大約一個月後，政府大量配給農肥，接著肥料兩次跌價，那個有錢人再不派車來載水肥了，村長把他找來，要他按照契約清理水肥，他說要那麼多幹什麼？又不能吃！兩個人又到派出所去，結果，一直到我唸初二上學期，他都派車清理水肥，一個月一次。有一次，六叔在路上遇見他，問他水肥好不好賣？他說生意不好做；六叔又問他，想不想再跟我們村子訂契約？他說祇有瘋到第三期的人纔會這樣問。

我讀高一的時候，鄉裡舉辦中北部春節旅行，我也參加。第一天晚上，住在臺中火車站附近的一家旅館，這纔第一次看見了抽水馬桶，以前祇看過圖片。住進旅館以後，大家都往廁所裡跑，鄉長站在一邊維持秩序，一面叫著慢慢來，他說留得屎尿在，那怕沒得拉？等輪到我，我一頭衝進去，看見抽水馬桶，心裡有點害怕，還好我知道是用坐的，坐了上去，也不知怎麼搞的，幾乎用了兩百公斤的力量，仍然拉不出來，外頭敲門敲得很急，我在裡邊更急，好一陣子，看看是不會有「結果」了，祇好出來，身上直冒汗，鄉長問：好啦？我說好了。那天晚上，好不容易熬到廁所空了，我纔放心地走進去，蹲在馬桶上；以後的兩天，我都是這樣。第四天早上，我們正在整理行李，旅館的老闆娘氣沖沖的跑來，她說不知道是那些人弄壞了三個馬桶護圈，我們都說，那一定不是我們，老闆娘嘮叨了許久，她說護圈是新裝上的，怎麼坐得斷？真奇怪！

去年暑假，我回家鄉，找六叔聊天，聊起有關廁所的事。我對六叔的幾個孩子說，你們命好，我們小時候連廁所都沒有呢，他們不太相信。我說不但這樣，解手後都用竹片子揩屁股哪，他們說我欺騙兒童。六叔說，這是真的。八歲的小堂弟說，他要去報告級任老師，爸爸和堂哥愛撒謊；十歲的堂妹說，最好報告校長，因為校長比較「匈奴」❻，一定會打堂哥屁股；正在唸初一的堂弟說，爸爸是石松，堂哥是佘天，搭配得很好，真會「講笑話」。最後，他們聯合問我們一個問題：用竹片可以揩得乾淨嗎？六叔說大概可以，我說差不多啦。

選自《散文阿盛》，希代書版

作家瞭望台

阿盛，本名楊敏盛，一九五〇年生於臺南縣新營鎮，在家排行第六，是傳統農家子弟。進入新營中學初中部時，對文學產生興趣；而高中開始在校刊發表作品，高二更陸續在報紙副刊發表小說創作。就讀東吳中文系後，原想從事學術研究，大四時才正式確定寫作的方向。畢業後任職《中國時報》，現主持「寫作私淑班」，並兼任師大人文中心「現代文學」講師。有長篇小說《秀才樓五更鼓》，散文集《行過濁水溪》、《綠袖紅塵》、《散文阿盛》、《阿盛精選集》等近二十種著作。多篇作品收入高中教材及大學國文選，二〇〇五年十月並獲得吳魯芹散文獎。

阿盛自言擅長經營鄉土題材，文筆幽默自然，諧趣機智橫生。而從作品當中，常見他天真活潑的童年。呂正惠說他：「恪守傳統、念舊，並且深知感恩而有愧於心的。這種貧農之子的純樸之言，我似乎很少在其他地方看到。」

南臺灣的成長背景，為他的創作提供了豐富的題材，而幾十年間臺灣社會的劇烈變遷，也給予了他特殊的觀

❻匈奴：本為秦漢時北方塞外的游牧民族，此處轉品有「野蠻」之意。

點與思考。自一九七七年從事創作以來，作品便極力展現本土作家的草根性。阿盛自言：「努力用文字描寫土地，沒有拋棄當年足踏的土地。」

他在《散文阿盛》的自序寫著：「十四歲以後就該對自己的臉負責。嫌憎父母的長相的人，不會有出息。作家最好都能超過十四歲。不敢坦然檢省作品的寫作者，教人瞧不起。這本書是我的臉。就這麼樣的長相，順不順眼由你看著說。謝謝我父我母也謝謝我自己，我對這張臉負全責。」由此可見阿盛風趣的筆調，及其作品的真實面貌。

密門之鑰

被譽為「胸懷土地的采風說書人」，阿盛以作品證明：「因為有土地、人民、生活，文學才有存在必要。」阿盛在一九七八年寫下〈廁所的故事〉，因為發表這篇文章，被戲稱為「廁所作家」；七種不同的散文選集收有此作，受重視的程度可見一斑。

城鄉的差距、時代的變動，是本文的經緯。阿盛賦予「廁所」深義，它正是都市文明的象徵物，篇中寫的，就是都市文明入侵農村後，農村無意識接受的過程。阿盛透過民生大事——上廁所——的真實對話與俚俗敘述，完全抓住了讀者的興味。而由於議題切身，因此將閱讀的層次大幅擴展開來。王鼎鈞讚揚說：「廁所的技法、材料圍繞著主題捲得那麼緊，故廁所無異於人物的重要性。」楊牧也強調：「阿盛先生的〈廁所的故事〉，真是一篇上乘的散文，質樸敦厚的鄉土文學。」

作品中使用臺語，為阿盛的特色。借用楊牧的意見來看：「現代散文在臺灣的大地上茁長，自有它堅強典麗的生命；語言在我們的生活中衍生成型，勢必擺脫不合用的種種規矩。臺灣人能講道地的北京話當然不錯，但總是帶點土土的鄉音講臺灣國語更令人著迷。」阿盛語言的巧妙運用正在於此。

阿盛認為「架空的創作者」，是「雲端作家」，因此他要踏實地強調土地和故鄉的重要。李豐楙教授即言：「阿盛的散文，娓娓道來的是親切的鄉音、親切的人物，以及過往的親切的一切。」且「阿盛在歷史的變調中成長，因此擅於寫變。」（見〈變中天地：阿盛的散文風格〉，文訊二九期）而正因為「歲月打從面前行來」，因此阿盛在〈廁所的故事〉中，將橫跨了二十多年的農村變遷，逐一順敘而出，由不同人物的對話中，更顯出阿盛作品中「變」的基調。無怪乎阿盛自信地說：「每一個句子都有資格毫不赧然地排成鉛字印出來，而且絕不空洞！」

提神答問

一、臺語的使用，為阿盛作品的特色，請找出篇中有臺語敘述及趣味的文句。

答：臺語敘述如烏龜笑鼈沒尾巴。趣味文句如表弟說回臺北以後要報告老師，叫老師來抓警察。

二、請說出〈廁所的故事〉的相關時空背景，並請訪問所認識有相同時代背景的長輩親友，說說他們的生活狀況。

答：民國四十年代到六十年代的地方鄉鎮。請同學試著親自詢問親友，想必會有全新的體會。

三、城鄉的差距與時代的變動是本文的經緯，依本文所述，你感受最深刻的是哪一部分的改變？試舉例說明。

答：由水溝至抽水馬桶的重大改變。

寫作擂台

由水溝、牆角、甘蔗田、豬舍邊、便桶、掏糞式廁所至抽水馬桶，在〈廁所的故事〉中，阿盛「鎖定一個主題」，時間延伸了二十多年，完全繞著核心書寫。作者以自己熟悉的主題對象入手，娓娓道來，故能生動有趣。

現在請同學仿擬這種表現手法，選擇自己熟悉的事物下筆為文，或許是一條街道、或許是家中的物件設備、豢養寵物史，甚至你的服裝、髮型……，題材不限，請自由發揮，但寫作時需注意時空背景的順利切換。

提示：

1. 題目可以是「……的故事」，或另訂合適名稱。
2. 內容須「鎖定單一主題」，並有此一主題時空背景的轉移變遷，若能「由小見大」更佳。
3. 請儘量生動有趣，而非乾枯的陳述說明，文長不限。

探索新境

阿盛的〈火車與稻田〉、〈契父上帝爺〉兩篇文章中，可見鄉村與都市對立的緊張，或說是傳統與文明的衝突，深具可讀性。

（王怡心老師設計撰寫）

自然體悟

玉山去來　陳　列

流螢汛起　凌　拂

隨鳥走天涯　劉克襄

冷海情深　夏曼・藍波安

玉山去來

陳列

1

去年四月初，我第一次登上玉山主峰頂的時候，那種宇宙洪荒般的詭譎氣象，剎那間就將我完全震懾住了。

我是凌晨三點鐘臨時跟隨著一支欲觀日出的隊伍從山莊出發的。一開始，崎嶇的碎石小徑即在無邊漆黑的原始冷杉林中穿行，一直循著陡坡面曲折上升。出了海拔約三五五〇公尺的森林界限以後，隊員已因體力的不一而斷隔為零落的好幾截；我看到他們的手電筒或頭燈的微光點綴在上下的數個路段上，在黑暗裡搖晃。那些不時閃現的人影、岩坡和低矮的圓柏叢，全如魅影般。

由於沒有了樹木的遮擋，風稍大了，夾著森冷寒氣，從難以辨認的方向綿綿襲滲而來。裹在厚重衣服裡的身軀，卻因吃力攀爬而是熱的。四周也仍相當安靜，只有偶爾從那寂寂黑色中響起的前後人員的傳呼應答，或是石片在暗中某處唰唰滑落滾動的聲音。我一邊聽那聲音在我身旁飄浮懸盪，一邊聽著自己的心跳和踩在碎石上的蹬音，一步步地繼續往那黝黑的高處摸索，彷彿是史前地球上的一個跋涉者。

經過幾小段碎石坡以後，矮樹也漸少了，風，卻更強勁，陣陣拍打著身邊的裸岩，咻咻刮叫。我斜靠在一處樹石間休息，腳下的急斜坡掩沒在黑暗裡，而很遠很遠的底下，是數十公里外嘉南平原上和高雄地區依稀聚集的燈光。天空仍是濃濃墨藍，只有很少的幾顆很亮的星。

路愈往上愈坎坷，呈之字形一再轉折，沿鬆脆的石壁而上。我盡量調整呼吸，配合著放下每一個斟酌過的步伐。而就在這專注中，天終於開始轉亮，晨光漸漸，在我身旁和腳下開始幽微浮露出灰影幢幢的巉岩陡崖。驚懼的心反而加重了。

到達位於玉山山脈主脊上的所謂風口的大凹隙時，形勢大改。山野大地好像在我來不及察覺之際忽然在我腳下翻轉了半圈；上坡時一路被暗暝龐大的嶺脈遮住的東邊景觀，轉瞬間出現在我一下子舒放拉遠開來的眼底裡。大斜坡、深谷、北峰，以及從北峰傾斜東去的山嶺，都在薄薄的曙色風霧中時隱時現。寒風囂叫，從那屬於荖濃溪源頭的谷地吹掃過來，沿著大碎石坡，直向這個風口猛衝。我緊緊倚伏著危巖，努力睜眼俯瞰錯落起伏的山河，心中也一陣陣的起伏。

然後，當我手腳並用地爬過最後一段顫巍巍破碎裸露的急升危稜，終於登頂後，當我正是氣喘吁吁，驚疑的心神還來不及落定時，迎頭罩面而來的，便是那一場我從未見識過的高山風雲激烈壯闊的展覽了。

一片洪荒初始的景象。

大幅大幅成匹飛揚的雲，不斷地一邊絞扭著，糾纏著，蒸騰翻滾，噴湧般綿綿不絕從東方冥冥的天色間急速奔馳而至，灰褐乳白相間混，或淡或濃，瞬息萬變，襯著灰藍的天，像颶風中翻飛的卷絲，像散髮，狂烈呼嘯，洶洶衝捲，聲勢赫赫，一直覆壓到我眼前和頭上，如山洪的暴漲吟吼，如宇宙本身以全部的能量激情演出的舞蹈，天與地以及我整個人，在這速度的揮灑奔放中似乎也一直在旋轉搖盪著，而奇妙的是，這些雲，這些放肆的亂雲，到了我勉強站立的稜線上方，因受到來自西邊的另一股強大氣流的阻擋，卻全部騰攪而止，逐漸消散於天空裡。

而在東方天際與中央山脈相接的一帶，在這些喧囂狂放的飛雲下，卻另有一些幾乎沉沉安靜的雲，呈水平狀橫臥，顏色分為好幾個層次，赭紅的、粉紅的、金黃的、銀灰的、暗紫的，彼此間的色澤則細微地不斷漫漶濡染著，毫無聲息，卻又莫之能禦的。

然後，就在那光與色的動晃中，忽然那太陽，像巨大的蛋黃，像橘紅淋漓的一團烙鐵漿，蹦跳而出，雲彩炫耀，世界彷彿一時間豁然開朗，山脈谷地於是有了較分明的光影。

這時，我也才發現到，大氣中原先的那一場壯烈的展覽，不知何時竟然停了。風雖不見轉小，頭頂上方煙雲卻已遁去，好像天地在創世紀之初從猛暴的騷動混沌中漸顯出秩序，也好像交響樂在一段管弦齊鳴的昂揚章節後，轉為沉穩，進入了主題豐繁的開展部。

我找了一個較能避風處，將身體靠在岩石上，也讓驚駭的心情慢慢平息下來。

2

啊，這就是臺灣的最高處，東北亞的第一高峰，三九五二公尺的玉山之巔了，嶔崎孤絕，冷肅硬毅，睥睨著或遠或近地以絕壑陡崖或瘦稜亂石斷然阻隔或險奇連結著的神貌互異的四周群峰，氣派凜然。

名列臺灣山岳十峻之首的玉山東峰就在我的眼前，隔著峭立的深淵，巍峨聳矗，三面都是泥灰色帶褐的硬砂岩斷崖，看不見任何草木，肌理嶙峋，磅礴的氣勢中透露著猙獰，十分嚇人。我想，在可預見的未來，我是絕對不敢去攀登的。

南峰則是另一番形勢：呈曲弧狀的裸岩稜脊上，數十座尖峰並列，岩角崢嶸，有如一排仰天的鋸齒或銳牙。白絮般的團團雲霧，則在那些墨藍色的齒牙間自如地浮沉游移，陽光和影子愉悅地在獰惡的裸岩凹溝上消長生滅。而二公里外的北峰，白雲也時而輕輕籠罩，三角狀的山頭此時看來，相形之下就可親近多了，在綠意中還露出了測候所屋舍的一點紅。

中央山脈的中段在似近又遠的東方，大致上，或粉藍或暗藍，從北到南一線綿亙，蜿蜒著起起伏伏，自成為一個更大的系統，兩端都溶入了清晨溶溶的天光雲色裡，中間的若干段落也仍被渾厚的雲層遮住，但浮在雲上的一些赫赫有名的山頭，卻是可以讓我快樂地一邊對照著地圖一邊默默叫出它們的大名：馬博拉斯、秀姑巒、大水窟山、大關山、新康山……。它們一一來到我的心中。

我站起來，在瘦窄的脊頂上走動。落腳之處，黑褐色的板岩破裂累累，永在崩解似的。岩塊稜角尖銳，間雜著碎片與細屑，四下散置。我就在這些粗礪又溼滑的碎石堆中謹慎戒懼地走著，辛苦抵擋著從西面吹來的愈來愈強盛的冷風。我勉強張眼西望，看到千仞絕壁下那西峰一線的嶺脈和楠梓仙溪上游的一段深谷，都蒙在一片渺茫淡藍的水氣裡。阿里山山脈一帶，則遠遠地橫在盡頭，有如屏障一般，山與天也是同樣粉粉的淡藍，只是色度輕重不一而已。

實在非常冷。我恍悟到耳朵幾乎凍僵了，摸起來麻麻刺刺的。那支登山隊的幾位隊員在急勁酷寒的風中顫抖著身子。有人得了高山症，臉色一陣白似一陣，呼吸困難，身軀直要癱軟下來的樣子。我的溫度計上指著攝氏二度。

3

後來我才曉得，山有千百種容貌。

這一年來，我三次登上玉山主峰頂。一月中旬有一次我在雪花飄飛中穿過冷杉林之際，曾被那深厚溼滑的冰雪地阻斷了最後一段一公里多的登頂路程。繼四月底的初登經驗後，六月末，我大白天二度登臨，只見溼霧迷離，遠近的景觀幾乎都模糊一片，只有偶爾在那霧紗快速飄忽飛舞的某個瞬間，才隱約露出了局部的某個斷稜或山壁。

但隔一週後再摸黑上山時，遭遇竟又迥然不同：難得的風輕雲也淡，最迷人的則是日出前後東北方遠處郡大溪一帶的景色。在那溪谷上，霧氣氤氳，濛濛寧謐的水藍。層層疊置著一起從兩岸緩緩斜入溪谷地的山嶺線，便全部浴染在那如煙的藍色裡，彷彿那顏色也一層疊著一層，漸遠漸輕，滿含著柔情。

這個早晨，似乎仍是地球上的第一個早晨，永遠以不同的方式和樣貌出現的高山世界的早晨。當旭日升起，在澄淨的蒼穹下，臺灣五大山脈中，除了東部的海岸山脈之外，許多名山大嶽，此時都濃縮在我四顧近觀遠眺的眼裡，所有的那些或伸展連綿或曲縮褶疊的嶺脈，或雄奇或秀麗的峰巒，深谷和草原，斷崖和崩塌坡，都在閃著寒氣，變動著光影，氣象萬千，整個形象卻又碩大壯闊，神色則一般地寧靜無比。這個時候，光和風雲，以及其他什麼時候的雨雪雷電，都瞬息萬變地在這個山中世界裡作用嬉戲，讓山分分秒秒改變著它的形色與氣質。然而，就在那捉摸不定的特性裡，透露的卻又是巨大無朋，如不動的永恆的東西，讓人得到鼓舞與啟示的東西，例如美或者氣勢，動與靜的對立與和諧，生機與神靈。

我一次又一次地在玉山頂來回走動，隱約體會著這一類的訊息，時而抬頭四顧逡巡，一邊再默默念起各個山峰的名字。一種對天地的戀慕情懷，一種臺灣故鄉的驕傲感，自我心深處汩汩流出，一次深似一次。

4

臺灣，其實，不就是一個高山島嶼嗎？或者更如陳冠學所謂的「臺灣以整個臺灣，高插雲霄」。

兩億五千萬年前，當時的亞洲大陸的東方有一個海洋，來自陸地的砂、泥等沉積物經年累月在陸棚和陸坡上堆積。

七千萬年前，大陸板塊與海洋板塊開始碰撞，產生了巨大的熱與力的作用，原來的沉積岩廣泛變質，臺灣以岩石的面貌初次露出水面。

此後的漫長歲月裡，這個區域又漸回復平靜，臺灣島與大陸之間的地槽再度累聚起厚厚的沉積物。後來，冰河的融化卻使得臺灣島又沒入海面。

四百多萬年前，一次對臺灣影響最大的造山運動發生了。菲律賓海洋板塊由東南方斜著撞上了臺灣東部，使臺灣島的基盤急劇隆起，地殼擡升，使岩層再次褶皺斷裂，變形變質。這些斷裂，就是近南北方向的斷層，是頻繁出現於臺灣的一種地質構造。本島南北平行的幾個大山脈，也正是這種來自東西兩個方向的劇烈擠壓造成的。臺灣因此高山遍布。

因此，臺灣以拔起擎天之姿，傲立海中。

在這個島上，海拔超過三千公尺的名山達三百餘座。面積僅三萬六千平方公里的一個海島，竟坐擁這麼多高山峻嶺，舉世少見。

目前，這兩大板塊的衝撞擠壓所產生的擡升作用，仍在持續中。

我所站立的這個玉山，正就是地殼上升軸線經過的地方。我置身的玉山山脈和眼前的這一段中央山脈，也正是臺灣山系的心臟地帶，坐落在臺灣高山世界的最高處。

5

我一次又一次走入山區，在玉山頂碎裸的岩石間踱步，時而環顧那些既殊形詭狀又單純重複疊置著淡入遠天或浮露於閒雲間的峰巒，當世界遼闊清亮的時候；而當風生雲湧，冷氣颼颼刺痛著我寒凍的臉孔，所有的景物和生命跡象又都急急隱沒了，甚或細密的雨陣排列著從某個方位橫掃而來，夾著風與霧，消失了一座又一座的山谷和森林。清明中見瑰麗，晦暗動盪中更仍是大自然無可置疑的巨大與神奇。

我於是開始能漸漸體會學者所說的臺灣這個高山島嶼的一些生界特質了。

真的，假使沒有這些攢簇競立的大山長嶺，臺灣的幅員將顯得特別狹小，不見高深，風景則變得平板單調，沒了豪壯的氣勢與豐富的姿采，而人與其他生物也勢必有著迥異於目前的生息風貌的吧。

對於生界的特色，氣候是關鍵性的決定因子，而對於臺灣的氣候，我眼際裡的這些重重高山，正有著莫大的正面作用，像一道道相倚並峙的屏障般，在冬夏兩季期間，分別阻擋了來自東北與西南的季風氣流，使得島上年年都有充沛的雨水，孕育出蒼翠的森林，並將全島滋潤得難見不毛之地。座落於島上中央地帶的整個玉山國家公園，也因而成為臺灣最重要的集水區。濁水溪、高屏溪和東部的秀姑巒溪這三條臺灣島上的大水系，都以這裡為主要的發源地。

臺灣山勢的崇高，也使溫度、氣壓和風雨都受到極大的影響而呈垂直變化，在海拔不同的地區造成極其明顯的氣候差異，使原屬亞熱帶短距離緯度內的臺灣，出現了寒溫暖熱的諸種氣候型。動植物的類型，當然也就隨海拔位置的不同而大有變異了。

臺灣垂直高度近四千公尺，從平原走上玉山頂，就氣候和草木的變化來說，微地形、微氣候和微生態系姑且不論，大略等於從此地向北行四千公里。一個蕞爾小島竟有如此紛歧的氣候型和生態系，這又是世界難有其匹的。

臺灣就是一座山，一座從海面升起直逼雲天且蘊藏著豐富生命資源的巍巍大山。這是造化奇特的賜予。我們大部分人大部分時間就在它的腳下生聚行住。我在玉山地區三番兩次進出逗留，總覺得自己已走進它的源頭了。

6

這個源頭，基本上，卻相當荒寒。

設於海拔三八五〇公尺的玉山北峰的測候所，測得的玉山地區年均溫是攝氏三・八度。攝氏五度的等溫線大致與海拔三五〇〇公尺的等高線相合。而三千公尺以上的地區，在冬季乾旱不明顯時，積雪期可連續達四個月。一般而言，由於氣候的因素，加上岩石裸露，風化劇烈，土壤化育不良，海拔超過三千六百公尺的地帶無法形成森林，三千八百公尺以上的地區，更可以說是臺灣生育地帶的末端，只能存活著少數的某些草本植物。

我先前幾次走過這個高山草本植物帶時，只覺得滿眼盡是光禿的危崖峭壁，岩層破碎。勁厲的冷風，經常吹襲。這裡像是另外一個世界。間或出現在石屑裡的小草，看起來毫不起眼。我不曾為它們停留過疲累的腳步。

然而六月底再次經過時，我卻為它們展露的鮮豔色彩而大感驚訝。荒冷沉寂的高山上突然出現了一片蓬勃的生機。尤其是北峰周圍，可能因坡度較緩，土壤發育較好，花草甚茂，各種色彩紛紛將這個高山地域鑲飾得不再那麼冷硬：紫紅色的阿里山龍膽，晶瑩剔透如薄雪般的玉山薄雪草，藍色的高山沙參，黃色的是玉山佛甲草、玉山金梅和玉山金絲桃，以及在北峰頂上盛開成一大片的白瓣黃心的法國菊……。我開始帶著一本小圖鑑專程去進一步認識它們。

在長期冰封之後，這些高山草花，這時，正進入它們的生長季節。它們正趁著氣溫回升的短暫夏日努力成長，在一季裡匆忙地儘量完成從萌芽至開花、結果以至散播種子的一生歷程。

不過另一方面，我這時卻也開始了解到高山野花之所以多為多年生，原來有其苦衷。對許多高山植物而言，籽苗內的養分畢竟有限，無法同時供應成長與孕育種子之需，所以為了達成繁殖的目的，只得採取分年逐步完成生命循環的策略：第一年全心全意發展根系，次年發芽，然後年復一年地儲存能量，待準備充足後，再驕傲地綻放出美麗的花朵來。

但即使是這麼堅韌的高山岩原植物，在玉山主峰頂上，也已少見。我反而發現了兩棵玉山圓柏。四月底的時候，這一簇出現在峰頂稍南絕崖陡溝中的綠意旁，仍留著一小堆殘雪。它們是臺灣最高的兩棵樹。

然而就植物生命而言，地衣則還高過了它們。顏色斑駁地貼生在山巔裸岩上的這些地衣雖屬低等植物，但因不畏高山上必然強烈的風寒和紫外線，且能將假根侵透入岩石內，逐漸使之崩解，使高山上高等植物的生長成為可能，因此一向是惡劣環境中最強悍的先鋒植物。

至於動物，據說在溫暖的季節，仍會有長鬃山羊、水鹿和高山鼠類在此出沒。但我三度登頂，卻只有在四月底的那一次看到一隻岩鷚。只有一隻。牠長得胖胖的，離我約僅一丈，在板岩碎屑上慢條斯理地走著，毫無怕人的樣子。灰色的小小的頭，時而啄點著地面，時而抬起來四下顧盼，背部灰栗相間的覆羽在颳掃的冷風中不斷地張揚起伏。

這就是臺灣陸棲鳥中海拔分布最高的鳥類了，而且是世界上僅存於我們這個島嶼上的臺灣特有亞種。可是為什麼只有一隻呢？牠真的能在這麼高寒的裸岩間找到果腹的小蟲或植物種子嗎？在興奮之外，這些都——不免令我疑惑。

7

我一再地攀爬跋涉於玉山頂一帶，後來彷彿覺得幾乎要成為一種迷戀式的追尋甚或膜拜了。我逐漸察覺到，自己似乎愈來愈期待著要在每次的山野漫遊中，在某個時刻，通過高山世界那種亙絕千里的恢弘大氣勢，通過周遭或恆久或瞬息生滅的形色聲氣和律動，去和什麼東西連結起來，譬如土地、譬如時間，等等。我是已體會到了我可以為之歡欣的某些什麼，但我仍貪婪的希望能確切地把握得更多。

然而，經過了一段長時日之後，玉山頂所有的那些經歷，在記憶中其實有一部分卻已混淆起來；某些個別的興奮心情雖還在，但印象中所有的那些或美麗或偉大的色彩和聲音，形狀和氣質，所有的那些我曾有過的感動或震撼，領會或省悟，最終都混合成單純的某些繫念和啟示，留存在心底裡。

當夏天過去，秋天來到，高山的花季迅速銷聲匿跡，冷霜降臨，多刺的玉山小檗的葉子轉紅了，掉落了。然後是冬天，一片皚白的冰雪世界。那些裸岩、地衣、那兩株海拔最高的圓柏，以及全部的那些堅苦卓絕的高山小草花們，都將一體覆蓋在厚厚的白雪下。而那隻孤獨的岩鷚，應該也會往低處移居的吧。

然後，也許四個月之後，春天回來了。然後夏天……。好長好長的一再輪迴的宇宙的歲月，大自然的歲月，我目睹過的那個玉山地區高山世界的歲月。

我懷念這樣悠悠嬗遞著的歲月，同時相信這其中必然存在著可以超越時間的義理和秩序，一些既令人敬畏卻又心生平安和自在，既令人引以為傲卻又願意去謙虛認知的屬於高山、屬於自然、屬於宇宙天地的義理和秩序。

選自《永遠的山》，玉山社

作家瞭望台

陳列，本名陳瑞麟，一九四六年生，臺灣嘉義縣人。淡江英語系畢業，一九六九年移居花蓮，任國中教師兩年，一九七二年因政治事件繫獄四年八個月。出獄後，一九八〇年以〈無怨〉獲第三居《中國時報》文學獎散文獎首獎，翌年以《地上歲月》再獲首獎；一九九〇年以《永遠的山》獲第十四居《時報》文學推薦獎。

其散文量少質精，喜在臺灣山水中旅行，沉潛於心靈思考與人文關懷，文筆洗鍊淨美，理性虔敬、清新恬淡，兼具文學的抒情與報導的真實。作品有《地上歲月》、《永遠的山》、《人間・印象》、《躊躇之歌》。

密門之鑰

這篇文章蒐錄於《永遠的山》，是作者受託玉山國家公園管理處一項委託計畫而成書的一篇。書序自云：「有幸在這裡斷斷續續盤桓了一年。這一年，或許可以這麼說吧，是一連串的驚訝與摸索、學習與啟發的一年。這一年裡，我經常覺得，生命裡的視野正重新開始，新奇和困惑之感則一直相伴著，永在心頭。」

陳列以精準的語言、語意，報導臺灣高山之美。靜煉的文筆，流露了對自然的敬畏和禮讚，深沉有味。對作者而言，大自然就是美麗的世界、真理的中心。自然觀察與人文關懷的結合，是生態寫作的普遍筆法。但陳列寫得虔誠莊嚴，出入自得理趣。

寫日出——就在那光與色的動晃中，忽然那太陽，像巨大的蛋黃，像橘紅淋漓的一團烙鐵漿，蹦跳而出，雲彩炫耀，世界彷彿一時間豁然開朗，山脈谷地於是有了較分明的光影。

寫雲相——大幅大幅成匹飛揚的雲，不斷地一邊絞扭著，糾纏著，蒸騰翻滾，噴湧般綿綿不絕從東方冥冥的天色間急速奔馳而至，灰褐乳白相間混，或淡或濃，瞬息萬變，襯著灰藍的天，像颶風中翻飛的卷絲，像散髮，狂烈呼嘯，洶洶衝捲，聲勢赫赫，一直覆壓到我眼前和頭上……。

一幅幅自然美景，氣韻生動地展現眼前。讀陳列的文章，常被他理性而富節奏感的文字所震動，具象生動，將天地之美喚來眼前。另一方面，他對植物禽獸如此熟稔、信手拈來，如此用功嚴謹，正映照了他對自然的虔誠、孺慕之心。在簡淨節制的文字裡，有顆溫熱的心，遠離塵囂，而又能平凡自然地回歸自己的生活文化；在這種情懷裡，我們讀到了人與自然契合的肅穆、喜悅。也讓我們體悟到：旅行原來就包含著遠離與回歸這兩大元素。閱讀旅行文學可以怡情又增知，有趣又有益。壯闊心志，洗滌塵念。

杜國清在美國編寫《臺灣文學作品英譯資料》，蒐錄本文，評語著：「陳列的〈玉山去來〉以相當陽剛的文筆描繪出臺灣大自然的雄偉和豪壯，原作大塊文章的風格，讓人讀後心胸浩蕩。」給予本文相當的肯定。

讀陳列的散文，可印證「風格即人格」一語。年輕時的陳列，因政治事件出獄後，他不寫受辱、恨怨，而是寫下〈無怨〉。他說：「我不應該過去通過歪扭的媒介走入世界就變得落寞。當天地間萬物貫注於生長的時候，似乎其他的什麼都不值得怨恨和記掛了，最該珍視的是自己的完整。」四年八個月的牢獄之災，難免使他徬徨、拘謹。但他珍視自己的擁有，把自己交給大自然；仔細檢視一個不完整的社會。他不用吶喊的書寫，而以精確文字，寬博心胸，使讀者自然得到了啟發與震撼。他說：「在我的信念裡，文學是可以用來關懷，用來改革，注視社會。」閱讀其文，讓人油然而生崇高的宗教情感。

提神答問

一、以作者為例，好的生態書寫需兼具知性與感性，你認為需要什麼條件或準備，才可做到？

答：在親近大自然時，慢遊、細細品味、沿路做紀錄，加以平日閱讀、累積自己與他人的感受。

二、為何作者說接近高山，讓他有敬畏之心和驚懼之情？你有過類似的登山經驗嗎？

答：以簡單的裝備親近高大山林，不必呼朋引伴，只要慢慢品味、細細聆聽。萬物靜觀皆自得，漸漸體會到自己的有限與大自然的奧妙。

寫作擂台

陳列受託玉山國家公園管理處，而寫下了〈玉山去來〉。請你藉著餘暇，也去爬一座你家附近的小山，然後寫一篇遊記。

你可於途中訪談遊客或當地居民，記錄山的沿革或逸事，並描摹山的景色、氛圍及特色。題目自訂，文長不限。

探索新境

閱讀陳列的其他作品：

一、《地上歲月》，漢藝色研發行。

二、《永遠的山》，玉山社發行。

（吳明津老師設計撰寫）

流螢汎起

凌拂

離開一陣，再回來，五月已到最後。五月到最後，山裡只剩下兩隻螢火蟲了。寥寥落落，兩隻正合我的心意。入夜走出來，群山晏息，大地全都黑了。原來因流螢而輝光閃爍的野地沉沉安靜下來。置身其中看不見，我連自己也不知存在是什麼樣了。黑裡飄忽，僅覺寂然一絲游息，倒像生來就是輕虛的風，不具實體。悄然行走，我還真希望自己能在暗裡留住思緒，脫卻形體，飄忽而清虛，輕安而渺遠，一如野地裡虛幻渺渺的流螢，而我，是存在的，會思考的一縷鬼火，暗裡洞悉明明，無有言詞、行止、酬酢，倏爾轉向與人事都無涉的情境上去。流螢幻夢，黝黝黑夜能使一切聚連成片，是因為它能在暗裡把一切摶揉。

白日裡在小徑上流連躑躅，野地動人極了。蒼青的樹；翠綠的竹。斷石、殘土、流水，其間充滿了密布順時的野草。昭和與咸豐相依，菁芳與過貓為鄰，野薑急急竄起，威儀剽悍，在為深秋的花序預埋玄機。而此刻入夜，曠野蕭寂，黑黑的野貓，我看不見了菁芳、昭和與咸豐。黑了天；黑了地；也黑了眼；我蹲在草邊沉沉的有點寂，能做些什麼呢？群山全黑，暗裡一隻流螢亮得真靜。

流螢的事，潮汛泛起，從四月一直清豔閃動到五月，極盛之期冷麗繁華，不勝金碧輝煌之至。晶碧的光閃呀閃呀，灼灼其華到處奔跑。打小徑上走過，流螢照了顏色，清炯螢光掀上頰面，在墨黝黝的草澤裡照見了自己閃動的臉，景況真是吃驚。山夜是靜的，螢光一只可謂纖麗，然而繁華盛到極處，流螢稠密已流不動了，住在山裡靜靜的冷光其實變得有聲，那流螢燈火通明照得過了頭，喧嘩裡我開始期待潮平之後的沉幽。五月直直過到最後，散去的流螢，我等待的是另一種平寂。萬木森森，闃無人影，此片刻我自視幽光微微，享此清空須賴於情境，小規模的沉幽，細細淨淨，疏疏落落才是我的。

撥開草莖，天地間唯一的一點螢光飄然彈落，輕輕一伸手，寂寂落在掌心。流螢會以為是一陣風鳴，夢中見過的，此刻與生活中遭遇的一樣真實。螢光落在掌上像暗裡點了一盞蓮燈，蓮燈順著掌上紋際一路分明照過去，生命、智慧、情感，一路迤邐，照到了指尖停住，此處已是邊界極限。流螢約莫呆呆的站了一秒，螢光一滅，振翅飛去，天地好像由此又延伸了許多。兩手空空，暗裡於此獨放蓮燈的是我，飛去的早些回來呵！流螢可認得我掌際的生命與智慧？掌上乾坤，我希望常有螢光永遠靜靜的在那裡發亮。

我住的這裡每年四月流螢汛起，流光掛上樹梢，掛得真快。先是疏疏幾點彈落，彷彿似有若無，然而禁不住一日二日三回駐足，黑黑的山徑上停下腳來，季節的訊息，忽忽一轉頭，碎光煥發，一下子就輕快愉悅的燈花閃了滿地。節慶是這樣子，一下子就綠光、紅光相間靜靜閃成整片。看到流螢極度密集的時候我有點呆，目不暇給飛光炫動，一陣急起，一陣急落，盛景看到極致，別無遺憾，只是悵惘，荒山新簇流螢，那種夜是最後一種夜了。光改變著一切，許多許多的流螢掛上了樹梢，草上是，水域是，空中流動的也是，白日裡走出去一片僻遠荒蔓的草澤，入夜之後繁華郁麗，熱鬧極了。夜裡走走，走到荒黑裡去，在草澤裡也能映出自己閃動的臉，簡直就像站在繁華市鎮的中心。我也抬頭看山，群山多麼沉寂，清空黝黑與大地璀璨，那時的我，火樹銀花，一臉的盛況，只覺返璞歸真，還有長途需要跋涉。

流螢那燈，當與節慶相連，只是鼓聲鼕鼕響起總在夜晚。初初開始是靜，閃呀閃呀，靜得不是靜了，山裡所有的流螢，倏忽同時亮起，也沒有什麼。整片熒熒灩灩，光華劈啪和諧滾動，閃爍的都是青春，豔艷山夜，重新拾回童年把晶亮糖球塞在嘴裡的日子，流螢遮沒了僻野，整個荒蔓草澤像沾滿了晶透糖粉的凍果。清涼淨逸，冰瑩剔透，彷彿可以吃得滿手滿嘴，甜蜜極了。螢火蟲閃閃向東，螢火蟲閃閃向西，螢火蟲閃閃向南，螢火蟲閃閃向北，這樣的夜，荒野舉燈擲筊，悵惘總是在的，然而靜裡喧囂，流螢的繁麗，我是可以接受的。

季節輕換，慣看了黝黑鬱重的山夜滿地都是美麗的星星。多年以來，蘊藉在山川草木之中，走走走，走回自然裡去。無論廣漠的樹林，秋蟲的繁音，春鳥的豔色，繁花滿枝，綠葉滿樹，所有的自然裡的煥發興奮，全部總是的，無不醉心於種族繁衍。繁衍是自然，楊柳桃花成偶皆不免一番徵逐。流螢的求偶當是一場大規模的迴腸盪氣，那麼劇烈的閃動，敲鑼打鼓，擕著燈，一路召告，看過去四面都是冷光，甘美清涼，多麼公開美麗悅目的渾身解數。爬蟲游魚，飛禽走獸，無處不有多情。荒山夜，閃動的流螢飄呀飄，那種充滿熱烈與期待的流光，冷麗、輕柔、飄忽，貼地爭飛，幻夢空花，流螢的婚禮真是一場幽冥裡奇豔的夢結。我直直看到五月，一日減過一日，日漸寥落到底，最後只剩下螢火幽幽三點、兩點，無言睡在深黑裡了。

三點、兩點，是安靜多了，伏在草裡一動也不動的流螢，靜靜的發亮，季節到了最末，沒有情侶小步緊跑相迎的雀躍了，我對著草裡不動的螢火，只是發亮，明而不愛了嗎？晚春情事，我看不出什麼別的意思。群山不明的黑夜裡的一點微光，不歌不躁，求偶的訊息這樣忤逆，幽微而冷，我覺得煽動性真是極小極小了。質素這樣幽微輕遠，是因為不涉情關僅向淡處嗎？沉沉的風夜獨獨只有我與之默默相對。

《幽冥錄》與《搜神記》裡常有入仙窟的事；多半嘗至一穴，甚狹而峻，忽覺有光，既入，內甚平敞，草木皆香。我對著全黑裡的一點螢光，靜靜看下去，彷彿真可以看到裡面，豁然而入，另有洞天。烏托邦的入口，我進得去麼！

《幽冥錄》裡記錄了一個用了三十多年的玉枕，枕後破了一個小坼孔，有個叫湯林的只對著那小坼孔看了一眼，不知不覺，竟從洞口進入，走到枕頭裡去了。洞裡朱門瓊宮瑤臺，皆勝於世。湯林在枕中結婚育子歷數十年，忽然夢覺，實俄頃之間，發現自己猶在枕旁看著小坼孔，湯林愴然久之，原朱樓瓊宮、富貴高官，盡夢中所見，桃花盛景無跡可尋，唯鄉邑零落是真。

流螢的光裡會看見白鳥浮游嗎？從流螢的洞口一直走下去，迥然天清霞耀，桑竹垂蔭，奏以簫管絲桐，多麼虛幻的世界。武陵人的居處，山有小口，彷彿若有光，只是尋向所誌，可遇而不可得焉。我想著流螢光處，入百步餘，忽有平衢，槐柳列植，行牆迴匝。那或撫琴瑟，或執博碁的是我嗎？詩歸詩，夢歸夢，流螢歸流螢的現世人生啊！

細雨撲面，流螢汎來。季春、孟夏有那麼多那麼多那麼多的流螢，水息清芬，流螢喜歡的是溼溼的草，溼溼的雲和霧和風。那麼一大片的閃動，置身其中，它劇烈我安靜。流螢的劇烈，是有著原始的天生對氣候與水與環境相和諧的適意，那麼一叢元氣淋漓的流光閃動，我的安靜是指能付予環境的誠懇越來越少了。遊山的人就鑿斲山，玩水的人就劫掠水。那麼看螢火蟲的人呢？就帶了塑膠袋子，一袋一袋的捉。其實，早年環境沒有壞到這樣，黑夜裡捕捉幾隻流螢，生活中綴滿的是雀躍的情致。自然充滿彈力，情理之中的掠取挫鈍不了自然的雍容。而今麻煩了，凡事快到了盡頭，便動輒敏感。於今過分透支，人類無疑是個負債者，負於山，負於水，負於土壤、陽光與空氣，一路負來，不得不住口住手了。凡為人類所歆喜過的東西，隨之而來的總不免是噩耗凶訊，存活在地球上的東西果真是越來越少了。

流螢季節過了，今年再到明年我還有新的憂愁。存在的是差一點就消失了的意思。當某種生態逐漸形成體系，景致逐漸趨於盛況，它的生命力便在衰竭邊緣。任何一項事物，當它引得多數人趨之若鶩絡繹於途的時刻到來，我遁離的決心便寂然躍起。流螢汛起，迷惑人的明滅飄影。闃無人的山夜，我知道我這兒景致極美，然而，我不再拉開簾幔了，流螢的交談，情愛之夜，不需要再被打擾。

選自《天下散文選II》，天下文化

作家瞭望台

凌拂，本名凌俊嫻，一九五二年生，安徽合肥人。輔仁大學中文系畢業。致力於自然寫作、兒童寫作，文筆清新脫俗。善以白描手法，寫浪漫情懷。藉精準文字，深入心理透視，在報導的理性文字裡，織以感性覺思，讓人沉澱反思。

曾獲《聯合報》報導文學獎散文第二名、《中國時報》文學獎散文優等獎、報導文學評審獎、洪健全兒童詩獎、兒童散文獎、童話創作獎。著有《世人只有一隻眼》、《臺灣的森林》、《與荒野相遇》等。

密門之鑰

作為一位城市隱者，長久服務於山間的小學老師，凌拂總是愉悅地享受著遺世的孤獨。對她而言，回到大自然如同返家般的安適自在。

全篇寫物寄情，處處呼應著人如螢，螢如我——「疏疏落落才是我的」的同理心。螢光點點，一如作者，總是寥落自足，不需要被世俗打擾。文筆由實寫自然、而引用古書、而警筆環保，全文鍵鈕在此二三句：「質素這樣幽微輕遠，是因為不涉情關僅向淡處嗎？沉沉的風夜獨獨只有我與之默默相對」。只有心靈澄澈的人，才能欣賞流螢的繁麗。

作者在《與荒野相遇》書序中云：「我只是為了要離去的緣故，所以我進入荒野。」召喚自我，回歸自然。世上還有什麼力量比「為了擁抱而遠離」，這種「相反相成」的動作、言語更動人？她以穩健的步履見證大自然的美，以清淺文字鐫刻豐美自在的生活。

讀這些文字，激發你想去親近自然、點燃你人文思考的慾望。讓人想起法國的科普書籍《昆蟲記》，作者法布爾以三年一冊的進度，費時三十載完成《法布爾昆蟲記全集》十一冊，其豐富的知識和文學造詣，引領人們對人生有所體悟、對科學有所關注。他是位優秀的科學家和詩人，可敬的書寫者與觀察家。

閱讀凌拂，是觀察自然與了解自我的開始。在她東方式淨斂自覺的文筆裡，我們除了可以體會文學家字裡行間的人生情味，也可如科學家般對大自然觀察入裡、浸淫理趣。

提神答問

一、指出文中你所喜歡的描寫流螢的句子，並說明作者的筆法。

答：請自行發揮。

例如你喜歡：「流螢的事，潮汛泛起，從四月一直清豔閃動到五月，極盛之期冷麗繁華，不勝金碧輝煌之至。晶碧的光閃呀閃呀，灼灼其華到處奔跑。」因為作者此處用字清麗，善於鋪排。亦多暗用典故，如「灼灼其華」引自《詩經》。讓文章生動、充滿美感。

二、晉朝詩人王康琚說：「小隱隱陵藪，大隱隱朝市」。作者的賞螢活動，讓她「遁離的決心便寂然躍起」，你認同作者的生活選擇嗎？為什麼？

答：能順性而為，並結合尊重生態、社會服務的理念。是位生活的隱者、慈悲者。

寫作擂台

〈甲〉

距離臺北市最近的「賞螢步道」，就在信義路底的福德街裡，「四獸山」市民森林區的「虎山」，或陽明山的竹子湖、大屯山自然公園。請於四、五月的傍晚時分，邀親友踏青、賞螢光；書寫一篇夜間賞螢的記遊。

〈乙〉

你在生活裡，曾經有仔細觀賞植物或動物的經驗嗎？也許是在彰化八卦山上賞鷹、也許是佇足在回家路上的野花旁、也許是……，請以「當我走在□□道上」為題，用三百字描寫這欣賞的過程及感受。

探索新境

一、《老頑童歷險記——劉其偉影像回憶錄》，劉其偉著，遊目族文化事業股份有限公司發行。

二、《仲夏夜探祕》，徐仁修著，遠流出版社發行。

三、《與荒野相遇》，凌拂著，聯合文學出版社發行。

（吳明津老師設計撰寫）

隨鳥走天涯

劉克襄

去年九月時，綽號叫「海盜」的辛普遜船長如約從日本來了。

辛普遜船長是跟著冬候鳥從日本南下的。冬候鳥從天空出發時，他從海上啟航。船一泊靠基隆港，他便迫不及待要我帶他去關渡賞鳥，會見那群同時抵達的鳥朋友。

辛普遜船長和我的認識十分偶然。前年我仍在海軍服役時，有一次戰艦換防到基隆，趁假日時，我在港口附近的街道蹓躂。結果遇到他，手裡也拿著一副雙筒望遠鏡，我們相互知道對方都在注視上空的老鷹，因了這層關係，彼此間的心靈似乎有種共通的默契，於是我們認識了，變成熱絡的朋友。待在基隆的一段時間裡，我們不是坐在咖啡館大談鳥事，就是相偕到附近的山上觀鳥。一直到我隨戰艦回到離島，他也跟著船繼續飄泊的日子。

辛普遜船長是美國人，行船生涯已有二十年，他為何會在大海中選擇賞鳥的嗜好？同樣是行船的人，不分國籍，航海時寂寞孤單的心情，我是能瞭解的。他也告訴我，如果不是有隨處旅行賞鳥的嗜好，他不可能將這一生耗在海上。然而賞鳥仍是寂寞的，要不，他在基隆港時，就不會與我認識，急於交換賞鳥的經驗。

雖然我也在海上開始賞鳥的興趣，不久卻下船退役了。幸好興趣並未減低，繼續跟著輾轉的職業生活，走到那裡，跟到那裡。

去年九月時，我正開始計畫做淡水河一年的水鳥觀察與拍照，辛普遜船長來的正是時候，因為他已經有十餘年的賞鳥經驗。

我們一進入關渡沼澤區，我就直接帶他走到水鳥群集的淺灘。這些水鳥剛剛從北方南下，我想辛普遜船長必然在日本見過，也急於看到牠們。

果然，他高興的叫嚷著，一一唸出每一種水鳥的名字，他說上個月在瀨戶內海時也遇到牠們。我又想，這大概也算是他鄉遇故知了，只是他遇見的是鳥朋友。

可是他快樂的表情一下子卻變得怏怏不悅。原來他看到水鳥聚集的淺灘，架立著好幾對竹竿。他問我那是什麼，我知道那是鳥網。

本來我腦筋一轉，覺得這事與他無關，想打馬虎眼過去，又想他也不會那麼笨，就據實說了。

沒想到他真的那麼笨，連鳥網都沒見過。他生氣的說：「我從來沒有在別的國家發現這個東西，難道你們連管的人都沒有？」

望著他，我真是無言以對，也不曉得應該如何解釋。

後來他又抱怨了這個沼澤區的缺點，什麼噪音、汙染、廢土等，統統指陳出來，好像都是我的錯。

我心裡想，你又不是生活在這裡的，憑什麼指責。心頭是這麼生氣，我還是婉轉的回答，告訴他因為這些問題，所以我們已有一個生態保育區的構想。這裡便可能成為臺灣第一個水鳥保育區。

辛普遜船長卻反問我：

「為什麼以前沒有呢？」

對這個問題，我實在難以解釋，而且有理也講不清的，只好說：

「在我們這時，有許多事情可能比建立保護區還迫切。」

當然，這種說法，辛普遜船長也不同意，他直覺的認為建立保育區比什麼都重要，管他什麼天下大事，二三十年前就該設立了。

也許他是對的。總之我慶幸他不是中國人。

辛普遜船長離開臺灣以後，我繼續在關渡沼澤區旅行。往昔我對鳥網採取不聞不問的態度，也不知是否受到他的影響，旅行的次數增多以後，看到水鳥陷入鳥網，我已變得無法忍受。

我再也不管那些鳥網設在多深多髒的沼澤，一定涉水下去搶救。原來水鳥們南來北往，端賴的就是堅強的羽翼。而牠們一陷進鳥網時，經過掙扎，羽翼卻陷入鳥網的糾纏，羽毛紛紛脫落，身體變得扭曲痛苦，毫無反抗的能力。我每次釋放一隻，都需要花費五六分鐘的時間，一一將牠們的羽翼從混雜的鳥網中擺脫。牠們被我抓住時，也不知道我的企圖，經常嚇得拉屎。有些水鳥從網中獲釋以後，也不見得能再飛行，不是羽翼受傷，便是腿扭斷了。幸好還能生存，總比架在烤鳥攤好多了。從拯救水鳥中，我也漸漸體會辛普遜生氣的原因，這種生氣應該是出於沉痛的心情。

從旅行的經驗裡，我也發覺捉鳥的人有時比賞鳥的人懂得鳥性，以前在中央山脈時，我曾經看到捉鳥人的獵捕方法。他們懂得利用放鞭炮、敲銅鑼驚嚇山鳥，將山鳥趕到溪谷空曠的地區。他們就在該處架起鳥網，讓山鳥盲目的飛撞，陷進去。不過兩三個鐘點，整座山的鳥都捉空了。

他們在沼澤區卻改變方式。因為海水漲潮時，水鳥會從淡水河飛進，落腳沼澤區。於是他們在每處可能棲息的地方擺設鳥網，連途中飛行的路徑也架立，整得水鳥飛進來無處可去。剛開始時，水鳥紛紛落網，時日一久，牠們便轉往他處。於是十月以後，沼澤區的水鳥漸漸減少。

那時，為了維護這些水鳥的生存，我也跑到派出所控告。結果警察先生告訴我，關渡隸屬於北投管轄，北投那麼大，風化場所的事一大堆都管不完了，誰顧得了什麼水鳥。說的也是。後來我才知道他們只有一個人管轄關渡，他也不可能整天待在沼澤區，等捉鳥的人。何況關渡不只是沼澤區，與沼澤區相鄰的關渡宮，香火鼎盛，每天有上千的遊客出入，上廟還願。捉水鳥的問題，警察先生自然認為不重要。

控告不成，鋌而走險，我只好回到沼澤區自己行動了。我只要發現鳥網，察看四下無人，隨即偷偷取出小刀從中割掉。結果成績斐然，整個沼澤區三十幾具鳥網，我撤去其中三分之一。

夜路走多了，終於碰到鬼。有一次我正在割網，被人發現了，從遠遠的水田又吼又叫，一路追過來。我作賊心虛，嚇得拔腿就跑，騎上摩托車匆匆跑回臺北。然而我仍不死心，第二天，又跑到關渡去，沒想到他們已經派人看守。不過，我不相信他們能夠每天來此，我卻能隨時出現。後來他們可能也猜到是我幹的，心裡雖悶不吭聲，我一抵達沼澤區，也小心的監視我的行動。

結果我們都沒有得逞，因為天氣越來越冷，水鳥多半過境，而且鳥網也時常被厲風吹垮，他們只好放棄捕鳥。我不曉得他們去那裡了，我的旅行次數卻與日俱增，而且轉而專心拍攝鳥類。

鳥性怕人。拍鳥也跟釣魚一樣，只有一個方法：等。我剛開始拍鳥時，挫折感非常大，還未接近，牠們已經飛離。經過幾次接觸後，我就學乖了，懂得去選隱蔽的樹林、草叢躲起來，等候鳥出現。這種守株待兔的方式，後來也覺得不智。我經常枯坐一個上午，未看到鳥從我四周經過，可是開始決定這個位置時，最主要的因素就是考慮到這裡經常有鳥出現，我想那些鳥一定知道我躲在裡頭。

我改採主動的行為，看到鳥時，從離牠十來公尺外的地方爬行接近，這種方式也只持續了一段時日。後來有幾次，我在沼澤區拍水鳥時，不惜趴在爛泥巴上匍匐，結果每次花了半個多時辰，停停爬爬，好不容易接近到四五公尺，舉起相機時，牠們卻拍翅驚飛，氣得我站在淺灘發楞。弄得滿身爛泥巴的代價是如此，我只好也放棄。

幸好我又想到另一個方法，我在附近找到一堵竹籬笆，在籬笆上插飾樹枝，也將自己裝扮成野戰特遣隊的士兵，鎮日躲在籬笆後面。那裡有鳥就推著籬笆前進。

有一天，我就這樣裝扮前往淡水河口，攜著相機在沙灘行動。未料到，神不知鬼不覺，後面尾隨著一位海防士兵。我對準鳥準備按快門時，他也舉著槍瞄準我。

他在我背後大喊：「不准動。」

我聽到背後有聲音，嚇了一跳，急忙站起來，一看前面的鳥也被嚇跑，禁不住氣得直跺腳。

我回頭一看，發現他大概是看見我的裝備十分特殊，以為逮到什麼人物，步槍亦步亦趨的逼向我。這時，我才感覺事態不對，急忙改作笑臉狀。

「你在做什麼？」他仍然緊繃著臉問我，步槍繼續對著我的胸膛。

我也慌張的舉起手，跟他解釋：「我在照鳥啊！」

「照鳥？鳥在那裡？」他睜大眼瞄四周，一無所有，盡是沙灘。

「跑了。」我口上這麼說，心裡卻想：「你這個呆子，鳥都被你嚇跑了，你怎麼看得到？」

這位士兵實在盡責，看到我的打扮，又在地上鬼鬼祟祟，他自然不相信我的說詞，槍押著，就將我帶回營部。幸好我帶了鳥會證件，底片也還未使用，費了一番口舌，他們才放我一馬。

這次教訓以後，我再到海邊或者回內陸拍鳥時變得異常小心。我也不是顧忌上述的事情，而是怕被人吵到，失去攝取一次寶貴鏡頭的機會。因為過路人看我的打扮，又躲在草叢摸索，總會好奇的停下腳步，有時也會走到我的身邊，結果鳥被嚇飛了，我也因之氣結。

由於長期在沼澤區拍攝水鳥，我對於當地的環境自然熟稔，也非常關心它的變化。

春天時，我看到每天都有卡車載滿廢土駛進來，然後將廢土傾倒入沼澤。我感覺他們每倒一次廢土，都像拿一把刀在刺我。沼澤區的面積不過十幾塊水田大小的總和。卡車每天填塞，不到一年，遲早會將沼澤鋪滿。沼澤一失，那來的水鳥？更遑論將來有什麼生態保育區的計畫。

去年冬末時，卡車載運進來的廢土已將沼澤一分為二，而且在廢土上築起違建的豬舍。如今再運入，據當地人說也是要建立更龐大的豬宅。違建怎可擴張工程？何況是即將成立的生態保育區？執法的人呢？我只有一個人又如何去阻止？

我想等水鳥生態保育區的計畫擬定，準備實施時，沼澤區一定已經消失了。難怪連外國人辛普遜船長也替我們難過、急躁。我後來想起他臨行離去時留下的話：「反正你們這塊地已無可救藥，還不如跟我出去，咱們到處看鳥去。」

話這樣說也沒錯，何況我也是行船的人，心裡難免動搖。只是對這裡的鳥，心裡有一份說不出的感情，牽掛的也多了點。我還是不敢太早遠行，真的，再也不敢奢言說要到那裡去了。

選自《隨鳥走天涯》，洪範書店

作家瞭望台

劉克襄，筆名劉資愧、李鹽冰。一九五七年出生於臺中，文化大學新聞系畢業，擁有諸多身分：詩人、小說家、散文家、《中國時報》人間副刊副主任、自然觀察解說員、臺灣史旅行研究者等。他的足跡遍及臺灣各地，甚至遠及海外，創作多樣而繁複，但皆有相同的使命——傳承自然教育。

早年以鳥類和古道為創作題材，近年來則以生態旅遊、古道探查，以及社區營造為書寫主題。文字風格淺近，深具社會關懷的寫實精神。

簡義明評論說：「劉克襄把對自然的『愛』和對孩子的『愛』攪拌在一起，較為感性的記錄下他每次觀察和旅行的心得，交融成言淺意深情濃之作。另一創作重心，是藉由綠色旅行的途徑去填補都市生活和視野的侷限，並有意以此方式和時下流行的『旅行文學』對話。不需飄洋過海、也不用古老的歷史來炫耀或憑弔，只要在這個蕞爾小島上，做些短距離的移動，就可能會發現臺灣的細緻與遼闊。」

就是基於這樣對自然的追索與關懷，劉克襄的步伐不疾不徐，他懇切的希望表露在詩間：「終有一年春天／我們的子孫會讀到／頭條新聞如下／冬候鳥小水鴨要北返了／經過淡水河邊的車輛／禁鳴喇叭」（劉克襄〈希望〉）。而他自己分析個人的創作，說：「雖然自己的創作常被視為知性散文，我仍篤定感性的層面其實更濃烈而堅實。那詩之情懷，從不曾在我的自然觀察裡脫隊。它隨時回來，在散文敘述裡，扮演著調和的溶劑。」

劉克襄把對自然的感性體會，書寫成知性報導的散文，期望能藉由文字的創作，當一位謙卑的自然教育者，這或許也能感化在都市盲目遊走的現代人。

密門之鑰

一九八〇年開始賞鳥的劉克襄，那時看見的死鳥總是比活鳥多，他深感「賞鳥是從悲劇開始的」。而為什麼要賞鳥？那是因為鳥是人類和大自然的牽引線，所以我們必須透過鳥去接觸自然。賞鳥本身並不只是去看鳥，它還牽涉到臺灣自然環境生態運動的保育和未來走向。劉克襄如是說。

〈隨鳥走天涯〉中，藉著辛普遜船長這位外國朋友的沉痛氣憤，我們看到了一般人對自己生態環境的漠視與踐踏，像是懂鳥性的捉鳥人、派出所的警察先生、倒廢土的卡車司機。而搶救水鳥的劉克襄，則是一面割掉鳥網，一面惋惜著生態保育的淪陷，對比的描寫方式在讀者看來格外動容。而在觀察水鳥的敘述中，作者很生動寫實地描述：守株待兔、爛泥巴上爬行、裝扮成野戰士兵前進……等等，這一切的努力都是為了牽掛而不捨的水鳥啊！局外人的辛普遜船長離去時，留下了無可救藥的結論，難過之餘，我們是否該有些自覺呢？

如同他在〈最後的黑面舞者〉末段中的呼告：「各位讀者請想想看！全世界僅有二百八十八隻黑面琵鷺，其中最大的一支族群，一百多隻每年固定在臺南海岸出現。我們竟然還眼睜睜看著牠們從自己的土地消失。還有什麼事值得我們這樣迫切去關心呢？」

為了觀察溪鳥，劉克襄可以在岩石後枯坐兩、三個小時，有這種鎮靜的功夫，才能在親身體會自然的躍動後，精確地用筆寫下。其實只要胸懷遠大，用心堅持，筆下自然能有萬鈞氣魄。不需四處遠遊張羅題材，本土原鄉的真切關懷，詳實表達的素白內容，就能成為感人不已的最佳成果，恰如劉克襄的創作堅持。

提神答問

一、從辛普遜船長和劉克襄的對話中，你感受到什麼情境？

答：既關切我們所處的環境，同時也感到十分難堪。

二、劉克襄懷著什麼樣的心情拍攝水鳥？

答：原是基於個人的興趣，熱中於觀察水鳥，後在拍攝中摻雜著關懷水鳥、關懷生態的情感。

寫作擂台

劉克襄藉由不同人物的作為，如辛普遜、自己及破壞生態環境的人等，對比出水鳥與生態的重要；而在彼此的對立中，亦凸顯出自己的理想堅持。同學們請以類似的「對比手法」，藉由「對立的人物」（可以是真實或虛擬的人物）的言語、行事，敘述並凸顯出自己的人生抱負。題目自訂，文長六百字。

探索新境

〈天下第一驛〉，收於《劉克襄精選集》，九歌出版社發行。

文中強調臺灣是風鳥的驛站，而這驛站卻是風鳥的難關。這是何等令人關切的重要議題！

（王怡心老師設計撰寫）

冷海情深（節選）

夏曼・藍波安

風雨一直不停的落下，潛水處的岩礁半個釣魚的人影也沒有，灰色陰霾❶的天氣迫得達悟❷的男人鎖在屋裡談天。距離潮間帶約莫廿公尺處的地方，有個天然洞穴，是潛水射魚的族人上岸休息的好地方。在洞裡休息片刻抽個菸，望著海洋一陣的強風帶給海面一大片的灰暗，景象帶來淒涼的落寂感，洞裡的青煙使我想到拓拔斯❸（布農族）的小說《最後的獵人》裡的男主角比雅日和妻子帕蘇拉的故事。帕蘇拉對比雅日說：「……如果你聽我的話到平地做臨時細工❹，買幾件毛衣就不需為冷天劈柴烤火取暖……。」但比雅日終究沒有去平地做細工，反而上山去打獵；因為只有在深山才覺得有尊嚴，有智慧，真正展露布農男人的氣魄。雖然在回部落途中他的獵物被檢查哨的惡警擄走，僅留給他一隻狐狸孝敬帕蘇拉。比雅日無膽怨嘆，只覺得惡質剝削在越為複雜的社會裡如鬼魂般地經常的，自然的落在弱勢、窮人的命運裡。於斯，我只冀望孩子的母親不要為了毛衣令我到臺灣做工即可了。

強風襲來，一陣又一陣地夾著寒雨，令我瑟瑟發抖，眼前一位老人自海裡鑽出來，口中不停地呢喃著，煞是為自己的文化的潰敗在呢喃、抱怨。看著他縮著頸子，蟄步快走，丁字褲是被燻黑，露裸的上身是被曬黑的，網袋內有兩隻章魚正朝我這兒走來。

「表姐夫你好，這樣冷的天氣你還游泳幹嘛。」

---

❶ 陰霾：形容天氣陰沉晦暗。霾，音ㄇㄞˊ。
❷ 達悟：夏曼・藍波安在此註解：「指蘭嶼島上的民族，我們稱呼自己為Tawo，人的意思。」
❸ 拓拔斯：漢名田雅各，布農族人，高雄醫學院畢業，於蘭嶼醫療服務處服務，曾獲吳濁流文學獎，著有小說集《最後的獵人》、《蘭嶼行醫記》。
❹ 臨時細工：臨時搬運工。

「沒辦法呀，孫子的父母親明天就要從臺灣回來，沒有海鮮給他們吃，怎麼行呢！」遞上一根菸給他驅寒，雙唇是紫色的，表姐夫吸了一口菸說：

「天就快要黑了，你還要潛水射魚嗎？」

「是的，」我說。

「別在天黑後回家，深冬寒夜惡靈❺很多哦！」

「我知道，途中平安。」我回道。

我明白，並且從小就有的觀念，即是黑夜來臨便是孤魂野鬼的晨光，要不是有月光的照射，小孩便早早的回家睡覺。而對潛水射魚的男人而言，也絕對不允許自己在黑夜回家，否則親戚們將全副武裝的沿著路找你，這實在是很嚴重的事。

表姐夫為了孫子及孩子，只穿一條丁字褲就潛水找八爪魚。人雖然剛六十出頭，也算是上了年紀的人了，這算不算孝敬孫子、孩子的一種表現？從臺灣來的孩子會真心感激他？會洗耳恭聽表姐夫捉章魚的故事？新生代被大時代的環境吸引，在都會裡生活是多麼的困難，幾十年未回到母親的島嶼，早已被逼忘記傳統的生產技藝了。單說潛水，就算只有三、四公尺深的近海處有十幾隻的章魚任他抓的話，恐怕就連一隻腳也捉不到。

一根菸已經抽完了，灰色陰暗的天候，乍想還真像是惡靈出沒頻繁的時段。想著耆老❻們經常說的一句話：「現在的海域不如昔日乾淨了，有太多外來的觀光客以及一些酒鬼溺死在海裡，他們都想找替死鬼。」孤獨的我站在潮間帶還真有些微的恐懼呢。然而，當我穿上潛水衣，決定潛水射魚時，惡靈是阻止不了我的。海，畢竟是

❺ 惡靈：Anito，死去的靈。達悟族極端懼怕憎恨惡靈，視為一切邪惡災禍的原因。他們認為「神」能降福於人，使其農漁所獲豐足有餘，家中人口昌盛，無病無災；但惡靈則是所有不幸的根源，疾病、死亡、災害都可歸咎於此。他們儘可能避免接近屍體或與死者有關之處（如喪宅、死者家人等），以免為聚在這裡的鬼魂所害。達悟族並無出草習俗，所以當他們全副武裝時，那一定是用來驅鬼的。下文叔父、二堂哥與表姐夫在酒鬼溺死的海邊尋找夏曼・藍波安時，正是穿這種驅鬼裝扮。

❻ 耆老：老人，多指德高望重者。耆，音ㄑㄧˊ。

我這一生的最愛。陣陣強風寒雨襲上心坎，望著幽暗的海面，想著海裡會有什麼樣的魚群，此使我內心高興。三年來，我已經習慣一個人潛水射魚，除了興趣外，我真的很難形容自己游在海裡的那種興奮的心情。

我親吻自製的魚槍，說些只有自己與海神才明白的祈福詞，這樣的行為業已成為我入水前的例行課程。「海神，朋友來了。」之後便心安理得的游水。

冬季的海底景色一如陸地上發黃的茅草，放眼望穿冷清淒涼，了無生氣。一些小魚兒如上百尾的花尾、鸚哥魚、金帶擬羊魚……等等我所熟悉的底棲魚或停游或驚慌逃走，或者鑽進岩礁縫。無論如何，這樣的魚類行為已經對我沒有一絲的吸引力，畢竟我是不射如手掌大小的魚的。我慢慢的潛入海裡，讓耳膜適應水壓並且浮在水中悠哉地往外海游，彼時，除了自然光外，冬季的海底實在沒有很大的魅力令人心曠神怡之美感，更無夏季陽光射穿海面形成千條萬絲的亮麗景觀，在一片起伏的堡礁裡潛梭著無數的豔麗的熱帶魚，忽現忽沒，甚至有些小魚如眼睛大小般地在密集的珊瑚樹叢間上下跳躍，如此匯集成一個生機盈滿之奇景，在冬季是看不見的。

冷風寒雨肆虐的冬日，一陣一陣的強風橫掃洋面，灰色的海底世界是如此的神祕，灰色的神祕牽引著我灰色的心思，尚且溫暖的海水，稍稍提醒我仍是有生命的軀體。浮在海面，強風吹得呼吸管發出口哨般的聲音，我注視著海底的魚，逡巡獵物。一尾單帶海鯡鯉陪伴一條約二公尺長的海蛇就在水底的海溝，我立刻彎著身子，頭下腳上的潛入水裡，魚槍瞄準著牠的頭，就在我射程之距離內，牠迅速的游開。但我不慌亂地直接潛入水底裡的礁石上，趴在那兒動也不動地等著牠的好奇心。四、五秒的時間，在我頭頂前方，五顏六色的魚兒逐漸逼近著我，最後就在我頭頂上方有規律的，或上或下的，刻意擺個向我挑釁的姿態，有的乾脆啄著我的槍頭企圖自殺，但那些勇敢的小魚根本就是我放棄的獵物。

此刻，單帶海鯡鯉察覺怪物猶如無生命的岩石動也不動的趴在海底時，牠便慢慢地朝我這兒來，而我長久潛水的關係，發黃的長髮也像海底的海藻任海流搖擺。牠來了，我的槍身隨著牠的移動而移動，就在百分之百的命中機率下，如鉛筆粗的鋼條，無音的，也沒有水花的，準確地貫穿牠的頭部，牠連掙扎的機會都沒有。就在射出去那半秒，環繞在四周的小魚兒彷彿火焰般地爆裂，各自逃竄保命。當我慢慢的浮出的同時，牠們又在一定的距離停駐，看我這個比牠們大百倍的怪物升天。氣泡無數從我嘴裡冒出來，有些在頭頂，有些在身旁，如降落傘狀般的，有規律的與我同時浮出海面。把魚放進網袋，同時也忘記了家裡的兩個女人語中帶咒的話，游了十來分鐘，身體逐漸地感到舒暢，精神也爽快多了。稀少的魚兒便會想到夏天澈藍的海洋，夏季酷熱的陸地，便懷念冬天憂鬱淒涼的灰色汪洋。我，現在正和幽暗的海面相容，但觸覺不到她的荒涼。獨自在力馬拉邁海域浮潛，對我而言，是榮耀？抑或失意？是堅強？還是脆弱？是追求傳統的生存意志？或是逃避現實生活為賺錢所支配？我浮在海面，與海浪的升與降忽出忽沒，乍想，孩子的母親四方形的臉，有時是溫柔大方令我疼惜，懷了卅個月，生出了三個小孩，她是未曾向貧窮妥協的，她的堅強真如懸崖邊的羅漢松一樣。而她的暴怒也正如我浮潛的地方向東游五、六十公尺駭浪一樣地令我畏懼。

在蘭嶼的東南和西北的岬角處的海域，在冬、夏兩季分得很清楚。若以此方位劃線的話，夏季吹西南季風時，南邊是洶海猛浪，而北邊正是湛藍的海，和煦的風；冬季颳著東北季風時，北邊是荒涼冷清剛猛波濤，南邊是平浪灰暗。彼時是冬季，但我正在東南方的平浪與駭浪的交匯處。並且是下弦月的農曆廿八日，東邊的駭浪雖然兇猛地令人喪膽，望而生畏，但依我的經驗，現在正是滿潮，海流只有一點點，不會消耗太多的體力的。我想。網袋裡已有兩、三尾的女人魚❼了，現在開始射些激流處的，較大尾的男人魚❽，如六棘鼻魚、多紋胡椒鯛、黑點石鯛，尤其是Ngicingit（鋸尾鯛）的底棲魚正值產卵的季節，此等魚比較笨，但需要潛入海裡，在礁岩上身體不動的話，牠們便會成群地游近你身邊，唯一的困難是，而且是最艱難的是，牠們的遊憩的海域全在激流處，幽暗的洞穴，看來滿恐怖的。

---

❼女人魚：達悟族把魚類大致分為男人魚、老人魚（兩者同為raet，壞魚）以及女人魚、小孩魚（兩者同為oyod，好魚）。女人魚所有的人均可享用，男人魚只有男性可以吃，老人魚則只有老人可以食用。不止魚類，連螃蟹也循此分類模式。他們認為小孩或婦女的體質相對較弱，不能任意食用魚種，必須加以限制保護。而成年男子抵抗力較強，多數魚種皆可食用；至於六十歲以上的老人，因為經驗比較豐富，故能處理較奇怪的魚，所以一些較特殊的魚專由老人食用。

❽男人魚：達悟族的男人魚大多是性情兇猛、食性複雜、皮粗肉腥的魚種，如：石斑、石鱸、鬼頭刀、隆頭魚等。女人魚則是外形溫馴、食性單純、味道鮮美、肉質細膩的魚，如黑鮪魚、飛魚、白毛、黑毛、鸚哥魚等。

我逐漸的游近東、西兩邊海流的交匯處，那兒有兩個從海底凸出水面的礁石。當駭浪拍擊浮出海面的礁石，宣洩的浪花泡沫僅停留在四周時，確定是海流平穩，當然，我根本不依此來做判斷，因用肉眼看著浮游生物或用肌膚的感覺也可以知道海流的強弱勁道，其次，亦為我熟悉的地方。

游著，繼續的游，只見海水很混濁，如同灰色的天空一樣不為我所愛的水色。不多久，我已游到五、六級浪大的外圍了。此時，我就像翹翹板上的玩童，忽波峰忽波谷的在找尋獵物，只有呼吸管在海面嗡嗡地，時強時弱的聲音陪伴我以及白色浮標的 Onon❾。天色突然黑暗了，把頭抬出海面，仰望天空，一片烏厚的雲層恰在頭頂，就要降雨了，我想。駭浪實在可怕，轟轟的宣洩聲此起彼落，但我不在乎，只注意到海裡的魚。只見一群的魚，黑色的，時而進洞穴，時而游出洞。我等著牠們再次進洞穴時，迅速地潛下去，沒幾秒一條約莫三斤重的琉球黑毛（男人魚）便放進了網袋，待我射到第二尾時，牠們游走了。

如彈珠大的雨滴，從天而降，落在頭上清涼的感覺恰似小女兒的甜言蜜語那樣的溫馨，那樣地讓我忘記憂鬱。海底的視線漸漸模糊，因彈珠般大的雨以及被烏雲遮住的日光逐時逼近海平線。把兩條橡皮扣住鋼條，握住槍枝彈射柄，再次的尋找獵物。彼時，駭浪宣洩的泡沫不斷地淹沒我，如沙粒般的白點，千億粒的白點，模糊了視線，潛入水中企圖弄清視線。在水中，我仰望水面，除了雨水不斷滴落在海面的美景外，海流也把億萬個白點扭曲成水裡龍捲海，好多好多的不規則的曲形狀，從海面上看起來是無數個逆時鐘的小漩渦，俟海流稍弱時，她便解形。所以，我說：「海，是有生命的，有感情，溫柔的最佳情侶。」海中形形色色的奇景，唯有愛她的人才能享受她赤裸的豔麗與性感。

隨著即將宣洩的駭浪之壓力輕鬆地潛入水裡，尋找我要的魚，趴在礁石上，離我約二十公尺處有一群鋸尾鯛。牠們的顏色在海裡是深褐色的，但牠們的尾巴猶如手指般大的顏色是白色的，所以容易辨別。牠們真是瀟灑，優閒地慢慢靠近我，算來只有八、九尾。約莫五到六臺斤的重量。「來吧！朋友。」我說，不知道這一群鋸尾鯛是否看過人類？牠們真的來了，其中的一條可能就要在陸地上變成我招待客人的魚乾了。牠們真的逼近我，我憋住氣，

❾ Onon：夏曼・藍波安在此註解：「指魚槍的尾柄繫上一條十多噚的長線，以備和大魚拔河。」

再忍耐個三、四秒吧，我想。很清楚的，牠們已經在我的射程之內，選個最大尾的，瞬間壓住開關木柄，冰冷的鋼條無聲的，也無情地射穿牠們的胸鰭上方半寸的部位，在千分之一秒的時間，牠們各自遁逃四方，又在一秒鐘內圍繞在被我射中的四周，乍看，彷彿是替友魚出殯似的。由於射到骨頭，令牠無法掙扎，鮮血不是紅色的，而是草綠色。

我趕緊把牠刺死裝進網裡，在這群鋸尾鯛尚未游走前再射個兩、三尾即可驕傲的回家，孝順家裡愛嘮叨又愛吃魚的母親與孩子的母親，還有那愛殺大魚的，我那八十歲的父親。我的興奮勝過不終止宣洩的海浪，幾年來，我已把自己的一些靈魂交給了海神，而心臟的跳動由自己來控制，我想。雨，依然下著；海，依舊兇猛，在此刻，我是孤獨的，在海裡非常的孤伶⑩，而我的感覺是何等的舒暢。勇者，往往把最危險的狀況視為體驗人生最好、豐富生命最高的自我反省的機會。我像漂流木一樣忽現在波峰，忽沒在波谷，雨夾著強風落在發黃的髮絲，彷彿小女兒吸吮⑪著母親的奶水那樣的令人亢奮。我抬頭望天，他的灰暗和海裡同樣陰沉，但美極了。

海浪從陸地上觀望，雖是很恐怖，像是要吞掉潮間帶所有生物似的，但她是外剛內柔，因海流平穩，並且海底裡的礁石與礁石間的縫隙又有我想要射的魚，內心是難以形容的喜悅。再潛兩、三次吧，我說。Bob……Bob……Bob射穿魚身的聲音，鋸尾魚散了又聚、聚了又散，不畏死的任我選擇。連續射了三條，背後的網袋已比先前重了很多。再射一條較大的吧，我想，而後回家。海裡幽暗的把所有魚的顏色染成黑色，我僅依我的經驗和魚身之大小、游姿來區別魚之名字。再一條，我想，我不能貪到把現成所有的魚全射完，況且天已暗了，父母親鐵定擔心我的安危，把身體成倒立的潛入水中，趴在礁石上尋找獵物，不到二秒，嘴唇是一圈白色的，而這白圈很大，發出微弱的銀光，哇……一群的魚游過來，無數白圈的銀光緩緩的游過來。這群魚是我在冬天最喜歡射的魚，看來每一條都像我手臂這樣長的大魚。來吧，兄弟們，不多久整群魚就圍繞在我四周，選最大的，好美的聲音，Bob射穿了一條，接著無情的鋼條又射穿另一條，好哇，我想。此刻是回家的時間，剩餘下次再來找牠們。兩條

⑩ 孤伶：孤單。
⑪ 吮：音ㄕㄨㄣˇ，用口吸取。

魚在鋼條拚命的掙扎，槍頭的倒勾使牠們跑不掉，拿起插在鉛帶的十字鑽子，刺到牠們的眼睛，其生命便結束了。

這時候便加快蛙鞋遠離駭浪，游向靜如湖面的海域。我邊游邊看天色，彼時，正是入夜前的幾分鐘。我的呼吸加快，原來的驕傲，此刻逐漸被黑夜的籠罩而緊張了起來，想著，距我上岸的地方至少有八十公尺，越想越擔心，於是心臟的跳動更為激烈了，比我潛入水裡更為……。唉，怎麼辦，我是不畏懼惡靈的，因祂們業已習慣我在力馬拉麥海域潛水，我的靈魂是祂們的朋友。但最為我擔心的是，我那滿腦紋皆是惡靈影子的父母親，如果父親戴上籐盔，穿上籐甲的話，這是最嚴重的，認為入夜前家裡的男人去射魚還未回到家的話，那表示這男人有生命的危險，而且我又是一個人。這下子，怎麼辦？我如何向家人解釋？天黑了，當我上岸的時候，趕緊把潛具裝在袋子裡，魚背在背後。想著滿腦子全是惡靈影子的父母親，還有孩子的媽媽即將對我大發雷霆時，更令我慌恐，抽根菸緩和自己的心情，同時用打火機照明腕錶，確實是入夜的六點鐘了。我安慰自己說：「我已是為人之父，自己早有能力照顧自己的安危，在海裡。」

車燈照明往回家的路，感覺如同在海裡一樣的孤伶伶，寒雨、強風此刻尚未停止，億萬落下的雨絲在車燈照射下模糊了我的視線，也模糊我的心情，雖然是豐收。在曲折的道路上，看到了燈光的移動，在吉樂朋的平路上相遇，汽車後邊跟著一臺機車，速度很快。這時，我的眼睛被逆來的強光所刺，於是停下來讓路給車走。汽車瞬間地煞住，裡頭傳來一句話，說：「在這兒，孫子的父親。」是叔父夾些微怒的聲音。我明白我是錯了，不該在黑夜後回家，堂哥開車，神情顯得不安，機車是二堂哥與表姐夫。他們都穿上了驅除惡靈的頭盔與盔甲，這樣的穿著絕對是來找我的。這使我更為緊張，於是一語不發的加速車子往前衝，逃避親戚們在馬路上的盤問。

黑夜的路格外的寧靜，我的心情格外之複雜。此刻，父親、叔父、堂哥們看到我之後，是否心安了呢？我的愛海徒增家人的困擾？我在孩子的心目中，除了會潛水射魚外，是否有其他的價值？愛吃魚的太太會詛咒我的漁獲？還有……不知不覺中自己剛剛在海底神勇的表現，這時逐漸成了我在黑夜的路途中最沉重的負擔。我明白，在達悟民族的觀念，父母親仍健在的中年人，而且是潛水射魚的人，要遵守夕陽落海前要回到家的不成文的習俗，其次，避免單獨一人去射殺特大的魚。前者之意為，不幸在海裡溺死是白髮送黑髮的悲劇，後者是，孩子給父母親送終的厚禮，是詛咒父母逝去的隱喻。

我的憂慮是前者，也是我家人萬分焦灼的原因。雖然自己明白父母親的嘮叨，也非常瞭解自己在海裡之體能與經驗。這一點並不重要，重要的是家人不瞭解我愛海的程度，愛到家裡的生活費、小孩子的零用錢都不去理會，且拒絕上班。想著這些事情，這些人，想著自己在外求學的過程中，回到蘭嶼未增添家裡的經濟收入，反而天天的與海為伴。唉！是雨還是淚呢？應該是眼淚逕自的流了下來，當我抵達家裡的時候。

選自《冷海情深》，聯合文學出版社

作家瞭望台

夏曼・藍波安，一九五七年生，蘭嶼達悟族，漢名施努來，依達悟人「從長子名」傳統，在兒子出生後，改名「夏曼・藍波安」——夏曼乃對當上父親者的尊稱，藍波安則是其長子之名——故其名意即「藍波安之父」。

十六歲赴臺東就讀高中，後放棄保送師範大學的機會，考入淡江大學法文系，畢業後當過代課老師、開過計程車，在蘭嶼反核自救運動中，擔任「驅除惡靈」運動總指揮。一九八八年毅然返回蘭嶼，重新學習達悟人傳統潛水、射魚、造舟的生活方式與技能，追尋文化血脈及親族認同。目前專事寫作，以書寫自身獨特的民族文化、風俗習慣見稱，筆調深情內斂，隱含達悟語法，敘事抒情自然，自成一格。

一九九九年重返校園，以達悟文化為研究主題，取得清華大學人類學研究所碩士；二〇〇四年入選文建會「九十三年度全球視野創作人才培育計畫」；二〇〇五年獲邀參與一項由臺灣、日本、印尼共同合作的航海探險之旅，以南島語族的仿古船「飛拉達悟」號，橫渡太平洋，隨船駛往第一站巴布亞紐幾內亞。同年秋天，入成功大學臺灣文學研究所博士班。

著有《八代灣神話》、《冷海情深》、《黑色的翅膀》（獲吳濁流文學獎）、《海浪的記憶》（獲第二十五屆《時報》

文學獎推薦獎）、《大海浮夢》、《安洛米恩之死》、《天空的眼睛》、《老海人》等書。

相較於拓拔斯所流露的知識分子反省式的切入角度，或說一種文化人類學式的尊重與悲憫氛圍，夏曼・藍波安在其〈冷海情深〉之中，顯得感性淋漓，主觀而融入，更狂放具生命力——且更脆弱憂鬱。「海神，朋友來了。」在蘭嶼大海中，夏曼・藍波安不只人感到自在，文字也比較自在。當他描述海面之上的種種，以至於陸地上的人事時，彷彿有點辭不達意，或所謂隱含達悟語法也者；但只要進入海面以下的世界，他豐盈的感觸頓時讓文字飽含訊息，滲透著絕對的生動、感動，而別具說服力，此時若尚欲論異文化之情調反差等等，反覺多餘。

「獨自在力馬拉邁海域浮潛，對我而言，是榮耀？抑或失意，是堅強？還是脆弱？是追求傳統的生存意志？或是逃避現實生活為賺錢所支配？」無論如何，他皆以海之愛為核心，來探尋生命中的其他大哉問。對於夏曼・藍波安而言，他所愛的大海，絕不是相對於都市文明或都市人的所謂「（休憩式）自然」，海與海的經驗即是他的美感，他的哲學，他的宗教，他對存在的感激與印證。放肆而言，海（自然）即生命與全部。

是故，感性層面的美，壯闊的大海時空是冷海深情的初初邂逅；漸游漸遠漸潛漸深，於是領略到一種無悔與信任，「唯有愛她的人才能享受她赤裸的豔麗與性感」；當不由自主地大海帶領他體會更絕對的深邃時，二元性的認識框架即將崩解融合，達到完整，「雨，依然下著；海，依舊兇猛，在此刻，我是孤獨的，在海裡非常的孤伶，而我的感覺是何等的舒暢」。沉浸於此近乎宗教性的經驗中，溫飽等計較，猶如天上鳥、地上花、不耕不織之間，消弭在絕對的感動充盈裡。

此作亦可謂都市文明主流邊緣的樂天之作，然質地穩實，是以深刻。映襯於猖獗的資本主義物化文明，如此真誠地將大海自然視為情人與皈依處，反而閃耀著沉重的鑑戒意涵。「我抬頭望天，他的灰暗和海裡同樣陰沉，但美極了。」此一意境，讓對文明的往而不返有所喟嘆的靈魂們，心有戚戚。

提神答問

一、你是否會覺得此作基調過於陽剛，太過沉迷於男性的自然經驗裡，而忽略了較陰性瑣細的現實思維？

答：作者一九八八年毅然返回蘭嶼，重新學習達悟人傳統潛水、射魚、造舟的生活方式與技能，追尋文化血脈及親族認同。他真誠地將大海、自然視為「情人」與「皈依之處」，這種文化人類學式的男性自然經驗，或許正顯現出「夏曼・藍波安」式的自然書寫風格！（此題可自行發揮，提出個人看法。）

二、文明本於人性，而人性本於自然，以此而論，文明是怎麼會走到泯滅自然的地步？關鍵何在？你以為如何？

答：此題可自行發揮。例如說，工業革命後，科技突飛猛進，多年來人類迷信「人定勝天」，追求經濟發展，罔顧「環境倫理」，對大自然任意破壞，故因而導致了地球生態環境的失調。

三、多元文明，豐富且和平地共存共享是大家的理想，在具體實踐上，你認為最重要的作法或觀念為何？能否以實例說明？

答：此題可自行發揮，提出個人看法。

寫作擂台

自古以來，大自然一直帶給無數人啟示與安慰。它是藝術家靈感源泉，也是升斗小民衣食所寄。今日按開電視電腦視聽資源甚足以消遣時光，走至巷口便利超商民生問題絕不難解決，於是，大自然於我何有哉？

如此，不妨以「大自然還能給我什麼？」為題，作一論述，基於個人立場，敘議抒情皆可，引申得體亦佳，文在四百字左右。

探索新境

《海浪的記憶》，聯合文學出版社發行。

夏曼・藍波安一九九九年重返校園後，又另有體悟，有興趣者可閱讀本書。

（陶文本老師設計撰寫）

創作哲思

《野草》題辭　魯　迅

詩的端倪　楊　牧

在迷宮中仰望星斗　龍應台

有這一道街，它比整個世界還要大　唐　諾

《野草》題辭

魯迅

當我沉默著的時候，我覺得充實；我將開口，同時感到空虛。

過去的生命已經死亡。我對於這死亡有大歡喜，因為我借此知道它曾經存活。死亡的生命已經朽腐。我對於這朽腐有大歡喜，因為我借此知道它還非空虛。

生命的泥委棄在地面上，不生喬木，只生野草，這是我的罪過。

野草，根本不深，花葉不美，然而吸取露，吸取水，吸取陳死人的血和肉，個個奪取它的生存。當生存時，還是將遭踐踏，將遭刪刈❶，直至於死亡而朽腐。

但我坦然，欣然。我將大笑，我將歌唱。

我自愛我的野草，但我憎惡這以野草作裝飾的地面❷。

地火在地下運行，奔突；熔岩一旦噴出，將燒盡一切野草，以及喬木，於是並且無可朽腐。

但我坦然，欣然。我將大笑，我將歌唱。

天地有如此靜穆，我不能大笑而且歌唱。天地即不如此靜穆，我或者也將不能。我以這一叢野草，在明與暗，生與死，過去與未來之際，獻於友與讎❸，人與獸，愛者與不愛者之前作證。

為我自己，為友與讎，人與獸，愛者與不愛者，我希望這野草的死亡與朽腐，火速到來。要不然，我先就未

---

❶刈：音一ˋ，割除。

❷李歐梵〈魯迅與現代藝術意識〉詮釋此段：「野草是藝術，地面才是外界的現實。」

❸讎：魯迅以古字「讎」取代現代常用之「仇」，有其特殊用意。形象上，「讎」字中間以「言」隔開兩個相同字形，本意為相敵對與對話之意。《野草》集中有〈復讎〉兩篇，第一篇描寫孤獨不相言語之兩人的對立，並以這兩人的裸程靜默，作為對四周看熱鬧之庸眾的復仇，而魯迅本人也藉作品中的「靜默」與「讎」字的對話意義作了另一層次的對立。故此處的「友與讎」指的是理想層次上的同道之人與敵對者，而非感情層次之友好者與仇怨者。

曾生存，這實在比死亡與朽腐更其不幸。

去罷，野草，連著我的題辭！

一九二七年四月二十六日，魯迅記於廣州之白雲樓上

選自《野草》，三聯書店

作家瞭望台

魯迅（一八八一至一九三六），本名周樹人，浙江紹興人，生於清光緒七年，卒於民國二十五年，年五十六歲。

魯迅祖父為翰林學士，因科場弊案入獄，接著父親病故，家境中落的魯迅便隨母親魯氏寄宿外家。二十一歲時赴日學醫，希望能拯救病人之疾苦。後來日俄戰爭在中國領土上發生，一段中國間諜被日軍砍頭、刑場上圍觀的中國人卻無動於衷、神情麻木的影片，給魯迅帶來了極大的震撼，他認為：「醫學只能醫治同胞的疾病，當今最要緊的是改變國民的精神。」於是棄醫從文。因此魯迅的作品，不論小說、散文、詩歌或評論等，隨處可見其對中國傳統舊社會之反省與批判。

除了思想上的反省與批判外，魯迅在文學方面也有許多創舉。首先在小說方面，〈狂人日記〉是中國第一篇白話小說，其後的作品在表現技巧上亦有別於傳統小說，故使魯迅獲得「中國現代小說之父」的美譽。其次，雜文之寫作也不同於明清以來的小品文，而特重文章之批判性。第三，散文詩更是魯迅的獨創之作，企圖將散文詩意化。其著作有小說集《吶喊》、《徬徨》，散文集《朝花夕拾》，散文詩集《野草》等。今人將其所有作品與書信彙編為《魯迅全集》。

魯迅選擇文學作為終身事業，除了內容上以改變國民精神為目的外，在文學表現形式上，魯迅也試圖突破傳統，另創新體，其中最具獨創性的當屬散文詩集《野草》。簡言之，「散文詩」就是詩化的散文，具有詩的意象、隱喻和象徵性，但擺脫詩的韻律節奏之束縛，用散文形式實現詩歌的功能。魯迅在文體創新上的努力普遍獲得肯定，他本人對《野草》這個集子似乎也感到滿意，自喻為「廢弛的地獄邊沿的慘白色小花」（《魯迅全集》）。

《野草》題辭是魯迅散文詩集《野草》的序，寫於一九二七年（國共對立之時）蔣介石在上海和廣州發動鎮壓學生運動後不久。魯迅正式加入左翼文學陣營後，此文一度被國民黨政府禁刊，故有些學者將這篇題辭解讀為作者對國民黨政府的不滿和堅持社會主義的革命信念。也有人將整部《野草》晦澀難明的隱喻視為魯迅反抗傳統婚姻的愛情詩。這兩種說法各有其根據，但均不足以說明魯迅的創作意圖。《野草》所收的散文詩二十三篇，都作於北洋政府統治下的北京（一九二四至一九二六），那段時期的魯迅經歷了《新青年》內部的分裂、和二弟周作人的衝突失和、婚姻不幸福，又因支持女師大學生政治活動而被教育部解聘，這諸多事件使得魯迅的精神狀態陷入極度的苦悶之中。因此他在致蕭軍（魯迅提拔的青年作家）信中說：「我的那一本《野草》，技術並不算壞，但心情太頹唐了，因為那是我碰了許多釘子之後寫出來的。」面對多重挫折的魯迅，此時正在翻譯日人廚川白村的《苦悶的象徵》（佛洛依德藝術觀）。魯迅在譯序中說：「生命力受了壓抑而生的苦悶懊惱乃是文藝的根柢，而其表現法乃是廣義的象徵主義。」佛洛依德的理論啟發了魯迅，進一步思索人生可能面對的困境，如生與死、愛與憎、理想與現實等問題，並嘗試以象徵手法表達，《野草》於焉誕生。對於一個偉大、具反省力的文學家而言，政治不會是筆下唯一關注或批判的課題，他關心的是更為深刻、抽象且基本的生命意義與人生價值。因此書中隱晦的部分，與其狹隘地歸諸政治或情感因素，不如理解為對生命意義的反思，或許更能準確地切中魯迅創作時的核心。

回歸到文學的問題上，《野草》採散文詩的形式寫作，保留了詩歌富意象、隱喻的特性，而以散文這種更自由的形式，進行自我精神的內在探索。《野草》題辭作為全書之序，本身就是一個很好的例子。此文以自由的散文體寫成，但不像一般散文直接說明現實狀況及作者心態，使讀者一目瞭然，反而提出一連串對立又矛盾的概念，整體呈現出一種深沉詭譎的氣氛，彷佛一個絕望的靈魂卻以激進改革者的形象示人，使讀者陷入疑惑不解之中。這些對立包括：空虛與充實、沉默與開口、生長和朽腐、生和死、明和暗、過去和未來、希望和失望。這些概念既對立，卻又互相循環作用。生命之死亡、腐朽，正意味著它們曾經存活；地面的野草正吸取地下已朽腐的養分而生存，但這野草未來也將遭到刪刈，或被地火熔岩燒盡。生與死、明與暗、過去與未來本就是相生相成、相互循環，於是魯迅以大歡喜的態度來面對死亡朽腐。這形式上的矛盾，推而至其他現象，故沉默時覺得充實、開口時感到空虛，這雖是矛盾，但在現實人生中卻不乏這樣的實例，這正是作者的真實體會。自然界有生死、明暗的對立，人世間也有人我、友讎、愛憎的對立，而這種種對立，最後終不免又淪入生與死的大漩渦，所以魯迅雖然愛他的野草，卻「希望這野草的死亡與朽腐，火速到來。要不然，我先就未曾生存，這實在比死亡與朽腐更其不幸。」

「生命的泥委棄在地面上，不生喬木，只生野草，這是我的罪過。」受挫的生命涵養不出高大的喬木，這是魯迅的謙遜之詞；「野草」雖微不足道，卻能發揮強勁的生命力，自由漫肆大地。可以說，對現實感到不滿的魯迅，始終沒有放棄奮鬥的意志，在希望與失望之間遊走的思緒，雖表現出心裡的絕境，卻又在絕境中透顯其積極奮鬥的精神，正如野草一般。

提神答問

一、若不考察創作之時代背景與作者的實際遭遇，請你直接透過此篇文字去分析、體會魯迅當時的心境。

答：若拋開創作背景，純以本篇文字來設想魯迅創作的心境，可以看出作者內心充滿矛盾，顯然是遭遇了重大挫折，卻又不願就此認輸，故在種種的對立之下，又以坦然的態度接受這一切。而野草的死亡與腐朽，其實也正是證明魯迅存在及奮鬥的直接證據，由此可以看出他堅毅不屈的奮鬥精神。

二、試分析此篇文章所採取的寫作方式與特色，並說明這樣的表現形式使全文產生什麼樣的氛圍？

答：請參見密門之鑰第三段。

三、你在遭遇挫折或困境時會採取何種方式面對？請提出來與同學分享。

答：建議可舉出具體例證，陳述自己曾遭遇的困境，並說明當時如何面對或解決問題。

寫作擂台

魯迅在本文中提出多組概念對立的詞語，以抽象的哲學命題之辯證揭示他對現實生命的體會與看法。事實上，現實生活中也常有某些情況會讓人產生矛盾的心情。例如搭車時要不要讓座的矛盾；或者在畢業典禮上，因為畢業而歡呼，同時也因不捨同學而落淚。現在請你仔細想想，是否曾經面臨令人矛盾的情境？請以一組或多組對立的語詞描寫在那種情境下的心理感受。

說明：

1. 題目自訂，請以題材命名，如：「博愛座的迷思」、「驪歌響起時」。
2. 請以單一情境或事件為背景，用一組或多組對立詞語描述當下心情感受。
3. 必須以心裡的矛盾感受為寫作重心，避免詳述情境或事件內容。文長三百字。

探索新境

閱讀魯迅《野草》，全書除序言題辭外，共二十三篇，隱喻、對立與象徵的意味極濃，頗似在現實與夢境間徘徊，對生死問題的探索，有時呈現出虛無的人生觀，表現出受苦的靈魂如何反省生命的議題。

（黃琪老師設計撰寫）

詩的端倪（節選）

楊　牧

接下來的就是詩，詩的端倪。

我真正確定天地有神，冥冥造化可以和我交感回應，是一次大地震前後的事。那地震是怎麼開始的？現在想起來還覺得不太可信，忽然屋裡所有東西都搖起來了，在那麼多年之後，又隔了無數湮水。書籍，筆硯，茶壺杯子，這樣搖起來了，如夢境虛實，可是又接觸得到的，通過時間和空間在我心中波動激盪，暈眩恍忽。

甚至就在此刻，當那思憶回頭，慢慢擡眼外望，山坡下的巨樹和屋宇都在搖動，小風，白雲，陽光，所有眼神接觸到的東西都如醉如癡地搖著——也許不是眼神接觸，是心靈對那一切的迫擊。就這樣悄然悠然，大地在搖，暈暈忽忽，將我搖回海水千萬重多少年前的一小點，同樣的陽光，白雲，帶著輕微沁涼的小風。啊春天——

我們在教室裡上勞作，玻璃窗面面大開，午前明亮的空氣在室內室外流動。這一天女生繡花。她們每個人左手捧著一塊好看的布，當中用兩個圈圈箍攏繃緊，又畫了些圖案，牡丹花，蝴蝶，金魚之類的，右手抽針，將各種色彩的絲線繡到圈圈裡，那樣專心美麗。男生作案頭小書架，分成幾個小組，有人鋸木板，有人敲釘子，木屑灑了半個教室。我討厭這種髒和亂，對勞作絕不感興趣；時時擡頭看窗下繡花的女生，短短發亮的黑頭髮，白白的脖子，秀氣的手指捏著針線，那樣安靜地抽著繡著，美麗極了，我想，後面映著翠綠的榕樹和鳳凰木，美極了。

這時彷彿從遙遠甚麼不可思議的地方，神祕地，一絲微弱的聲音傳來，介乎有無之間，一絲令人驚悸的聲音，在我完全領悟之前，已經到達了，同時整個世界就這樣搖了起來。地震！整個世界就這樣左右晃動著，我們本能地覺得應該往教室外跑。「不要跑，」女老師以她一貫嚴峻的口氣嚷道：「躲到桌子底下！」我們紛紛鑽進矮小的課桌底下，然而大地還在不停搖晃，幅度越來越大。當它擺向西北的時候，我們的桌椅都被送到教室那西北角落，擠成一堆，接著它又擺向東南，我們擠在課桌下滾了回來，繡花圈箍和針線，木板和釘子，那些勞作工具隨我們來回滑動，太空裡持續傳播一種暗暗的呼嘯，我們無助地喊著，像一場醒不過來的夢魘，害怕，著急，終於放棄了努力。地震停了。

我們從桌子底下爬出來，有人大聲哭了，外面站了很多人，吵鬧地對我們叫喊。這次地震，全校所有人都跑出教室，聚集在操場中央，只有我們一班留在屋裡盤旋翻仰。我們再過去那一排教室全倒了，也只有我們這一排居然沒倒——假如倒了，我們大概都會壓死在一堆。而就在那幾分鐘之內，花蓮的房子倒塌了一半，鐵路扭曲，街道破裂，井水乾涸，接著是無窮的傳說和謠言伴著更多的餘震，次第展開。

對那些餘震的感應是一種天人交涉的經驗，使我真正發覺蒼茫不可辨識的太空以外，顯然存在著一個（或者多個）超凡的神。大地震雖然停止了，在那以後半個月裡，這濱海的小城持續地擺盪著，顛簸著。有時輕微搖搖，人們至多回頭相覷，帶著無可奈何的警覺，不知道做甚麼好——最苦惱的是每次地震，即使是輕微的小震，牆上的鐘必定停頓。只見那鐘擺不平地大搖幾下，兀自不動了。那時我們必須將鐘扶正，將時間對好，撥一下鐘擺，看它又的的答答走了起來；可是誰知道過多久又來一次較大的，人們便奪門外逃，等到回屋裡擡頭一看，那鐘又震歪了，停了，一切還得重新來。我瞪著鐘看，覺得它是一具可憐到了極點的機器。看久了以後，又覺得它不是機器，那長短針就像人面的雙眼，鐘擺像一個大舌頭。它的的答答向前走，可是遠方有一個神不喜歡它那走法，隨手一揮，大地震動，它只好停下來。我又想：時間莫非也是這樣的嗎？時間在持續進行，不是我們所能掌握的，忽然那神又不喜歡它進行的方式了，輕揮一下左手，大地就這樣震動起來，時間也就中斷了。

有時那餘震也可能非常劇烈，而那些都是可以預知的。那一段日子裡，我們新家後院的蓮花池受了猛烈的震動，水源破壞，只剩下一些狼狽的大葉子覆在爛泥上，所有的南洋鯽都捉來煮了湯。我們不敢住在房子裡，因為那日本房子是蓋瓦的，強震來時，如果我們往外跑，據說很有可能正好被屋頂掉下的灰瓦擊中頭部——這是我聽說的理由，很嚇人——所以我們夜裡睡在帳篷裡，就在蓮花池再過去的空地上。我本來覺得睡帳篷很有意思，可是夜裡時常被震醒，終於產生了恐懼。最可怕的是夢中彷彿聽見一陣黑暗的呼嘯從天外飛來，如鬼魘靠近我惺忪的心神，半醒半睡間，傾聽它迅速迫近，到了到了，終於大地強烈搖了起來，我就醒了，手抓著被子，深怕帳篷翻塌，後來斷定帳篷不會塌的時候，又想起自己的身體只隔著一層墊子緊靠著土地：若是土地裂開了怎麼辦？裂開，我輕易就掉進去了，然後又合起來，誰也找不著我了。

那追趕的呼嘯令人顫慄，證明天地間是有種形而上的威嚴。在那童年的末尾，如此猜測緬懷著，如今坐想其中的奧義，覺得那領悟何嘗不就等於古典神話的起源和成熟呢？那威嚴是赫赫譴責的威嚴，正如宙士的雷霆，剎那迸發，劃過鬱鬱藍天，以震耳欲聾的聲響降臨人界，使我們恐慌驚怖。那是早在柏拉圖以前就已經產生的神話，在地中海北端一片崢嶸土地的角落，人們進化著，憑他們的想像創造了這神話——憑想像，不如說是憑經驗，憑群落結合的無意識，一種collective unconscious，遂確定了宙士雷霆的形象。這神話發生的動力顯然是一種恐怖感，人們對形而上威嚴的懼怕。我警覺我微小的生命正步入一個新的無意識的階段，在恐怖懼怕中，在那呼嘯和震動之中，孕育了一組神話結構；或者說，那神話的起源是比這地震的春天早得多，也許在風雨洪流，山林曠野，血光淚水，在這以前在我不寧的足跡裡就已經發生了——如果是這樣的，是這春天追趕的呼嘯和暈眩的震動，促成我一組神話結構的成熟。啊春天，黑色的春天。

假定這一切竟然非如此不可，那黑色的春天所提示給予我的正是詩的端倪。

選自《山風海雨》，洪範書店

作家瞭望台

楊牧，本名王靖獻，臺灣花蓮人。一九四〇年生。東海大學外文系學士、愛荷華大學藝術碩士、柏克萊加州大學比較文學碩士、博士。曾任麻州大學及華盛頓大學助理教授。

楊牧高中時代即致力於散文與詩的創作，向《現代詩》、《藍星詩刊》、《創世紀》等刊物投稿，成名甚早，著作頗豐，創作四十餘年詩集和散文共三十多冊。曾云：「變不是一件容易的事，然而不變即是死亡。變是一種痛

苦的經驗，但痛苦也是生命的真實。」（《年輪》後記，一九七六）

早期筆名葉珊，重抒情唯美；一九七二年以後改名楊牧，力求鎔鑄感性與理性，深入自我與介入社會並重，塑造新一代的美文典範。著有《葉珊散文集》、《星圖》、《年輪》、《搜索者》、《疑神》、《山風海雨》、《楊牧詩集》I、II等。

密門之鑰

《奇萊前書》（含括《山風海雨》一九八七、《方向歸零》一九九一、《昔我往矣》一九九七），這一系列文學自傳的散文集，是中年的楊牧重寫少年楊牧，表達自己進入詩世界的歷程。記錄他童年至高中的歲月，主要不是揭示詩人少年的具體面貌，而是回溯自己如何成為一位詩人的內在經驗。他以成熟詩人的位置，追索詩人形成的過程。

文中以小學生的「愚騃」之眼，看花蓮經常發生的地震，引起許多的不安和揣測，更激起神祕的啟蒙經驗。女生繡花、男生做書架，一派安詳，瞬間天搖地動，搖醒了蟄伏內心的神異之獸、搖醒了詩人的想像。因為不安，有了詩。

詩人早年耽溺於美的個性，喜向內在深層探索自我，易感多疑；中年是知識分子與文人的典型，一方面以現代語言捕捉古典神韻，一方面藉著書寫回歸故鄉、母土。創作歷程有如年輪，縝密深沈地成長；又如蛇之蛻皮，在寂寥中完成神祕美、自我辯證的經驗。他曾在《疑神》一書中說：「文學裡最令人動容的主義，是浪漫主義。那不是風花雪月或滿溢的情感，而是叛逆懷疑的精神、自由不羈的意志、獨立思辯的能力、公正人道的追求、溫柔熱情的體現。」可窺見詩人不斷試煉、探索生命的本質。

他在一九八九年出版《一首詩的完成》，即以假想方式與學生對話的書信體，討論詩的形成過程。本文寫於同時期，以散文體探索詩的藝術，從花蓮地震說起，談天人交感，這其中有詩。人人驚駭的地震竟然是詩的端倪，結合自然現象與個人內在經驗，深入探索詩的神祕美感。

「這時彷彿從遙遠……地震停了。我們從桌子底下爬出來……接著是無窮的傳說和謠言伴著更多的餘震，次第展開。」這兩段文字長短句交錯，頓挫有致，充滿節奏上的張力。對童年的楊牧來說，大地震除了是恐怖的災難，更是一種神祕的啟蒙經驗，天搖地動，搖醒了蟄伏「內心的神異之獸」，搖醒了他詩的想像，花蓮人就是這樣被搖大的。那場天災，竟已轉變為精神層次的啟迪。這種不安，也開啟了詩的悸動。

《奇萊前書》的〈愛美與反抗〉一文說：「我聽見海水，就在我筆觸之下，時而是巨大的風浪，迷惑了我專注傾倒的知覺，我的感官被無窮的喧囂所抨擊，扭打，在那疼痛的時刻，益發敏感；時而平靜安寧，隱約有些微的訊息，如眼神脈脈，傳達了大自然生的訊息，是宇宙脈搏悄然跳動，我聽得見，在那深受騷擾的困頓的年代，一深深寂寞的夜晚；我就燈前潦草地書寫著一些甚麼，奇異顫搖的幻影使我向未知探索，以文字捕捉那疼痛的感覺，努力向自我傳達一些訊息……我自覺那過程是創作。……我聽見海水，在那過程中——我看見山林和浮雲的形象，在海的鏡子裡映照偉壯和窈窕。」與本文併讀，可進一步理解，花蓮山海的觸發，如何深邃地影響了楊牧的創作經驗。字裡行間勾出花蓮山水之美，和詩人自我淬煉的努力與從容。

想要進入楊牧的抒情世界，就必須了解花蓮是其創作生命的源頭。詩人離鄉四十多年，精神不斷受到花蓮的召喚。他的散文有著濃郁的鄉土感情，卻沒有土味。自我探索與懷疑挑戰的浪漫精神，孕育了他與眾不同的鄉土情懷。陳芳明說：「原鄉的召喚，構成楊牧文學中的最大張力。他懷疑一切，唯獨對故鄉深信不疑。」

「不知道六月的花蓮啊花蓮／是否又謠傳海嘯／不知道一片波浪喧嘩向花蓮的沙灘／迴流以後也要經過十個夏天才趕到此？」（〈瓶中稿〉，一九七四）

對楊牧而言，文學中的每一片波浪，都是從花蓮開始。青年詩人負笈美西，經過十年煙水相隔，在太平洋的另一邊西雅圖近郊，凝視太平洋的波浪，懷念家鄉。而寫成這首〈瓶中稿〉。這是詩人創作生涯中，清楚擁抱家鄉的代表作。自此行跡愈來愈加深刻。行走田野、穿梭山林，和大自然交接溝通，是詩人創作的底蘊。

在他的散文裡，不斷重複著回歸鄉土的自我對話：

「童年、少年囤積的東西給我依靠的力量，不只是心靈的力量，也包含處理藝術題材的方法。」（〈昔我往矣〉，一九八〇）

「我必須沉默中向靈魂深處探索。」（〈搜索者〉，一九九七）

故鄉花蓮，是詩人創作中永遠的素材與動力，是一種精神召喚、安撫的永恆符號。《奇萊前書》，代表著楊牧對自己的鄉土情懷，全面而完整的回顧。他的文字不斷蛻變，精神超越，藉由文字的錘鍊與韻律形式的規範，而於作品中有抽象普遍的質素。他的抒情美文織入故鄉的夢，使得《奇萊前書》成了現代散文試煉中最豐美的成就；此書除了持續回溯成長的經驗，也不斷探索文學創作的意義與形式。對於楊牧而言，兩鬢繁星，美的追尋仍在前方逗引著。

提神答問

一、楊牧的文字組織與結構都是理性運作的過程。他對文字的使用講究，小細節也見精彩。試摘舉他描述地震的段落，說明其用字特色。

答：鐘擺像一個大舌頭。它的答答向前走，可是遠方有一個神不喜歡它那走法，隨手一揮，大地震動，它只好停下來。

善用形象譬喻。長短句交錯，頓挫有致，充滿節奏上的張力。

二、說出在地震時，你最容易聯想到的一些事情，及其原因。

答：地牛翻身，生命多變、無常。

有人在跳曼波舞，晃動得讓人頭暈。

重生，代表秩序的重整。

寫作擂台

楊牧曾說：「最美的是抽象的事物，所以我總是深探事件的本質，透過不斷地挖掘與思索，最終獲致深沉、抽象、形上，可放諸四海而皆準的普遍價值。」本文敘寫童年的故鄉，藉著實筆描寫花蓮地震，而最後概括出詩人創作的內在神祕經驗。請你亦書寫一篇六百字文章，以就讀學校為題目，描繪學校的普遍精神或特質，題目自訂。

探索新境

閱讀楊牧的其他作品：

一、《奇萊前書》、《山風海雨》、《方向歸零》、《昔我往矣》。

二、《一首詩的完成》。

皆由洪範書店發行。

（吳明津老師設計撰寫）

在迷宮中仰望星斗

——政治人的人文素養（節選）

龍應台

人文是什麼呢？我們可以暫時接受一個非常粗略的分法，就是「文」、「史」、「哲」，三個大方向。先談談文學。我說的文學，指的是最廣義的文學，包括文學、藝術、美學，廣義的美學。

文學——白楊樹的湖中倒影

為什麼需要文學？了解文學、接近文學，對我們形成價值判斷有什麼關係？如果說，文學有一百種所謂「功能」而我必須選擇一種最重要的，我的答案是：德文有一個很精確的說法，macht sichtbar，意思是「使看不見的東西被看見」。在我自己的體認中，這就是文學跟藝術最重要、最實質、最核心的一個作用。我不知道你們這一代人熟不熟悉魯迅的小說？他的作品對我們這一代人是禁書。沒有讀過魯迅的請舉一下手？（約有一半人舉手）魯迅的短篇〈藥〉，講的是一戶人家的孩子生了癆病。民間的迷信是，饅頭沾了鮮血給孩子吃，他的病就會好。或者說〈祝福〉裡的祥林嫂；祥林嫂是一個嘮嘮叨叨近乎瘋狂的女人，她的孩子給狼叼走了。

讓我們假想，如果你我是生活在魯迅所描寫的那個村子裡頭的人，那麼我們看見的，理解的，會是什麼呢？祥林嫂，不過就是一個讓我們視而不見或者繞道而行的瘋子。而在〈藥〉裡，我們本身可能就是那一大早去買饅頭，等看人砍頭的父親或母親，就等著要把那個饅頭泡在血裡，來養自己的孩子。再不然，我們就是那小村子裡頭最大的知識份子，一個口齒不清的秀才，大不了對農民的迷信表達一點不滿。

但是透過作家的眼光，我們和村子裡的人生就有了藝術的距離。在〈藥〉裡頭，你不僅只看見愚昧，你同時也看見愚昧後面人的生存狀態，看見人的生存狀態中不可動搖的無可奈何與悲傷。在〈祝福〉裡頭，你不僅只看見貧窮粗鄙，你同時看見貧窮粗鄙下面「人」作為一種原型最值得尊敬的痛苦。文學，使你「看見」。

我想作家也分成三種吧！壞的作家暴露自己的愚昧，好的作家使你看見愚昧，偉大的作家使你看見愚昧的同時認出自己的原型而湧出最深刻的悲憫。這是三個不同的層次。

文學與藝術使我們看見現實背面更貼近生存本質的一種現實，在這種現實裡，除了理性的深刻以外，還有直覺的對「美」的頓悟。美，也是更貼近生存本質的一種現實。

誰……能夠完整地背出一闋詞？講我最喜歡的詞人蘇東坡好了。誰今天晚上願意為我們朗誦〈江城子〉？（騷動、猶豫，一男學生靦覥地站起來，開始背誦）

十年生死兩茫茫，不思量，自難忘。千里孤墳，無處話淒涼。縱使相逢應不識，塵滿面，鬢如霜。

夜來幽夢忽還鄉，小軒窗，正梳妝。相顧無言，惟有淚千行。料得年年腸斷處……

（學生忘詞，支吾片刻，一位白髮老先生朗聲接下：「明月夜，短松岡。」熱烈掌聲）

你說這短短七十個字，它帶給我們什麼？它對我們的價值判斷有什麼作用？你說沒有，也不過就是在夜深人靜的時候，那欲言又止的文字、文字裡幽渺的意象、意象所激起的朦朧的感覺，使你停下來嘆一口氣，使你突然看向窗外倏然滅掉的路燈，使你久久地坐在黑暗裡，讓孤獨籠罩，與隱藏最深的自己素面相對。

但是它的作用是什麼呢？如果魯迅的小說使你看見了現實背後的縱深，那麼，一首動人、深刻的詩，我想，它提供了一種「空」的可能，「空」相對於「實」。空，是另一種現實。我們平常看不見的、更貼近存在本質的現實。

假想有一個湖，湖裡當然有水，湖岸上有一排白楊樹，這一排白楊樹當然是實體的世界，你可以用手去摸，感覺到它樹幹的凹凸的質地。這就是我們平常理性的現實的世界，但事實上有另外一個世界，我們不稱它為「實」，甚至不注意到它的存在。水邊的白楊樹，不可能沒有倒影，只要白楊樹長在水邊就有倒影。而這個倒影，你摸不到它的樹幹，而且它那麼虛幻無常：風吹起的時候，或者今天有雲，下小雨，或者滿月的月光浮動，或者水波如鏡面，而使得白楊樹的倒影永遠以不同的形狀，不同的深淺，不同的質感出現，它是破碎的，它是迴旋的，它是若有若無的。但是你說，到底岸上的白楊樹才是唯一的現實，還是水裡的白楊樹，才是唯一的現實？事實上沒有一個是完全的現實，兩者必須相互映照、同時存在，沒有一個孤立的現實。然而在生活裡，我們通常只活在一個現實裡頭，就是岸上的白楊樹那個層面，手可以摸到、眼睛可以看到的層面，而往往忽略了水裡頭那個「空」的，那個隨時千變萬化的，那個與我們的心靈直接觀照的倒影的層面。

文學，只不過就是提醒我們：除了岸上的白楊樹外，有另外一個世界可能更真實存在，就是湖水裡頭那白楊樹的倒影。

我們如果只知道有岸上的白楊樹，而不知道有水裡的白楊樹，那麼做出來的價值判斷很可能是一個片面的、單層次的、簡單化了的價值判斷。

哲學——迷宮中望見星空

哲學是什麼？我們為什麼需要哲學？

歐洲有一種迷宮，是用樹籬圍成的，非常複雜。你進去了就走不出來。不久前，我還帶著我的兩個孩子在巴黎迪士尼樂園裡走那麼一個迷宮；進去之後，足足有半個小時出不來，但是兩個孩子倒是有一種奇怪的動物的本能，不知怎麼的就出去了，站在高處看著媽媽在裡頭轉，就是轉不出去。

我們每個人的人生處境，當然是一個迷宮，充滿了迷惘和徬徨，沒有人可以告訴你出路何在。我們所處的社會，尤其是「解嚴」後的臺灣，價值顛倒混亂，何嘗不是處在一個歷史的迷宮裡，每一條路都不知最後通向哪裡。

就我個人體認而言，哲學就是，我在綠色的迷宮裡找不到出路的時候，晚上降臨，星星出來了，我從迷宮裡抬頭望上看，可以看到滿天的星斗；哲學，就是對於星斗的認識。如果你認識星座，你就有可能走出迷宮，不為眼前障礙所惑，哲學就是你望著星空所發出來的天問。

今天晚上，我們就來讀幾行〈天問〉吧。（投影打出）

天何所沓　十二焉分　日月安屬　列星安陳
何闔而晦　何開而明　角宿未旦　曜靈安藏❶

兩千多年以前，屈原站在他綠色的迷宮裡，仰望滿天星斗，脫口而出這樣的問題。他問的是，天為什麼和地上下相合，十二個時辰怎樣曆誌？日月附著在什麼地方，二十八個星宿根據什麼排列，為什麼天門關閉，為夜嗎？為什麼天門張開，為晝嗎？角宿值夜，天還沒有亮，太陽在什麼地方隱藏？

基本上，這是一個三歲的孩子，眼睛張開第一次發現這個世界上有天上這些閃亮的碎石子的時候所發出來的疑問，非常原始；因為原始，所以深刻而巨大，所以人，對這樣的問題，無可迴避。

掌有權力的人，和我們一樣在迷宮裡頭行走，但是權力很容易使他以為自己有能力選擇自己的路，而且還要帶領群眾往前走，而事實上，他可能既不知道他站在什麼方位，也不知道這個方位在大格局裡有什麼意義；他既不清楚來時走的是哪條路，也搞不明白前面的路往哪裡去；他既未發覺自己深處迷宮中，更沒發覺，頭上就有縱橫的星圖。這樣的人，要來領導我們的社會，實在令人害怕。其實，所謂走出思想的迷宮，走出歷史的迷宮，在西方的歷史發展裡頭，已經有特定的名詞，譬如說，「啟蒙」，十八世紀的啟蒙。所謂啟蒙，不過就是在綠色的迷宮裡頭，發覺星空的存在，發出天問，思索出路，走出去。對於我，這就是啟蒙。

所以，如果說文學使我們看見水裡白楊樹的倒影，那麼哲學，使我們能藉著星光的照亮，摸索著走出迷宮。

史學——沙漠玫瑰的開放

我把史學放在最後。歷史對於價值判斷的影響，好像非常清楚。鑑往知來，認識過去才能預測未來，這話都已經說爛了。我不太用成語，所以試試另外一個說法。

❶此非連續的八句。前四句乃對天地、日月、星辰的位置、安排和作用所發出的疑問；後四句則是對晝夜變化的好奇。角宿，東方之星。曜靈，指太陽。

一個朋友從以色列來，給我帶了一朵沙漠玫瑰。沙漠裡沒有玫瑰，但是這個植物的名字叫做沙漠玫瑰。拿在手裡，是一蓬乾草，真正枯萎，乾的，死掉的草，這樣一把，很難看。但是他要我看說明書；說明書告訴我，這個沙漠玫瑰其實是一種地衣，針葉型，有點像松枝的形狀。你把它整個泡在水裡，第八天它會完全復活；把水拿掉的話，它又會漸漸乾掉，枯乾如沙。把它再藏個一年兩年，然後哪一天再泡在水裡，它又會復活。這就是沙漠玫瑰。

好，我就把這一團枯乾的草，用一個大玻璃碗盛著，注滿了清水，放在那兒。從那一天開始，我跟我兩個寶貝兒子，就每天去探看沙漠玫瑰怎麼樣了？第一天去看它，沒有動靜，還是一把枯草浸在水裡頭，第二天去看的時候發現，它有一個中心，這個中心已經從裡頭往外頭，稍稍舒展鬆了，而且有一點綠的感覺，還不是顏色。第三天再去看，那個綠的模糊的感覺已經實實在在是一種綠的顏色，松枝的綠色，散發出潮溼青苔的氣味，雖然邊緣還是乾死的。它把自己張開，已經讓我們看出了它真有玫瑰形的圖案。每一天，它核心的綠意就往外擴展一寸。我們每天給它加清水，到了有一天，那個綠已經漸漸延伸到它所有的手指，層層舒展開來。

第八天，當我們去看沙漠玫瑰的時候，剛好我們一個鄰居也在，他就跟著我們一起到廚房裡去看。這一天，展現在我們眼前的是完整的、豐潤飽滿、復活了的沙漠玫瑰！我們三個瘋狂地大叫出聲，因為太快樂了，我們看到一朵盡情開放的濃綠的沙漠玫瑰。

這個鄰居在旁邊很奇怪地說，這一把雜草，你們幹嘛呀？

我楞住了。

是啊，在他的眼中，它不是玫瑰，它是地衣啊！你說，地衣再美，美到哪裡去呢？他看到的就是一把挺難看、氣味潮溼的低等植物，擱在一個大碗裡；也就是說，他看到的是現象的本身定在那一個時刻，是孤立的，而我們所看到的是現象和現象背後一點一滴的線索，輾轉曲折、千絲萬縷的來歷。

於是，這個東西在我們的價值判斷裡，它的美是驚天動地的，它的復活過程就是宇宙洪荒初始的驚駭演出。我們能夠對它欣賞，只有一個原因：我們知道它的起點在哪裡。知不知道這個起點，就形成我們和鄰居之間價值判斷的南轅北轍。

不必說鑑往知來，我只想告訴你沙漠玫瑰的故事罷了。對於任何東西、現象、問題、人、事件，如果不認識它的過去，你如何理解它的現在到底代表什麼意義？不理解它的現在，又何從判斷它的未來？不認識過去，不理解現在，不能判斷未來，你又有什麼資格來做我們的「國家領導人」？

對於歷史我是一個非常愚笨的、非常晚熟的學生。四十歲之後，才發覺自己的不足。寫「野火」的時候我只看孤立的現象，就是說，沙漠玫瑰放在這裡，很醜，我要改變你，因為我要一朵真正的芬芳的玫瑰。四十歲之後，發現了歷史，知道了沙漠玫瑰一路是怎麼過來的，我的興趣不再是直接的批判，而在於：你給我一個東西、一個事件、一個現象，我希望知道這個事情在更大的座標裡頭，橫的跟縱的，它到底是在哪一個位置上？在我不知道這個橫的跟縱的座標之前，對不起，我不敢對這個事情批判。

了解這一點之後，對於這個社會的教育系統和傳播媒體所給你的許許多多所謂的知識，你發現，恐怕有百分之六十都是半真半假的東西。比如說，我們從小就認為所謂西方文化就是開放的、民主的、講究個人價值反抗權威的文化，都說西方是自由主義的文化。用自己的腦子去研究一下歐洲史以後，你就大吃一驚：哪有這回事啊？西方文藝復興之前是一回事，文藝復興之後是一回事；啟蒙主義之前是一回事，啟蒙主義之後又是另一回事。然後你也相信過，什麼叫中國，什麼叫中國國情，就是專制，兩千年的專制。你用自己的腦子研究一下中國歷史就發現，咦，這也是一個半真半假的陳述。中國是專制的嗎？朱元璋之前的中國跟朱元璋之後的中國不是一回事的；雍正乾隆之前的中國，跟雍正乾隆之後的中國又不是一回事的，那麼你說「中國兩千年專制」指的是哪一段呢？這樣的一個斬釘截鐵的陳述有什麼意義呢？自己進入歷史之後，你納悶：為什麼這個社會給了你那麼多半真半假的「真理」，而且不告訴你他們是半真半假的東西？

對歷史的探索勢必要迫使你回頭去重讀原典，用你現在比較成熟的、參考系比較廣闊的眼光。重讀原典使我對自己變得苛刻起來。有一個大陸作家在歐洲哪一個國家的餐廳裡吃飯，一群朋友高高興興地吃飯，喝了酒，拍拍屁股就走了。離開餐館很遠了，服務生追出來說：「對不起，你們忘了付帳。」作家就寫了一篇文章大大地讚美歐洲人民族性多麼的淳厚，沒有人懷疑他們是故意白吃的。要是在咱們中國的話，吃飯忘了付錢人家可能要拿著菜刀出來追你的。（笑）

我寫了篇文章帶點反駁的意思，就是說，對不起，這可不是民族性、道德水平或文化差異的問題。這恐怕根本還是一個經濟問題。比如說如果作家去的歐洲正好是二次大戰後糧食嚴重不足的德國，德國侍者恐怕也要拿著菜刀追出來的。這不是一個道德的問題，而是一個發展階段的問題，或者說，是一個體制結構的問題。

寫了那篇文章之後，我洋洋得意覺得自己很有見解。好了，有一天重讀原典的時候，翻到一個暢銷作家在兩千多年前寫的文章，讓我差點從椅子上一跤摔下來。我發現，我的「了不起」的見解，人家兩千年前就寫過了，而且寫得比我還好。這個人是誰呢？

（投影打出〈五蠹篇〉❷）

韓非子要解釋的是：我們中國人老是讚美堯舜禪讓是一個多麼道德高尚的一個事情，但是堯舜「王天下」的時候，他們住的是茅屋，他們穿的是粗布衣服，他們吃的東西也很差，也就是說，他們的享受跟最低級的人的享受是差不多的。然後禹當國王的時候他的勞苦跟「臣虜之勞」也差不多。所以堯舜禹做政治領導人的時候，他們的待遇跟享受和最底層的老百姓差別不大，「以是言之」，那個時候他們很容易禪讓，只不過是因為他們能享受的東西很少，放棄了也沒有什麼了不起。（笑聲）但是「今之縣令」，在今天的體制裡，僅只是一個縣令，跟老百姓比起來，他享受的權力非常大。用二十世紀的語言來說，他有種種「官本位」所賦予的特權，他有終身俸、住房優惠、出國考察金、醫療保險……因為權力帶來的利益太大了，而且整個家族都要享受這個好處，誰肯讓呢？「輕辭古之天子，難去今之縣令者也」，原因，不是道德，不是文化，不是民族性，是什麼呢？「薄厚之實異也」，實

---

❷五蠹篇：出自《韓非子》。原文如下：「堯之王天下也，有茅茨（ㄘˊ）不翦，采椽（ㄔㄨㄢˊ）不斲（ㄓㄨㄛˊ），糲粢（ㄌㄧˋ ㄗ）之食，藜藿之羹，冬日麑裘，夏日葛衣，雖監門之服養，不虧於此矣。禹之王天下也，身執耒臿（ㄌㄟˇ ㄔㄚ），以為民先，股無胈、脛不生毛，雖臣虜之勞，不苦於此矣。以是言之，夫古之讓天子者，是去監門之養而離臣虜之勞也，古傳天下而不足多也。今之縣令，一日身死，子孫累世絜駕，故人重之。是以人之於讓也，輕辭古之天子，難去今之縣令者，薄厚之實異也。」

際利益，經濟問題，體制結構，造成今天完全不一樣的行為。

看了韓非子的〈五蠹篇〉之後，我在想，算了，兩千年之後你還在寫一樣的東西，而且自以為見解獨到。你，太可笑，太不懂自己的位置了。

這種衡量自己的「苛刻」，我認為其實應該是一個基本條件。我們不可能知道所有前人走過的路，但是對於過去的路有所認識，至少是一個追求。講到這裡我想起艾略特很有名的一篇文學評論，談個人才氣與傳統，強調的也是：每一個個人創作成就必須放在文學譜系裡去評斷才有意義。譜系，就是歷史。然而這個標準對二十世紀的中國人毋寧是困難的，因為長期政治動盪與分裂造成文化的嚴重斷層，我們離我們的原典，我們的譜系，我們的歷史，非常、非常遙遠。

文學、哲學跟史學。文學讓你看見水裡白楊樹的倒影，哲學使你在思想的迷宮裡認識星座，從而有了走出迷宮的可能；那麼歷史就是讓你知道，沙漠玫瑰有它特定的起點，沒有一個現象是孤立存在的。

會彈鋼琴的劊子手

素養跟知識有沒有差別？當然有，而且有著極其關鍵的差別。我們不要忘記，毛澤東會寫迷人的詩詞，納粹頭子很多會彈鋼琴、有哲學博士學位。這些政治人物難道不是很有人文素養嗎？我認為，他們所擁有的是人文知識，不是人文素養。知識是外在於你的東西，是材料、是工具、是可以量化的知道；必須讓知識進入人的認知本體，滲透他的生活與行為，才能稱之為素養。人文素養，是在涉獵了文、史、哲學之後，更進一步認識到，這些人文「學」到最後都有一個終極的關懷，對「人」的關懷。脫離了對「人」的關懷，你只能有人文知識，不能有人文素養。

素養和知識的差別，容許我竊取王陽明的語言來解釋。學生問他為什麼許多人知道孝悌的道理，卻做出邪惡的事情，那麼「知」與「行」是不是兩回事呢？王陽明說：「此已被私欲隔斷，不是知行的本體了。未有知而不行者；知而不行，只是未知。」在我個人的解讀裡，王陽明所指知而不行的「未知」就是「知識」的層次，而素養，就是「知行的本體」。王陽明用來解釋「知行的本體」的四個字很能表達我對「人文素養」的認識：真誠惻怛。

對人文素養最可怕的諷刺莫過於：在集中營裡，納粹要猶太音樂家們拉著小提琴送他們的同胞進入毒氣房。一個會寫詩、懂古典音樂、有哲學博士學位的人，不見得不會妄自尊大、草菅人命。但是一個真正認識人文價值而「真誠惻怛」的人，也就是一個真正有人文素養的人，我相信，他不會違背以人為本的終極關懷。

在我們的歷史裡，不論是過去還是眼前，不以人為本的政治人物可太多了啊。

一切價值的重估

我們今天所碰到的好像是一個「什麼都可以」的時代。從一元價值的時代，進入一個價值多元的時代。但是，事實上，什麼都可以，很可能也就意味著什麼都不可以：你有知道的權利我就失去了隱密的權利；你有掠奪的自由我就失去了不被掠奪的自由。解放不一定意味著真正的自由，而是一種變相的捆綁。而價值的多元是不是代表因此不需要固守價值？我想當然不是的。我們所面臨的絕對不是一個價值放棄的問題，而是一個「一切價值都必須重估」的巨大的考驗；一切價值的重估，正好是尼采的一個書名，表示在他的時代有他的困惑。重估價值是多麼艱難的任務，必須是一個成熟的社會，或者說，社會裡頭的人有能力思考、有能力做成熟的價值判斷，才有可能擔負這個任務。

於是又回到今天談話的起點。你如果看不見白楊樹水中的倒影，不知道星空在哪裡，同時沒看過沙漠玫瑰，而你是政治系畢業的；二十五年之後，你不知道文學是什麼，哲學是什麼，史學是什麼，或者說，更糟的，你會寫詩、會彈鋼琴、有哲學博士學位同時卻又迷信自己、崇拜權力，那麼拜託，你不要從政吧！我想我們這個社會，需要的是「真誠惻怛」的政治家，但是它卻充滿了利慾薰心和粗暴惡俗的政客。政治家跟政客之間有一個非常非常重大的差別，這個差別，我個人認為，就是人文素養的有與無。

二十五年之後，我們再來這裡見面吧。那個時候我坐在臺下，視茫茫髮蒼蒼、齒牙動搖；意興風發的總統候選人坐在臺上。我希望聽到的是你們盡其所能讀了原典之後對世界有什麼自己的心得，希望看見你們如何氣魄開闊、眼光遠大地把我們這個社會帶出歷史的迷宮——雖然我們永遠在一個更大的迷宮裡——並且認出下一個世紀星空的位置。

這是一場非常「前現代」的談話，但是我想，在我們還沒有屬於自己的「現代」之前，暫時還不必趕湊別人的熱鬧談「後現代」吧！自己的道路，自己走，一步一個腳印。

一九九九年五月十五日在臺大法學院的演講
選自《百年思索》前序，時報文化

作家瞭望台

龍應台，一九五二年出生於高雄大寮鄉。一九七四年畢業於成大外文系，赴美留學，獲堪薩斯州立大學英美文學博士。曾任教於紐約市立大學、梅西學院、中央大學、淡江大學、德國海德堡大學。一九九九至二〇〇三年春任首任臺北市文化局局長，卸任後應邀至香港城市大學、香港大學任教，二〇〇五年九月回臺重執教鞭。

龍應台〈中國人，你為什麼不生氣〉一文於一八九四年十一月二十日《中國時報》人間版刊出後，引起熱烈回響，在馬森教授的推薦下，龍應台以觀察、批判臺灣社會現象為主要題材，在人間副刊以「野火集」為名開闢專欄，隔年便結集成書，造成所謂「野火現象」，被喻為臺灣新一波的「啟蒙運動」。相較於魯迅、李敖、柏楊等尖銳辛辣的批判方式，龍應台以貼近人民生活的社會現象入筆，諸如攤販問題、環境汙染、連鎖咖啡廳等，娓娓寫來，頗能引起共鳴，激勵人深刻思索現象背後的真實問題。著作有《野火集》、《人在歐洲》、《孩子你慢慢來》、《百年思索》、《面對大海的時候》、《目送》、《大江大海一九四九》、《美麗的權利》、《傾聽》等。

密門之鑰

本文節錄自《百年思索》之序，原為作者一九九九年五月十五日在臺大法學院演講的講詞。面對解嚴以來的政治亂象，龍應台一反批判之筆，改以深入淺出的方式，道出政治人物應有的素養與條件，並藉此對這群「今日的政治人」提出深切的期盼。

在這場演講中，作者避開所有現實中的政治問題，專從「人文素養」這個角度引領學生思索價值判斷的基礎到底是什麼？作者認為，一個具有「人文素養」的人才能做出正確的價值判斷。那麼，什麼是「人文素養」？作者將「人文」粗分為文學、哲學、史學三部分，捨棄學術性的討論，改用具體事例與譬喻，帶領大家進入這三大領域。

首先，她以「白楊樹的湖中倒影」為喻，讓大家了解「文學」的價值。透過文學，我們了解到表象上所呈現的世界未必能代表所有的真實：除了岸上我們看得見的白楊樹之外，湖水中白楊樹的倒影可能是更真實的存在。於是我們透過文學，可以看到愚昧群眾的背後，隱藏著生活的無奈與悲哀；也可以透過文學所呈現的幽渺意象，意識到自我內心深處的感情。也就是說，表面上看來最無用的文學，其實正是表現出人類共通情感與心靈的具體方式。

最令人費解的哲學，作者引用了一個有趣的實例向大家說明：「在迷宮中仰望星空，找到方向，走出迷宮」。哲學其實是發現問題、找出方法、解決問題的過程。但是身陷權力迷宮的人，往往因此自滿，也因而喪失發現問題與解決問題的能力。因此，掌有權力的人更應該保有冷靜清醒的頭腦，甚至要有謙卑的心，洞悉問題所在，帶領大家尋找出路。

在史學的部分，作者以「沙漠玫瑰的開放」為例，解釋史學的重要性，在於了解事件發生的過程，明白每一個單一事件在歷史之縱、橫座標中的位置。在這裡，作者特別提出一般人錯誤的認知：中國是專制的、西方是民主開放的。事實上中西方的專制與民主，在不同階段分別有不同的現象，要了解真相，就必須「重讀原典」，重新認識歷史發展的脈絡，而不是妄自定斷。

最後，在「一切價值的重估」一段裡，作者指出多元社會中的困境，越是自由的社會，就意味著人的生活將越不自由。因此，在價值紛亂的社會中，就更需要具有真知灼見的人物來領導這個社會走向真正的進步。而這樣的人物，是「真誠惻怛」的政治家，而不是利慾薰心的粗暴政客，而這兩者的區別，正是「人文素養」的有無。

在這次的演講中，作者不以尖刻的角度批判政治，避免流於一般無意義的謾罵，而以政治家應有的素養與胸懷期許未來的社會菁英。雖為演講詞，但全篇主題明確、結構緊密，迭有呼應；雖然主題嚴肅，卻以淺顯易懂的例證引領聽者（讀者）深刻地去思索現象背後所存在的問題，在優美生動的詮釋之下，處處引人深思。尤其時而幽默、時而浪漫的口吻，在在令人感受到作者的真誠以及對新一代青年學子的殷切期盼。

提神答問

一、「人文知識」與「人文素養」有何區別？請分別加以闡釋並舉例說明。

答：「知識」指的是對外界事物的認知能力，有對象、有材料，可以藉由工具達成，甚至可以量化；而「素養」則是長期浸潤，並且讓知識內化於人的思想情感之中，進而影響一個人的言行與生活。例如毛澤東熟讀歷史、愛好詩詞並能創作，卻發動文化大革命，造成十年的文化浩劫，正可作為具有「人文知識」但無「人文素養」之例。而愛因斯坦雖曾建議製造原子彈，後來看到廣島、長崎被毀，晚年仍內疚不已。正因為這種以人為本的終極關懷，即使他連一首巴哈曲子都演奏不全，世人仍然稱許他具有高度的「人文素養」。

二、看完本文後，你認為自己是不是一個具有人文素養的學生？你要如何培養自己的人文素養？

答：請依自身情況作答。培養人文素養的方法，可參照本文中所提的文學、哲學、史學等範疇，列舉數種方式。

三、此篇原是作者的演講紀錄，請試以一般文章寫作的條理分析其架構，並從中思索書寫文字與口語表達的差異何在？

答：(一)此文副題（亦即文章主軸）為「政治人的人文素養」，於是作者先界定「人文」的內容與範疇為文學、哲學、史學三部分，一一分析其內涵、意義與價值。接著再說明「人文素養」與「人文知識」的差別，從而讓讀（聽）者體認到唯有「素養」才能讓一個人做出正確的價值判斷，最後回到作者此番演講的最終目的：期勉聆聽演講的法學院同學未來能夠成為有能力思考、做出成熟判斷的人。

(二)此篇為演講紀錄稿，因此與一般文章有些不同：

1. 互動多：常有作者提問，聽者回答的現象

2. 口語化：語言較為生動活潑

此外若有其他觀點，同學可提出互相討論。

寫作擂台

龍應台將「人文」粗分為文、史、哲三大方向，並各用一個具體的譬喻說明，請你也用自己的語言表述你從這三大領域中所體會到的意義。

例如：

文學——隱微的真實生命之呈現；使人看見更深刻的自己

哲學——產生疑惑、懂得發問、試圖找出答案的過程；使人謙卑、懂得「仰望」

史學——在更大的脈絡裡，找到單一事件的正確定位與意義；使人更客觀、不獨斷

說明：

1. 簡要寫出自己對文、史、哲之體會即可；若能應用譬喻則可加分。

2. 每項各用三十至五十字書寫，三者使用之篇幅宜相近。

探索新境

可閱讀《野火集》（二十週年紀念版）、《面對大海的時候》，比較龍應台二十年來思想、筆調的差異。這兩本書同時收錄讀者的回應文章，可對照閱讀，對其中的不同看法加以思辨。

（黃琪老師設計撰寫）

有這一道街，它比整個世界還要大

——《查令十字路84號》書序

唐諾

乍讀這本書稿時，我一直努力在回想，查令十字路84號這家小書店究竟是長什麼個模樣（我堅信寫書的海蓮・漢芙不是胡謅的，在現實世界中必然有這麼一家「堅實」存在的書店），我一定不止一次從這家書店門口走過，甚至進去過，還取下架上的書翻閱過——《查令十字路84號》書中，通過一封一九五一年九月十日海蓮・漢芙友人瑪莘的書店尋訪後的信，我們看到它是「一間活脫從狄更斯書裡頭蹦出來的可愛鋪子」，店門口陳列了幾架書（一定是較廉價的），店內則放眼全是直抵天花板的老橡木書架，撲鼻而來全是古書的氣味，那是「混雜著黴味兒、長年積塵的氣息，加上牆壁、地板散發的木頭香……」，當然，還有一位五十開外年紀、以老英國腔老英國禮儀淡淡招呼你的男仕（稱店員好像不禮貌也不適切）。

但這不也就是半世紀之後今天、查令十字路上一堆老書店的依然長相嗎？——如此懸念，讓我再次鼓起餘勇、生出遠志，很想再去查令十字路仔細查看一次，對一個有抽菸習性又加上輕微幽閉恐懼毛病如我者，這長達廿小時的飛行之旅，我自以為是個很大的衝動而且很英勇的企圖不是嗎？

然而，不真的只是84號書店的誘引，我真正想說的是，如果說從事出版工作的人，或僅僅只是喜愛書籍、樂於閱讀的人得有一處聖地，正如同麥加城之於穆斯林❶那樣，短短人生說什麼也都得想法子至少去它個一次，那我個人以為必定就是查令十字路，英國倫敦這道無以倫比的老書街，全世界書籍暨閱讀地圖最熠熠發光的一處所在，捨此不應該有第二個答案。

至少，本書譯者一定會支持我的武斷——就我個人的認識，陳建銘正是書籍閱讀世界的此道中人。一般，社

---

❶ 穆斯林：Moslem，回教徒。不是特定的一個人，而是所有順服真主的人。當一個人宣告「萬物非主，唯有真主。穆罕默德，是主使者」的時候，他就成為一個穆斯林了。

會對他的粗淺身分辨識，是個優美、老英國典雅風味卻內向不擅長議價的絕佳書版美術設計者，但這本書充分暴露了他的原形，他跳出來翻譯了此書，而且還在沒跟任何出版社聯繫且尚未跟國外購買版權的情況下就先譯出了全書（因此，陳建銘其實正是本書的選書人），以他對出版作業程序的理解，不可能不曉得其後只要一個環節沒配合上，所有的心血當場成為白工，但安靜有條理的陳建銘就可以因為查令十字路忽然瘋狂起來。

這是我熟悉、喜歡、也經常心生感激的瘋子，在書籍和閱讀的世界中，他們人數不多但代代有人，是這些人的持續存在，且持續進行他們一己「哈薩克人式的小小遊擊戰」（借用赫爾岑❷的自況之言），才讓強大到幾近無堅不摧的市場法則，始終無法放心的遂行其專制統治，從而讓書籍和閱讀的世界，如漢娜・鄂蘭❸談本雅明❹時說的，總是在最邊緣最異質的人身上，才得到自身最清晰的印記。

在與不在的書街

《查令十字路84號》這部美好的書，係以一九四九年至一九六九年止長達廿年流光，往復於紐約和倫敦小書店的來往信函交織而成——住紐約的女劇作家買書、任職「馬克與柯恩書店」的經理法蘭克・鐸爾負責尋書寄書，原本是再乏味不過的商業行為往來，但很快的，書籍擊敗了商業，如房龍❺所曾說的「一個馬槽擊敗了一個帝國」

---

❷ 赫爾岑：（一八一二至一八七〇）俄國作家、政論家、哲學家、革命活動家。

❸ 漢娜・鄂蘭：（一九〇六至一九七五）猶太人，原籍德國，是二十世紀西方深具影響力的女性學者之一。

❹ 本雅明：（一八九二至一九四〇）又譯為班雅明。猶太人，誕生於德國，被譽為「歐洲真正的知識分子」、「二十世紀最後的精神貴族」。一九三三年希特勒上臺後，流亡法國，一九四〇年德軍攻陷巴黎，在納粹追捕下，於法、西邊界服毒自殺。他生前研究甚多，但在世時鮮為人知。其著作與論點引起後世廣泛的討論，一九九〇年逝世五十週年，及一九九二年百歲冥誕時，西方學界均舉行過大規模的國際學術研討會，以彰顯其學術地位。他的研究包含了哲學、美學、電影與文學評論等，最著名的是一九三六年發表的《機械複製時代的藝術作品》，及寫於一九三八年的《發達資本主義時代的抒情詩人：論波特萊爾》（後者有中譯本，由唐諾導讀，臉譜出版於二〇〇二年）。

（當然，在書籍堆疊的基礎之上，一開始是漢芙以她莽撞如火的白羊座人熱情鑿開缺口，尤其她不斷寄送雞蛋、火腿等食物包裹給彼時因戰爭物資短缺、仰賴配給和黑市的可憐英國人），人的情感、心思乃至於咫尺天涯的友誼開始自由流竄漫溢開來。查令十字路那頭，他們全體職員陸續加入（共六名），然後是鐸爾自己的家人（妻子諾拉和兩個女兒），再來還有鄰居的刺繡老太太瑪麗．褒頓；至於紐約這邊，則先後有舞臺劇女演員瑪莘、友人吉妮和艾德替代漢芙實地造訪「她的書店」，惟遺憾且稍稍戲劇性的是，反倒漢芙本人終究沒能在一切落幕之前踩上英國，實踐她念念不忘的查令十字路之旅。全書結束於一九六九年十月鐸爾大女兒替代父親的一封回信，鐸爾本人已於一九六八年底腹膜炎病逝。

一樣產自於英國的了不起小說家葛林，在他的《哈瓦那特派員》中這麼說：「人口研究報告可以印出各種統計數值、計算城市人口，藉以描繪一個城市，但對城裡的每個人而言，一個城市不過是幾條巷道、幾間房子和幾個人的組合。沒有了這些，一個城市如同隕落，只剩下悲涼的記憶。」——是的，一九六九年之後，對海蓮．漢芙來說，這家書店、這道書街已不可能再一樣了，如同隕落，只因為「賣這些好書給我的好心人已在數月前去世了，書店老闆馬克先生也已不在人間」，這本《查令十字路84號》於是是一本哀悼傷逝的書，紀念人心在廿年書籍時光中的一場奇遇。

但海蓮．漢芙把這一場寫成書，這一切便不容易再失去一次了，甚至自此比她自身的生命有了更堅強抵禦時間沖刷的力量——人類發明了文字，懂得寫成並印製成書籍，我們便不再徒然無策的只受時間的擺弄宰制，我們甚至可以局部的、甚富意義的擊敗時間。

書籍，確實是人類所成功擁有最好的記憶存留形式，記憶從此可置放於我們的身體之外，不隨我們肉身朽壞。也因此，那家書店，當然更重要是用一本一本書鋪起來的查令十字路便不會因這場人的奇遇嘎然中止而跟著消失，事實上，它還會多納入海蓮．漢芙的美好記憶而更添一分光暈色澤，就像它從不間斷納入所有思維者、紀念者、張望者、夢想者的書寫一般，所以哀傷的漢芙仍能鼓起餘勇的說：「但是，書店還是在那兒，你們若恰好

---

❺ 房龍：（一八八二至一九四四）荷裔美國作家和歷史學家。代表作有《人類的故事》、《房龍地理》、《發明的故事》等。

路經查令十字路84號，代我獻上一吻，我虧欠它良多……」

這是不會錯的，今天，包括我個人在內，很多人都可以證實，查令十字路的確還在那兒，我是過了十多年之後的八〇年代、九〇年代去的，即便84號的「馬克與柯恩書店」很遺憾如書末註釋說的，沒再撐下去，而成為「科芬園唱片行」，但查令十字路的確還好好在那裡。

一道時間大河

查令十字路，這個十字不是指十字路口，而是十字架的意思，事實上它是一道長約一公里許的蜿蜒市街，南端直抵泰晤士河，這裡是最漂亮的查令十字路車站，如一個美麗的句點，往北路經國家藝廊，穿過蘇活區和唐人街，旁及柯芬園，至牛津街為止，再往下走就成了托登罕路，很快就可看到著名的大英博物館（大英博物館一帶又是另一個書店聚集處，但這裡以精印的彩色大版本藝術書為主體）。

老英國老倫敦遍地是好東西，這是老帝國長而輝煌的昔日一樣樣堆疊下來的，如書中漢芙說的（類似的話她說了不止一回）：「記得好多年前有個朋友曾經說：人們到了英國，總能瞧見他們想看的。我說，我要去追尋英國文學，他告訴我：『就在那兒！』」

然而，和老英國其他如夕暉晚照榮光事物大大不同之處在於，查令十字路不是遺跡不是封存保護以待觀光客拍照存念的古物，它源遠流長，但它卻是active，現役的，當下的，就在我們談話這會兒仍孜孜勤勤勞動之中，我們可同時緬懷它並同時使用它，既是歷史從來的又是此時此刻的，這樣一種奇特的時間完整感受，仔細想起來，不正正好就是書籍這一人類最了不起發明成就的原來本質嗎？我們之所以喪失了如此感受，可能是因為我們持續除魅的現實世界已成功一併驅除了時間，截去了過去未來，成為一種稍縱即逝卻又駐留不去的所謂「永恆當下」——有生物學者告訴我們，人類而外的其他動物和時間的關係極可能只有這樣，永恆的當下，記憶湮渺只留模糊的鬼影子，從而也就產生不來向前的有意義瞻望，只剩如此窄迫不容髮的時間隙縫，於是很難容受得了人獨有的持續思維和精緻感受，只有不占時間的本能反射還能有效運作，這其實就是返祖。

更正確的說，查令十字路的時間景觀，指的不單單是它的經歷、出身以及悠悠存在歲月，而是更重要的，就算你不曉得它的歷史沿革和昔日榮光，你仍可以在乍乍相見那一刻就清晰捕捉到的即時景觀，由它林立的各個書店和店中各自藏書所自然構成——查令十字路的書店幾乎每一家一個樣，大小、陳列佈置、書類書種、價格、以及書店整體氛圍所透出的難以言喻鑑賞力、美學和心事。當然，書店又大體參差為一般新書書店和二手古書店的分別，拉開了時間的幅員，但其實就算賣新書的一般書店，彼此差異也是大的，各自收容著出版時日極不一致的各色書籍，呈現出極豐碩極細緻的各自時間層次。

不太誇張的說，這於是成了最像時間大河的一條街，更像人類智識思維的完整化石層，你可以而且勢必得一家一家的進出，行為上像進陳列室而不是賣場。

相對來說，我們在臺灣所謂的「逛書店」，便很難不是只讓自我感覺良好的溢美之辭。一方面，進單一一家書店比較接近純商業行為的「購買」，而不是帶著本雅明式遊手好閒意味的「逛」，一本書你在這家買不到，大概另一家也就休想；另一方面，「逛」，應該是不完全預設標的物的，你期待且預留著驚喜、發現、不期而遇的空間，但臺灣既沒二手書店，一般書店的書籍進退作業又積極，兩三個月前出版的書，很可能和兩三千年前的出土文物一樣不好找。

連書店及其圖書景觀都是永恆當下的，在我們臺灣。

永恆當下的災難

海蓮．漢芙在書中說到過她看書買書的守則之一，對我們毋寧是極陌生到足以嚇人一跳的，她正色告訴鐸爾，她絕不買一本沒讀過的書，那不是跟買衣服沒試穿過一樣冒失嗎？當然我們沒必要激烈如這位可敬的白羊座女仕，但這其實是很有意思的話，說明舊書（廣義的，不單指的珍版珍藏之書）的購買、收存和再閱讀，不僅僅只是屯積居奇的討人厭行為或附庸風雅的噁心行為而已。這根源於書籍的不易理解，不易完整掌握的恆定本質，尤其是愈好、內容愈豐碩、創見之路走得愈遠的書，往往遠遠超過我們當下的知識準備、道德準備和情感準備，我們於是需要一段或長或短的迴身空間與它相處。好書像真愛，可能一見鍾情，但死生契闊與子成說，執子之手與子偕老的杳遠理解和同情卻總需要悠悠歲月。

因此，從閱讀的需求面來說，一本書的再閱讀不僅僅只是可能，而是必要，你不能希冀自己一眼就洞穿它，而是你十五歲看，二十歲看，四十歲五十歲看，它都會因著你不同的詢問、關注和困惑，開放給你不一樣的東西，說真的，我努力回想，還想不出哪本我真心喜歡的書沒有而且不需要再再重讀的（你甚至深深記得其中片段，意思是你在記憶中持續重讀）；也因此，從書籍取得的供給面來看，我們就應該聰明點給書籍多一點時間、給我們自己多一點機會，歷史經驗一再告訴我們，極多開創力十足且意義重大的書，我們當下的社會並沒那個能力一眼就認得出來，不信的人可去翻閱大名鼎鼎的紐約時報歷來書評（臺灣有其結集成書的譯本），百年來，日後證明的經典著作，他們漏失掉的比他們慧眼捕捉到的何止十倍百倍，而少數捕捉到的書中又有諸如沙林傑❻的《麥田捕手》或錢德勒❼的《大眠》被修理得一無是處（理由是髒話太多云云）。一個社會，若意圖在兩星期到一個月內就決定一本書的好壞去留，要求書籍打它不擅長的單敗淘汰賽，這個社會不僅自大愚蠢，而且可悲的一步步向著災難走去。

一種只剩永恆當下的可悲災難。

❻沙林傑：（一九一九至二〇一〇）生於美國紐約，一九五一年出版《麥田捕手》，是美國六〇年代文壇最舉足輕重的小說，無疑也是沙林傑最重要的代表作。

❼錢德勒：（一八八八至一九五九）在許多人心目中，雷蒙・錢德勒(Raymond Chandler)是有史以來最偉大的推理作家。生於美國，大半童年卻隨著母親在倫敦度過。他追隨美國推理先驅達許・漢密特的腳步，徹底改變了推理小說的類型本質，並為美國文學開啟冷硬派私家偵探小說，被譽為推理史上赫赫有名的「美國革命」。《大眠》是他一九三九年震撼偵探小說界的成名之作。

部分遠大於全體

便是這個永恆當下的災難啟示，讓我們得以在書籍暨閱讀的世界中，推翻一項亙古的數學原理——這是柏拉圖最愛引用的，全體永遠大於部分，但我們曉得事實並不盡然，短短的一道查令十字路，的確只是我們居住世界的一個小小部分，但很多時候，我們卻覺得查令十字路遠比我們一整個世界還大，大太多了。

最是在什麼時候，我們會生出如此詭異的感覺呢？當我們滿心迫切的困惑不能解之時。我們很容易在一本一本書中再再驚異到，原來我們所在的現實世界，相較於既有的書籍世界，懂得的事這麼少，瞻望的視野這麼窄，思維的續航能力這麼差，人心又是這麼封閉懶怠，諸多持續折磨我們的難題，包括公領域和私領域，不僅有人經歷過受苦過認真思索過，甚至還把經驗和睿智細膩的解答好好封存在書中。

從形態上來看，我們眼前的世界往往只有當下這薄薄的一層，而查令十字路通過書籍所揭示的世界圖像，卻是無盡的時間層次疊合而成的，包括我們因失憶而遺失乃至於根本不知有過的無盡過去，以及我們無力也無意瞻望的無盡未來。

看看小彌爾❽的《論自由》和《論代議政治》，這是足足一百五十年前就有的書，今天我們對自由社會和民主政治的建構、挫折、一再摔落的陷阱以及自以為聰明的惡意操弄，不好端端都寫在書裡頭嗎？

看看李嘉圖❾的《政治經濟學原理》，這是兩百年前的書，書中再清晰不過所揭示的經濟學最基本道理和必要提醒，我們今天，尤其手握財經權力的決策者，不還在日日持續犯錯嗎？

或者看看本雅明的《發達資本主義時代的抒情詩人》，這又是超過半個世紀以前的書，而今天，我們的大臺北市才剛剛換好新的人行步道、才剛剛開始學習在城市走路並試圖開始理解這個城市不是嗎？

---

❽小彌爾：（一八〇六至一八七三）十九世紀歐洲思想巨擘，英國著名的哲學家、經濟學家與政治理論家，世人譽為自由主義承先啟後的大師。

❾李嘉圖：（一七七二至一八二三）英國古典經濟學家。

還是我們要問憲法的問題（內閣制、總統制、雙首長制、還有神祕的塞內加爾制）？要問民族主義和民粹主義的問題？問生態環保或僅僅只是整治一條基隆河的問題？問男女平權？問勞工和失業？問選舉制度和選區規劃？問媒體角色和自律他律？或更大哉問的問整體教育和社會價值暨道德危機等等問題？

是的，如海蓮．漢芙說的，書店還是在那兒。

全世界最便宜的東西

而查令十字路不僅比我們眼前的世界大，事實上，它做得更好——查令十字路不僅有著豐碩的時間層次，還呈現具體的空間分割；它是一道川流不息的時間之街，更是一個個書店、隔間、單一書籍所圍擁成的自在小世界，讓閒步其中的人柳暗花明。

我猜，這一部分原因有歷史的偶然滲入作用而成，比方說，老式的、動輒百年以上的老倫敦建物，厚實堅強的石牆風雨不動的制限了商業流竄的、拆毀一切夷平一切的侵略性格，因此，小書店各自盛開如繁花，即便是大型的綜合性書店，內部隔局也曲折迴旋，每一區塊往往是封閉的、隔絕的，自成洞天，毋寧更像書籍層層架起的讀書閱覽小房間而非賣場；而且，美國的霸權接收，讓英文不隨老帝國的墜落而衰敗，仍是今天的「準世界語」，仍是普世書籍出版活動的總源頭和薈萃之地，因此，你一旋身，才兩步路便由持續掙扎的東歐世界出來，卻馬上誤入古怪拼字，但極可能正是人類最遠古家鄉非洲黝暗世界，如同安博托．艾柯⑩在《玫瑰的名字》書中最高潮的驚心動魄一幕——第七天，威廉修士和見習僧艾森終於進入了大迷宮圖書館中一切祕密埋藏所在的非洲之末。

一個無垠無邊的智識世界，卻是由一個個小洞窟構成的。

我尤其喜歡查令十字路的一個個如此洞窟，一方面，這有可能正是人類亙古的記憶存留，是某種鄉愁，像每

⑩ 安博托．艾柯：（一九三二至二〇一六），或譯為安伯托．艾可。義大利人。他是極負盛譽的記號語言學權威，也是知名的哲學家、歷史學家、文學評論家和美學家。《玫瑰的名字》是他的第一本小說，一九八〇年出版後，立刻博得各界一致的推崇和好評。

一代小孩都有尋找洞窟打造洞窟置身洞窟的衝動，有某種安適安全之感，而讀書，從閱讀、思索到著迷，最根柢處，本來就是宛如置身一己洞窟的孤獨活動；另一方面，我總時時想到李維・史陀⓫的話，這些自成天地般洞窟的存在，提供我們逃避的機會，逃避什麼樣的壓迫呢？逃避一種李維・史陀指稱的大眾化現象，意即一種愈發一致的、無趣的、再沒性格可言的普世性可怖壓逼（正是社會永恆當下的呈現），而這些動人的洞窟，正像《愛麗絲夢遊仙境》的樹洞，你穿過它，便掉落到一個完全異質、完全始料未及的世界裡去。

於是，我遂也時時憂慮我們最終仍會失去屬於我們這一代的查令十字路，如同漢芙早已失去她的查令十字路一般，我們的杞憂，一方面是現實中斷續傳來的不利訊息（如商業的腐蝕性只是被減緩，並沒真正被阻止），更是人面對足夠美好事物的很自然神經質反應，你深知萬事萬物持續流變，珍愛的東西尤其不可能一直存留，如朝霞，如春花，如愛情。

但你可以買它——當然不是整條查令十字路，而是它真正賴以存在、賴以得著意義的書籍，市街從不是有效抵禦時間風蝕的形式，書籍才是，就像漢芙所說：「或許是吧，就算那兒沒有（意指英國和查令十字路），環顧我的四周（意指她從查令十字路買到的書）……我很篤定，它們已在此駐足。」

從事出版已超過半輩子之久，我個人仍始終有個問題得不到滿意的答案：我始終不真正明白人們為什麼不買書？這不是全世界最便宜的一樣東西嗎？一個人類所曾擁有過最聰明最認真最富想像力最偉大的心靈，你不是極可能只用買一件看不上眼衣服的三千臺幣就可買下他奇蹟一生所有嗎（以一名作家，一生十本書，一書三百元計，更何況這麼買通常有折扣）？你不是用吃一頓平價午餐的支付，就可得到一個美好的洞窟、以及一個由此聯通的完整世界嗎？

漢芙顯然是同我一國的，她付錢買書，但自掏腰包寄食物還託朋友送絲襪，卻仍覺得自己佔便宜，在一九五二年十二月十二日，她說的是：「我打心裡頭認為這實在是一樁挺不划算的聖誕禮物交換。我寄給你們的東西，你們頂多一個星期就吃光抹淨，根本休想指望還能留著過年；而你們送給我的禮物，卻能和我朝夕相處、至死方

⓫ 李維・史陀：（一九〇八至二〇〇九）為著名的人類學家，也是法國結構主義的締造大師。《神話學》為其最具代表性之巨著。

休；我甚至還能將它遺愛人間而含笑以終。」而在一九六九年四月十一日的最終決算，她仍得到「我虧欠它良多」的結論。

美國當前最好的偵探小說家，同樣也住紐約的勞倫斯・卜洛克⓬也如此想，他在《麥田賊手》一書，通過一名付義小偷之口對一名小說家（即沙林傑）說：「這個人，寫了這麼一本書，改變了我們整整一代人，我總覺得我欠他點什麼。」所以——買下它，我指的是書，好好讀它，在讀書時日裡若省下花費，存起來找機會去一趟查令十字路，趁它還在，如果你真的成行並順利到那兒，請代我們獻上一吻，我們都虧欠它良多……

選自《查令十字路 84 號》序，時報文化

作家瞭望台

唐諾，本名謝材俊，一九五八年生，臺灣宜蘭人，臺大歷史系畢業。現任臉譜出版社總編輯，並從事自由寫作，尤以「專業讀者」的角度所撰寫的書評文章深受注意。著有《文字的故事》、《唐諾推理小說導讀選》（I、II）、《讀者時代》、《唐諾談 NBA》、《閱讀的故事》、《世間的名字》等書，譯作則以推理小說為主。

早年與馬叔禮、朱天文、朱天心、丁亞民等作家創辦、並參與《三三集刊》。近年來化身「唐諾」，以《文字的故事》一書重現文學界，贏得各界的一致好評，囊括三大好書獎。在這個電腦寫作的時代，他仍是堅持手寫創作的作家。

唐諾的廣泛閱讀是眾所皆知的，而且寫文章之快，陳正益形容說：「非常之快，快到像在謄稿，而不是在寫稿」。而據說以「唐諾」為名，是為了寫那些他所謂「比較不正經」的文章用的。其實看唐諾的導讀成為某些讀者

⓬ 勞倫斯・卜洛克：一九三八年生，這個以紐約為小說背景，對死亡有特殊感受的當代作家，把半世紀前達許・漢密特、雷蒙・錢德勒所建構的美國犯罪小說傳統，再推到另一個新視野。

的習慣，因為在導讀中，唐諾放進去許多自己對閱讀的想法，正如同他在《閱讀的故事》前言所說：「它（該書）原本，不僅試著要勸誘人閱讀，還想一個一個極實際的幫人解決閱讀途中可能遭遇的常見難題，想得很美。」換言之，在唐諾的文字中，他誠實地表達自己對閱讀的意見，他說他喜歡推理大師錢德勒的理由是：「事事有意見，頑固的不放棄。」恰如其人其文。

此外，《閱讀的故事》以《迷宮中的將軍》的摘句作為全書章節的引言，是向馬奎斯致敬的設計，而熟悉唐諾寫作內容的人一定知道，他致敬的對象，也不會錯過本雅明、波赫士、卡爾維諾、格林……等人。

身為一個「專業的讀書人」，唐諾真誠建議：「在經典的作品前，我們應該不是指東劃西的評論者，而是個沉靜認真的讀者。」

密門之鑰

時間大河般的查令十字路，裡頭珍藏著最便宜的智識珍寶。它的意義與海蓮・漢芙的愛書哲學，透過唐諾的感性筆調（迥異於平日導讀書籍的理性客觀）娓娓道來。

本文融合了《查令十字路84號》的要義，與唐諾平日的閱讀心得，儘管有許多作家與作品我們並不熟稔，但對作家和讀者間的交流並不妨礙，反而能開啟我們擴展閱讀視野的動機。

楊照說：「《查令十字路84號》可是關於藏書、購書的書中，有史以來最暢銷的一本。這本書在歐美聲名很大、地位更高，幾乎被視為是愛讀書、愛買書、愛藏書的人必讀的經典。」然而，一直到二〇〇二年我們才有了陳建銘的譯本問世。

藉由唐諾頗費筆墨的文句，我們可以精確地抓住書本的價值，因為書本是唯一擊敗時間而不朽存在的；而了解了海蓮・漢芙對書本的態度後，我們將退一步自省，提昇書與人之間的關係。

誠如唐諾所堅持的觀念：「一個作家，終其一生，大約也就能寫出五到二十本的出色作品，而書，讓你以極少的代價，讀到這位作家或是這個人一生的思想精華與總結，這，真是太划算的代價。」

所以，不論是序文，或是《查令十字路84號》這本書，都教給我們一個重要的觀念：海蓮・漢芙不買沒看過的書；而唐諾的序文則強調：「一本書的再閱讀不僅僅只是可能，而是必要，你不能希冀自己一眼就洞穿它，而是你十五歲看，二十歲看，四十歲五十歲看，它都會因著你不同的詢問、關注和困惑，開放給你不一樣的東西。」換句話說，即如波赫士所言：「閱讀，是為了找出書可以重讀。」

在社會快速變遷下，還是有很多愛書人堅持著對書本的喜好，就因為「愛書」，可以賦予人們最真誠的情感與聯繫。文章的標題並不誇張：「有這一道街，它比整個世界還要大」。身為讀者的我們，要試著體會所有愛書人對書的愛好，才能藉此聯通到完整的世界。簡而言之，世界的美好，應該是以書本為鑰而開啟的。

於是，我們或許不需要去查令十字路，但所有的愛書人都應該像海蓮・漢芙與唐諾一樣堅持對書籍的愛好。

提神答問

一、請舉出一本你一再閱讀的書籍，並說出不同時期閱讀的不同感受。

答：請依自身的經驗思索。如《小王子》、《香水》等書。

二、為什麼唐諾說「部分遠大於全體」？

答：短短的一道查令十字路，的確只是我們居住世界的一個小小部分，但很多時候，我們卻覺得查令十字路遠比我們一整個世界還大，大太多了。因為那裡有著開啟人類智慧的鑰匙。

三、海蓮・漢芙如何比喻買一本沒讀過的書？

答：跟買衣服沒試穿過一樣冒失。

寫作擂台

唐諾以豐富的閱讀經驗，將各種深刻體會自然地融入文中，以摘句方式佐證個人對閱讀的認知。同學們請自由選擇三本書，並摘錄其中要句，連綴成屬於個人的獨到見解，主題不限。

探索新境

《查令十字路84號》，海蓮・漢芙著，陳建銘譯，時報文化出版社發行。

是本小書，但卻有著重大的意義，請細細閱讀。

（王怡心老師設計撰寫）

文化藝術

音樂音響・生命生活　張繼高

石頭　蔣勳

都江堰　余秋雨

蝸角　張輝誠

音樂音響‧生命生活

張繼高

人生約略的可以分成兩個階段與層面：從成長期到成熟期是階段性的；從追求生活到探討生命是層面性的。大致上，成長期的人主要在謀求生活豐美——如食衣住行育樂等等；等到心靈智慧比較成熟，就會開始尋思人活著到底有什麼意義、價值？逐漸喜愛有深度的美，對信仰問題較以前認真，甚至總會聯想到人對社會的責任……，這就屬於生命的層面了。

我們愛好音樂，聽音響，也可做如是觀。

二十年前我創辦《音樂與音響》月刊時，在發刊詞中引用過尼采（Friedrich Nietzsche）一句話：「沒有音樂，生活將是一種錯誤。」那時候我們的國民所得才接近四百美元，自由、民主、應用電腦、通訊衛星、基因工程、新聞自由，都還離我們尚遠；CD、LD、數位錄音、直播衛星（DBS），還是實驗室中的東西，生活的密度不像今天這麼混雜，可是，人們對音樂的渴望卻正隨著LP唱片的普及，卡式帶的來臨，FM廣播的美好音質，和Hi-Fi（高傳真音質）工業的興起而興趣日高。在剛剛進入「前資訊社會」（Pre-Information Society）的臺灣，每個人的生活中都少不了音樂——各式各樣的音樂。尼采的話確實沒有錯。

同時，我也寫出：「音響是手段，音樂才是目的。」一套好的音響器材是為了能重播更美的音樂。

二十年後的今天，臺灣正面臨脫胎換骨式的變化。快速而缺少秩序的富有，使絕大多數人的生活變得渾忙與壅塞。人的感知一如臺北市的交通，在亂與無奈中存活、打拚。音樂的供求關係也大致上跟隨這種模式——感官刺激與簡易庸俗成了主流。大多數人不願（或已不能）思考。聽音樂一如吃速食，千篇一律的在吞嚼與無啥選擇，似乎已失去了品味能力；加上KTV的推波助瀾，讓人們在聽音樂時只口誦著低俗的歌詞、簡單的旋律和強烈的節奏。雖然平價的音響器材也都有不錯的音質，但久已「粗質化」的人群連會使用高低音調節鈕的人都不甚多。大家在擠噪中過活，回到家半下意識地扭開音響，塞進一張CD，而後在音樂飄移擴散，人在「聽進與聽不進之間」

被聲音沖刷。三十五歲（或四十歲）以前的人，大致上維持著這種調調兒（當然也有例外的少數）。

比起清苦的五十年代，今天的音樂是太多，多到像空氣汙染，無法逃避；而其中煩囂與粗糙的聲音特別多。這是一百四十多年前的哲學家尼采所沒想到的。生活中沒有音樂固然是一種錯誤；可是生活中有著過多的音樂，尤其是庸俗與粗鄙的樂曲，恐怕也不算正確。

因此，今天人在處理或安排生活中的音樂問題時，要學著如何選擇：第一是避免太多，其次是試著追求些美與淨化。渾渾噩噩之中被卡拉OK同化或痲痹，等於是患了精神上的帕金森症，活在這樣一種音樂灌注之中，也是一種不幸。

不過，富裕社會也有一種好處，即人的行為比較容易轉換——像臺灣這種快速運作的社會使人的折舊率變得比昔時高，這種「人的折舊」有時是通過一種有如篩檢的方式在進行。有很多人在見識過高尚以後，因產生自省而走向成熟（包括見識過真正高尚的人物、國家、社會、大學、藝術、著作等等），因自覺成熟而感到需要提升。一種心境上的提升。這是人在一輩子中最難完成的一樁事，因為它太深太難，且曠日費時，有些淺薄之士剛摸到一條象腿，便以為已得到「真象」，如不能繼續精進，可能在這個階段就被篩選了下來，世間許多附庸風雅，佯仿精邃之士，就列入這一輩分。

音樂也是。人到成熟，具有些排列組合能力時，對粗俗的樂曲就開始不耐，如此刻有友朋指點帶領，很容易轉入精緻中西古典音樂之門。那種均勻、細膩華麗和有意境、韻味的旋律與音色，比較容易沁入稍有空靈的人心，令人在娛樂之外，也可藉音樂娛性娛情，擴大感情與思考空間，人能涵泳其間，生趣無限。

現在轉回到音響問題上來。

雖然我在二十年前認為「音響是手段，音樂才是目的」，今天想想仍有其是處；可是，社會在富裕之後，一個人買一樣東西，有時不一定全是為了其功能性或實用性，「買與擁有」本身有時也是目的。

這是在清貧時代不易發生的事。今天一個富有的人，雖然不太懂音樂，如果花二三十萬買一套「漂亮」音響，也不能稱之為過。畢竟，音響已流為一種時尚、一種裝飾，甚至是一種必須。人的住家需要裝飾，人的「需求」

也要裝飾。因此，有時音響本身也會是一種目的。許多「新貴」所擁有的昂貴音響器材有時根本不會用，更不懂得欣賞，可是在這「自滿的年代」，人在「取得與擁有」時就是一種快樂。甚至以高價產品炫耀同儕，裝飾客廳。聽音樂已淪為次要目的。這也是今天一種「必要之惡」。

事實上，精品的音響著實迷人，其音色有如上好的酒，香水或珠玉，靄靄含光，品味雋永。細聆其音，纖細深沉交織，能知賞者自有其大樂在焉，倘再能理解其裝配結構設計，其精密細巧，華麗與雍容，更是讓人沉迷。近年來真空管機之復興，與歐洲喇叭箱之精細木工，其中夾有歷史的鄉愁與懷舊情結。暗夜中，看到真空管頂上那點點橘紅色燈絲，溫婉有光，直覺上它散發出來的音樂，都是一種溫存，一種美，一種風韻，一種感激。

音樂真是一種超絕的藝術。它是一種「有之於內而表之於外的有聲思想」（黃友棣語）。我大半生得有聆樂之樂，從門外廁身擠入這一窄門，四十年來盡量不疾不徐，從未休止。年輕時曾夢想挽著一隻手在水晶吊燈紫紅絨幕的巴洛克風的音樂廳中共聆蕭邦或柴可夫斯基；等到有了那手，我已移愛巴哈或華格納了。多年以來，音樂使我兼及歐洲歷史，宗教文化，少量的詩與戲劇，而不自覺的暌違了繪畫。生活中充滿了浪漫與嚴肅。在我苦讀史懷哲的巴哈傳記時，大量地吸入組織嚴格的賦格曲式，如今回想起來，這可能訓練了我中年期的紀律思考和排組整合的能力。第一次聽帕蒂高爾斯基的大提琴，艾爾曼的小提琴，魯道夫・塞金彈貝多芬，史華茲柯芙獨唱，都使我有一種畢生揮之不去的沁入心脾的絕對美感。在柏林愛樂大廳沙爾斯堡節日廳，維也納大廳聽卡拉揚指揮「創世紀」，在聽到亞當夏娃的二重唱時，不自覺地淚眼滂滂；聽卡爾貝姆指揮莫札特，凱立博指揮貝多芬，那種正大方圓，感動得不知怎樣形容。西方交響樂形式之擅能同時描寫多元，對這種複音音樂的精微感受，也是我在接觸其他藝術時，不曾感受過的。

不知道可否這樣以為：歐洲音樂的進化可以說和他們的科技、工業、民主政體、社會文化如影隨形。傑姆斯・瓦特發明蒸汽機，啟開工業革命之門，不也是這段時候麼？科技是嚴格的理念與實現，規矩方圓之間，一絲不能苟，音樂也是如此，歐洲音樂只有從一七五〇到一九五〇這二百年間，才完全受樂譜限制。每一個演奏的音都要記在譜上，演奏完全照譜（這當然和完成精細的記譜法有關），十分嚴格。事實上，一七五〇之前的演奏家大部分樂曲都是即興演奏的，柯瑞里 (A. Corelli) 演奏小提琴就不照譜；巴哈之父演奏也不照譜。這和五十年前前衛樂派 (Advant Guard) 的即興派如出一轍。巴哈 (J. S. Bach) 可能是第一個小心翼翼把一切都寫在譜上的人，這在當時是很受批評的。現在從「宏觀」視之，人類近代文明的主要動力，可能就是來自這一份精確與嚴謹精神。我大概年輕時有十年的時間醉心巴哈，想來對我必有影響。

因此，大學裡念理工醫學的青年反而比讀文史哲的容易接近古典音樂。道理很簡單：古典音樂有一半性格是理性的，另一半才是感情內涵。巴洛克前後的典型作品就非常之數學化。因此經典作品都顯得相當拘謹與高雅。這種「理性的快樂」是人類所能享受到的娛樂喜悅的最高形式。其結構風格完整而具統一性，特別是生活在今天的人，倘能濡浸一些這種感受，對生活之混亂，生命之無依，也許會有些鎮定或撫慰作用。

我在四十歲以後不知為什麼忽然「文化回歸」，對中國的文史哲詩詞小說漸感興趣，我克制自己不要太偏注，因此常常不自覺在中西之間比較遊走，說來慚愧，孔子的「道不遠人，人之為道而遠人，不可以為道」，還是看了林語堂的英譯才徹底明白的。依此類推，我開始喜歡中國音樂，開始了解中國音樂以簡馭繁真正功力，名作曲家周文中兄勸我先體會一下中國的美學，中國藝術的聯貫性——如詩中有畫，畫中有詩，有圖像觀念，也有音樂。詩詞水墨和音樂不分的（如王維），中國音樂不重和聲，但每一個音都有大講究，如古琴，即有天聲、地聲、人聲之分，泛音、散音、木音之別，講求人與自然（天）合一，看來簡單卻極深奧，元馬致遠一首廿八個字的小令，讀來既有畫境，也有樂感：

枯藤老樹昏鴉，小橋流水平沙，古道西風瘦馬，夕陽西下，斷腸人在天涯。

不僅有畫，夜讀時彷彿都有聲音溢出來了。

後來又發現，典型的中國獨奏音樂是自娛，且娛性、娛情的；比較不甚適合演奏給別人聽。我掙扎了好久，才能適應目前這種國樂團形式，因為它太西化了。我有一張珍藏的呂振原先生的古琴唱片，其中「長門怨」和「流水」二曲，每次聽罷都感到一種「出塵」的境象，那麼簡單的旋律、節奏和變化，卻能蘊涵著那麼多情境。中國音樂帶給了我一種有如禪的情趣，完全不同於西方音樂。

今天，通過廣播、電視、唱片、錄音（影）帶聽到的音樂遠比過去多，相對的，聽音樂會慢慢變成一種對音樂產生過程的「印證」工作。去「看」的目的可能大過聽。可嘆的是：太多人聽慣了錄音，一到音樂會現場，反而不太能適應。例如：總覺得小提琴高音不夠，協奏曲中的大提琴聲音太小，樂團的低聲部太薄，吉他的音色太暗……這可說是現代化的悲劇。因為唱片都是經過高低音處理過的，在Hi-Fi的生產指標下，音色變得特別亮麗而高低音對比也比原來演出加強。一如加了糖汁的鳳梨罐頭比新鮮鳳梨好吃。至於鳳梨的新鮮味感，因平時太少吃反而難以認同了。

這些聽錄音長大的，是這一代人的悲哀。這個族群正在成長之中，久而久之，也形成了一種有如「人工音響美學」的說解，不時也夸夸其談，自得其樂。

無論如何，我們已無法退回到從前，也沒有必要。但必須明瞭：精緻典雅並沒有消失，且終將再度主導「大混亂」過後的世界與人生。我們今天隨時可得到音樂，買得到音響，一個小小的CD隨身聽就能帶來音樂廳裡那種感受。這要拜科技與富裕的賜予。

然而，聲音不是音樂，藏在聲音的感情、意境才是音樂。人在富足，有過見識，被某種「博大」觀照過之後，總會感到自己的渺小與無助。因此人才需要藝術與宗教，用來避靜藏心、藉安生命。但此事可大可小，可深可淺，其造化全靠自己修持。稍涉中外史乘，就可以發現人類不是都像今天這樣庸碌的，大德高明，在在多有，高明的東西的確不同凡響。倘能見識一二，進窺其精深，再退出來時，至少可以使人變得謙虛一些。我常覺得，世間一切有形的瑰麗莊嚴精緻，都是為了影響感染人的。使人變得精緻。粗陋是一種墮落，是一種迴返退化的方式。即令把黃金寶石精鑲在馬桶上，也是一種昂貴的粗陋。這種生活與生命都不會持久。音樂不說教，但卻能幫助人感到一種較高尚的選擇，是有必要的。

選自《精緻的年代》，九歌出版社

作家瞭望台

張繼高（一九二六至一九九五），筆名吳心柳，河北人。燕京大學新聞系畢業，英國湯姆森電視學院研究。歷任中央社、《臺灣新生報》記者，《香港時報》、《中國時報》副總編輯，中國廣播公司新聞部主任，中國電視公司新聞部經理，臺北之音董事長等職。

畢生倡導精緻文化，追求精緻生活，鼓勵人們「多接觸精緻的人，多看些好書，多聽些嚴肅的音樂」。生前有四堅持：不出書、不演講、不上電視、不做官。可見其嚴謹高潔。文字從不剪存，幸晚年同意九歌出版社蒐集，彙為三書：《必須贏的人》、《從精緻到完美》、《樂府春秋》，二〇〇二年九歌出版社精選其文出版《精緻的年代》一書。

密門之鑰

古典音樂是精緻文化的至高表現。孔子至武城，聞絃樂之聲莞爾而笑，知縣宰子游之能；因為以禮樂為教，是文明的極致境界。張繼高以閒筆方式談音樂音響對生命生活的影響。從樂器外形那種溫存之美，到聽音樂時神思交感的淚眼涔涔，生命的理性、感性與樂聲交奏合鳴，一時之間，感動莫名。文中提及「巴洛克前後的典型作品就非常之數學化。因此經典作品都顯得相當拘謹與高雅。這種『理性的快樂』是人類所能享受到的娛樂喜悅的最高形式」，可知作者鍾情音樂之因及崇尚的境界。

張氏散文大致可分兩大類：一是樂評之作，如：〈倩麗的蕭邦〉、〈以音樂伸張人權的大提琴家卡薩斯〉；一是論世之作，如：〈整潔就是紀律〉、〈低級的驕傲〉。皆能從容書寫，理性深沉。本文兼涉二者，以專業人士身分論音樂的素養及生活的態度，有著知識分子的關懷和生活美學家的閒雅。

大抵上，淵博之士，往往品味高、對生活也務求精緻。作者一生優雅，極力倡導精緻文化。嚴謹律人自律。多年前，曾針砭臺灣的社會現象「對物質的浪費、對人的無禮、對法的無視、對子女的溺寵、對感情的嬉戲、對知識的冷漠、對道德的敷衍、對精緻的粗糙、對異己的不容」。他多識而專精，如鷹眼般地檢驗文化弊端，探討生命的價值。對他而言，生命不可不惜，不可苟惜。站在人情的基礎上，有著洞明世理的睿智。楊憲宏云：「他是時代社會樂曲的『極弱音』。」以最稀微的發聲，振聾發聵，發人深省。誠然，他的生命就是精緻主張的最高體現。經濟學家高希均，亦曾為文提出「做什麼像什麼」的口號，鼓勵國人把自己擔任的角色做好、做對。例如：朱銘的雕刻、林懷民的雲門、董陽孜的書法、蔣勳的美學、姚仁祿的投入慈濟，甚至是鼎泰豐的湯包。試想，如果每個人都能盡力於自己的本分，這就是典範，這就是精緻。如此，國力焉能不強？

提神答問

一、對於作者以四十年來集畢生精力努力地提倡精緻的古典音樂，你是否認同此舉？說說你的想法。

答：時間倏忽而逝，能長期的堅持投入一項有意義、又有興趣的事情，是很幸福的。例如：古典音樂，是理性的結構、感性的抒發。入門不易，但一旦喜愛上了它，會進入一個大世界。

二、試舉一、兩位常對社會現象提出針砭的作家，並說明他們以何專業素養的角度觀察社會。

答：1. 李家同教授：關心弱勢教育，親自參與輔導。並且撰文，提出己見、改善教育。

2. 林懷民先生：創立雲門舞集，培養大眾美感及向心力。

3. 曾志朗、洪蘭教授：以研究腦科的專業背景，鼓勵民間重視教育的啟發性，樂於思考、培養正確的閱讀習慣。

寫作擂台

作者一生優雅，極力倡導精緻文化。生活在二十一世紀的你，對精緻生活又有什麼樣的看法與嚮往？請以「我理想的精緻生活」為題，書寫一篇六百字文章，文中需先定義你認為的「精緻」，然後具體描述其生活內容。

探索新境

閱讀張繼高其他作品：

《必須贏的人》、《樂府春秋》、《從精緻到完美》、《精緻的年代》或《張繼高精選集》，皆由九歌出版社發行。

（吳明津老師設計撰寫）

石頭

蔣勳

洪荒形成的時候，最早找到形狀的大概是石頭罷。

我們不太會記得石頭也有熔點，在極高溫下也會融化成液體。

一團噴薄的熔岩，赤紅、高熱。它竟不是我們日常理解的石頭的樣子。它在火光中燃燒，高度的熱，使石頭內在的分子解體。分子與分子激盪相撞，巨大的岩塊噴薄分離成蕈雲❶般的火焰。

那是最初的石頭。

據說，女媧是用石頭煉燒來補天的。只有在中國，古老的神話便知道石頭可以是一種液體。

石頭是一種液體，它飛濺、流蕩、迂迴；到處是石頭的河流，圍繞著蒸騰鬱熱的火焰，緩緩流著、流著。

那被稱為洪荒的時代，是因為一切都尚未命名，一切都還沒有形狀。

宇宙的生殖是在高熱中完成的，石頭便是最初的子嗣。在高熱中旋轉、飛濺、激盪、暈眩，這最初的子嗣久久不願意固定自己的形狀。

當噴薄的雲霧逐漸沉澱為地上的塵埃，洪荒要擘開天地，混沌中分出了光明；當高熱退去，大地變得涼冷，「呀——」在那巨大的嘶叫中，活躍的、奔騰的、散放著生命的光與熱的熔岩，瀕於死亡的時刻，在迸濺著淚水的嘯叫中，他們一一立起固定成了永恆的山脈。

被我們稱為「石頭」的，其實已是石頭的骸骨。它們活著的時候是沒有形狀的。

我們在山脈起伏中還看得見石頭在熔岩時代奔騰洶湧的氣勢。我們細看石頭的紋理，也還看見水波流走的痕跡。

石頭這樣堅硬、固定、冰冷，我們常常在手中把玩一塊石頭。其實，石頭如水般流動，沒有形狀，而且燃燒

❶蕈雲：如傘狀的雲。蕈，音ㄒㄩㄣˋ。

著高熱。

偶然石頭與石頭相撞，迸閃出火花，我們才知道，原來石頭中還是藏著火的。

人們曾經用兩塊石頭相互擊打蒐取火種。

但是，石頭火焰的部分是不太願意讓人知道的。

熔岩死亡之後，石頭復活了另一種形式的生命。從活躍、熱烈、灼燙、燦爛，變成靜定、沉重、冰冷而且甘願於晦暗。

不知道是多少世紀的荒涼與寂靜，那被囚禁的石頭一一經歷著日月，經歷著寒暑，無動於衷。

然後人類出現了。

當人類出現以前，石頭已經經歷了不可計數的滄桑。它在風雨的侵蝕中分解了自己堅硬的外殼，風化的石粉混合著雨水變成了砂粒，變成了土壤。苔蘚攀附著石塊的裂縫，蕨類的種籽擠進岩石的凹痕，它們都借著逐漸分解的石頭的屍體長成了新的生命。

多少巨大的岩石分解風化，多少腐爛的植物和動物的屍體，混合累積，構成了沃腴的大地。

那柔輭的泥土，拿在手中，可以揉捏，它竟也是石頭的另一種變貌。我有一個製陶的朋友，整天揉土，又把土放到窯中去用高溫煅燒；他說，要把所有的泥土恢復成堅硬的石頭。他說，地球中心的熔岩並沒有熄滅，整個地球是一個大陶窯。

我曾經想過，天上的雲下降成為雨雪，雨雪流成溪河，溪河蒸發又回復成天上的雲；我可以理解水和冰和天上的雲的循環；但是，製陶朋友的話讓我想了很久，我在想：從液體的熔岩到石塊，從石塊分解成為砂土，砂土再經火煅製成堅硬如石的陶瓷，石頭的變貌竟比水更曲折隱晦。

好像中國人特別知道石頭是天地的開始；中國的一部美術史，不過從一塊頑石說起。從石器時代到玉的琢磨，從石雕造象到山水畫從石起筆。宋代以後，庭園中就端立著一尊歷經滄桑的奇石。到了「紅樓夢」，女媧補天，一場文明的繁華幻滅都不過歸結到青埂峰下一塊石頭再說從頭罷。

而我此刻，坐在京都國立博物館一個小小的角落，面對著兩方斑剝的石塊。

這兩方石頭是從河南鞏縣的石窟移來的。

自從人類認識了石頭的堅硬、巨大之後，人類就努力想把自己雕刻在石頭上。想像自己可以和石頭一樣不朽而且偉大。石頭很早就被人類用來做雕刻和建築的材料，大約是發現了石頭的不朽性罷。

埃及人和希臘人都是愛用石頭的。他們從山上切割下巨大的石塊，再把石塊切割成巨大的柱石或人像。埃及人及希臘人不斷利用石頭的體積、重量、形狀。

奇怪得很，早期的中國，卻很少用石頭雕刻人像，也很少用石頭做建築的材料。石器時代以後，中國人把古老的、用過好幾世紀的石斧、石刀供奉了起來；這些原來粗糙笨重的石刀、石斧，方的圓的，經過幾萬年世世代代的手的摩挲親膩，和人類一起度過了黑暗茫昧的歲月，終於，從粗糙中放出了瑩潤的光，從沉重冰冷的石頭變成了玉的潔淨溫暖。

整個商周到春秋，中國人瘋狂地愛上了從石頭中復活的玉的生命。他們不用石頭來雕刻或建築，他們不剝削石頭外在的形狀、體積和重量；他們卻一心愛上了石頭內在的精魂。他們從沉睡的、懵懂❷的石頭中呼喚起了玉。那玉，是石頭的又一種變貌。玉，石之美者，被大海、被風砂淘洗，在歷劫的時刻一剎那凝固，而今，石中的玉要一一被中國人的親膩喚醒，成為玉璧、玉琮，成為天地間不朽的方和圓。

用手輕輕摩娑❸，用臉頰去親膩，玉裡有古老中國的夢和記憶。石頭和玉，不過一念之間，執著了，便成寶玉，捨棄了，不過大地上一塊無牽無掛的頑石罷了。

脫離了玉的夢魘❹之後，中國人也在石頭上雕刻，最早是刻字立碑，佛教傳來以後就開始刻佛像。

字刻在摩崖❺上，像「石門銘」、「石門頌」，佛像刻在巨大的山壁上，像雲崗，樂山；這些石刻並不從山上被

---

❷ 懵懂：音ㄇㄥˊ ㄉㄨㄥˇ，糊塗；心裡不明白。
❸ 摩娑：用手撫摸。
❹ 夢魘：夢中受驚。

切割分離下來，而是把人為的形狀刻在山石壁上。那摩崖和佛像，和自然中的石頭、樹木混雜在一起，成為自然的一部分。他們也受雨露風霜的侵襲，從字跡鮮明，形象深刻逐漸風化漫漶❻，在歲月中斑剝消逝，彷彿又要回到最初的石頭樣子。

這方河南鞏縣移來的北魏石刻，被設計過的燈光照著，在斑剝漫漶中彷彿又復活了那逐漸消逝的笑容。但是，那笑容還是在消逝中，我靜坐了幾小時，那笑容便在光下遊移，一點一點淡去。

據說，當初各國的商人盜劫中國的石雕，為了要把石像整座從山壁上拔起，便動用了許多工人，用一層層的棉被把石像包裹綑紮起來，然後用巨大的木槌重力撞擊，使整座的石像從根斷裂，嘩啦啦帶著包纏的棉被沉重地從山壁上滾落下來。

不知道那在層層棉被包裹窒息下的石像，被巨大的木槌擊打，從腰部斷裂，從幾十尺的高處摔下，如何還能保持那樣安靜的笑容。

石像滾落時，細緻的部分容易碰撞受損，因此，許多藏在國外博物館的中國石雕都經常從頸部或手部斷裂。石頭的堅固、不朽，好像在這些石佛身上被否定了。石頭也會破碎、分解、漫漶，刻得再深的笑容，都會一點一點隨歲月消逝。

唐宋以後，走到山壁下仰望北魏石雕佛像的人，大概已經警悟了時間無所不在的劫毀罷，那原來很得意於自己雕刻的藝術家，看到那幾十尺高的佛像也一樣崩坍損毀了，露出了石頭的原質，他一面讚嘆前人藝術的精奇偉大，一面卻又感覺著那在歲月中蝕退的笑容的魅力。「或許，」他想：「世界上最美的，竟不是形象的完成，而是形象的風化消逝。」

他放下了手中的鑿子、刀斧，放下了雕刻的工具，他開始撫摩那笑容消褪之後幾乎又只是一塊「石頭」的雕像。粗糙的石頭的肌理，形狀的凹凸，也有的被風砂蝕成了空洞，一身都是傷痕瘢疤❼罷，從雕刻又回復成為石

❺摩崖：刻在山崖石壁上的碑文、經文、詩賦或佛像等，稱之為摩崖。
❻漫漶：斑駁木石上所刻之物，長時間受風雨侵蝕，變得模糊不可辨認。

頭，被不再雕刻的中國人放置在庭園中，依靠著大地，崚嶒❽鬼奇，彷彿說著洪荒以來歷劫的故事。看來那樣平凡，只是一塊石頭，但是只有中國人知道，它曾經是工具的石斧，後來變成了受供奉的玉璧，又被人雕刻，受人讚美，然後，千萬年過去，繁華去盡，他又回來安靜地做一塊石頭了。

宋元以後，從庭園中的一塊斑剝的石頭開始了山水的繪畫，大山連緜一千年，不過只是這一塊石頭罷了。從女媧補天開始歸結到紅樓夢，不過都只是這一方石頭，這在異國博物館靜靜的櫥櫃中靜靜微笑著的一方石頭。

當石上的笑容逐漸在滄桑中消逝，那與他對坐的人的臉上卻升起了新的笑容，也彷彿一塊剛才復活的石頭。

選自《今宵酒醒何處》，爾雅出版社

作家瞭望台

蔣勳，一九四七年生，福建長樂人。文化大學歷史系、藝術研究所畢業，法國巴黎大學研究，曾任雄獅美術主編，東海大學美術系創系系主任，現為《聯合文學》社長，並自由講學，中國美術史、西洋美術史為其專長。

作品多樣，橫跨散文、新詩、小說、評論、美學論著、藝術導覽等領域，但散文為其最喜愛的一種文學形式。深具美學素養的他，擅長以動人的言語傾訴如詩般的心靈獨白。曾自言：「我為不同的原因而寫作，因為生的喜悅，死的哀傷，因為大地、長河、星辰與海洋都不可思議的美麗；而那剎那間繁華又幻滅的花與日光的餘暉都不可挽回。我的寫作，我想，只是對那一切不可挽回的美麗一種無可奈何的努力罷。」（〈我為什麼要寫作〉）

著有散文集《萍水相逢》、《大度・山》、《今宵酒醒何處》、《島嶼獨白》、《只為一次無憾的春天》；詩集《母親》、《多情應笑我》；藝術論著《美的沉思》、《中國美術史》、《藝術概論》；生活美學《天地有大美》、《美的覺醒》等。

---

❼ 瘢疤：瘡痕傷疤。

❽ 崚嶒：音ㄌㄥˊ ㄘㄥˊ，山勢高峻重疊。

這是一篇充滿感性的美文，全文虛實交錯著「精神時空」與「現實時空」兩條主線；而生活中貌似平凡的石頭，在蔣勳筆下，更成為時間、文明與藝術的見證者。

起筆神思遙想，上窮碧落下黃泉，對宇宙洪荒多所奇想，席慕蓉以「驚豔」二字譽之。怒噴的濃煙烈焰漫天蓋地而來，呈現出遼闊的格局，「宇宙的生殖是在高熱中完成的，石頭便是最初的子嗣。」原來，石頭的前世有熔點，有火光，可以融化，可以流動如河，可以灰飛煙滅，在剎那間冷卻固定，似乎封存了一切的記憶、夢想、渴望、愛恨，成為一塊再也不動的頑石。

但是，生命看似終止，轉變卻由此開始。石頭也有生、住、轉、滅的循環輪迴。女媧神話讓人直覺意識到石頭並不是固體，不是永恆的靜態。它風化為泥土，在人的手中，高溫的煅燒下變為陶，恢復成堅硬的石頭。而從石斧石刀、石中美玉、石雕造像、石刻石碑、山水畫石、園林奇石……，石的身上，更隱藏著一部中國美術史的縮影，甚至變成《紅樓夢》中，青埂峰下那塊至人世歷劫的頑石！

這樣馳騁想像與情感的靈虛神遊，看似完足，但文章中段，作者本人戲劇性的現身，情境自此突轉。原來前半所有「精神時空」的陳述，竟是起因於作者身處美術館，靜坐數小時，欣賞北魏石刻的跨時空感懷：「而我此刻，坐在京都國立博物館一個小小的角落，面對著兩方斑剝的石塊。這兩方石頭是從河南鞏縣的石窟移來的。」其後更說：「這方河南鞏縣移來的北魏石刻，被設計過的燈光照著，在斑剝漫漶中彷彿又復活了那逐漸消逝的笑容。但是，那笑容還是在消逝中，我靜坐了幾小時，那笑容便在光下遊移，一點一點淡去。」

蔣勳在此技巧地運用了敘事的轉移，插入「現實時空」的另一條主線，營造了另一種虛實掩映的效果，「這在異國博物館靜靜的櫥櫃中靜靜微笑著的一方石頭」，成為全文的分水嶺。以下筆鋒一轉，更想及文明遺產的壯麗，自然的風化，人類的掠奪。末了提及文學作品中「歷劫」的思想，時間有形無形的劫毀，造成原石盡露，回歸本相，呼應了前半石頭的生命輪迴，與結尾的微笑中神祕的領悟！

細品此文，實有三奇：一是奇想綺麗，擬人又詩意的文字，恣意揮灑在綿綿聯想之中；二是敘事奇特，一虛一實，錯置由博物館收藏產生的遙想，新人耳目；三是由小見大之奇，取材看似平凡，但輔以個人美學專長，竟有縱橫中外時空及文明的深度——全篇真可說是一則奇特的「美的沉思」。

提神答問

一、作者為何說：「中國的一部美術史，不過從一塊頑石說起」？

答：中國的一部美術史，不過從一塊頑石說起。從石器時代到玉的琢磨，從石雕造象到山水畫從石起筆。宋代以後，庭園中就端立著一尊歷經滄桑的奇石。到了「紅樓夢」，女媧補天，一場文明的繁華幻滅都不過歸結到青埂峰下一塊石頭再說從頭罷。

二、在作者的筆下，如何點出石頭的種種變貌？這種寫法特色何在？

答：1.起筆呈現遼闊格局，對宇宙洪荒多所奇想。原來洪荒初始，最早找到形狀的是石頭，它的前世有熔點，有火光，可融化，可流動如河，可灰飛煙滅，但在剎那間冷卻固定，似乎就此封存一切記憶、夢想，成為一塊再也不動的頑石。

但是，生命看似終止，轉變卻由此開始。石頭也有生、住、轉、滅的循環輪迴。女媧神話讓人直覺意識到石頭並不是固體，不是永恆的靜態。它風化為泥土，在人的手中，高溫的煅燒下變為陶，恢復成堅硬的石頭。而從石斧石刀、石中美玉、石雕造像、石刻石碑，山水畫石，園林奇石等，石的身上，更隱藏著一部中國美術史的縮影，甚至變成紅樓夢中，青埂峰下那塊降生人世歷劫的頑石！

2.全篇取材看似平凡，然而輔以作者美學專長，竟有縱橫中外時空及文明的深度，可說是一則奇特的「美的沉思」。

三、篇末作者說：「當石上的笑容逐漸在滄桑中消逝，那與他對坐的人的臉上卻升起了新的笑容」，請問「那與他對坐的人」為何而笑？

答：前半寫石頭的生命輪迴，中段想及文明遺產的壯麗，自然的風化，人類的掠奪。末了提及文學作品中「歷劫」的思想，時間有形無形的劫毀，造成原石畫露，回歸本相，結尾的微笑應是對於藝術及生命返璞歸真的一種領悟，與觀覽博物館典藏，神遊藝術文學後的豁然開朗！

寫作擂台

「縮寫」是按照要求，將較長的原文用自己的語言濃縮歸納後，組織成一篇新的文字。蔣勳的〈石頭〉，以感性的美麗筆觸縱橫聯想，悠遊於洪荒宇宙與人類文明之間。近三千字的篇幅，展現出對單一主題的鋪陳及聯想。現在請將全文做一「縮寫」，題目不變，文長六百字左右（含標點）。

說明：

1. 雖無須拘泥於原文字辭，可自行重組改寫，但原文的觀點、主旨，不宜更動，請注意文意的完整及流暢。
2. 縮寫成六百字以內的短文，長度僅及原文的五分之一，因此不宜只刪減抄錄文字，需「縮意」並掌握重點。

探索新境

下列作品是蔣勳不同時期的散文代表作：

一、《萍水相逢》，一九八五，爾雅出版社發行。
二、《今宵酒醒何處》，一九九〇，爾雅出版社發行。
三、《天地有大美》，二〇〇六，遠流出版公司發行。

（李明慈老師設計撰寫）

1 都江堰

余秋雨

我以為，中國歷史上最激勵人心的工程不是長城，而是都江堰❶。

長城當然也非常偉大，不管孟姜女們如何痛哭流涕，站遠了看，這個苦難的民族竟用人力在野山荒漠間修了一條萬里屏障，為我們生存的星球留下了一種人類意志力的驕傲。長城到了八達嶺一帶已經沒有什麼味道，而在甘肅、陝西、山西、內蒙一帶，勁厲的寒風在時斷時續的頹壁殘垣❷間呼嘯，淡淡的夕照、荒涼的曠野溶成一氣，讓人全身心地投入對歷史、對歲月、對民族的巨大驚悸，感覺就深厚得多了。

但是，就在秦始皇下令修長城的數十年前，四川平原上已經完成了一個了不起的工程。它的規模從表面上看遠不如長城宏大，卻注定要穩穩當當地造福千年。如果說：長城佔據了遼闊的空間，那麼，它卻實實在在地佔據了邈遠的時間。長城的社會功用早已廢弛，而它至今還在為無數民眾輸送汩汩清流。有了它，旱澇無常的四川平原成了天府之國，每當我們民族有了重大災難，天府之國總是沉著地提供庇護和濡養。因此，可以毫不誇張地說，它永久性地灌溉了中華民族。

有了它，才有諸葛亮、劉備的雄才大略，才有李白、杜甫、陸游的川行華章。說得近一點，有了它，抗日戰爭中的中國才有一個比較安定的後方。

---

❶都江堰：位於四川省中部岷江中游，整個工程包括魚嘴分水堤、飛沙堰溢洪道、寶瓶口引水道三項工程組成，分別負責分水灌溉、排沙溢洪、引流入渠，這三項工程各有作用，又互相依存，形成一個完整的體系，故能收到「引水以灌田，分洪以消災」的效益，運作兩千多年，是世界水利工程史上罕見的奇蹟。

❷垣：音ㄩㄢˊ，牆。

它的水流不像萬里長城那樣突兀在外，而是細細浸潤、節節延伸，延伸的距離並不比長城短。長城的文明是一種僵硬的雕塑，它的文明是一種靈動的生活。長城擺出一副老資格等待人們的修繕，它卻卑處一隅，像一位絕不炫耀、毫無所求的鄉間母親，只知貢獻。一查履歷，長城還只是它的後輩。

它就是都江堰。

2

我去都江堰之前，以為它只是一個水利工程罷了，不會有太大的遊觀價值。連葛洲壩❸都看過了，它還能怎麼樣？只是要去青城山❹玩，得路過灌縣縣城，它就在近旁，就乘便看一眼吧。因此，在灌縣下車，心緒懶懶的，腳步散散的，在街上胡逛，一心只想看青城山。

七轉八彎，從簡樸的街市走進了一個草木茂盛的所在。臉面漸覺滋潤，眼前愈顯清朗，也沒有誰指路，只向更滋潤、更清朗的去處走。忽然，天地間開始有些異常，一種隱隱然的騷動，一種還不太響卻一定是非常響的聲音，充斥周際。如地震前兆，如海嘯將臨，如山崩即至，渾身起一種莫名的緊張，又緊張得急於趨附。不知是自己走去的還是被它吸去的，終於陡然一驚，我已站在伏龍館前，眼前，急流浩蕩，大地震顫。

即便是站在海邊礁石上，也沒有像這裡這樣強烈地領受到水的魅力。海水是雍容大度的聚會，聚會得太多太深，茫茫一片，讓人忘記它是切切實實的水，可掬可捧的水。這裡的水卻不同，要說多也不算太多，但股股疊疊都精神煥發，合在一起比賽著飛奔的力量，踴躍著喧囂的生命。這種比賽又極有規矩，奔著奔著，遇到江心的分水堤，刷地一下裁割為二，直竄出去，兩股水分別撞到了一道堅壩，立即乖乖地轉身改向，再在另一道堅壩上撞一下，於是又根據築壩者的指令來一番調整……也許水流對自己的馴順有點惱怒了，突然撒起野來，猛地翻捲咆

❸ 葛洲壩：長江出西陵峽後，利用地形水文截流建壩，以為發電、洩洪、灌溉之用。一般三峽遊程都會經過此處。

❹ 青城山：位於都江堰西南十多公里處，東距成都六十八公里，以「青翠滿目，山形如城」而得名，有「青城天下之幽」之稱。

哮，但越是這樣越是顯現出一種更壯麗的馴順。已經咆哮到讓人心魄俱奪，也沒有一滴水濺錯了方位。陰氣森森間，延續著一場千年的收伏戰。水在這裡，吃夠了苦頭也出足了風頭，就像一大撥翻越各種障礙的馬拉松健兒，把最強悍的生命付之於規整，付之於企盼，付之於眾目睽睽。看雲看霧看日出各有勝地，要看水，萬不可忘了都江堰。

3

這一切，首先要歸功於遙遠得看不出面影的李冰❺。

四川有幸，中國有幸，公元前二五一年❻出現過一項毫不惹人注目的任命：李冰任蜀郡守。

此後中國千年官場的慣例，是把一批批有所執持的學者遴選為無所專攻的官僚，而李冰，卻因官位而成了一名實踐科學家。這裡明顯地出現了兩種判然不同的政治走向，在李冰看來，政治的含義是浚理，是消災，是滋潤，是濡養，它要實施的事兒，既具體又質樸。他領受了一個連孩童都能領悟的簡單道理：既然四川最大的困擾是旱澇，那麼四川的統治者必須成為水利學家。

前不久我曾接到一位極有作為的市長的名片，上面的頭銜只印了「土木工程師」，我立即追想到了李冰。

沒有證據可以說明李冰的政治才能，但因有過他，中國也就有過了一種冰清玉潔的政治綱領。

他是郡守，手握一把長鍤❼，站在滔滔的江邊，完成了一個「守」字的原始造型。那把長鍤，千年來始終與

---

❺ 李冰：生卒年代及事跡皆不可考，《史記．河渠書》只寫到他任蜀守修渠；《太平御覽》中有幾條李冰刺殺江神為民除害的記載；《華陽國志》除了說他主持修建都江堰，還進行各河道的疏導、築橋鑿井，對成都平原的農業發展貢獻極大。千百年來受四川人民崇敬，被稱為「川主」，各地修有「川主祠」以為懷念。都江堰附近的二王廟，亦是紀念李冰父子的廟宇。

❻ 李冰生平事跡在史書中記載不詳，本文中明言「公元前二五一年」為李冰任蜀郡守，招來不少學者批評。據大陸史學家任乃強考證，李冰任蜀守約在公元前二五六至二五〇年之間，但無法斷定確實年分。(《華陽國志補校圖注》，上海古籍出版社一九八七年)

金杖玉璽、鐵戟鋼錘反復辯論。他失敗了，終究又勝利了。

他開始叫人繪製水系圖譜。這圖譜，可與今天的裁軍數據、登月線路遙相呼應。

他當然沒有在哪裡學過水利。但是，以使命為學校，死鑽幾載，他總結出治水三字經（「深淘灘，低作堰❽」）、八字真言（「遇灣截角，逢正抽心❾」），直到二十世紀仍是水利工程的圭臬。他的這點學問，永遠水氣淋漓，而後於他不知多少年的厚厚典籍，卻早已風乾，鬆脆得無法翻閱。

他沒有料到，他治水的韜略很快被替代成治人的計謀；他沒有料到，他想灌溉的沃土將會時時成為戰場，沃土上的稻穀將有大半充作軍糧。他只知道，這個人種要想不滅絕，就必須要有清泉和米糧。

他大愚，又大智。他大拙，又大巧。他以田間老農的思維，進入了最澄澈的人類學的思考。

他未曾留下什麼生平資料，只留下硬扎扎的水壩一座，讓人們去猜詳。人們到這兒一次次納悶：這是誰呢？死於兩千年前，卻明明還在指揮水流。站在江心的崗亭前，「你走這邊，他走那邊」，吆喝聲、勸誡聲、慰撫聲，聲聲入耳。沒有一個人能活得這樣長壽。

秦始皇築長城的指令，雄壯、蠻嚇、殘忍；他築堰的指令，智慧、仁慈、透明。

有什麼樣的起點就會有什麼樣的延續。長城半是壯膽半是排場，世世代代，大體是這樣。直到今天，長城還常常成為排場。都江堰一開始就清朗可鑑，結果，它的歷史也總顯出超乎尋常的格調。李冰在世時已考慮事業的承續，命令自己的兒子作三個石人，鎮於江間，測量水位。李冰逝世四百年後，也許三個石人已經損缺，漢代水官重造高及三米的「三神石人」❿測量水位。這「三神石人」其中一尊即是李冰雕像。這位漢代水官一定是承接

❼鍤：音ㄔㄚˊ，挖土的器具。

❽深淘灘低作堰：「深淘灘」指每年淘挖淤積江底的泥沙要淘得夠深，以免內江水量過小，不敷灌溉之用；「低作堰」是說飛沙堰的堰頂不能築太高，以免洪水季節洩洪不暢，危害成都平原。

❾遇灣截角逢正抽心：「遇灣截角」指遇河流彎道，在凸岸截去銳角，減緩衝勢，以免對河岸過度沖刷；「逢正抽心」是指遇到順直的河段或河道叉溝很多時，要把河床中間部位淘深一些，使主流集中，安流順軌，避免泛流毀岸，淹沒農田。

❿三神石人：雕塑於東漢建寧元年（西元一六八年），是當時水利官都水長陳壹所造。李冰父子立三石人於江中，作為觀測水位的

了李冰的偉大精魂，竟敢於把自己尊敬的祖師，放在江中鎮水測量。他懂得李冰的心意，唯有那裡才是他最合適的崗位。這個設計竟然沒有遭到反對而順利實施，只能說都江堰為自己流瀉出了一個獨特的精神世界。

石像終於被歲月的淤泥掩埋，本世紀七十年代出土時，有一尊石像頭部已經殘缺，手上還緊握著長鍤。有人說，這是李冰的兒子。即使不是，我仍然把他看成是李冰的兒子。一位現代作家見到這尊塑像怦然心動，「沒淤泥而藹然含笑，斷頸項而長鍤在握」，作家由此而向現代官場袞袞諸公詰問：活著或死了應該站在哪裡？

出土的石像現正在伏龍館裡展覽。人們在轟鳴如雷的水聲中向他們默默祭奠。在這裡，我突然產生了對中國歷史的某種樂觀。只要都江堰不坍，李冰的精魂就不會消散，李冰的兒子會代代繁衍。轟鳴的江水便是至聖至善的遺言。

4

繼續往前走，看到了一條橫江索橋。橋很高，橋索由麻繩、竹篾編成。跨上去，橋身就猛烈擺動，越猶豫進退，擺動就越大。在這樣高的地方偷看橋下會神志慌亂，但這是索橋，到處漏空，由不得你不看。一看之下，先是驚嚇，後是驚嘆。腳下的江流，從那麼遙遠的地方奔來，一派義無反顧的決絕勢頭，挾著寒風，吐著白沫，凌厲銳進。我站得這麼高還感覺到了它的砭膚冷氣，估計它是由雪山趕來的吧。但是，再看橋的另一邊，它硬是化作許多亮閃閃的河渠，改惡從善。人對自然力的馴服，幹得多麼爽利。如果人類幹什麼事都這麼爽利，地球早已是另一副模樣。

但是，人類總是缺乏自信，進進退退，走走停停，不斷地自我耗損，又不斷地為耗損而再耗損。結果，僅僅多了一點自信的李冰，倒成了人們心中的神。離索橋東端不遠的玉壘山麓，建有一座二王廟，祭祀李冰父子。人們在虔誠膜拜，膜拜自己同類中更像一點人的人。鐘鼓鈸磬，朝朝暮暮，重一聲，輕一聲，伴和著江濤轟鳴。

標尺，必須「竭不至足，盛不沒肩」，否則就要加以修治。

李冰這樣的人，是應該找個安靜的地方好好紀念一下的，造個二王廟，也合民眾心意。

實實在在為民造福的人升格為神，神的世界也就會變得通情達理、平適可親。中國宗教頗多世俗氣息，因此，世俗人情也會染上宗教式的光斑。一來二去，都江堰倒成了連接兩界的橋墩。

我到邊遠地區看儺戲⑪，對許多內容不感興趣，特別使我愉快的是，儺戲中的水神河伯，換成了灌縣李冰。儺戲中的水神李冰比二王廟中的李冰活躍得多，民眾圍著他狂舞吶喊，祈求有無數個都江堰帶來全國的風調雨順，水土滋潤。儺戲本來都以神話開頭的，有了一個李冰，神話走向實際，幽深的精神天國一下子貼近了大地，貼近了蒼生。

選自《文化苦旅》，爾雅出版社

作家瞭望台

余秋雨，一九四六年生，浙江餘姚人。上海戲劇學院教授，曾任上海戲劇學院副院長、院長及榮譽院長。

余氏專攻戲劇、美學，在一九八三至一九八六年間，出版一系列戲劇方面的學術著作，包括《戲劇理論史稿》、《戲劇審美心理學》、《中國戲劇文化史述》、《藝術創造工程》等，這些作品在大陸均曾先後獲得獎項，其中《戲劇審美心理學》更是中國首部戲劇美學著作。一九八五年，余氏三十九歲便破格升任教授，成為當時中國大陸最年輕的文科正教授。一九八七年獲頒「國家級突出貢獻專家」的榮譽稱號。

一九八〇年代後期，余秋雨開始從事散文創作，之後辭去戲劇學院院長職務，專注於考察國內外各大文明和文化古蹟，並以此為創作題材。其寫作內容偏重於中國歷史的現代詮釋和人生體驗，尤其親自走訪古代文人居所

⑪ 儺戲：源於原始宗教中的巫，流傳於貴州一帶，是為了迎神驅疫消災、酬神還願而唱，為中國稀有的古老劇種之一，屬於原始宗教祭祀與戲劇表演相結合的民間藝術。儺，音ㄋㄨㄛˊ，為原始宗教中驅鬼逐疫的儀式。

及文化古蹟，頗能以身歷其境之姿與戲劇化之筆調，深切刻劃出歷史人物的事功與遭遇。其文筆跌宕多姿，出入古今，場景描繪鮮明，人物形象生動，風格雅致深厚而氣象開闊。先後出版了《文化苦旅》、《山居筆記》、《霜冷長河》、《千年一嘆》、《行者無疆》、《君子之道》等散文集，在海峽兩岸及華人地區均極為暢銷。這些作品引起文化界對文學創作體裁的討論，以「文化散文」稱之，奠立他成為當代重要散文作家的地位。

二〇〇四年六月，父親過世後，在父親緊鎖的抽屜裡發現大量文字資料與借據，順著這些線索開始探尋家族的故事，寫成了「記憶文學體」的《借我一生》，風格有別於《文化苦旅》等作品，是余氏個人第六本散文集另於二〇一六年出版首部小說《冰河》。

密門之鑰

余秋雨擅長以遊記形式，藉古蹟詠懷古人，從而探討文化的內涵。由於多以歷史人物及事件為內容，故一般以「歷史散文」稱之，在現代散文中樹立一種新類型。

余氏博通古今，議論古代人事，往往能在枯燥的史實記載之外，擷取其他傳說異聞，巧妙加以詮釋，生動呈現古人的心理狀態與當時遭遇，使現代讀者與古人之間產生微妙的情感連繫，頓時使這些古人在今人面前鮮活起來。這種出入古今、引發共鳴的力量，不得不歸功於余氏那管富於情感的妙筆、戲劇性的渲染手法，以及對文化內涵的深切體悟與關懷。

傳統中國文人給人的刻板印象不外有二：一種是為求仕進的媚世之徒，另一種就是曲高和寡的失意騷客；然而在中國歷史上不乏默默耕耘、造福百姓的有為之士。本篇的李冰就是其中的代表。文章一開始，以長城介紹都江堰出場：「我以為，中國歷史上最激勵人心的工程不是長城，而是都江堰。」長城這項偉大的建築是艱難、血淚長期累積而成的；對比於兀立山頭的長城，都江堰卻汩汩浸潤著四川這一隅，歷時兩千餘年，成為中國歷代戰亂時最重要的庇護所。長城象徵著剛強的意志力、帝王耀眼的事功、人民長期的苦難，相較之下，都江堰則是「卑處一隅，像一位絕不炫耀、毫無所求的鄉間母親，只知貢獻。」余氏筆下，「長城的文明是一種僵硬的雕塑」，都江堰的文明則「是一種靈動的生活」。妙筆一灑，這一城一堰就在山水對比之中，明顯分出高下。

然而，這貢獻良多的都江堰並不是本文的主角，它的出現是為了引出中國最偉大的郡守兼水利工程師——李冰。文章第二部分，先以遊記之筆寫下遊觀的心態和震撼。作者先寫道：「以為它只是一個水利工程罷了，不會有太大的遊觀價值。」先前的不以為意，烘托出目睹都江堰壯闊水勢的驚奇。而這一切，都「歸功於遙遠得看不出面影的李冰。」在第三部分，李冰正式出場。他在正史上沒有留下太多資料，卻留下一座不知造福多少百姓的水壩、至今仍被奉為圭臬的治水綱領，以及各種的神話傳說。於是，李冰既不屬於無所專攻的政治官僚，也不是空有理想的失意文人，而是一位具有實踐精神、足以被稱頌千年的科學家。

中國歷史，常是人存政存、人亡政亡的。有遠見的李冰，在江中立了三尊石人測量水位，作為修堰的標竿，因此在他身後兩千多年，我們隱約見到一代又一代的李冰，仍延續著守護人民的使命。「死於兩千年前，卻明明還在指揮水流。站在江心的崗亭前，『你走這邊，他走那邊』，吆喝聲、勸誡聲、慰撫聲，聲聲入耳。沒有一個人能活得這樣長壽。」李冰原本模糊的面貌，在余氏細膩生動的描寫下，頓時鮮活了起來。

雖然生平資料不可考，但真正關懷人民的人是不會被人們遺忘的。於是在傳說中，李冰成了戰勝江神的郡守；在儺戲中，更晉身成為河伯。余秋雨藉長城與都江堰的對比，高度讚揚造福鄉里的李冰，也藉李冰淬煉出一種人民最需要的郡守形象：滋潤、濡養、消災，「既然四川最大的困擾是旱澇，那麼四川的統治者必須成為水利學家。」今之當政者，看到余氏此文，不知有何啟發？

提神答問

一、余秋雨在本文中對長城與都江堰的評價，你是否贊同？請說說你的看法。

答：本文旨在描寫李冰之功績，故以都江堰為主角，對於拿來對比的「長城」自然多有貶抑。這是寫作的一種策略，以凸顯都江堰的不朽地位。持平而論，長城與都江堰在中國歷史上各有其重要性，所以同學們可審視二者之特殊價值，參考余秋雨本文的說法，提出自己的意見。可以贊成，也可以反對，但要具體說明所持理由。

二、「此後中國千年官場的慣例，是把一批批有所執持的學者遴選為無所專攻的官僚，而李冰，卻因官位而成了一名實踐科學家。這裡明顯地出現了兩種判然不同的政治走向，在李冰看來，政治的含義是浚理，是消災，是滋潤，是濡養，它要實施的事兒，既具體又質樸。」余秋雨在這段文字中說到，李冰的實踐精神使中國官場出現兩種不同的政治走向，關於李冰一派，余氏說明得很詳盡，可否說說另一種走向是什麼？他們所理解的政治含義又是什麼？

答：余氏此文，將李冰視為一位為人民謀福利的行政長官，他原本不是水利工程師，卻因身為蜀地郡守，才因此想為人民解決乾旱水澇的問題，故而從一名「無所專攻」的官員，變成了一名「實踐科學家」。而另一種類型，則仍是無所專精的官僚，用同一套模式對待不同地方的百姓，他們所理解的政治，或許只是做官、升官、權位、名利等，這種人多不勝數，與竭盡心力為民解困的李冰相較，顯然是兩種不同的典型。（同學亦可依自己的解讀加以詮釋）

三、一般人對余秋雨的散文評價極高，但也引來許多批判。你認為歷史散文是否應精確考證史實？歷史真相與文學美感二者之間孰輕孰重？請試抒己見，說明理由。

答：許多大陸學者針對余秋雨的散文被歸類為「歷史散文」，頗不以為然，批判者以為余氏之文缺乏考證，人物之出生或事件發生年代多有訛誤，且有誇大之嫌。但若以文學創作來看，適度的誇飾渲染，反而更易引起讀者注意，進而產生共鳴。故針對此一問題，同學們可以自抒己見，並提出理由和其他同學互相討論。

寫作擂台

有關李冰史料記載並不豐富，而余秋雨卻在〈都江堰〉一文中藉這少得可憐的資料，由長城與都江堰的對比、自己遊觀都江堰的震撼，以及戲劇中李冰神格化的情形，娓娓道出李冰之貢獻與偉大。現在請你也挑選一位古人，描述其遭遇事跡，並說明其貢獻以及你對他的評價。

說明：

1. 題目自訂，可參考余秋雨作品的命名方式，如：〈道士塔〉、〈柳侯祠〉、〈洞庭一角〉。
2. 寫作重點在於分析其人之貢獻與評價，不須詳述生平及事跡。
3. 文長六百字。

探索新境

閱讀余秋雨的其他作品：

《文化苦旅》、《山居筆記》，爾雅出版社發行。

（黃琪老師設計撰寫）

蝸角

張輝誠

我爸常說：「能同你段叔叔學篆刻，算你上輩子造化！」

我十歲上開始學書法，啟蒙老師是父親。他老人家教書法，剛提筆就得練懸腕，搦一管羊毫筆在宣紙上反覆畫寫等粗直線、曲線和圓圈，這是給開筆寫篆書、隸書預作準備的。無視我痲顫不已的手臂，父親斜睨著歪七扭八、大小不一的線條邊搖頭邊說道：「基礎沒打好，寫什麼都是空的。要知道，你段叔叔小時候吃多少苦，才能有今天這般局面。」

段叔叔能有什麼局面？不就整天穿著一襲深藍長袍，捻著長髯，笑嘻嘻地在社區裡頭閒蕩嘛？

六七年過了，我爸教會我囫圇吞棗篆隸草行楷各式書體，依樣畫葫蘆，寫得有模有樣，人人稱讚，他老人家頗為得意，才敢把我推薦給段叔叔。至於功力如何，套句段叔叔後來給我的評價：「縱橫正有淩雲筆，俯仰隨人亦可憐。」❶這話說得含蓄，話裡褒貶參半，褒的是我小小年紀就有翰墨志向（段叔叔誤會了，這是我爸逼的），貶的是徒有形似罷了。

段叔叔跟我爸不同，他也不叫拿刀，就在房裡給我講故事，講上一段便打發我到附近的故宮去看書法展品。故宮院長和段叔叔是相熟的，我每回去都佩帶貴賓證，還有專人講解，想偷懶都不行。後來段叔叔問我最喜歡哪幅？我答說蘇東坡〈寒食帖〉❷。他問為什麼？我說寫得那麼醜都還能進故宮，我看我以後機會滿大的。段叔叔

❶原詩為金朝元好問〈論詩絕句三十首〉：「窘步相仍死不前，唱酬無復見前賢。縱橫正有凌雲筆，俯仰隨人亦可憐。」意指寫詩應當自出機杼，不該因循舊轍。

❷寒食帖：蘇軾於一〇八二年謫居黃州時所作古詩書法作品，共兩首，「自我來黃州，已過三寒食。年年欲惜春，春去不容惜。今年又苦雨，兩月秋蕭瑟。臥聞海棠花，泥汙燕支雪。闇中偷負去，夜半真有力。何殊病少年，病起鬚已白。」、「春江欲入戶，雨勢來不已。小屋如漁舟，濛濛水雲裡。空庖煮寒菜，破竈燒溼葦。那知是寒食，但見烏銜紙。君門深九重，墳墓在萬里。也擬哭塗窮，死灰吹不起。」詩中明顯有悲憤感情的文詞，帖中之字也就隨著文詞不同的情緒波動，有所節奏變化。

追問難道沒人給我講解？我說講是講了，還不因為他是蘇東坡，要換成別人還能這樣推崇嗎？段叔叔登時笑咧了嘴，直呼「後生可畏！後生可畏！」

段叔叔其實滿會講故事的。有陣子我正在讀《小人國歷險記》，他也講了一個類似的：說蝸牛角上兩根長鬚，裡面各有一個國家，左邊的叫觸氏，右邊的叫蠻氏，兩國經常為了爭地而大動干戈，鬧得不可開交❸。我聽得入神，段叔叔話鋒一轉，說道：「學篆刻，也要能小中見大，大中見小才行。」

段叔叔有個常用章，印文是「刀筆吏」。這話一點不誇張，段叔叔和別人不同，他寫日記是用刻印載事，比如說當天心情愉快，他就刻一方「暫得於己快然自足」；某些時日湧起鄉愁，就刻幾枚「舊江山渾是新愁」、「春愁如雪不能消」；閒來讀書，就鍥若干「讀書但觀大意」、「肚裡曾藏八千卷」；往陽明山遊山玩水回來後，便竅刻幾枚「獨於山水不能廉」、「自嫌野性與人疏」；當然，更多印是談刻鍥心得的，比如說「筆圓如錐」、「奪造化靈氣」、「刻劃始信天有工」等等。不過這些印，一旦我在《刀筆吏印譜》用完印，段嬸嬸便立刻接收拿去轉賣換錢。

段叔叔刻印極快，他能左右開弓，右手寫書法，左手刻印。別人篆刻是先描印框，在紙上寫印文然後反貼印面，呈現倒反書體再下手開刻。他身手俐落多了，右手拾起石頭，端詳了一下印面，底稿也不打，左手直接取刀刻劃，一時間刀走龍蛇，山崩雲亂，驚濤裂岸，氣象森嚴。起筆收勢，轉折鉤畫，如行雲流水行於所當行，止於所不可不止，各自恰到好處。那刻劃好的石頭好似甦醒過來一般，睜起水汪汪的眼睛逕在石臉上好奇地探望，顰笑之間逐漸有了千姿百態。

我爸後來得知我同段叔叔一年多，居然沒刻過半顆印，大為光火，怒斥道：「你要曉得，你段叔叔是不收弟子的，多少人千託萬請、程門立雪❹，哪一回他不婉拒到底？要不看在你大陸上的爺爺，曾救活過你段叔叔父親

❸此段出自《莊子・則陽》：「有國於蝸之左角者，曰觸氏；有國於蝸之右角者，曰蠻氏。時相與爭地而戰，伏尸數萬，逐北旬有五日而後反。」

❹程門立雪：宋代游酢、楊時拜見程頤，剛好碰上他坐著小睡，二人不敢驚動，便站著等待，程頤醒來時，門外已下雪一尺餘深。後用以比喻尊敬師長及虔誠向學。

的面上，你小子哪來這等福分？再說你段叔叔從小就是金石世家子弟，家學淵源，書藝精湛，清初乾嘉學派寫《說文解字注》的段玉裁❺，你是曉得的，那是你段叔叔的上六代祖先啊！這等因緣，居然給你這小子辜負了。」

我把父親的話轉述給段叔叔聽，他笑我爸性子太躁，欲益反損。於是他又給我講了個故事。說南方有位帝王叫儵，北方帝王叫忽，中央也有個帝王叫渾沌，儵和忽兩位帝王作客於渾沌之所，渾沌招待周到，賓主盡歡。兩帝圖思報答，便說：「凡人都有眼耳鼻口七竅用以視聽食息，唯獨渾沌兄沒有，請讓我們試著幫你鑿開七竅吧。」於是每天幫渾沌鑿通一竅，好不容易七天鑿完，誰知七竅鑿成，渾沌竟一命嗚呼❻。段叔叔見我沒領悟過來，接著又說：「篆刻過程不也像為渾沌鑿竅嗎？大多印家注重筆畫講究，眉目清楚，看似鑿成七竅，實則喪盡元神。好的篆刻，必須就渾沌而渾沌，順石性而保其情，看似已鑿而實未鑿，鍥出的印文只是把石性石情顯揚出來而已，而不是斲傷。」段叔叔說完後，便從身旁拿起一枚圓石，逕自刻劃起來，刻完後交給我，說：「送你！回去交差。」我喜孜孜的端詳著上頭的印文，小篆白筆，寫著「篆愁君」，大概是說我為篆刻而愁的心事。

我爸把印握在手心來回摩挲，笑得合不攏嘴，直說「傻人傻福，居然給你得了一枚好印，這『篆愁君』端得渾然天成，無懈可擊。」父親另一手翻開桌上擱放的《南張北溥書畫集》，繼續說道：「你看，這張大千❼畫裡的用印『大千居士』和溥儒❽的閒章『乾坤一腐儒』，都是託你段叔叔刻的，好生氣派，常人是刻不來的。好畫配好印，相得益彰。」

等我真正刻第一枚印已是三年後的事。期間段叔叔不曉得給我講過多少故事，最後都和篆刻道理有所相關。

---

❺段玉裁：（一七三五至一八一五）清代文字訓詁學家、經學家。字若膺，江蘇金壇人，著有《說文解字注》。

❻出自《莊子・應帝王》：「南海之帝為儵，北海之帝為忽，中央之帝為渾沌。儵與忽時相與遇於渾沌之地，渾沌待之甚善。儵與忽謀報渾沌之德，曰：『人皆有七竅以視聽食息，此獨無有，嘗試鑿之。』日鑿一竅，七日而渾沌死。」

❼張大千：名爰，字季爰，別號大千居士，四川內江人，生於民國前十三年，卒於民國七十二年，享壽八十有五，為著名國畫大師。

❽溥儒：字心畬，又號義皇上人、西山逸士。生於一八九六年，卒於一九六三年，滿族，出身皇室，他是道光皇帝第六子恭親王的次孫，姓愛新覺羅。溥儒自幼飽學，稍長專心研究文學藝術，精通經史和書畫，為著名書畫大師。

比如說，開刻當天，我正瞪大著眼盯著一顆石頭猛瞧，腦海直響起父親的聲音：「有一種石頭，渾身溫潤透明，勻佈血絲，光彩映人，乃石中豪傑，叫做雞血石。」段叔叔看出我的心思，拿起雞血石說道：「石頭與人一般，並無貴賤之分，只有剛柔之別。剛石如狂者，宜用尖刀使之含柔；軟石如狷者，宜取鈍刀使之能堅。因石制宜，要皆展現各自風采面貌而已。」然後他就取刀在雞血石腰身刻了幾個字：「落筆灑篆文，崩雲使人驚。」❾要我也拿一顆來試試。

我下刀時光想反書便遲疑許久，刻成的印文粗細不一，還有好幾處崩筆，段叔叔在一旁指導說：「石情神氣最重要，崩就崩，山崩亂雲，原是石頭本色，犯不著介意。」

我同段叔叔學印第五年，他眼力漸退，終至全盲。段嬸見不濟事，便離家出走，再沒回來過，還是我爸僱了個菲傭才照料好他日常起居。

我爸嘆息著說：「好端端一個人，這樣用眼過度，後半輩子就報銷了。」

可只有我知道，段叔叔還能刻，他吩咐我不要張揚，說：「這樣反倒省事。」如今他刻印不似往常神速，顯得淡泊許多。還是左手持刀，右手握印，只是食指會不斷撫摸印面，確定鍥刻位置，才一刀刀刻劃。就在這個時候他又給我講了個故事，說有個叫庖丁的廚師，十九年來，解牛不下數千頭，刀刃卻始終毫髮無傷，彷彿剛新磨好似的❿。段叔叔停下來問我為什麼？我知道一定又和篆刻道理有關，想了想，便答說：因為他知道牛的骨骸結構。段叔叔開心地說：「對！庖丁以薄刃優游關節裡的空隙，所以能刀刃無傷。更重要的是熟練精巧之後，可用神遇而不以目視，所有感官退居其次，全讓精神展現。所以，你段叔叔我啊！目盲心明，越來越能體會石頭的喜怒哀樂、滄桑變化，越來越能和石頭渾然合一，也就越能把石頭的性情刻出來。」又說：「印有陰陽，朱文為陽，白筆為陰；目也有陰陽，明為陽，盲為陰。當然，生命也是有陰陽的。」

後來有一天，菲傭焦急地跑來找我爸，說段叔叔喚不醒了。那時我正在金門當兵，聽父親說段叔叔臨終時，

---

❾ 出自李白〈獻從叔當塗宰陽冰〉。

❿ 出自《莊子・養生主》中「庖丁解牛」。

手裡頭還緊握著一顆印，上頭刻著：「終生與石為伍」。

那陣子，我正巧在金防部軍事圖書館當差，意外翻到一本清朝善本書《事物異名錄》⑪，裡頭「昆蟲類，蝸」一條這樣記載：「《清異錄》：李善寧之子貧，家壁詩末云：拖涎來藻飾，惟有篆愁君。」我才恍然段叔叔刻送給我的「篆愁君」，指的是「蝸牛」而不是為篆刻而愁的我，而這蝸牛不就是他給我講的蠻觸兩國的故事嗎？這時我忽然聯想起白居易的〈對酒〉詩來：「蝸牛角上爭何事，石火光中寄此身，隨富隨貧且歡樂，不開口笑是癡人。」然後，段叔叔彷彿又活過來似的，拿著一把刀，一枚印章在我身旁開懷地笑出聲來。

原載二〇〇三年十一月五日《中國時報》
選自《相忘於江湖》，印刻出版社

作家瞭望台

張輝誠，一九七三年生於雲林縣，原籍江西黎川。從小於雲林鄉間長大，虎尾高中畢業後，以資賦優異保送臺灣師大國文學系。臺灣師大文學博士。現任教於臺北市立中山女高。作品曾獲《中國時報》文學獎、梁實秋文學獎、全國學生文學獎等，著有散文集《離別賦》、《相忘於江湖》、《我的心肝阿母》、《毓老真精神》。

密門之鑰

此文獲第二十六屆《時報》文學獎散文評審獎，評審蕭蔓曾說：

不因為它述說一個「懷舊」的故事：金石、篆刻、刀筆、石情，也不因為「石頭與人一般，並無貴賤之分，只有剛柔之別。」這樣的警句，更不因為「拖涎來藻飾，唯有篆愁君」如此密語結社家族導向的古老文學。

⑪事物異名錄：清朝厲荃所撰。博收歷代各類事物的記載，將性質相似者以類排列，並加以註釋、考證。

因為它寫了一段人情世故，用了老氣橫秋的題材，卻按部就班的寫。讓人想起哈金的《等待》得美國書卷獎時，評審說起許久以來，已經沒有人耐得住述說一個故事了：「在疏離的後現代時期，仍然堅持寫實派路線。」然而此文卻不僅止於寫實而已，作者透過一個身懷技藝之人（或者說藝術家），從而親近、認識、清楚一門技藝的功夫，並從而進入了技藝者的心靈世界，認清真正的技藝並不只停留於技藝本身，而是上適通透到一種人生哲理，此種人生哲理與技藝息息相關、密不可分，甚至可說是人生即藝術、藝術即人生。但作者還更近一步，讓技藝者在通過人生之終點時，誠懇、坦然、無畏地面對死亡，因為在技藝者的心中，生滅與亡都是過程的一部分，死亡和作品的完成一樣都充滿著無限美好。

作者於有意無意之間徵引許多中國道家典故（特別是《莊子》一書），瀰漫出濃厚的道家順應自然、無為而化的氣息，此種氣息正好綰合起作者所欲說明的技藝者的達觀生死觀。加上作者嫻熟古典詩詞，融化於字裡行間，使讀者彷彿走入中國傳統藝術的典雅文字世界之中。

作者更巧妙地以「父親」和「段叔叔」形成強烈對比，前者代表一般世俗對藝術的價值觀，後者則代表藝術家的真正心靈，寫出兩種觀念的不同與差距。

提神答問

一、文中主角段叔叔對篆刻藝術的體會為何？試說明之。

答：1.篆刻並非只注重筆畫講究，眉目清楚。好的篆刻，必須就渾沌而渾沌，順石性而保其情，看似已鑿而實未鑿，鍥出的印文只是把石性石情顯揚出來而已，而不是斲傷。

2.篆刻時以神遇而不以目視，所有感官退居其次，全讓精神展現。必須能體會石頭的喜怒哀樂、滄桑變化，才能和石頭渾然合一，也就越能把石頭的性情刻出來。

3.生命的存亡與篆刻的陰陽文的現象相似。

二、文中的「我」從「篆愁君」的印文領悟了什麼？

答：1.「篆愁君」，指的是「蝸牛」而不是為篆刻而愁的我。

2. 蝸牛正是段叔叔給我講的《莊子》蠻觸兩國相爭的故事。

3. 我又聯想起白居易的〈對酒〉詩來：「蝸牛角上爭何事，石火光中寄此身，隨富隨貧且歡樂，不開口笑是癡人。」安順處世的人生哲學。

寫作擂台

〈甲〉

明引暗用詩文典故為本文特色，省卻許多必須「說清楚」的口舌，豐富文章的內涵意蘊。現請寫出閱讀本文之後的心得感想，文中必須引述原文之外的詩文典故至少一則，不必訂題，文長不限。

〈乙〉

融會古典事物如詩詞、典故、藝文掌故等等，會讓文章變得典雅豐厚，具有深度，試發揮自己的古典素養，寫一篇藝文文章，如書法、彈琴、吟唱等等，自訂題目，文長六百字以內。

探索新境

《離別賦》，時報文化出版社發行。

本書為作者以散文之情、小說之筆，書寫父親離開人世後，兒子內心的種種情感，寫作者父親從軍、娶臺灣妻子、教育孩子書法、讀《三國演義》……，點點滴滴呈現出一個荒唐戰亂時代下，一個父親想守住一點文化命脈的微薄努力，篇篇動情。

（張輝誠老師設計撰寫）

人文叢書

文學類1

月落人天涯

何秀煌　著

哲人已遠，典型猶在。作者藉由本書的一字一句，刻劃前崇基書院沈宣仁院長的行事風格，細數他的理想堅持，闡揚他的教育願景，充分流露出對沈院長無限的崇敬與追思。

文學類2

行與言

桂　裕　著

本書名之曰《行與言》。「行」，指的是作者訪察歐美諸國的見聞隨筆，於行程中參訪各地的司法、教育機構及風景名勝，與當地專家學者多所交流，並將心得感想及收穫形諸文字，對於了解當時的社會概況與今日的法律源流，都有重要價值。「言」是作者論文及講稿的選粹，文中有對中國傳統思想與孔子學說作深入的評析，並賦予時代意義，也對言論自由與民主的關係作了闡釋。全書精闢透徹、含意深遠，耐人咀嚼。

文學類3

我與文學

張秀亞　著

「美文大師」張秀亞女士以美善的心靈、細膩的情思、優美的文字寫成這本《我與文學》。它將開啟你的心靈，讓你以新的眼光來看待身邊的一切，進而體會英國詩人華茲華斯所說：「即使是一朵最平凡的小花，也會使人感動得下淚。」

人文叢書

文學類4
雪樓小品
洛夫 著

雪樓內有文、有詩、有書畫，是洛夫探索文藝、既自由且愜意的理想天地。多彩爛漫的文人氣息，與窗外雪落無聲的寂靜，形成強烈的對比。洛夫在溫哥華期間，不忘讀書、不忘創作，更不忘品味新生活，本書即為洛夫讀書的感悟與生活的感受。沒有政治或敏感議題，篇幅簡短，雋永有味。讀者可以與洛夫一同讀情詩、詠古人，與洛夫在後院種花蒔草，享受收成的快樂，與洛夫閒話酒茶。透過本書與洛夫促膝長談，重新發掘您所忽略的生活情趣。

文學類5
弘一大師傳
陳慧劍 著

中國近代藝術史上的奇才，佛教史上的高僧——弘一大師。他的前半生多彩多姿，不僅開創中國近代戲劇的先河，也為音樂教育寫下了輝煌的一章。出家後，斷然放下世俗牽絆，作苦行僧、行菩薩道，以身教示人，再為佛門立下千峰一月的典範。本書成稿迄今已歷三十五年，其間因種種因素使得某些相關資料湮沒不聞，因此，本書再作第三度修訂，加入以往的遺闕，以呈現弘一大師完整的生命歷程。有緣人如能一讀此書，必將為你的生命注入無限的清涼與感嘆！

文學類6
愛晚亭
謝冰瑩 著

她是個擁有鋼鐵般性格的女兵，同時也是個喜歡收藏回憶的作家。看她娓娓訴說生活中的點點滴滴，有悲、有喜、有眼淚、有笑容，蘊含著對家國、親人、甚至於自然萬物的熱切情感。她的筆觸活躍而跳動，樸實卻不單調，令人感同身受。無論時空如何變遷，至情至性的《愛晚亭》，仍然值得我們一再玩味。

文學類013

文字結巢

陳義芝 著

身為文學藝術的創作者，又是此一領域的觀察者、研究者，陳義芝二十年來持續追蹤文學的世代變遷他以嚴謹的態度，溫厚的筆調剖析詩、散文、小說的藝術內涵，深入淺出；評述當代作家生態、文學環境與傳播樣式。全書以時間為經，以作者的文學觀照為緯，交織出一顆醞釀、延續文學生命的巢。

文學類014

京都一年（修訂二版）

林文月 著

本書收錄了作者一九七〇年遊學日本京都十月間所創作的散文作品。由於作者深諳日本語言、文化，加以長時間的居留，故能深入古都的多種層面，以細微的觀察，娓娓的敘述，呈現了她對於京都的體會。於是京都近郊的亭臺樓閣、古剎名園；京都的節令行事、民情風俗，有如一幅白描長卷，一一展現眼前。《京都一年》新版經作者校訂，並增加多幅新照，以為點綴。書中各篇雖早已寫就，於今讀來，那些異國情調所帶來的感動，依然未減，愈見深沉。

生活類001

老饕漫筆

趙珩 著

本書作者自謂是饞人，故自稱為「老饕」。因其特殊的生活環境，所見所聞較同時代的人為多。他於閒暇中，追憶過往五十年歲月中和飲食有關的點滴，或人物，或時地，或掌故，信手拈來，所傳遞的，不僅是一道道佳餚的美好滋味，更多的是對漸漸消逝的文化之戀戀情懷。

世紀文庫

生活類002

記憶中的收藏　　趙珩 著

五十年，是人的大半生，卻是歷史的匆匆一瞬。而近五十年來，中國社會經歷巨變，許多傳統事物和文化，如舊唱片、走馬燈、戲劇、碑帖、春節禮俗……都逐漸從人們的記憶中飄逝。作者採擷過往人生經歷和見聞，以感性的筆觸，娓娓道出收藏於記憶中的人情、事物、風俗。雖說是個人雜憶，卻觸及諸多社會文化現象，再現了五十年間急遽消逝的生活場景。